Das seidene Glück

Im Econ & List Taschenbuch Verlag ist von Teresa Crane außerdem lieferbar:

Ein Garten in der Toskana (TB 27528)

Zum Buch:
London, 1554: Die junge Katherine Pargyter wird von ihrem Vater gezwungen, den ihr völlig unbekannten Richard Brecon zu heiraten. Noch in der Hochzeitsnacht verschwindet ihr Ehemann ohne ein Wort, um seinen mysteriösen Geschäften nachzugehen. Katherine stellt keine Fragen, doch sie ahnt, daß nicht alles mit rechten Dingen zugeht. Es gibt einfach zu viele dunkle Punkte in Richards Leben, auf die sich die junge Frau keinen Reim machen kann: Was geschieht wirklich in dem Landhaus an der Küste, in dem sich ihr Mann angeblich mit Freunden trifft? Wieso ist er mit dem charmanten Franzosen Villeneuve offensichtlich verfeindet? Und warum hatte ihr Vater so großes Interesse an ihrer Hochzeit mit Richard?
Als die königliche Schatzkammer ausgeraubt wird, steht Brecon unter Verdacht. Katherine wendet sich in ihrer Verzweiflung und der Sorge um ihren Mann an Villeneuve, ohne zu ahnen, daß sie dadurch auch ihr Leben in Gefahr bringt.

Zur Autorin:
Teresa Crane lebt als freie Schriftstellerin in Essex, England.

Teresa Crane

Das seidene Glück

Roman

Aus dem Englischen von Ulrike Bischoff

Econ & List Taschenbuch Verlag

Veröffentlicht im Econ Taschenbuch Verlag

Der Econ Taschenbuch Verlag
ist ein Unternehmen der Econ & List Verlagsgesellschaft

Deutsche Erstausgabe

First published by The Garden City Press Limited, Great Britain
Titel des englischen Originals: Spider's Web
Aus dem Englischen übersetzt von: Ulrike Bischoff
Umschlagkonzept: Büro Meyer & Schmidt, München – Jorge Schmidt
Umschlagrealisation: Init GmbH, Bielefeld
Titelabbildung: Mauritius, Mittenwald
Lektorat: Gisela Klemt
Gesetzt aus der Cochin, Linotype
Satz: Josefine Urban – KompetenzCenter, Düsseldorf
Druck und Bindearbeiten: Ebner Ulm
Printed in Germany
ISBN 3-612-27542-9

1

Sie stand in dem neuen, vornehmen Erkerfenster, die Hände auf die Fensterbank gelegt. Wie Wasser ergoß sich das Licht durch die bunten Glasscheiben und bedeckte ihr Gesicht, ihre Hände und den üppigen Stoff ihres Kleides mit hellen Farbrauten. Jenseits des Bleiglasfensters lag der gepflegte Garten süß duftend in der Herbstsonne. Die schattigen Wege waren von niedrigen Mäuerchen und Hecken eingefaßt, die Rasenflächen und Blumenbeete fein säuberlich mit grünweißen Zäunen abgeteilt. Büschel leuchtend bunter Blumen hoben sich von kräuterblassen Grün- und Blautönen ab, und auf der Obstwiese beugten sich die Bäume unter der schweren Last der Früchte – etwas anderes würden sie auch gar nicht wagen, dachte sie sarkastisch. Das Ganze wirkte wie eine Tapisserie mit einem wundervollen, symbolischen Muster. Jenseits der hohen, weinüberrankten Mauern zog träge und glitzernd der Fluß dahin und spiegelte den weiten, klaren Himmel wider.

Die Witwe Katherine Walker legte ihren schmerzenden Kopf gegen das Glas und wünschte sich an jeden anderen Ort als diesen. Müde schloß sie die Augen vor dem Anblick des gefälligen, lichtdurchfluteten Zimmers mit seinen polierten Eichenpaneelen und dem großen Himmelbett, vor dem Anblick des friedlichen Gartens hinter dem Fenster.

Sie haßte es. Sie haßte das alles. All diese gekaufte, bezahlte Pracht erschien ihr billig durch die versessene Habgier, mit der sie erworben und ihr Wert bis auf den letzten Heller berechnet war. Auf allem, auch auf sich selbst, sah sie die raffinierte, gerissene, besitzergreifende Hand ihres Vaters. Er hatte sie alle im Griff. Wie hatte sie so dumm sein können, ihn beim Wort zu nehmen? Aus dem Zimmer unter ihrem hörte sie seine Stimme, kalt wie der Winter und ebenso unerbittlich, obwohl sie nicht verstehen konnte, was er sagte. Die Stimme ihrer Mutter vernahm sie nicht, aber das wunderte sie auch nicht.

Plötzlich wurden ihre Knie weich, und sie sank zitternd auf die Bank am Fenster. Was hatte sie getan? Was hatte sie gesagt? Noch nie zuvor hatte sie es gewagt, gegen ihren Vater die Stimme zu erheben, noch nie hatte sie ihm die Stirn geboten, und soweit sie wußte, hatte es auch sonst noch nie jemand gewagt.

Die schmalen blauen Augen hatten sich vor Mißfallen verengt, und sie war aus dem Zimmer geflohen und hatte ihre Mutter zurückgelassen, die nun allein seine Wut ertragen mußte. Als sie auf die Stimme ihrer Mutter lauschte, die in sanftem, fügsamem Ton sprach, wußte sie, daß nicht viel zu ihrer Verteidigung geschah, denn von einer Frau, die während ihrer gesamten Ehe unter der Gewalt ihres Mannes gestanden hatte, konnte sie nur wenig Hilfe erwarten. Das Äußerste, was sie erhoffen durfte, war ein flüchtig aufflackernder Widerstand, dann gefaltete Hände, niedergeschlagene Augen und die unterwürfige Stimme: »Dein Vater will nur dein Bestes, Kat, meine Liebes, da bin ich sicher.« Wie schon einmal, dachte sie wütend.

Dann war es eben ihr eigener Kampf. Sei's drum. Ihrer und Giles'; zumindest war sie diesmal nicht allein. Sie rang die Hände, die das gedämpfte Licht rot färbte, und kämpfte gegen die aufkommende Angst an. Vor ihrem inneren Auge zogen Bilder vorüber: ein selbstsüchtiger alter Mann, jämmerlich sabbernd, übelriechend, ungemein reich, seine schwachen Hände auf ihrem Körper, sein fauliger Atem, der sich mit ihrem mischte.

Ihr Mann. Sie schauderte bei dem Gedanken.

In der sonnigen Welt jenseits der hohen Gartenmauer schwang sich eine Feldlerche hinauf in die Lüfte und sang jubilierend ihr Lied von Freiheit und Flucht. Allein schon, wie ihr Vater sich ausgedrückt hatte, um die Galle mit Honig zu versüßen! »Es ist nur für ein paar kurze Jährchen, Tochter, dann hast du deine Freiheit. Dann kannst du wählen, wen du willst, mit meinem Segen und mit einem nicht unbeträchtlichen Vermögen als Mitgift. Aber jetzt brauche ich Thomas Walker. Ich brauche seine Unterstützung, und ich brauche sein Gold. Alles – oder jeden –, was du willst, sollst du hinterher haben.«

Ein Leben lang an Gehorsam gewöhnt, hatte sie eingewilligt, einen Mann zu heiraten, der alt genug war, ihr Großvater zu sein, einen Mann, dessen Gegenwart in ihr nichts als Widerwillen wachrief und dessen Tod ein endlos langes Jahr später sie nur mit Erleichterung erfüllte. Damals hatte sie das Gefühl gehabt, von einer langwierigen Krankheit zu genesen, und hatte gedacht, sie würde sich nie wieder völlig erholen. Doch damit hatte sie die wundersame Heilkraft der Zeit und der Jugend unterschätzt. Als der Frühling flußaufwärts zog und seinen grünen Mantel über das Land breitete, war sie geheilt. Da ihr Körper wieder ihr gehörte, und ihr Leben nicht mehr an die Ansprüche eines Fremden gebunden war, fühlte sie sich schon nach wenigen Monaten glücklicher, als sie es vor Thomas Walkers Tod für möglich gehalten hätte. Wie sie feststellte, war sie dieselbe wie vorher, nur etwas gemäßigt durch ein Jahr, das mit der Zeit nur noch wie ein böser Traum erschien.

Seit sie wieder im Haus ihres Vaters lebte – das traurigerweise stiller war, als sie es in Erinnerung hatte, da die Epidemie des Schweißfiebers, die ihren Mann getötet hatte, auch drei ihrer fünf Schwestern hingerafft hatte –, hatte sie sich wieder in den reibungslosen Ablauf des Haushalts eingefügt, als sei sie nie fort gewesen. Ebenso wie ihre Mutter und ihre Schwestern hatte auch sie ihren Vater immer gefürchtet, doch nach Ablauf dieses unerträglichen Jahres mußte sie feststellen, daß sie eine gewisse geistige Unabhängigkeit erlangt hatte, die seine beherrschende Art erträglicher machte.

Als das Frühjahr in den Sommer überging, war Giles gekommen. Der sanfte, stille, gutaussehende junge Giles. Ihr Leben hatte sich verändert.

Immer noch singend, ging die Lerche zu Boden. Plötzlich war es ganz still im Haus. Selbst die Mäuse lauschen gespannt, dachte sie erbittert. Nicht einmal die Spinnen im Gebälk wagen sich zu rühren, wenn ein solcher Sturm tobt. Jenseits der Tür hörte sie leichte, schnelle Schritte.

Sie stand auf. Wie immer hielt sie sich sehr aufrecht, obwohl die derzeitige Mode kleine Frauen bevorzugte. Fast ging es über ihre Kräfte, ihren vom Weinen verquollenen Kopf gerade zu halten. Dennoch hob sie das Kinn. Allzu oft hatte sie die Verachtung in den Augen ihres Vaters beim Anblick der unterwürfig hängenden Schultern ihrer Mutter gesehen. Mit ein paar tiefen Atemzügen zwang sie ihre Hände und ihren Geist zur Ruhe.

Wieder eine arrangierte Ehe. Der liederliche Sohn eines liederlichen Vaters. Nicht schon wieder. Wenn sie noch einmal heiratete, und sei es auch barfuß und in Lumpen, dann sollte es ein Mann ihrer Wahl sein.

Die Schritte blieben vor ihrer Tür stehen.

»Mistreß Kat?«

»Komm rein, Griz.« Zu ihrem Kummer war ihre Stimme keineswegs fest, sondern bebte unsicher wie die eines Kindes.

Die schmale Tür, die die gleichen Holzpaneele aufwies wie die Wände, öffnete sich leise, und ein zierliches Mädchen mit blondem Lockenschopf, der – zumindest fast – unter das Häubchen gesteckt war, schlüpfte ins Zimmer. Ihr hübsches Gesicht war ernst, und ihre blauen Augen waren den Tränen nahe. Schweigend stand sie da, ein unerhörter Zustand für Grizzle, die Katherine von Kindheit an als Zofe, Freundin und

Vertraute diente und vielleicht als einzige wirklich wußte, was die Ehe mit Thomas Walker ihr abverlangt hatte.

Katherine rang sich ein unsicheres Lächeln ab.

»Ach, nun komm schon, Griz. Das ist nicht das Ende der Welt. Ich bin sicher, daß schon Schlimmeres passiert ist. Du siehst aus, als wolltest du mich zur Hinrichtung holen, wie Lady Jane Grey.«

Sie sah die Mißbilligung in den blauen Augen. Griz und sie hatten an jenem kalten Februartag gemeinsam geweint, an dem die kleine Jane gestorben war. Beide erinnerten sich noch gut an das schmale, hübsche Gesicht des Mädchens, das neun leere Tage lang Königin des Reiches gewesen war, bevor sie verraten, ins Gefängnis geworfen und enthauptet wurde – eine Schachfigur im Streben und der Gier nach Macht, in die sie ohne eigene Schuld hineingeboren wurde und in der sie gestorben war, bevor sie überhaupt gelebt hatte. »Was soll ich tun?« hatte sie kläglich gefragt, da sie den Hinrichtungsblock nicht finden konnte. »Wo ist er?« Sechzehneinhalb Jahre, und kaum gelebt.

Griz schniefte. »Der Herr schickt mich, Ihnen zu sagen, daß er im Salon auf Sie wartet, falls Sie ihm etwas zu sagen haben.«

Mit plötzlicher Entschlossenheit ging Katherine zur Tür.

»Es gibt schlimmere Orte, an die man gehen kann, als in den Salon, schätze ich.«

John Pargyter, Kaufmann, Zwischenhändler, Bankier, Importeur und Exporteur diesseits wie jenseits des Gesetzes, saß auf dem einzigen Sessel im Zimmer; niemand sonst würde es wagen, diesen privilegierten Platz einzunehmen. An seinen bemerkenswert wohlgeformten, jung wirkenden Händen, die auf dem glatten, geschnitzten Holz lagen, funkelten Edelsteine. Er war ein beeindruckend gutaussehender Mann, massig in seinem üppigen, dunklen Samt, aus dessen Falten diskret Silber funkelte. Sein Haar war dunkel wie das seiner Tochter, obwohl es bereits silbergraue Strähnen aufwies, und seine Augen waren von einem harten Eisblau. Mit Arbeit, Kampf und Schwindeleien hatte er es vom kleinen Wollhändler in Coggeshall zu beträchtlichem Vermögen in der Hauptstadt gebracht, und was immer er auf dem Weg dahin verloren haben mochte, vermißte er heute nicht mehr.

Er war angesehen, gefürchtet, mehr als nur ein bißchen verhaßt und fast zufrieden. Von dem wenigen, wonach sein Ehrgeiz noch dürstete, blieb ihm offenbar nur eins versagt. Sein Blick wanderte zu der Frau auf der Fensterbank, die ihre schlanken Hände rang und den grauen Kopf gesenkt hielt. Allem Anschein nach konnte sie zwar lebende Töchter, aber nur tote Söhne gebären. Sicher, er hatte Söhne, empfangen in anderen Betten, doch keiner von ihnen trug das goldene Siegel der Legitimität, und wie es aussah, sollte er auch keinen mehr bekommen. In diesen Dingen aber nahm John Pargyter es ganz genau.

Dann mußten eben seine Töchter genügen. Als erste Katherine. Seine Lippen verengten sich eine winzige Spur, und seine schmalen Augen funkelten. Auf keinen Fall durfte das Mädchen mit seiner Rebellion durchkommen. London war immer noch erschüttert vom Versuch des jungen närrischen Wyatt, der gezeigt hatte, wie leicht solches Gift sich ausbreitete. Katherine würde gehorchen und heiraten, das war so sicher, wie Thomas Wyatts Kopf im Stroh rollte. Und John Pargyter besaß die Waffe, die das bewirken konnte.

Es war schon ein Unglück – er rückte sich in seinem Sessel zurecht, als die tiefstehende Sonne plötzlich durch das hohe Fenster fiel und ihm in die Augen schien –, ein Unglück für Katherine, daß die drei Mädchen, die ihr im Alter am nächsten standen, während der Epidemie im vergangenen Jahr gestorben waren.

Ansonsten hätte er sein Versprechen sicher gehalten, und sie hätte Giles Sumner gern heiraten können. Doch der Tod hatte zugeschlagen, und die Umstände hatten sich verändert. Nun war Katherine die einzige seiner Töchter in heiratsfähigem Alter, und gegen die Chance, die sich so unerwartet ergeben hatte, fiel ein Versprechen, das er gegeben hatte, um die hysterischen Tränen eines Mädchens zu trocknen, wohl kaum ins Gewicht. Sie sollte ihm dankbar sein.

In der großen Halle waren leichte Schritte zu hören, und die Frau in der Fensternische sah auf.

Katherine kam mit dem Anflug eines Bebens herein, den Kopf hoch und trotzig erhoben, um jenen Mann zu erzürnen, der fest entschlossen war, ihren Widerstand zu brechen. Mit Anmut ging sie durch das Zimmer, knickste tief vor ihrem Vater und versprach innerlich, dem Heiligen, der ihr die Stärke verliehe, ihre zitternden Knie zu festigen und sich wieder gerade aufzurichten, die Kerzen eines ganzen Monats an einem einzigen Tag anzuzünden. Sie erhob sich und stand mit lose gefalteten Händen da, die Augen kühl, dunkel und ausdruckslos auf den Vater gerichtet. Ihr Herz pochte heftig, als wolle es ihre Brust sprengen.

Für eine Weile herrschte tiefe Stille.

»Ich denke, du hast mir etwas zu sagen?« begann John Pargyter schließlich.

Sein verkniffener Mund entspannte sich, und er lehnte sich in seinem Sessel zurück. Das Kind nahm wohl doch Vernunft an.

»Vater, ich bin mir bewußt, wieviel Mühe du dir um meinetwillen gegeben hast, und daß Sir Richard mir eine große Ehre erweist, um meine Hand anzuhalten. Ich weiß, daß dir immer nur mein Bestes am Herzen liegt.« Sie mußte die Augen niederschlagen, weil sie dem einschüchternden Blick der blauen Augen nicht standhalten konnte. »Mein Ausbruch von vorhin war unmanierlich und undankbar, und ich bitte dafür um Entschuldigung.«

Ihr Vater beugte sich vor; seine Augenbrauen waren zu

einer geraden Linie zusammengezogen. Das Kind sah durchaus nicht besonders demütig aus.

»Nichts wäre mir lieber, als deinem Wunsch nachzukommen.« Sie hob die Augen. »Aber ich kann es nicht.«

Der erwartete Ausbruch kam nicht. Eine Weile trommelte ihr Vater mit seinen langen Fingern auf die Armlehne, dann saß er ruhig da. Schließlich stand er auf, ging um seinen Sessel herum und umklammerte, um Ruhe zu bewahren, die Lehne so fest, daß die Knöchel weiß wurden. Völlig unerwartet lächelte er.

»Du hast einen Grund? Oder –«, zu ihrer größten Beunruhigung war sein Lächeln echt, »du glaubst, einen Grund zu haben?« Ihr Nicken wartete er kaum ab. »Und dieser Grund hat etwas mit einem jungen Mann namens Giles Sumner zu tun? Von der Familie Sumner, den Wollhändlern aus Norwich und London?«

Wieder nickte sie, von einer bösen Vorahnung gestreift. Ihr Vater machte eine ausladende Armbewegung, bei der die Ringe an seinen Fingern farbige Lichtreflexe an die kunstvolle Stuckdecke warfen. »Dann sind die Einwände, die du erheben könntest, keineswegs unüberwindlich.«

Aus der dunklen Vorahnung wurde kalte Gewißheit.

»Was hast du getan?« fragte sie rundheraus.

Er setzte sich wieder, mit der Gelassenheit eines Mannes, der Herr im eigenen Hause ist.

»Getan? Ich? Nichts, mein Kind, worum mich Giles und sein Vater nicht gebeten hätten. Die Familie ist ja recht nett, und ich bin ihrer Bitte nur zu gern nachgekommen. Was könnte besser sein, als zwei junge Menschen zusammenzubringen, die so gut zueinander passen wie Giles Sumner und die kleine Alice Spendon, die Tochter eines meiner ältesten Freunde?«

Der Boden unter ihren Füßen schwankte. Giles, in dessen hellen Augen sich das Blau des Himmels spiegelte und der lachend sagte: »Kat, du bist eine liebreizende Kerze, gerade, aufrecht und strahlend, und du wirst meinen Weg erhellen. Wir werden ein Dutzend Kinder haben, aber keins wird an Liebreiz an seine Mutter heranreichen.«

»Giles heiratet?« Ihr Ton war gefaßt. Darüber war sie sehr froh. In der Fensternische raschelten die Gewänder ihrer Mutter.

Ihr Vater nickte. »Eine vorteilhafte Verbindung für alle Beteiligten. Harry Sumner war in letzter Zeit etwas in Verlegenheiten, und Charles Spendon hat schon seit geraumer Zeit davon gesprochen, eine Niederlassung in Antwerpen zu eröffnen. Ich halte das für einen hervorragenden Plan und habe ihm dafür mein eigenes Geschäft in Antwerpen angeboten.« Er schwieg. Katherine schluckte schwer. Sie kämpfte gegen eine schwache Übelkeit an, die ihren Magen aufwühlte. »Leider hatte er niemanden, der sich um das Geschäft hätte kümmern können, niemanden, auf den er sich hätte verlassen können, heißt das. Ein Mann braucht Söhne.« Sein kalter Blick schweifte zur Fensternische hinüber, bevor er wieder zu dem bleichen Gesicht seiner Tochter zurückkehrte.

»Ebenso wie ich ist auch Charles nur mit Töchtern gesegnet, und ebenso wie ich hegt er die größten Hoffnungen, daß er durch die Eheschließungen seiner Töchter die starken, loyalen Söhne bekommt, die sein Blut ihm nicht geben konnte.« Für einen Moment wurde der Anflug von Übelkeit zum Brechreiz, und das Mädchen rang die Hände. »Natürlich habe ich die Verbindung gefördert. Und als Charles mit dem Vorschlag an mich herantrat, das Unternehmen in Antwerpen finanziell zu unterstützen, bin ich nur zu gern darauf eingegangen.«

»Du hast ihn gekauft.«

Er lächelte anerkennend. »So könnte man es sagen, ja. Um deinetwillen wünschte ich nur, es wäre schwierig gewesen.« Bei diesen Worten ließ sich ein schmerzlicher Seufzer nicht unterdrücken. Er winkte ungeduldig ab. »Sei vernünftig, Tochter. Richard Brecon ist ein Edelmann von einwandfreier Herkunft.

Du wirst Lady Katherine Brecon aus dem Hause Brecon, London. Klingt das nicht verlockend? Dein Sohn wird einen altehrwürdigen Titel erben. Der Umstand, daß die... Gedankenlosigkeit seines Vaters Sir Richard in eine etwas unvorteilhafte Vermögenslage gebracht hat, spielt keine Rolle.

Eine Verbindung mit unserem Haus wird dieses Problem bald lösen. Du bist kein Kind mehr, Katherine, du bist eine erwachsene Frau und obendrein Witwe. Bedenke doch die Vorzüge dieser Verbindung – du bekommst einen Titel, gesellschaftliche Stellung und Reichtum! Ich gebe dir alles, was für Geld zu haben ist, denn dieser Titel ist das einzige, was du erreichen kannst, ich aber nicht – meine Enkel werden dem Adel angehören, und nichts ist zu gut für sie. So lächle doch um des lieben Himmels willen, Mädchen! Er ist ein feiner Mann, und du wirst ihn heiraten.«

Sie sammelte den Rest ihrer Kräfte zu einem letzten Aufbäumen und war selbst überrascht über die Stärke ihrer Stimme.

»Ich hoffe um deinetwillen, Vater, daß das Geld, mit dem du Giles Sumner und Sir Richard Brecon gekauft hast, mehr wert ist als die Versprechungen, mit denen du *mich* einmal gekauft hast, sonst wirst du dich zwei äußerst erbosten jungen Männern gegenübersehen. Auf dein Wort als Unterpfand würde sich nur ein Narr verlassen, und er würde mit deinen Versprechungen verhungern.«

Sie hörte, wie ihre Mutter scharf Luft holte, und sah ein Funkeln in den Augen ihres Vaters. Da sie wußte, daß weder ihre Beine noch ihre Willenskraft sie länger aufrechthalten würden, machte sie auf dem Absatz kehrt und verließ betont langsam das Zimmer.

Vor der Tür fiel sie fast über Griz, die wie immer am Schlüsselloch gelauscht hatte. Sie sah Katherine an, als hätte sie sie noch nie zuvor gesehen. Doch Katherine bemerkte sie kaum. Sie war mit ihrer Selbstbeherrschung am Ende, raffte ihre Röcke hoch und floh weinend die Treppe hinauf.

2

Seit Tagen regnete es, ein stetiger, kalter Regen. Er ergoß sich wie Tränen aus einem bleiernen Himmel.

Schon am frühen Nachmittag war es dunkel wie abends. Die Flammen der brennenden Holzscheite im Kamin warfen flackerndes Licht auf Wände, Decke und die schweren Draperien des großen Bettes und schufen eine Höhle voll zuckender Schatten. Hinter dem regenverhangenen Fenster lagen trist und laublos der Garten und der graue Fluß.

Ohne Rücksicht auf Katherines zarte Kopfhaut zog, klopfte, frisierte und drehte Griz ihr das Haar, geschickt mit Polstern und Drahtgestellen hantierend, wilde Entschlossenheit im Blick, während ihr Mundwerk unaufhörlich plapperte wie ein Glockenklöppel. Sie hatte sich in Westminster die Prozession zur Parlamentseröffnung angesehen und seitdem fast nur noch über die Königin gesprochen.

»Ich wette, sie kann es selbst nicht fassen, und ich finde, sie hat es verdient, die arme Frau. Hat ja noch nicht viel vom Leben gehabt, oder? Schwanger! Wer hätte das gedacht, in ihrem Alter? Völlig besessen ist sie von ihm, das sagen alle. Komisch, er sieht überhaupt nicht so aus, wie ich ihn mir vorgestellt habe. Ein *Spanier*! Ich dachte, er wäre dunkel und wild und häßlich wie der Teufel, aber das ist er gar nicht. Er ist ziemlich klein und hell und hat blaue Augen. Aber letzten Endes trotzdem ein Spanier. Blaue Augen machen noch keinen Engländer. Warum sie nicht einen von uns heiraten konnte, begreife ich nicht.«

Aus ihr sprach die unversöhnliche und eigentümliche angelsächsische Feindseligkeit gegen Ausländer, die die Einstellung der Engländer zu dieser Heirat der Königin prägte.

Katherine lächelte leicht, vorübergehend aus ihrem trüben

Selbstmitleid gerissen. Wenn Mary Tudor von ihrem unnachgiebigen Volk erwartete, ihren neuen Mann ebenso offenherzig zu lieben wie sie, dann beging sie einen gewaltigen Irrtum.

Damit und mit ihrer Entschlossenheit, ihren eigenen festen katholischen Glauben wiedereinzuführen, drohte sie das Land zu spalten, das im Augenblick nichts mehr brauchte als Ruhe und Frieden. Da zwischen Frankreich und Spanien Krieg herrschte, war es äußerst unwahrscheinlich, daß die Heirat des Königs von Spanien mit der Königin von England Ruhe und Frieden bringen würde. Mary Tudor hatte vor sechzehn Monaten auf einer Woge der Erleichterung und Begeisterung den Thron bestiegen: Durch und durch die Tochter Heinrichs VIII sah man in ihr die Rückkehr der guten alten Zeiten. Doch mit ihr waren dieser Spanier, die Kriegsgefahr und die noch schlimmere Bedrohung der Inquisition gekommen.

Mittlerweile sprach man auf der Straße anders über sie. Dennoch tat sie Katherine leid. Wer wollte schon Königin sein! Die Augen der Welt ruhten auf ihrem schwellenden Leib; keinerlei Privatheit, jedes Detail ihrer Schwangerschaft wurde ausführlich erörtert und analysiert, zum Gegenstand von Gebeten und Witzeleien gemacht; es gab sogar einige, die behaupteten, das ganze sei eine monströse Machenschaft. Das Kind sollte im Frühjahr kommen, vielleicht ein hoffnungsvolles Zeichen für die Zukunft. Wenn es einen Prinzen zu feiern gab, dürfte der Frühling in London besser werden als der letzte, in dem die baumelnden Leichen der Rebellen Wyatts grausig die Straßen gesäumt hatten.

»Bist du bald fertig?«

Die zierlichen Finger zerrten und zupften. »Fast. Es würde viel schneller gehen, wenn Sie den Kopf stillhielten.«

Grizzle sprach mit der Vertrautheit einer Zofe, die ihrer Herrin näherstand als eine Schwester. Man hatte sie vor fast zehn Jahren an Katherines Geburtstag im Eingang eines Pargyter-Lagerhauses gefunden. Schmutzig und halb verhungert war sie gewesen, hatte das Gesicht eines Engels und die Sprache eines Seemanns, und ihr Alter war unmöglich zu schätzen. So unternährt und klein, wie sie war, konnte eine Vermutung so gut sein wie die andere, und sie selbst hatte keine Ahnung. Das einzige, was sie von sich aus sagen konnte, war ihr Name, Grizzle. Ein unpassenderer Name war kaum zu finden. Aus einer jener großzügigen Anwandlungen heraus, die ebenso aufreizend wie unberechenbar waren, hatte John Pargyter sie aufgenommen und seiner ältesten Tochter als Zofe, Gesellschafterin und, wie sich herausstellte, Freundin gegeben. Sie hatten sie aufgepäppelt, ihr Kleider gegeben und ihre gottlose Zunge gezähmt, doch eins hatten sie nicht geschafft. Nichts, nicht einmal die Androhung, sie wieder auf die Straße zu schicken, konnte sie bewegen, einen anderen Namen anzunehmen.

»Doll ist ein sehr hübscher Name«, hatte Katherines Mutter sanft vorgeschlagen. »Und wesentlich passender.«

Doch es war und blieb bei Grizzle, trotz aller Einwände.

Jetzt bedachte sie ihre Kreation mit einem letzten zufriedenen Handgriff und richtete sich auf.

»So.«

Sie reichte Katherine einen kleinen polierten Spiegel.

Katherine betrachtete die umschatteten Wangen, ihre riesengroßen Augen und den geraden, ernsten Mund. Es erfüllte sie mit einer launischen Genugtuung, daß Sir Richard Brecon zu seinem Geld keine Schönheit bekam. Die Polster und Lokken in ihrem ohnehin sehr dicken Haar mochten zwar modisch sein, wirkten aber viel zu voluminös zu ihrem schmalen Gesicht.

»Es sieht lächerlich aus«, meinte sie rundheraus, legte den Spiegel aufs Bett und erhob sich, bevor Griz noch mehr Aufhebens machen konnte.

Sie stand im Licht des Kaminfeuers; das engsitzende Mieder ihres feinen Wollkleides betonte ihre schlanke Figur, und der Rock schwang anmutig bei jeder Bewegung. Der dunkelgrüne Wollstoff mit dem hochgeschlossenen winzigen Spitzenkragen ließ ihre Haut im flackernden Licht durchschimmernd wie Perlmutt erscheinen.

Griz richtete eine Falte ihres Rockes. »Sie gehen besser hinunter. Er wartet schon einige Zeit.«

»Gleich. Laß mich bitte allein, Griz. Er hat schon so lange gewartet, daß ein Weilchen länger ihm auch nicht schaden dürfte. Es ist erstaunlich, wie der Gedanke an ein Vermögen einem Mann die Zeit vertreiben kann.«

Griz öffnete den Mund, um etwas zu sagen, überlegte es sich jedoch anders. Schweigend nahm sie ihre Gerätschaften und ging hinaus.

Katherine schob die Finger in ihre hochgesteckte Haarfülle und lockerte die Kämme, die ihr fest auf der Kopfhaut saßen. So war es besser. Langsam ging sie ans Fenster und starrte hinaus in den trüben, weinenden Himmel. Wie angemessen.

Nach dem unrühmlichen und einseitigen Kampf der letzten Wochen, den sie verloren hatte, wie sie es in ihrem tiefsten Inneren schon geahnt hatte, bevor er überhaupt begann, waren ihr keine Tränen mehr geblieben.

Sie hatte sich gegen die Einschüchterungsversuche ihres Vaters, die Tränen und das Flehen ihrer Mutter, den nüchternen Rat von Griz und ihren eigenen gesunden Menschenverstand gestemmt. Doch als ihr Vater ihr eine Einladung zu Giles' Hochzeit gab, geschrieben in der Handschrift, die sie kannte wie ihre eigene – und die der einzige Brief war, den sie seit Beginn dieser elenden Angelegenheit von ihm bekommen hatte –, hatte sie kapituliert.

Warum nicht? Was spielte es jetzt noch für eine Rolle?

Sie betrachtete ihr zuckendes Spiegelbild in dem hohen Erkerfenster und verzog freudlos das Gesicht beim Anblick ihres unordentlichen Haares.

Adelige Enkelsöhne. Nun, Vater, das wollen wir erst noch sehen.

Gott kannst du mit Gold nicht bestechen. Wenn es im Diesseits eine Gerechtigkeit gibt, bekomme ich nichts als Töchter.

Als sie den Salon betrat, der ebenso wie das Schlafzimmer von einem lodernden Kaminfeuer erhellt wurde, sah sie zuerst nur ihren Vater. Er stand mit dem Rücken zu den brennenden Holzscheiten, die seinen Schatten massig an Wände und Dekke warfen.

Sie blieb in der Tür stehen, da sie eine seltsam gespannte Atmosphäre spürte. Ihr Vater drehte sich um, sein Gesicht lag im Schatten.

»Keinen Moment zu früh, Mistreß.« Sein Ton war schneidend vor Mißbilligung.

»Es tut mir leid, Vater. Grizzle hat für mein Haar länger als üblich gebraucht.« Für diese Lüge verdiente Griz ein Band, doch es hatte offenbar keinen Sinn, ihn noch weiter zu verärgern. Sie konnte nicht recht nachvollziehen, was ihm so mißfiel. Es hatte anscheinend nichts mit ihrem Zuspätkommen zu tun. Bei jedem anderen hätte sie gesagt, er sei völlig aus der Fassung, doch einen solchen Ausdruck auf John Pargyter anzuwenden, war ganz und gar undenkbar. Sie war noch keinem Menschen begegnet, der ihren Vater hätte aus der Fassung bringen können, und schon gar nicht an seinem eigenen Kaminfeuer.

Sie trat weiter ins Zimmer und machte eine schlanke Gestalt aus, die neben dem Sessel ihres Vaters im tiefen Schatten lässig am Fenster lehnte, eine Hand bleich auf dem dunklen Holz. Er sah ihren Vater an, und in seinen seltsam spiegelnden Augen funkelte der Widerschein des Feuers. Noch nie hatte sie jemanden so reglos gesehen, und im Dämmerlicht hätte Katherine schwören mögen, daß ihr Vater seinem Blick auswich. Dann bewegte sich der Mann und trat ins Licht.

Soweit sie sehen konnte, war er um die Dreißig, mittelgroß – kaum einige Zoll größer als sie –, schlank und anmutig. Sein dunkles, dichtes Haar trug er kurz geschnitten, und das Feuer ließ roten Samt, dunklen Satin, feinen Pelz und elegante Spitzen aufleuchten.

»Ich denke, es ist nicht nötig, uns bekanntzumachen, Mistreß Katherine. Ich habe das Gefühl, Sie bereits zu kennen.« Seine Stimme war hell und angenehm, und in der formvollendeten, anmutigen Begrüßung lag eine Spur von Ironie.

Katherine knickste tief und langsam. Etwas an dieser Szene entsprach durchaus nicht ihren Erwartungen. Auch ihr Vater wirkte etwas verloren, was durchaus nicht seiner Art entsprach; neben dem schmächtigeren Mann erschien seine Fülle eher schwerfällig. Er ging zur Tür, doch als er sich umdrehte und der Feuerschein sein Gesicht erhellte, hatte er seine Fassung offenbar wiedergewonnen. »Sie haben Glück, Sir Richard, das kann ich Ihnen versichern. Sie ist ein gutes Mädchen, wenn auch eine Spur eigenwillig. Sie wird Ihnen sehr guttun, daß weiß ich.« Er lächelte in Katherines plötzlich zornfunkelndes Gesicht, verließ das Zimmer und schloß hinter sich ganz leise die Tür.

In der Stille, die seinem Hinausgehen folgte, fielen die Scheite im Kamin in sich zusammen und ließen Funken aufsprühen.

Im plötzlichen Licht sah Katherine deutlich ein schmales Gesicht mit sehr klaren, hellen Augen und leicht verzogenem Mund. Auch er betrachtete sie aufmerksam, machte eine Bestandsaufnahme, und mit einem Mal bedauerte sie, daß sie die Kämme gelockert hatte.

Er wandte sich zum Fenster. »Es ist schade –«, diesmal lag lediglich ein amüsierter Unterton in seiner Stimme, »daß die Absolution des Papstes, die wir erst kürzlich dankbar erhalten haben, sich offenbar nicht auf das Wetter erstreckt. Man sollte doch wohl meinen, daß Gott zur Feier unserer Rückkehr in den Schoß des wahren Glaubens ein wenig freundlicher gestimmt wäre, finden Sie nicht?«

Der Augenblick genügte, daß sie ihre Fassung wiederfand. »Das hängt wohl davon ab, wie sehr er sich freut, uns wiederzuhaben, würde ich meinen.« Sie hielt ihre ruhigen Hände an das wärmende Feuer. »Vielleicht hat er den Eindruck, daß er ebensogut ohne uns ausgekommen wäre. Ich könnte ihm keinen Vorwurf daraus machen.«

Wieder lehnte er sich auf den Sessel, den Kopf etwas zur Seite geneigt. »Vermutlich haben Sie recht«, meinte er anerkennend.

»Wenn ich Gott wäre, wäre es mir ebenso lieb, wenn die Engländer zum Teufel gingen. Die meisten von uns sind ohnehin schon auf halbem Weg dorthin. Ich spreche natürlich nur für mich«, fügte er entschuldigend hinzu, und sie vermutete, daß er leise lachte, »da ich Sie noch nicht gut genug kenne, um für Sie zu sprechen.«

Sie gab keine Antwort und sah ihn auch nicht an. Das Schweigen zog sich in die Länge, während der Regen in eisigen Böen gegen das Fenster schlug. Sie spürte eine Bewegung und sah seine schlanken, kräftig wirkenden Hände, die er gegen die Glut hielt.

»Was sollen wir spielen?« Jetzt lachte er wirklich. »Oder sollen wir, nachdem wir Gott und das Wetter abgehandelt haben, den Rest des Nachmittags schweigend dasitzen, bis ich der Langeweile ein Ende setze, indem ich gehe?«

So leicht ließ sie sich nicht entwaffnen. »Sie dürfen tun, was Ihnen beliebt, Sir Richard. Sie sind Gast meines Vaters.«

Wieder herrschte Stille, und sie spürte seinen Blick auf sich ruhen. »Ja«, sagte er. »Das stimmt wohl. Und was sind Sie dann?«

Sie hatte das Gefühl, daß die Frage, so seltsam sie war, doch aufrichtig gemeint war.

Also sollte sie sie wohl beantworten.

»Ich nehme an, man könnte sagen, daß ich eine Hälfte eines Handels bin«, sagte sie, »die Frau, die Sie im Austausch für ein beträchtliches Vermögen, über das Sie sicher bereits mit meinem Vater verhandelt haben, zu Lady Katherine Brecon machen.«

Es klang harscher und beleidigender, als sie beabsichtigt hatte, aber jetzt konnte sie es nicht mehr mildern.

»Nun ja«, sein Ton war leicht und völlig ohne Beiklang, »das rückt die Dinge ins rechte Licht. Ich bin froh, daß Ihre Erwartungen so klar umrissen sind. Ein Familientalent, nehme ich an. Es ist schön zu wissen, daß keine ungeordneten Gefühle im Spiel sind, über die der Unbedachte straucheln könnte. Was meinen Sie, ob ich wohl ein Glas Wein bekommen könnte? Ihr Vater unterhält einen exzellenten Keller, sagt man.«

Katherine griff nach der Klingel und war durchaus nicht überrascht, daß Griz wesentlich schneller hereinkam, als man es hätte erwarten dürfen.

Als sie später dastand und in die ersterbende Glut des Feuers starrte, fiel ihr auf, daß er den Wein kaum angerührt hatte.

Hinter ihr öffnete sich die Tür; Griz schlüpfte herein und stocherte so heftig in den verkohlten Scheiten herum, daß sie zu einem verglimmenden Aschehäufchen zusammenfielen. Sie hatte die Augen nicht auf ihre Aufgabe, sondern auf die reglose Gestalt ihrer Herrin gerichtet.

»Laß es in Ruhe, Griz. Du erstickst es ja völlig.« Grizzle schnitt eine Grimasse, was sie niemals gewagt hätte, wäre John Pargyter im Zimmer gewesen. Wider Willen mußte Katherine lachen. »Also, du hast genausoviel von ihm gesehen und gehört wie ich. Was hältst du von ihm?«

Das Stocheisen ratterte im Feuerkorb herum. »Ein recht gesitteter Gentleman. Und gutaussehend, trotz der Narbe.«

»Narbe?«

Grizzle sah sie mit gerunzelter Stirn an. »Am Mund. Er hatte eine Narbe. Haben Sie das nicht bemerkt?«

»Nein.«

»Naja, da war aber eine.« Das Mädchen versetzte der Glut den Todesstoß und zischte ungeduldig. »Sie kommen besser nach oben. Da ist es wärmer.«

Bevor er ging, hatte er ihre Hand zu einem förmlichen Abschiedskuß an seine Lippen geführt; seine Finger waren sehr kalt und fest gewesen, und seine Lippen hatten ihre Haut kaum gestreift.

»Mistreß, ich denke, daß wir beide einander doch recht guttun können. Offensichtlich sind Sie eine Frau von Verstand und besitzen, glaube ich, ebenso viel Wirklichkeitssinn wie Ihr Vater. Da dem so ist, dürften meine charakterlichen Eigenheiten Sie wohl kaum stören. Wenn jeder von uns dem anderen so wenig wie möglich in die Quere kommt, müßten wir recht gut miteinander auskommen. So ist es besser, da sind Sie sicher mit mir einig. Hohe Erwartungen sind die Hölle – sie werden so leicht enttäuscht.« Sie wünschte, sie könnte unterscheiden, wann er es ernst meinte und wann nicht. »Die Renovierung von Brecon House überlasse ich voll und ganz Ihnen. Machen Sie damit, was Sie wollen. Da Ihr Vater die Rechnungen bezahlt, ist das wohl nur gerecht. Allerdings möchte ich Sie bitten, den Westflügel mir zu überlassen. Dort wohne ich seit langem, und es täte mir leid, ihn jetzt verändert zu sehen. Was den Rest angeht – er steht Ihnen zur Verfügung. Reißen Sie ihn ab und bauen Sie ihn aus Marzipan wieder auf, wenn Sie wollen.« Seine Miene war völlig ernst. »Ich denke, es kommt uns beiden sehr entgegen, wenn wir uns so wenig wie möglich in die Angelegenheiten des anderen einmischen.«

Sie hätte es nicht besser ausdrücken können. Eigentlich sollte sie sich freuen.

Stirnrunzelnd und in Gedanken vertieft folgte sie der unaufhörlich plappernden Grizzle die Treppe hinauf.

3

Sie sah Richard Brecon bis Weihnachten nicht wieder, einem üppigen Fest bei den Pargyters mit Mummenschanz, Tanz und Maskeraden, die einem weit nobleren Haus als ihrem alle Ehre gemacht hätten.

Der rothaarige Sim, der lebhafteste der Küchenjungen, wurde zum ›Lord of Misrule‹ gewählt und waltete seines Amtes nach besten Kräften. Das Haus war mit Kränzen aus Stechpalmen und Efeu, dem heidnischen Lorbeer, geschmückt.

Zwölf Tage, von Weihnachten bis Dreikönige, wurde ausgiebig gefeiert, mit Festessen und Tanz, und ständig platzte das Haus vor Gästen fast aus allen Nähten, da John Pargyter als reich und ehrgeizig bekannt war und man wußte, daß er hoch hinauswollte. Es gibt immer Menschen, die dankbar nach dem Schweif des Kometen greifen und den Stern häufig mit Genugtuung fallen sehen.

Alle Betten und jedes Fleckchen am Boden waren belegt, und mehr als einmal fand Katherine nur noch auf der schmalen Treppe Platz, obwohl viele ihrer Gäste einen Schemel oder Stuhl von Haus zu Haus trugen.

Von den Straßen strömten Vermummte in herrlichen Kostümen in die große Halle und wurden willkommen geheißen. Begeistert zollte man ihren Vorführungen Beifall und belohnte ihre Mühe mit Kuchen und Glühwein.

Katherines Mutter schwebte als milde lächelnder Schatten, den niemand sonderlich beachtete, durch die Festivitäten, während die jüngeren Mädchen sich rückhaltlos ins Getümmel stürzten, der Vornehmheit der Älteren nacheiferten und allen Versuchen, sie zu bändigen, widerstanden.

John Pargyter war unermüdlich überall zugleich. Er lachte

am lautesten, tanzte trotz seiner Leibesfülle am längsten, war an der Tür, um einen Gast zu begrüßen oder einen anderen zu verabschieden, spürte, wenn eine Musikkapelle am Ende ihrer Kräfte war, holte eine andere herbei und sorgte für den anscheinend unerschöpflichen Nachschub an Essen und Wein. Mit scharfem, berechnendem Blick überwachte er alles.

Zu ihrer eigenen Verwunderung genoß Katherine die Feste. Die älteren Sumners kamen, plauderten, lächelten und wichen ihrem Blick aus. Giles und Alice hatten vor einigen Wochen geheiratet und waren bereits in Antwerpen. Wie immer hatte John Pargyter genau gewußt, was er tat, als er ihr die handgeschriebene Einladung zur Hochzeit gab. Nun konnte Katherine nicht mehr an Giles denken, ohne daß sich ein Anflug von Verachtung in ihr Bedauern mischte.

Zweimal sah sie Richard Brecon. Einmal, als er bei seinem offiziellen Weihnachtsbesuch bei ihrer Familie aß, mit ihnen sang, kleine Geschenke verteilte, den jüngeren Mädchen den Kopf verdrehte, ihrer Mutter einen ungewöhnlich lebhaften Hauch von Farbe auf die Wangen zauberte und, wie Katherine später auffiel, eigentlich wenig von Bedeutung sagte.

Als sie ihn das zweite Mal sah, war sie sich gar nicht sicher, ob er überhaupt wußte, wo er war. Eine Gruppe von Musikern und Kostümierten schwemmte ihn von den dunklen, winterlichen Straßen mit herein, sein federgeschmückter Hut saß schief, seine Eleganz war zerknautscht, seine strahlenden Augen voll ausgelassener Fröhlichkeit und seine Füße die muntersten der Gesellschaft, die eine Gigue tanzte. Mit einer Gruppe ebenso trunkener junger Männer hatte er sich den Vermummten irgendwo am Strand angeschlossen und seitdem mit ihnen die Vorführung, den Applaus und den Wein geteilt. Von ihrem Hochsitz auf der Treppe am hinteren Ende der Diele sah Katherine, wie er der kleinen Gestalt des Lord of Misrule feierlich auf einem Knie den Gruß erwies, sich dann lachend zu dem Jungen beugte und ihm etwas offensichtlich allzu Unflätiges für andere Ohren zuflüsterte. Sim johlte vor Vergnügen und schlug mit der luftgefüllten Blase nach ihm, die ihm als Zepter diente. Immer noch lachend zerzauste Richard dem Jungen, der seine Krone längst verloren hatte, das flammendrote Haar und erntete von ihm ein Grinsen. Für einen Moment erschien es Katherine, als strahle aus beiden Gesichtern, dem des Mannes und dem des Jungen, die gleiche unbändige Heiterkeit, die gleiche schiere Freude am Augenblick. Dann schweifte die Aufmerksamkeit des Mannes ab. Er sah sich im Raum um.

Doch da packte ihn von hinten einer seiner lärmenden Freunde, wirbelte ihn zu sich herum, verbeugte sich linkisch und führte ihn in einem parodistischen Tanz quer durch den Saal, wobei Richard als anmutiges, affektiertes Mädchen seinen übereifrigen Verehrer lockte, neckte und mit zierlichen Fingern auf Abstand hielt. Die Gesellschaft grölte vor Vergnügen und geriet vollends außer sich, als Katherines zukünftiger Ehemann nach einer letzten eleganten, komplizierten Figur seinem Partner mit allen Anzeichen jungfräulicher Hingabe in die Arme sank.

Katherine fiel in das Lachen und den Applaus ein. Richard sah auf und bemerkte sie; er lüftete die Samtkappe von seinem zerzausten dunklen Haar und schwenkte sie einmal, bevor ihn eine Woge kostümierter – und in einigen Fällen fast unbekleideter – Tänzer wieder auf die Straße spülte. Als Katherine Lord Sim anschaute, der der abziehenden, lärmenden Schar mit einem Anflug von Enttäuschung nachblickte, fiel ihr auf, daß sie nicht die einzige war, die das Gefühl hatte, die hell erleuchtete Halle, die vor ihrer Ankunft durchaus festlich gewirkt hatte, sei ohne sie seltsam fade und leer geworden.

Als Weihnachten vorüber war, sah sich Katherine unbehaglich in den Mittelpunkt der Aufmerksamkeit gerückt.

Das Thema Hochzeit beherrschte alle Gespräche, und wieder war das Haus voller Fremder, die allesamt ein Wörtchen mitzureden hatten, was ihr Kleid, ihr Haar, die Zeremonie und die feinen gesellschaftlichen Abstufungen der anschließenden Feier anging. Allmählich fragte sie sich, ob nicht die Hochzeit der Königin ein Jahr zuvor im Vergleich zu ihrer eine unbedeutende Veranstaltung gewesen war. Das alles schien einer anderen zu widerfahren, und erst nachdem sie sich zum ersten Mal Brecon House, ihr zukünftiges Heim, angeschaut hatte, fing auch sie ein wenig Feuer. Entsetzt über den vernachlässigten Zustand des Hauses kehrte sie zurück.

»Ein großer, zugiger Kasten. Das müßtest du sehen, Griz! Keine Kamine in den Räumen, nackte Wände und kaum Möbel. Beheizt, wenn man das so nennen kann, von einem uralten zentralen Kamin. Das ganze Haus riecht nach hundert Jahre altem Rauch, um von Schlimmerem gar nicht erst zu reden. Winzige Zimmerchen, Hunderte, wie es scheint. Und *finster* – es gibt kaum Fenster, und Fensterscheiben schon gar nicht. Da ist einiges zu tun!« Sie genoß die wohlige Wärme des Feuers, während Griz mit einem großen Löffel Wein erhitzte. »Die Betten lasse ich, glaube ich, aus Frankreich kommen, und vielleicht ein paar Stühle aus Spanien. Ich muß Mutter wegen der Wandbehänge um Rat fragen. Ein Segen, daß wenigstens der Garten recht vielversprechend aussieht.« Sie hielt inne, als sie Grizzles Blick bemerkte. »Worüber lachst du?«

Mit den finanziellen Mitteln ihres Vaters machte sie sich an die Renovierung ihres zukünftigen Heims. Sie fand großen Gefallen an dieser Aufgabe, beaufsichtigte persönlich die Planungen und ihre Ausführung und kümmerte sich mit peinlicher Genauigkeit um jedes Detail. Das alte Gebäude hallte vom Lärm einer ganzen Armee von Handwerkern wider. Schwere Stiefel trampelten über den schmutzigen Fliesenboden, Wände wurden eingerissen, halb verfaulte Balken herausgerissen, und der durchdringende Geruch frischen Holzes lag in der Luft. Sie sprach, stritt und verhandelte mit Maurern und Zimmerleuten und war ihnen in ihrer Vorstellungskraft offenbar immer einen Schritt voraus. Schließlich konnte sie beobachten, wie nach und nach Ordnung, Proportionen und Licht in die heillose Unordnung kamen.

In die alten Mauern wurden große Fenster gebrochen, hoch und elegant mit winzigen, glitzernden Butzenscheiben.

Zuerst nahmen sie das Haupthaus in Angriff, rissen ein, stützten ab und bauten wieder auf. Dann gingen sie zum Ostflügel über, einer kleineren Zimmerflucht, die Katherine für sich zu nutzen gedachte. Im ersten Stock wollte sie einen kleinen Salon haben, hübscher und intimer als der ihres Vaters, und sie verwendete viel Zeit und Mühe auf die Auswahl der richtigen Stoffe und Möbel, um ihr Ziel zu verwirklichen.

Eines Tages stand sie am Fenster dieses Zimmers und hörte aus einem entfernten Teil des Hauses das Hämmern und die lauten Stimmen der Handwerker herüberschallen. Sie hatte Griz losgeschickt, ein Stück von dem dunkelroten Stoff zu holen, für den sie sich schon fast entschieden hatte, weil sie prüfen wollte, ob er auch im kalten Winterlicht die richtige Wirkung erzielte. Das Fenster lag zum Garten, hinter dessen noch ungepflegter Wildnis aus laublosem Dorngestrüpp die Fenster der Räume zu sehen waren, die Richard bewohnte, seit er den Rest des Hauses nach dem Tod seines Vaters vor einigen Jahren geschlossen hatte. Getreu ihrer Übereinkunft hatte sie sie nicht angerührt und nicht einmal betreten, da sie schon sehr früh bei ihren Erkundungen festgestellt hatte, daß alle Türen, die vom Haupthaus in den Westflügel gingen, von der anderen Seite verriegelt und verschlossen waren. Der einzige Zugang führte durch die kleine Tür im Garten, die sie von ihrem Zimmer aus sehen konnte. Der Flügel wirkte leer und unbewohnt, da an den meisten Fenstern die Läden fest verschlossen blieben, wenn Richard nicht da war, was offenbar meist der Fall war.

Ihr fiel auf, daß ein Großteil der Mühen, die sie auf den Rest des Hauses verwandte, der unausgesprochenen Hoffnung entsprang, im Vergleich zu der eleganten, luftigen Behaglichkeit, die sie mit ihren Veränderungen erzielte, möge Sir Richards sicherlich zugige, finstere Unterkunft an Reiz verlieren.

Sie lächelte in sich hinein. Wie kindisch.

Sie hatte ihren zukünftigen Ehemann kaum gesehen. Ein paar recht förmliche Gespräche über Kamine oder sogar Bettvorhänge schufen wohl kaum eine enge Verbindung. Sie hatten eine geschäftliche Vereinbarung getroffen, die zufriedenstellende Fortschritte machte. Er lächelte sein schiefes Lächeln, gratulierte ihr zu ihrem gutem Geschmack und verschwand wieder zu seinen eigenen Geschäften. John Mason, sein Leibdiener, der ihm seit seiner Kindheit diente, kümmerte sich um seine persönlichen Bedürfnisse. John war ein kräftig gebauter Mann mit sackigem, ernstem Gesicht, der, wie Katherine spürte, keine sonderlich hohe Meinung von Frauen im allgemeinen und ihr im besonderen hatte. Außer ihm hatte Richard nur noch eine Bedienstete namens Dorcas Medwin, die für ihn kochte und wohl das Haus sauberhielt, wenn er da war. Griz fand Dorcas schlampig und hätte auf der Stelle, kaum daß sie ein Wort gewechselt hatten, eine Fehde begonnen. Doch Katherine hatte in den Augen der Frau eine unbefangene Freundlichkeit und in der zarten Haut und dem dichten Haar die Überreste einer jugendlichen Schönheit bemerkt.

Der Gedanke an Griz und ihre Abneigung gegen Dorcas holte sie zurück in die Gegenwart. Wo blieb das Mädchen nur? Sie ließ sich wahrhaftig Zeit mit einer so einfachen Besorgung.

Katherine wollte sich gerade umdrehen, als eine flüchtige Bewegung im Garten ihre Aufmerksamkeit erregte. Ein kleiner Kopf mit der unverwechselbaren Farbe von Karotten huschte durch die ungepflegte Wildnis zum Westflügel.

Sim? Katherine beugte sich näher zum Fenster. Wenn der Junge ihr eine Nachricht von Grizzle brachte – und einen anderen Grund für seine Anwesenheit konnte sie sich nicht denken –, dann ging er zu der falschen Tür.

Sie klopfte fest an die Fensterscheibe, aber der Bursche sah nicht auf. Plötzlich entdeckte sie etwas Merkwürdiges an seiner Erscheinung – sein Gesicht war schmutzig und sein Kittel zerrissen. Hätte John Pargyter ihn so gesehen, hätte er sicher die Rute zu spüren bekommen.

Wieder klopfte sie. Doch er hatte die Tür bereits erreicht und schlug kräftig dagegen. Dummer Kerl. Der Westflügel stand seit drei Tagen leer. Ungeduldig schüttelte sie den Kopf, drehte sich auf dem Absatz um und verließ das Zimmer.

Eine kleine Wendeltreppe führte sie in die unfertige Küche und zur Gartentür hinunter. Als sie sie öffnete, drehte Sim sich um.

»Hier drüben!« rief sie.

Der Junge drückte sich an die Wand. Er war sehr klein und schmächtig, und sein karottenrotes Haar wirkte wie eine Flamme über seinem aschfahlen Gesicht.

»Sim! Um Himmels willen, was ist los?«

Erschrocken sah er sich um und machte einen Schritt zur Seite, immer noch dicht an die Mauer gepreßt, als suche er dort Schutz. Katherine trat vor. »Sim, du dummer Kerl!« Wie ein Kaninchen, das in seinen Bau schlüpft, schoß er über den unebenen, von Unkraut überwucherten Gartenweg zu einem Törchen in der Gartenmauer. Wütend lief Katherine hinter ihm her, ihre weiten Röcke verfingen sich in Dornen und Gestrüpp.

Er erreichte das Törchen und fingerte mit vor Hast linkischen Händen am Riegel. Fast hätte sie ihn erwischt. Doch mit einer letzten verzweifelten Anstrengung riß er es auf und lief, als sei der Leibhaftige persönlich hinter ihm her, auf die Gasse, die an der Mauer entlang zur Straße führte.

Katherine folgte ihm. Was hatte der Junge bloß? Er sah aus, als sei er zu Tode erschrocken. War er krank? Vielleicht eine Art Anfall? Während ihre Wut in Sorge umschlug – Sim war im Hause Pargyter bei allen beliebt –, schürzte sie die Röcke und eilte auf dem hartgefrorenen Boden mit den tiefen Fahrspuren stolpernd hinter ihm her.

Auf der Straße drängten sich für diese Tageszeit ungewöhnlich viele Menschen. Einige Reiter bahnten sich einen Weg durch die lärmende Menge. Auf der anderen Straßenseite versperrte ein seitwärts steckengebliebenes Fuhrwerk den Passanten den Durchgang, die lautstark, aber recht gutmütig ihren Unmut bekundeten, während sie versuchten, daran vorbeizukommen. Es lag etwas Feiertägliches in der Luft.

Katherine sah, wie der flammend rotblonde Lockenkopf sich mit dem Strom durch die Menge schlängelte. Entschlossen schob sie sich ebenfalls in das Gedränge und hielt den Jungen im Blick.

»Sim!« Ihre Stimme verlor sich völlig im Getöse um sie her.

Es trieb sie auf das Fuhrwerk zu, das gestrandet war wie ein Schiff auf einer Sandbank, unwirsch schob man sie gegen eines der verdrehten Räder, und dann war sie daran vorbei.

Sim schlüpfte seitlich weiter, verhakte sich an einem Ellbogen und strauchelte leicht. Katherine drängte sich vor, ging schneller als die Leute um sie her und befand sich plötzlich auf einem relativ freien Platz. Der Junge war nirgends zu sehen – doch dann entdeckte sie seinen leuchtenden Schopf wieder, ein Stück vor ihr. Sie lief ein paar Schritte, bevor sie erneut im Gedränge steckenblieb. Man stieß und schob sie hin und her, so daß ihre kleine Pelzkappe verrutschte. Gereizt versuchte sie, sie zu richten, und handelte sich für ihre Mühe den unfreundlichen Stoß von einem Ellenbogen ein. Das war der Junge sicher nicht wert, ob er nun krank sein mochte oder nicht! Katherine versuchte, sich umzudrehen und in der Gegenrichtung aus der Menschenmenge herauszukommen.

Es war unmöglich.

Die Straße war schmaler geworden, und die Menschen drängten nach vorn. Männer trugen Kinder auf den Schultern, Frauen in ihren besten Sonntagskleidern – zu welchem Anlaß? – strahlten vor Vorfreude. Katherine versuchte nach Kräften, sich an den Rand der Menge vorzuarbeiten. Vom Fluß her hatte es sie in die Innenstadt getrieben. In den engen Gassen, in denen der Himmel nur als schmaler heller Streifen zu sehen war, blieb ihr kaum etwas anderes übrig, als sich mit dem Gedränge treiben zu lassen.

Um sie her wurde eine Flasche Wein herumgereicht, und Liedfetzen drangen über den Lärm. Ganz London war anscheinend auf den Beinen, strömte lachend und plaudernd auf die schmalen Straßen und sammelte sich, wie ihr plötzlich mit Entsetzen klar wurde, auf dem Smithfield.

Smithfield! Sie hatte völlig vergessen, was für ein Tag heute war!

Wild entschlossen drehte sie sich um und kämpfte allen Ernstes gegen den Strom an. Flüche, Speichel, grobe Hände und Ellbogen trafen sie. Hilflos wurde sie wieder zurückgedrängt und stürzte beinahe. Irgendwo in ihrer Nähe fing ein Kind an zu weinen und wurde mit einem groben Fluch und einem Schlag abrupt zum Schweigen gebracht.

Doch mittlerweile ließ das Gedränge nach, da die Häuserreihen auf beiden Seiten in einen freien Platz mündeten. Für eine Weile ließ Katherine sich von der Menge auf den Turnierplatz mitreißen. Mit plötzlichem, unerwartetem Schmerz fiel ihr ein, daß auf eben diesem Platz Giles ihr im letzten August auf dem St.-Bartholomew-Jahrmarkt einen Ring gekauft hatte, ein albernes Ding aus billigem Metall, das schon grün angelaufen war, als er es ihr lachend an den Finger gesteckt hatte. Dieser billige, bunte Ring hatte sich als prophetischer erwiesen, als sie beide es damals ahnten.

Heute sah der Platz völlig anders aus, obwohl er nichts an

Festtagsstimmung vermissen ließ. Wo damals Buden und fröhlich bunte Zelte gestanden hatten, war nun ein Scheiterhaufen errichtet, der sich schwarz auf der Wintererde erhob; anstelle der Marktschreier, Zigeuner und Händler standen jetzt schwarzgewandete Priester, ein Henker mit Kapuze und ein Ring leuchtend uniformierter, grimmig dreinschauender Soldaten da, deren Klingen kalt in der Sonne blitzten.

Ein Mensch sollte bei lebendigem Leib verbrannt werden.

Noch einmal versuchte sie, sich aus der Menge hinauszukämpfen.

Ein häßliches Gesicht, benommen von Trunkenheit, schob sich dicht an ihres. »Schon gut, schon gut. Wir wollen alle was sehen. Nur nicht drängeln!« Er stieß sie hart beiseite, so daß sie fast gefallen wäre.

Durch den großen, stillen Kreis in der Mitte des Getümmels ging ein Mann mit festem Schritt auf den Scheiterhaufen zu. Der Gelehrte und Lutheraner John Rogers lächelte seiner Frau zu, während er ruhig die Hände ausstreckte, um sie in Ketten legen zu lassen. Anerkennendes Gemurmel erhob sich in der Menge.

Niemand konnte sagen, daß ein Londoner Mut nicht erkannte, wenn er ihn sah. Kräftig und offenbar furchtlos hallte die Stimme des Gefangenen durch die kühle Luft. Katherine konnte zwar die Worte nicht verstehen, sah aber gerade noch das gequälte Gesicht von Mistreß Rogers – gezwungen, mit einem Säugling auf dem Arm und ihren größeren Kindern am Rockzipfel zuzusehen, was unbeugsamer Glaube und Tapferkeit ihrem Mann einbrachten –, ein Gesicht, in dem ein Gefühl aufleuchtete, das jenseits der Hoffnung lag, die der Tod birgt.

Donnernd erschallte die Stimme des Priesters. Rogers stimmte ein Lied an, das ihn übertönte, und die Menge fing an zu johlen. Eine Flamme züngelte in der Hand des Henkers auf, wie eine gräßlich grelle Blume im fahlen Sonnenlicht. Plötzlich wurde es still in der Menge, totenstill, doch als Katherine sich wieder bewegte, packte sie eine Hand fest und schmerzhaft am Arm.

»Himmelherrgott, Mädchen, hab' ich dir nicht gesagt, du sollst stillhalten?«

Sie riß ihren Arm los und spürte mehr, als daß sie es hörte, ein Raunen, fast ein Stöhnen, das durch die Menge ging, als die Fackel an den Scheiterhaufen gelegt wurde. Der beißende Geruch nach Holzrauch erfüllte die Luft; der Mann sang immer noch.

In plötzlich aufsteigender Wut schlug Katherine zu. Sie würde sich nicht zwingen lassen, dem zuzusehen. Überrumpelt wich der Betrunkene zurück, und sie schob sich an ihm vorbei, während er wütend die Hände nach ihr ausstreckte.

Irgendwo in der Nähe wieherte ein Pferd, die Menge um sie her schwanke und brodelte, wie grauenvoller Weihrauch stieg Qualm auf. Eine Frau schluchzte. Katherine drängte weiter und stieß mit den Ellenbogen um sich, wohl wissend, wie vergebens ihre Mühe war, aber sie konnte nicht aufhören. Jemand fluchte, schlug sie, daß sie gegen die rauhe Wärme eines Pferdeleibes, gegen ein Bein in schwarzem Samt und glattem Leder stolperte. Langgliedrige Hände schlossen sich wie ein Schraubstock um ihre Taille und hoben sie hoch aus der fluchenden Menge in die Sicherheit des Sattels.

Plötzlich hatte sie freien Blick auf gierig züngelnde Flammen, verkohlte Kleider und Schlimmeres. Sie wandte den Kopf ab und barg das Gesicht an der samtbedeckten Schulter ihres Retters.

Unter ihnen bäumte sich das Pferd auf und bahnte sich einen Weg. Immer noch wurde sie mit fester Hand gehalten und spürte die Stärke, den eisernen Griff, mit dem der Reiter das Pferd zügelte. Als endlich leichter durchzukommen war, entspannte sich der schlanke Körper des Mannes. Die Geräusche wurden leiser, doch wie eine Beleidigung hing noch der Gestank in der Luft.

Katherine versuchte, sich zu bewegen, da ihr mit einem Mal erschreckend klar wurde, wie unschicklich ihre Lage war. Die Arme, die sie hielten, strafften sich leicht.

»Einen Augenblick noch, Madame. Wir sind noch zu nah.« Eine ruhige Stimme, ein bißchen rauh und sehr französisch.

Schließlich brachte er das Pferd zum Stehen und setzte sie wohlbehalten auf ihren Füßen ab. Dann schwang sich ihr Retter neben sie auf den Boden. Er war sehr groß und auf elegante Weise hager. Sein Gesicht war von einer Hakennase beherrscht, und sein dunkles Haar fiel glatt auf fahle Wangen. Er trug makellos schwarze Kleidung mit Schlitzen und silberner und perlweißer Verzierung, und die Spitze, mit der Halsausschnitt und Ärmel abgesetzt waren, hob sich schneeweiß von seiner Haut ab.

Er sah sie ernst an. »Ich nehme an, Sie haben keinen bleibenden Schaden genommen?«

Katherine zitterte immer noch, und ihre Kehle war rauh von dem abscheulichen Gestank. Sie schüttelte den Kopf.

»Vielen Dank ... ich ...« Sie hustete, erholte sich aber wieder.

»Ich bin in die Menge geraten. Ich hatte ganz vergessen –« In der Ferne johlte die Menge, und Katherine zuckte zusammen. Der Fremde warf einen Blick Richtung Smithfield.

»Das ist kein Ort für Sie. Bitte erlauben Sie mir, Sie nach Hause zu begleiten.« Sein Englisch war perfekt, obwohl er einen starken Akzent hatte.

Er schwang sich wieder in den Sattel und reichte Katherine die Hand, um ihr hinaufzuhelfen. Als sie seine Rechte nahm, bemerkte sie eine längst verheilte weiße Narbe auf seinen Knöcheln. Mit sittsamer Haltung erklärte sie ihm den Weg zum Haus ihres Vaters.

Hinter ihnen war es plötzlich still geworden.

4

Haben Sie wenigstens herausgefunden, wie er heißt und was er da wollte?« Aus Grizzles Augen funkelte mehr als nur eine Spur von Neid. Gegen Katherines Abenteuer nahm sich ihre eigene Tändelei mit einem großen, blonden Zimmermann geradezu zahm aus.

Katherine nickte. Sie hatte sich inzwischen einigermaßen erholt, war allerdings noch etwas blaß. »Sein Name ist de Villeneuve. Monsieur François de Villeneuve, und er ist ein Freund des französischen Botschafters.«

Griz machte noch größere Augen. »Ein Freund des Botschafters bei Hofe?«

»Ich denke schon. Ich weiß es nicht genau. Vielleicht gehört er zu seinem Personal. Der Botschafter war da, um sich die Hinrichtung anzusehen.« Katherine schluckte. »Und Monsieur de Villeneuve war mit ihm dort, zu meinem Glück.«

Sie erinnerte sich an seinen tröstlich kräftigen Körper in ihrem Rücken, der sich zwischen sie und das Grauen des Feuers schob.

»Wie war es?« fragte Griz neugierig.

Katherine wandte sich ab. »Ich habe es nicht gesehen.«

»Ach.« Enttäuscht faltete das Mädchen den feinen Batist zusammen, an dem es genäht hatte. »Also, ich war ja so froh, als Sie wieder zurück waren! Was ist nur in Sie gefahren, einfach so davonzulaufen? Heilige Mutter Gottes, wo ist die denn jetzt hin?« Sie hatte eine Nadel auf den mit Binsen bedeckten Boden fallenlassen. »Und auch noch eine von den neuen! Herrje, die finde ich nie wieder!«

Vor dem Haus war Hufgeklapper auf dem Pflaster und emsiges Treiben zu hören. Griz vergaß ihre verlorene Nähnadel und schaute aus dem Fenster.

»Das sind die Händler aus Calais. Ich nehme an, sie haben den Stoff für Ihr Kleid dabei.«

Es dauerte zwei Tage, bis jemandem auffiel, daß der kleine, rothaarige Sim, der Liebling von mehr als einem Dienstmädchen, nicht mehr da war. Und selbst dann gab niemand sich große Mühe, ihn zu suchen, da das ganze Haus im wachsenden Trubel der nahenden Hochzeit unterging.

An einem regnerischen, windigen Frühlingstag, an dem Hof und Klerus, Freund und Feind in Hampton Court die Niederkunft der Königin erwartete, heiratete Katherine zum zweiten Mal.

Während die Königin sich mit gleichbleibender Zuversicht in Geduld übte, stand Katherine feierlich in frühlingsgrünem Brokat da, umweht von den Brautbändern in Zinnoberrot und Weiß. Die Ärmel ihres Kleides waren mit aufwendigen Stickereien besetzt, und auf ihrem offenen Haar saß eine kleine goldene Haube, mit Perlen verziert. Die Schärpe um ihre schlanke Taille war seidenweiß und die Ärmelspitzen grün.

Rund um den Rocksaum waren Strumpfbänder geheftet, eine gute und äußerst praktische Lösung, die Griz für das Problem vorgeschlagen hatte, mit den Trophäenjägern unter den Gästen fertigzuwerden. Sie konnten eine Braut mit ihrem traditionellen Recht auf ihre Strumpfbänder immerhin in eine peinliche Lage bringen und gelegentlich sogar körperlichen Schaden anrichten.

Als der süße Duft des Rosmarins, des Hochzeitskrautes, die Luft erfüllte, umklammerte Katherine angespannt ihre Handschuhe, das traditionelle Geschenk des Bräutigams an die Braut. Sie waren aus weichem, besticktem Leder und trugen ebenso wie ihre Haube an den verstärkten, weiten Handgelenken winzige Perlen. Sie fragte sich, ob er sie wohl selbst ausgesucht haben mochte.

Griz, die sich ebenfalls recht prächtig in Blau herausgeputzt hatte, zupfte und zibbelte herum und stöhnte über das Wetter.

»Gott sei Dank ist die Kirche gleich um die Ecke. Hier – «, sie reichte Katherine einen schweren, pelzbesetzten Umhang, »wer hätte gedacht, daß Sie den brauchen würden?«

Katherine, die vom wenigen Essen und der vielen Anspannung leicht benommen war, verstand kaum, was man ihr sagte. Sie wirkte, als stünde sie im ruhigen Auge eines Sturms. Während die Welt sich um sie her in einem Wirbel aus Farbe und Lärm drehte, herrschte in ihrem Kopf eine eigenartige Stille. Alle Gefühle, alle Tränen, die Planungen und die Aufregung waren vorüber. Der Tag war gekommen. In ihrer Brust war ein leichtes Flattern, und nervös zupfte sie an den weichen Fingern eines Handschuhs.

Ihr Vater kam, strahlend in imposantem Lederbraun und Gold und umgeben von einer Aura der Zufriedenheit. Es bräuchte schon eine Menge mehr als schlechtes Wetter, um John Pargyter an solch einem Tag aus der Ruhe zu bringen.

Katherine nahm die Hand, die er ihr reichte, sie zögerte nur einen kurzen Augenblick. Was er sagte, konnte sie über die schrillen Begeisterungsstürme ihrer Schwestern hinweg nicht verstehen. Die jüngeren Mädchen waren in den Farben der Braut gekleidet und ganz ausgelassen im Gefühl ihrer eigenen Schönheit. In der großen Halle drängten sich Menschen, von denen sie einige kannte, die meisten aber nicht: die Farben von Pfauen und der scharfe Geruch von Körpern. Die feuchtkalte Luft, die ihr an der Tür entgegenwehte, war ihr fast willkommen.

Die Kirche war ein riesiges Gewölbe, das von tausend funkelnden Kerzen erhellt wurde, und die Blumen, die den Altar und die Nischen der neuerdings wiedereingesetzten Heiligen schmückten, versüßten die dumpfe Luft der Jahrhunderte. Schon das geringste Geräusch hallte unter der hohen, verwinkelten Gewölbedecke wider, und Geflüster, Gekicher und erregtes Raunen erfüllte den Raum. Es war eisig kalt.

Er wartete auf sie – hatte sie etwa gedacht, er würde nicht kommen? Für Taubengrau hatte er sich entschieden, an den Rändern und in den Schlitzen abgesetzt mit Silber. Seine Trauzeugen, noch bleich von einer äußerst denkwürdigen Feier am Abend zuvor, waren über und über mit Brautbändern in Zinnoberrot, Perlweiß und Grün behangen. Katherine lächelte.

Dann hatte er sich also die Mühe gemacht, herauszufinden, für welche Farben sie sich entschieden hatte. Oder jemand anderes hatte es getan. Im Gegensatz zu seinen Freunden hatte Richard keine trüben Augen und war gefaßt. Sein Mund, auf dem sich die Narbe im Kerzenschein deutlich abzeichnete, war so ernst, wie der Anlaß es verlangte, was jedoch für seine Augen nicht galt.

Als sie behutsam in ihren schweren Röcken auf ihn zuging, bemerkte sie, daß sein Gesichtsausdruck sich änderte. Er hob den Kopf – und plötzlich trat ein kurzes, kaltes Aufflackern in seine Miene. Sie geriet aus dem Tritt und stützte sich auf den Arm ihres Vaters, bevor sie merkte, daß der einschüchternde Blick nicht ihr, sondern einer großen, schwarz gekleideten Gestalt galt, die neben ihr aufgetaucht war. Mit einem Mal lag der grauenvolle Gestank brennenden Fleisches mit dem Weihrauchduft in der Luft; ein Lächeln erhellte ein dunkles, finsteres Gesicht, und François de Villeneuve ergriff ihre Hand, küßte sie zart und verschwand wieder in den Schatten der Kirche.

Wie auf ein Stichwort setzte donnernd die Orgel ein, und der Priester erschien, von seinen Meßdienern begleitet und umweht von einer Weihrauchwolke. Für einen winzigen Augenblick betrachtete Richard nachdenklich die Gäste, dann drehte er sich zu Katherine um, die neben ihm stand, und die Brautmesse begann.

Hinterher erinnerte sie sich so wenig an die ganze Zeremonie, als ob sie gar nicht stattgefunden hätte. Nur ein Moment stand ihr noch deutlich vor Augen.

Nachdem die Ringe getauscht und die Worte klar und deutlich gesprochen waren, wandte Richard Brecon sich Katherine zu, um der Braut den förmlichen Hochzeitskuß zu geben. Ihre Hände lagen in seinen, die fest und kühl waren; doch obwohl sie ihm ihre Lippen bot, konnte sie sich nicht überwinden, ihn anzulächeln, und sie wußte, daß ihre Miene ihre nervöse Anspannung widerspiegelte. Für einen endlos langen Augenblick betrachtete er sie eingehend mit seinen goldgesprenkelten Augen.

Dann lächelte er wieder ermutigend, und seine Stärke stellte sich zwischen sie und die gierig forschenden Augen.

Sein Griff wurde fester, er zog sie an sich und küßte sie hart auf den Mund. Wie ein Sommergewitter ging eine Woge der Heiterkeit durch die Kirche, die großen Glocken über ihnen begannen zu läuten, und die Zeremonie war beendet.

Ungehörige Hände griffen nach ihnen und rissen sie auseinander. Als man Katherine lachend zum Portal zerrte, verlor sie bereits ihre Bänder, Ärmelspitzen und Strumpfbänder. Über die wogenden Köpfe hinweg sah sie, daß Richard die gleiche Behandlung erfuhr, wenngleich etwas rauher. Doch er hielt sich besser. Seine männlichen Begleiter ernteten groben Lohn für ihre Mühen, während man die Frauen, wie Katherine bemerkte, netter behandelte.

Draußen hatte es endlich aufgehört zu regnen, aber der Frühlingssturm blies immer noch, ließ Kleider und Röcke flattern, zerrte an Mänteln, wehte Hüte von Köpfen und beteiligte sich eifrig an einer ohnehin schon außer Rand und Band geratenen Feier.

Zwei Pferde, aufgeputzt in den Brautfarben, erwarteten Braut und Bräutigam. Richards großer Brauner, ein feuriges, schönes Tier, tänzelte stolz in seinem Putz, als sein Herr sich anmutig in den Sattel schwang. Das andere Pferd, eine kleine schwarze Stute, stand sanft im Morast und benahm sich selbst unter diesen Umständen einwandfrei. Katherine klatschte vor

Freude in die Hände; bislang hatte sie immer nur gutmütige Zugpferde besessen.

»Für dich, Tochter.« Ihr Vater hob sie in den verzierten Sattel. »Sie heißt Black Jennett. Ein Damenpferd, wie man es sich nur wünschen kann.«

Ein Damenpferd. Lady Katherine Brecon. In einer plötzlichen Anwandlung von guter Laune lenkte Katherine ihr Pferd neben ihren Ehemann, und sie ritten, begleitet von ihren ausgelassenen Gästen, nach Brecon House.

Ein solches Fest hatte das alte Haus noch nicht erlebt. Nach anfänglichem Heißhunger mußte Katherine schon bald lächelnd abwinken, als man einen Gang nach dem anderen servierte. Fisch, Geflügel und gutes Rindfleisch, triefend vor Saft, würzige Kaninchenpasteten, zartes Schweinefleisch mit Nelken, Muskat und Korinthen, und zu alledem reichlich von den besten Weinen, die die Kommissionäre ihres Vaters hatten auftreiben können. Weine aus der Guyenne, Anjou und Poitou, Weine aus Ungarn und Neapel. Mit leichtem Schwindel hob sie ihr Glas, führte es an die Lippen und stellte es wieder ab. Heute war nun wirklich nicht der Tag für einen Rausch.

Sie sah sich in der Halle um. Offenbar wuchsen Gelächter und Lautstärke der Unterhaltungen im gleichen Maße an, wie der Wein abnahm. Wenn das so weiterging, würde bald das Dach wegfliegen. Wogen der Heiterkeit schwappten hinauf auf das Podium vor dem großen neuen Kamin, wo der Haupttisch stand. Mit glänzenden Augen und gierigen Händen griffen Gäste ohne sich zu zieren nach den verlockendsten Stükken, die aus der Küche kamen. Katherine sah das Aufblitzen von Silber in mattem Schwarz. François de Villeneuve stritt mit seinem Nachbarn und schwenkte einen Hühnerknochen, um sein Argument zu unterstreichen. Was machte er hier? Und hatte sie sich den seltsamen Ausdruck in Richards Gesicht nur eingebildet, als er den Franzosen in der Kirche entdeckte? Nachdenklich griff sie nach einer Fleischplatte und schob mit den Fingern die kleinen Fleischbrocken hin und her, die mit Rosinen, Mandeln und Zwiebeln garniert und mit Zimt und Zucker gesüßt waren. Neben sich nahm sie Richards Bewegungen vage als aufblitzendes Hellgrau wahr, das vom Feuerschein vergoldet schien. Er beugte sich zu ihrer Mutter hinüber, die ungewöhnlich lebhaft wirkte.

Monsieur Raucine, der Kommissionär ihres Vaters in Calais, der eigens zu diesem Anlaß hergekommen war, brachte in einer komisch-derben Mischung aus Englisch und Französisch einen Trinkspruch auf sie aus. Sie hob ihr Glas und bemühte sich, nicht rot zu werden. Die Musiker spielten wakker auf, legten aber mehr Nachdruck auf Lautstärke als auf künstlerische Gestaltung.

Die süßen Nachspeisen kamen und wurden am ganzen Tisch mit Getrommel und Applaus begrüßt. Es gab Marzipan und unglaublich kunstvolle Gebilde aus Zuckerwatte: ein Schiff – wohl eins ihres Vaters –, ein Schwan, atemberaubend lebensecht, der auf dem Rücken einen schlanken Degen trug – ein anmutiger Tribut an ein bekanntes Talent Richards. Doch das beeindruckendste war Brecon House, detailgetreu nachgebildet, ihre eigenen Verbesserungen inbegriffen.

Lachend klatschte Katherine in die Hände und errötete, als sie merkte, daß Richard sie beobachtete.

»Du solltest öfter lächeln.« Hatte er das wirklich gesagt? Durch das Getöse hatte sie es nur halb verstanden.

Mehr und mehr Wein. Waffeln, Nüsse, Obst aller Art wurden auf den Tisch gestellt, und der süße, zu Kopf steigende Hippocras floß wie Wasser in die Gläser.

Es war Zeit, zu tanzen. Sie hoffte, daß sie überhaupt noch tanzen konnte, denn vom Wein war ihr so leicht im Kopf, daß sie kaum die Musik hörte. Die Tische wurden beiseitegeschoben, und die Musiker fanden zu neuem Schwung. Geführt von ihrem Mann betrat Katherine die Tanzfläche.

Langsam und feierlich tanzten sie die Pavane, die gerade neu aus Spanien gekommen war, die Courante und die schwungvolle Gaillarde. Sie legte die Fingerspitzen in de Villeneuves Hände – »Wie kommen Sie hierher?« –, er lächelte und war schon wieder fort. Mit Richard tanzte sie »La Volta«, einen verrückten Tanz voller Drehungen, Sprünge und schwindelerregenden Wirbeln, bis ihre Füße vom Boden abhoben, seine strahlenden Augen der einzig feste Punkt in einer wirbelnden Welt waren, und seine Hände fest um ihre Taille lagen. Der Saal hallte wider von Gekreische und Schreien und donnerndem Aufprallen, wenn ein paar junge Männer mit mehr Selbstvertrauen, als ihre Kräfte zuließen, vergebens versuchten, eine Frau nach John Pargyters gutem Essen in die Luft zu heben. Die ältere Generation schüttelte mißbilligend die Köpfe angesichts solcher Unschicklichkeit, Hochzeit hin oder her. Was sollte nur aus dieser Welt werden! Eine solche Wildheit!

Lachend sank Katherine auf eine Bank an der Wand, Richards Hand immer noch in ihrer, und beide rangen vor Anstrengung nach Atem. Der andere Mann, der auf der Bank saß, lächelte mit strahlend weißen Zähnen aus einem dunklen Gesicht. Richard ließ ihre Hand los, lächelte zwar noch ebenso glücklich wie vorher, atmete aber plötzlich beherrscht.

Der Franzose stand auf. Er überragte Katherines frischgebackenen Ehemann um einiges und verbeugte sich jetzt.

»Würden Sie meine Glückwünsche annehmen, Sir Richard? Mit Ihrem üblichen Glück haben Sie einen Schatz erworben –«, er neigte sich elegant Katherine zu, »und noch mehr, wie ich höre. Ich wünsche Ihnen beiden alles Glück, das Sie verdienen.«

Katherine starrte die Männer an. »Sie kennen sich?«

Richard antwortete nicht. Er sah den Franzosen aufrichtig amüsiert an. »Ich dachte, Sie wären noch in Frankreich?«

»Ich fürchte, da hat man Sie falsch informiert. Ihre Freunde sind unzuverlässig, Sir Richard. Das habe ich Ihnen ja schon öfter gesagt.«

»Wollen Sie damit andeuten, daß ich sie wechseln sollte?«

Nun lachte auch der andere. »Nein, wechseln Sie sie nicht! Aber vielleicht sollten Sie einige neue hinzugewinnen, wie ich es Ihnen schon ebenfalls vorgeschlagen habe.« Er hob seine langen Arme mit einem Ausdruck des Bedauerns.

»Leider sind wir nicht alle mit dieser Schlichtheit des Gewissens gesegnet, die man braucht, um die Seiten so leicht zu wechseln wie ein Ball«, meinte Richard gelassen. Er nahm die Hand des Franzosen und drehte sie um, so daß man eine weiße Narbe auf den Knöcheln sah. »Ja, wir kennen uns«, erklärte er an Katherine gewandt, als habe sie gerade erst gefragt. »Wir tragen sogar beide Erinnerungen an die gleiche Partie mit uns herum.« Er ließ die Hand des Franzosen fallen und faßte nachdenklich an die Narbe, die schräg über seine Lippe lief. Er hatte den Blick nicht vom Gesicht des anderen Mannes gewandt. »Soweit ich mich erinnere, haben der damalige Anlaß und der heutige gewisse Ähnlichkeiten. Auch damals wußte niemand so genau, wessen Gast Sie waren.« Katherine war sich der groben Beleidigung bewußt, ohne sie jedoch genau zu verstehen.

Richards Bemerkung bewirkte keine erkennbare Reaktion. De Villeneuve wandte sich höflich an Katherine.

»Und dennoch darf ich wohl eine gewisse Freundschaft mit Lady Katherine für mich in Anspruch nehmen, oder nicht?« Richard sah sie an und berührte erneut seinen Mund.

»Tatsächlich? Das ist allerdings interessant.«

In unzusammenhängenden Sätzen wurde ihm nun vor dem Hintergrund der lauter werdenden Musik die Geschichte erzählt. Es klang alles recht albern und leicht unschicklich. Als die Erzählung endete, war Katherines Gesicht glühendrot. Richard schien jedoch seine Aufmerksamkeit bereits anderen Dingen zugewandt zu haben.

»Vielleicht haben Sie recht.« Er nahm Katherines Hand und legte sie in die von de Villeneuve. »Nach einem solchen Erlebnis ist das mindeste, was Sie tun können, miteinander zu tanzen.« Lächelnd ließ er sie allein.

Sie tanzte eine schickliche Pavane mit dem Franzosen. Obwohl sie ihn nicht ansah, war sie sich seiner Gegenwart deutlich bewußt und wußte, daß er es merkte. Er war zwar alles andere als gutaussehend, besaß jedoch eine kraftvolle, fesselnde Präsenz, die unmöglich zu ignorieren war. Er machte keinerlei Versuche, sich mit ihr zu unterhalten, sondern führte sie mit Sorgfalt und Präzision durch die Tanzfiguren. Richard war nirgendwo zu sehen. Als die Musik verklang und ihr Cousin Robert kam, sie um den nächsten Tanz zu bitten, beugte de Villeneuve sich zu ihrem Ohr.

»Ich habe den Eindruck, daß Sie eine Dame von Vernunft sind, und daher bitte ich Sie, Ihren Einfluß geltend zu machen. Ihr Mann ist ein junger und sehr talentierter Mensch, aber er vergeudet seine Talente, und seine Freunde könnten sein Verderben bedeuten. Ich hingegen könnte ihm – und Ihnen – ein wahrer Freund sein. Sagen Sie ihm das.« Mit kühlen Fingern drückte er ihr die Hand, bevor er sie Robert überließ und sich mit einer Verbeugung verabschiedete.

Es erschien ihr sehr lange, bis Richard sich ohne Erklärung und mit einem feierlichen Ernst, der vom Wein herrühren mochte, wieder zu ihr gesellte.

»Du siehst ein bißchen müde aus«, meinte er.

»Das bin ich auch«, antwortete sie knapp und brannte darauf, ihn zu fragen, wo er gewesen sei, fand es aber noch ein wenig zu früh für derart ehefrauliche Erkundigungen. »Allerdings bin ich es nur müde, mich als vernünftige Frau bezeichnen zu lassen. Ich möchte tanzen.«

Das konnte sie später, als der Abend sich dem Ende zuneigte, nicht mehr behaupten. Die Erregung, der Lärm, das Essen und Trinken, all das bewirkte zusammen eine Benommenheit, die an völlige Erschöpfung grenzte.

In den Ecken und sogar unter den Tischen des mit Abfällen übersäten Saales schnarchten schon einige Gäste, überwältigt und besinnungslos, während andere offenbar Unermüdliche an einem Ende des Saales lachend die Köpfe zusammensteckten; ihre Blicke und ihre Ausgelassenheit ließen nichts Gutes für das jungvermählte Paar ahnen.

Richards Hut war längst verschwunden, und sein dunkles Haar fiel ihm zerzaust in die Augen, als er sich zu Katherine beugte und ihr etwas ins Ohr flüsterte. Ihr Vetter Robert lachte schallend und stieß ihr den Ellbogen in die Rippen.

»Jetzt machen wir uns einen Spaß, was, Cousinchen?«

Die ausgelassene Gruppe, größtenteils jüngere Leute, kam nun zielstrebig näher, verteilte sich rufend und johlend und mit strahlenden, erwartungsvollen Augen wie zu einer Treibjagd in einer langen Reihe im Saal.

Richard erhob sich langsam und nahm Katherines Hand. »Laß sie noch etwas näherkommen«, murmelte er.

Sie hatte zu viele Hochzeiten erlebt, darunter auch ihre erste, die sie lieber vergessen wollte, um nicht zu wissen, was ihr bevorstand. Richard zog sie zu sich, fort von Robert und einem anderen Paar, die sich anschickten, bei dem Spaß mitzumachen.

»Jetzt! Lauf!« Mit einem Ruck riß Richard Katherine fast von den Füßen und stürzte sich geradewegs in die entgegenkommende Menschenkette.

Die Hölle brach los. Zwei junge Männer gingen zu Boden, und die junge Dame in ihrer Mitte lag rittlings auf ihren Röcken und besaß nur noch ihre Krinoline. Vom Trinken benebelt, purzelten die meisten eine Weile durcheinander, während der einzige Mann im Raum, der offenbar genau wußte, was er tat, im Zickzack auf die kleine Tür am Ende der Halle zusteuerte und Katherine hinter sich herzog wie einen Wimpel.

Hände reckten sich hoch, packten nach ihnen und wurden unsanft abgewehrt. Als Katherine merkte, daß sie immer noch ein halbvolles Glas Wein in der Hand hielt, ließ sie sich von der allgemeinen Stimmung anstecken und goß es dem nächstbesten Verfolger ins Gesicht, der sich an ihren Rock geklammert hatte, als sie vorüberhastete. Sie hörte Richard lachen und spürte seinen starken Arm, während er sie pfeilschnell vor sich durch die Tür schob. Gekonnt verteidigte er den Durchgang, solange sie ihre weiten Röcke hindurchmanövrierte, dann war er an ihrer Seite und schlug die Tür hinter sich vor manch gierigem Finger zu.

»Hier entlang.« Er lachte immer noch wie ein Schuljunge.

In wilder Hatz flohen sie eine schmale Stiege hinauf, von einem dämmrigen Zimmer ins nächste. Hinter ihnen johlten und grölten ihre Verfolger und trampelten laut über die Holzböden.

Einen Augenblick lang blieb Richard stehen und lauschte. Katherine versuchte, Atem zu schöpfen, doch schon ging die Hatz weiter, und wie Fuchs und Meute jagten sie in halsbrecherischer Geschwindigkeit von einem Ende des Hauses zum anderen. Offenbar hatte man vorher dafür gesorgt, daß viele Lampen und Kerzen brannten, doch während einige Zimmer hell erleuchtet waren, lagen andere, darunter auch die Treppen, im Finstern da, und es bedurfte einer gehörigen Portion Wagemuts, die Jagd anzuführen. Immer wieder hielt Richard inne und neckte ihre Verfolger, indem er sie einen Blick erhaschen ließ, bevor er eine Tür zuschlug oder um eine Ecke bog. Allmählich merkte Katherine, daß er in Wirklichkeit gar nicht versuchte, ihnen zu entkommen, sondern einen Tanz mit ihnen aufführte und jeden Augenblick genoß. Ohne Rücksicht auf Beulen und Beinbrüche ließ er Stühle und Truhen in besonders dunklen Türöffnungen zurück, blies Kerzen aus, verbarrikadierte Treppen mit allem, was er in der Eile finden konnte, und grinste breit über das wütende Geheul, das solchen Listen unweigerlich folgte. Katherine gab es jedoch auf, zum Wohle anderer Einwände zu erheben. Sie machte sich allmählich Sorgen um sich selbst, da ihr nach und nach klar wurde, daß all ihre Mühen sie langsam, aber sicher genau dorthin führten, wo ihre Verfolger sie unbedingt haben wollten: in das große, frisch renovierte Schlafzimmer mit dem wuchtigen, samtbehangenen Bett. Aber sie hatte keine Zeit zum Grübeln und richtete ihre gesamte Aufmerksamkeit darauf, sich nicht das Bein oder den Knöchel zu brechen, während sie durch das verwüstete Haus rasten.

Schließlich blieb Richard stehen. Sie waren an der Tür zu dem langen Flur angekommen, der zum Schlafzimmer und dem angrenzenden Salon führte. Katherine wich zurück. Schlafzimmer und Salon waren eine Sackgasse. Wenn sie erst einmal dort waren, gab es keinen Ausweg mehr. Ihr Mann lächelte sie im Kerzenlicht an und schob sie ohne Zögern durch die Tür. Er selbst blieb noch für einen Augenblick in der Türöffnung stehen. Katherine hörte stampfende Schritte und den triumphierenden Schrei, der verriet, daß jemand die Beute erblickt hatte. Dann war Richard neben ihr und zog sie auf eine Seite des Ganges, wo durch ihre Umbauten in einer Nische ein kleiner Wandschrank entstanden war. Er war zu klein, um nützlich zu sein, und stand daher noch leer.

Als sie hineinschlüpfte, sah sie, wie sich ein strahlendes, hübsches Gesicht Richard entgegenstreckte, der den Kopf senkte und die lachenden Lippen küßte. Dann schlüpfte das Mädchen in seinem zinnoberroten und weißen Kleid durch die Tür, dicht gefolgt von einem schlanken, dunkelhaarigen Mann ganz in Taubengrau und Silber.

»Also«, sagte Richard bedauernd, »und ich dachte, ich sei einmalig. Er sieht mir ähnlicher als ich selbst.«

Die Tür am Ende des Flures ging polternd auf, und ein Höllenlärm brach los.

»Da! Da sind sie! Im Schlafzimmer! Bei allen Heiligen, der Teufel kann es nicht abwarten!«

Die Verfolger strömten humpelnd und fluchend in den Gang und weiter ins Schlafzimmer. Durch die offene Tür drang Gekreische und Gepolter, und Katherine zuckte bei dem Gedanken an ihre hübschen Bettvorhänge zusammen, die um einen nicht geringen Preis aus Frankreich importiert worden waren.

Richard reichte ihr förmlich die Hand. »Lady Katherine, sollen wir gehen?« Entspannt und lachend wie jetzt, wirkte sein Gesicht sehr jung.

Sie schlüpften den Weg zurück, den sie gekommen waren, durch leere, stille und verwüstete Zimmer. Als die Ausgelassenheit hinter ihnen abebbte, ging es Katherine flüchtig durch den Sinn, wie weit ihre Doppelgänger wohl in ihrer Maskerade zu gehen bereit waren, aber der Takt verbot ihr, die Frage zu stellen.

Wie Schatten ihrer selbst schlichen sie in den Ostflügel, gingen die Treppe hinunter und traten hinaus in den dunklen, windigen Garten. Nun war klar, wohin ihr Weg sie führte.

Richard packte Katherine fest am Ellbogen und führte sie durch den Garten; Dornen verhakten sich hartnäckiger als menschliche Hände in ihren Kleidern und ließen sie beinahe stolpern. Dann waren sie auf dem holprigen Pfad, auf dem Katherine vor einigen Wochen hinter Sim hergejagt war. Die Tür zum Westflügel schwang reibungslos auf, als Richard sie berührte.

Griz war da, strahlend, weil sie von Anfang an in das Geheimnis eingeweiht gewesen war. Auch Dorcas, unordentlich wie immer, strahlte vor Freude. Offenbar hatten die beiden zu diesem Anlaß einen Waffenstillstand geschlossen. Nur John Mason trug eine finstere Miene und bedachte Katherine mit keinem Blick, während er auf seinen Herrn wartete. Die Diele, in der sie nun standen, war warm und freundlich. In einem neu gebauten Kamin in der Ecke brannte ein großes Feuer, und Kerzenlicht spiegelte sich flackernd in poliertem Holz. Der Fliesenboden war mit frischen Binsen und Kräutern bestreut, die die warme Luft mit einem betörenden Duft erfüllten. Durch eine durchbrochene Zwischenwand aus hölzernem Schnitzwerk sah Katherine noch mehr Kerzen und ein weiteres Kaminfeuer brennen.

Griz nahm sie bei der Hand, ließ sie aber sogleich wieder los, als ihr die neue Würde ihrer Herrin einfiel, und machte hastig einen Knicks.

»Wenn – Eure Ladyschaft – «, sie konnte ein Kichern kaum unterdrücken, »hier entlangkommen würden?«

Katherine sah Richard an. Er lächelte. »Ich komme gleich nach.«

Unerwartet stellte Katherine fest, daß sie vor Schwindel taumelte. Es lag nicht nur am Wein. Böse Vorahnungen verschafften ihr eine Gänsehaut. Sie erinnerte sich an die tastenden Hände, die gelben Fingernägel, die Haut mit den braunen Altersflecken, das verhaßte Stöhnen und Ringen und konnte kaum atmen vor Angst. Wochenlang hatte sie den Gedanken an diesen Augenblick beiseite geschoben, hatte ihre Seele beharrlich vor dem Wissen um das verschlossen, was schließlich ein unvermeidlicher Bestandteil des Ehevertrags war, auf den sie sich eingelassen hatte. Sie war dankbar, daß Richard sie vor der peinlichen Prozedur der öffentlichen Bettung bewahrt hatte, doch die Haltung, mit der sie nun lächelte und Griz die Treppe hinauf folgte, war nichts als Schein.

Als sie die Galerie entlanggingen, sah Katherine durch das durchbrochene Schnitzwerk, das eine Seite abgrenzte, einen gedeckten Tisch mit Wein und Gebäck und zwei altmodische Kastenstühle am Feuer stehen. Griz führte sie durch ein Vorzimmer, das nur mit ein paar alten Holztruhen möbliert war, und dann traten sie in den Raum, den sie durch das Fenster gesehen hatte.

Er war anheimelnd, warm und hell erleuchtet. An den Wänden hingen Tapisserien, und schwere Vorhänge hielten die Zugluft von den Fenstern ab. Eine Wand nahm ein Regal voller Bücher ein. Der ganze Raum strahlte eine Behaglichkeit und einen Charme aus, der sie beruhigte. Katherine mußte beinahe lächeln, als sie an die Vorstellungen dachte, die sie sich bisher über diesen Teil des Hauses gemacht hatte.

Am anderen Ende des Raumes entdeckte Katherine eine offene Tür, durch die der Blick auf ein großes Bett fiel, dessen Vorhänge halb zurückgezogen waren. Sie folgte Griz ins Schlafzimmer. Auf dem Bett lag ein warmer Morgenmantel in Rot und Gold, abgesetzt mit Pelz. Sie stand im Licht des Kaminfeuers und ließ sich ausziehen wie eine Puppe. Ganz besorgt stellte Griz fest, wie kalt ihre Haut war, und rieb ihr Hände und Füße warm. Der Wein, den Katherine getrunken hatte, und die Wärme im Zimmer taten ihre Wirkung, zusammen mit der Erleichterung, endlich aus dem beengenden Hochzeitskleid herauszukommen. Sie hüllten sie in eine Woge der Erschöpfung, die ihre Lider schwer werden ließ und ihre Umgebung mit einem seltsam traumhaften Schleier bedeckte.

Mittlerweile hatte Griz sich von ihrem Anfall von Förmlichkeit in der Halle erholt und plapperte und lachte munter drauflos. Sie hatte auf die Feier für die Dienerschaft verzichtet und sich mit freundlicher Erlaubnis eines der Musiker (sie hob vielsagend eine Augenbraue) von der Galerie aus das Treiben der Gäste angesehen. Ob Katherine aufgefallen sei, daß Monsieur Raucine mit Mistreß Barrett getanzt hatte? Na, nach dem Ausdruck in Madame Raucines Augen zu urteilen, würde das morgen ein schönes Theater geben. Und wie war es mit dem alten Thomas Clement, dem stattlichen Bankier, dessen Würde angeblich das einzige war, woran ihm mehr lag als an seinem Gold?

»Unter dem Tisch hat er gelegen zwischen den Abfällen, und geschnarcht hat er wie ein Schwein! Morgen hat er einen Kopf wie ein Scheunentor, das steht fest.«

Selbstverständlich wußte Griz auch, wer der große Fremde mit dem blassen, knochigen Gesicht und der Narbe auf der Hand gewesen war. Derartige Auskünfte fanden offenbar ganz natürlich ihren Weg in ihre kleinen Ohren. Sie äußerte ihre Meinung über seine Kleidung (sehr elegant), das Beiwerk (sehr teuer) und sein Benehmen (offenbar sehr gesittet und liebenswert). Allerdings hatte sie nicht herausfinden können, wie der Mann ohne Einladung auf die Hochzeit gekommen war. Ihre Stimme sprudelte um Katherine herum, während sie sich geschickt an ihrem schweren Haar zu schaffen machte, und die Spannung ein wenig nachließ.

Als die Tür zum Wohnzimmer aufging, hielt die Bürste einen Moment inne, bevor sie ihren Strich beendete.

»So.« Griz trat einen Schritt zurück, betrachtete das blasse Gesicht ihrer Herrin und lächelte sanft; die scheinbar unbekümmerte Fröhlichkeit war wie weggeblasen. Katherine streckte die Hand aus, und Griz ergriff sie, Ladyship hin oder her. »Diesmal ist es anders«, sagte Griz warmherzig. »Keine Angst.«

Leise Schritte kamen durch das Vorzimmer. Katherine stand auf und schüttelte ihr Haar. Griz huschte an ihr vorbei, sah mit einem aufblitzenden Lächeln flüchtig zu Richard auf, schloß leise die Tür hinter sich und ließ Katherine allein mit dem Mann, der nun ihr Ehemann war.

Noch bevor einer von ihnen etwas sagen konnte, hörten sie, wie heftig an einer Tür im Vorzimmer gerüttelt wurde, begleitet von lauten Stimmen und Gelächter.

Richard schüttelte den Kopf, als er Katherines nervösen Blick bemerkte. »Sie können nicht herein, keine Sorge. Früher oder später müssen sie sich wohl damit abfinden, daß wir ihnen entwischt sind.«

Katherine stellte fest, daß er ebenso müde wirkte, wie sie sich fühlte. Die Erschöpfung ließ seine kantigen Züge schärfer hervortreten. Erleichterung regte sich in ihr. Wieso hatte sie überhaupt Angst gehabt? Der Mann, der selbst in seiner Müdigkeit noch anmutig wie ein Mädchen vor ihr stand, war kein Ungeheuer. Ebenso wie sie hatte er seinen Hochzeitsstaat abgelegt und trug nun ein am Hals offenes feines weißes Batisthemd und eine Strumpfhose aus weichem Doeskin.

Sie sah zu, wie er mit bemerkenswert ruhiger Hand nach Abschluß eines solchen Tages Wein einschenkte.

Wenn er ihr nun auf weniger unschmeichelhafte Weise den Hof gemacht und sie erobert hätte? Wenn kein Geld, kein Titel, kein Geschäft im Spiel gewesen wäre, bevor er sie auch nur kennengelernt hatte? Wie würde sie sich wohl in diesem Fall jetzt fühlen?

Er drehte sich um, reichte ihr ein randvolles Glas und bedachte sie, angesichts ihrer erhobenen Augenbrauen, mit seinem seltsam schiefen Lächeln.

»Noch mehr Wein an einem Tag, der schon beinahe darin ertrunken ist, ich weiß. Aber es ist doch ein Unterschied, ob man Wein hastig und in rauher Gesellschaft trinkt oder in aller Ruhe ein Glas am gemütlichen Kamin genießt. Außerdem ist er reichlich mit Wasser verdünnt. Nimm eins.« Er deutete auf eine Platte mit Honiggebäck. »Das ist Dorcas' Spezialität. Sie würde eine Woche lang schmollen, wenn wir sie nicht äßen.« Katherine nahm ein Plätzchen und knabberte mit wachsendem Zutrauen daran.

Richard hielt geduldig ihrem Blick stand, und in seinen hellen Augen spiegelte sich das Licht wie Sonne im Wasser. Im Kamin rollte ein Scheit beiseite und flackerte auf.

»Wachsen mir etwa Hörner?«

»Entschuldige. Ich habe nur – nein, dir wachsen keine Hörner.« Sie erwiderte sein Lächeln. Warum sollte sie an Verträge denken? Sie riß sich zusammen. Was war bloß in diesem

Wein? Allmählich hatte sie das Gefühl, daß sie den Mann würde mögen können.

»Oder ein Schwanz und Pferdefüße?«

Sie schüttelte den Kopf.

»Na, das ist immerhin eine Erleichterung«, meinte er fröhlich. »Vielleicht sollte ich dir noch versichern, daß ich weder beiße noch kratze, außer unter ganz extremen Bedingungen?« Er betrachtete sie neugierig. »Den ganzen Tag über habe ich in deinen riesengroßen Augen nichts als Angst und Befürchtungen gesehen, und ich weiß wirklich nicht, warum. Ich nehme nicht an, daß du viel Zeit oder Geduld für nachträgliche Bedenken hattest. Du bereust doch etwa unseren Handel nicht jetzt schon?« Es war leichthin und ohne jede Bosheit gesagt, aber eine ärgerlichere Formulierung hätte er kaum wählen können. Katherine wurde wütend. Handel, Handel, und dann auch noch »unser« Handel! Als ob sie irgend etwas damit zu tun gehabt hätte!

»Natürlich nicht!« erwiderte sie steif. »Warum sollte ich?«

»Ich wüßte keinen Grund, aber ich würde auch nicht von mir behaupten, zu wissen, was im Inneren einer Frau vorgeht. Zumal in einer jungen Dame von solcher Klugheit, solchem Verstand und solchem Vermögen, wie du sie besitzt«, fügte er fast zu sich selbst hinzu, mit müder, bitterer Stimme. »An derartige Gesellschaft bin ich übrigens noch nicht gewöhnt.«

Vermögen. Handel. Konnte der Mann denn an nichts anderes denken? Die Demütigung und eine merkwürdige, unlogische Enttäuschung ließ sie die Lippen aufeinanderpressen. Männer. Ihr Vater, ihr alter, toter Ehemann, und jetzt dieser hier. Sie waren alle gleich. Doch noch nie zuvor hatte sie über eine derart scharfe Waffe verfügt, wie sie ihr hier in Gestalt seines eigenen Stolzes zu Gebote stand. Und ohne darüber nachzudenken oder einen besseren Grund als ihre Müdigkeit und Überreiztheit zu haben, setzte sie sie ein.

»Bist du so stolz, gekauft worden zu sein, daß du ständig darüber reden mußt?« fragte sie.

Doch sofort hätte sie sich auf die Zunge beißen mögen.

Er sah sie nachdenklich und ohne erkennbaren Zorn an. »Und schämst du dich so sehr, mich gekauft zu haben, daß du es nicht ertragen kannst, wenn man davon spricht?«

Sie starrte ihn an. *»Ich?* Was meinst du damit?«

Unten aus der Diele drang Gesang und ein Poltern, als etwas oder jemand zu Boden fiel. Sobald Richard das trunkene Lied hörte, hob er aufmerksam den Kopf.

Griz stürzte fast ins Zimmer.

»Ein Gentleman, Sir, ein Freund von Ihnen! Nicholas Soundso hat Dorcas ihn genannt. Wir haben wirklich versucht, ihn von Ihnen fernzuhalten.«

Katherine trat an das durchbrochene Innenfenster. Am Fuß des Treppengeländers lehnte ein äußerst ansehnlicher junger Mann. Er hatte ein hellhäutiges, engelhaftes Gesicht und einen blonden Lockenkopf, der es mit Grizzles Schopf aufnehmen konnte. Er war sehr betrunken, hielt sich mit einer Hand schwankend am Treppenpfosten fest und dirigierte mit der anderen seinen unflätigen Gesang. Einen schweren Umhang hatte er sich wie eine römische Toga umgeschlungen. Katherine war sicher, ihn noch nie zuvor gesehen zu haben – bei der Hochzeit war er gewiß nicht gewesen, denn ein junger Mann wie dieser blieb nicht unbemerkt.

Richard lief behende die Treppe hinunter.

Griz warf einen Blick auf die beiden Gläser, die halb gegessenen Kekse und das flackernde Feuer im Kamin.

»Ich habe versucht, den jungen Mann aufzuhalten. Ich habe ihm gesagt, daß Sir Richard mit seiner Frau zusammen ist.«

»Und was hat er darauf geantwortet?« Katherine kehrte dem Fenster den Rücken zu. Richard hatte den Fuß der Treppe erreicht und einen Arm um die Schulter des Nachtschwärmers mit dem engelhaften Gesicht gelegt. In Katherines Kopf hallte eine Stimme mit starkem Akzent wider, die sagte: »Aber seine Freunde könnten sein Verderben bedeuten ...«

»Entschuldigen Sie, Mistreß – M'lady – er hat mir nicht geglaubt. Er hat gesagt ... ach, ist ja egal, was er gesagt hat. Der Gentleman hat sehr viel getrunken, glaube ich.«

»Und ich bezweifle, daß er Sir Richard je zuvor in diesem Zimmer mit seiner Frau überrascht hat«, fügte Katherine nüchtern hinzu. »Sie sind offensichtlich sehr gut befreundet.« Ihr Mann hatte in den leicht schleppenden Gesang des anderen eingestimmt. »Es spielt ohnehin kaum eine Rolle. Du hast uns bei nichts Wichtigem gestört.« Bei gar nichts. Was immer sie von ihrer Hochzeitsnacht erwartet haben mochte, das hier jedenfalls nicht.

Unten machte Dorcas den Singenden Vorhaltungen. Mit plumper Hand deutete sie auf die Galerie, und Richard sah auf. Etwas an ihm erinnerte sie an das Weihnachtsfest im Haus ihres Vaters: eine Lebendigkeit, die wie ein sprühender Funke aus seiner Miene und seiner Haltung sprach. Während Dorcas noch lamentierte, hatte er sich unter den ausgestreckten Arm des anderen Mannes geschoben. Mit geschlossenen Augen und hängendem Lockenkopf stützte sich sein Kumpan schwer auf ihn. Richard fuhr Dorcas scharf an. Ihr Mund schnappte zu wie eine Falle. Richards Kumpan war offenbar eingeschlafen, sackte zu Boden und wurde wieder hochgehievt. Richard machte kehrt und trug ihn fast zur Tür, die in den Garten führte.

In der Stille, die folgte, kam Dorcas schweren Schrittes die Treppe herauf.

Katherine stand mit dem Rücken zum Feuer, die Arme fest vor dem Körper verschränkt. Wie konnte er es wagen? *Wie konnte er es wagen?* Sie zog nicht in Betracht, daß sie noch gestern nichts als Erleichterung empfunden hätte, wenn ihr jemand gesagt hätte, daß ihr frisch angetrauter Ehemann in ihrer Hochzeitsnacht die Gesellschaft eines betrunkenen

Freundes der ihren vorzöge. Keuchend vom Treppensteigen kam Dorcas herein. Aus ihrer Miene sprach wütende Empörung.

»Der Herr mußte fort«, erklärte sie ohne Einleitung. »Er hat gesagt, der junge Herr Nicholas würde sich den Hals brechen oder Schlimmeres, wenn man ihn sich selbst überließe. Er hat gesagt, Sie würden das sicher verstehen –«, aus ihrer Stimme sprach Zweifel, »und ...«

»Ja?«

»Sie sollen nicht auf ihn warten. Er wüßte nicht genau, wann er wiederkäme.«

Griz schnaubte. Katherine achtete nicht auf sie.

»Dieser Herr Nicholas – ist das ein alter Freund?«

»O ja. Wie ein jüngerer Bruder, könnte man sagen. Sehr vertraut.«

»Vielen Dank, Dorcas. Sie können zu Bett gehen. Und vielen Dank für das Honiggebäck. Es war köstlich.«

Die Frau nickte und ging.

Katherine sank auf einen Stuhl. Sie hatte das Gefühl, als sei ihr gesamtes Blut durch ihre Füße weggeronnen. Grizzle brummte wütend etwas über Manieren vor sich hin, schickte sich an, den Tisch abzuräumen, und klapperte und polterte mit dem Geschirr, bis Katherine protestierend die Hand hob.

»Geh zu Bett, Griz.«

Das Mädchen hielt inne und sah zur Schlafzimmertür hinüber. »Ich sollte Ihnen doch helfen.«

»Du hast mir schon geholfen. Geh jetzt bitte.« Ihre Stimme klang harsch, aber sie konnte es nicht verhindern. Sonst wären ihr nur Tränen geblieben.

Mit einer wütenden Geste schnappte Griz eine Kerze, deren Wachs auf die restlichen Kekse getropft war. Mit einem Knicks und einem letzten Gute Nacht lief sie hinaus. Katherine hörte sie die Treppe hinuntergehen, die Diele durchqueren und in den Tiefen des Hauses verschwinden.

Allein. Wie seltsam. Es war das letzte, was sie erwartet hätte.

Wie traumwandelnd stand sie auf und ging ins Schlafzimmer. Ohne weitere Vorbereitungen ließ sie sich müde aufs Bett fallen, rollte sich zusammen und zog den Wollmantel enger um sich.

5

Sie brauchten zwei arbeitsreiche, anstrengende Tage und eine ganze Armee von Dienstboten, um die Überreste der Hochzeitsfeier zu beseitigen, und während dieser Zeit tauchte der Hausherr nicht wieder auf.

Katherine war überall gleichzeitig, trieb Müßiggänger in scharfem Ton an, bedachte Eifrige mit anerkennendem Lächeln und war sich nicht zu schade, selbst mit anzupacken, wenn es nötig war. Angesichts ihrer gefaßten Haltung verstummten Getuschel und Geflüster, zumindest in ihrer Gegenwart, obwohl sie gar nicht daran denken mochte, was man wohl hinter ihrem Rücken über Richards Abwesenheit klatschte.

Sie sprach über ihren Mann nur in äußerst vagen und höflichen Worten. Ihre Besucher empfing sie mit der gleichen unerschütterlichen Ruhe, mit der sie den Haushalt regelte, und die Gratulanten, die vor allem aus Neugier vorsprachen, verließen das Haus unbefriedigt. Sie verfolgte keine klaren Absichten, sondern versuchte einfach, nicht nachzudenken. Es gelang ihr, sich tagsüber so müde zu machen, daß sie abends völlig erschöpft ins Bett fiel – obwohl sie dann schlecht schlief und viel träumte.

Drei Tage nach der Hochzeit war sie gerade im Eheschlafzimmer und beaufsichtigte, wie am Doppelbett die Vorhänge angebracht wurden, als sie entfernt eine helle, klare Stimme vernahm, die nur Richard gehören konnte.

Sie zauderte kaum in ihren Anweisungen und drehte sich auch nicht um, als hinter ihr die Tür aufging. In einer Duftwolke trat Richard neben sie, frisch gewaschen und gekämmt wie ein Kind. Er gab ihr einen zarten Handkuß; seine Hand war kräftig, warm und vielleicht nicht ganz so fest, wie Katherine erwartet hätte.

»Unten hat man mir gesagt, daß du fast eigenhändig Ordnung in das Durcheinander gebracht hast. Wie ich auf dem Weg hierher feststellen konnte, war das nicht gelogen. Viele hätten sich in ihren Unterröcken hingesetzt und geweint, weil man ihr Heim in ein Schlachtfeld verwandelt hat. Meinen Glückwunsch – Anmut und Tüchtigkeit gehen nicht oft Hand in Hand. Du solltest dein Haar immer so tragen. Dein Gesicht ist zu kräftig für diese albernen Löckchen.«

Wenn sie überhaupt einen Gedanken an ihn zugelassen hatte, so hatte sie sich gesagt, daß seine Rückkehr ihr völlig gleichgültig sei. Sollte er auftauchen, wollte sie ihn mit einer Kälte und Höflichkeit begrüßen, die den Ton für ihre weitere Beziehung vorgaben. Kein Wein und keine Kekse am Kaminfeuer, und auch keine vagen verrückten Hoffnungen mehr, vielen Dank. Keine Einwände, keine Fragen. Eine überaus praktische Einstellung...

Sie sagte: »Kannst du nie mal ernst sein?« und haßte sich dafür, daß ihr Herz plötzlich zu rasen begann.

»Nie. Das ist nicht gut für mich. Und für andere auch nicht.« Ihre Hand lag immer noch in seiner, und sein Lächeln war mitfühlend, nicht spöttisch; es brachte ihr in Erinnerung, wie er sie bei der Trauung in der Kirche fest und beruhigend geküßt hatte. »Ist mein Vergehen unverzeihlich? Ich habe keine Entschuldigung und möchte dich nicht beleidigen, indem ich eine erfinde.« Er hätte genausogut übers Wetter reden können, und ihre Antwort wäre ihm ebenso wichtig oder unwichtig gewesen.

Verstohlene Augen und Ohren bemühten sich, Worte zu erhaschen, die nicht für sie bestimmt waren.

»So ist es besser.« Sie trat einen Schritt von Richard fort und betrachtete prüfend die neuen Bettvorhänge. Die ursprünglichen waren zerrissen und nicht mehr zu flicken. »So wird es gehen. Mary, Griz sagt, du bist außergewöhnlich geschickt im Nähen?«

Die unscheinbare Magd, die ihr sandfarbenes Haar fest unter die Haube gesteckt hatte und deren Vollmondgesicht bei der besonderen Ansprache in Anwesenheit ihres Herrn errötete, machte einen linkischen Knicks.

»Ja, M'Lady.«

»Gut. Sag Gardiner, daß du ab jetzt neue Aufgaben bekommst. Geh zu Grizzle. Sie wird dir zeigen, was zu tun ist.« Die Magd strahlte. Für Griz wollte sie ebensogern arbeiten wie für die Königin persönlich. Als sie mit den anderen Dienstboten das Zimmer verließ, lächelte Richard erneut.

»Du hast den Haushalt im Griff, wie ich sehe.«

»Ich mag es, wenn alles gut geführt ist. Das macht das Leben leichter.« Als wolle sie sich überzeugen, daß ein ruhiges Leben alles war, was sie in der Welt anstrebte, machte sie sich an den Bettvorhängen zu schaffen, zog und zerrte übertrieben energisch und mit abgewandtem Kopf daran. Sie spürte, wie er ihr die Hände auf die Schultern legte und sie zu sich umdrehte.

Unter seiner oberflächlichen Frische bemerkte sie Spuren einer tiefen, umschatteten Müdigkeit.

»Du siehst müde aus«, stellte sie ungerührt fest. Ob er wohl die plötzliche Woge der Erregung spürte, die in ihrem Blut prickelte und ihr den Atem raubte?

»Das bin ich auch.« Einen Augenblick lang sah er ihr in die Augen und stellte stumm eine Frage, die er wohl nicht auszusprechen wagte. Plötzlich wurde ihr klar, daß er sich nur mit äußerster Willenskraft aufrecht hielt. Sie kämpfte gegen ihr Mitgefühl an. Das hatte er nicht verdient.

»Ich fürchte, die Küche ist noch immer nicht recht in Ordnung«, meinte sie, »trotz Anmut und Tüchtigkeit. Wir leben noch von den Resten des Festessens.« Sie war froh, daß sie nicht getobt und geschrien hatte, wie sie es durchaus hätte tun können; Gott sei Dank hatte sie die Kraft gefunden, gelassen zu bleiben. Das Zimmer glänzte friedlich in der bleichen

Abendsonne und machte ihr Ehre; sie war sicher, daß es seine Wirkung auf ihn nicht verfehlen würde. »Wenn es dir lieber ist, kannst du hier oben essen.« Sie deutete auf den angrenzenden Salon.

Er nickte, entspannte sich und schlug die Augen nieder. Aus dieser Geste sprach eine ungeheure Erleichterung. Was hatte er denn erwartet? Eine Xanthippe?

Gefaßt löste sie sich aus seinen Händen. »Ich werde entsprechende Anweisungen geben.«

Ihre Fassung hielt gerade bis jenseits der Tür, wo die plötzlich nachlassende Anspannung sie wie ein Blatt im Wind den Flur entlanghüpfen ließ.

Sie fand Griz unten in der großen Halle.

»Abendessen«, sagte sie. »Oben. Ein Essen, das einen – «, sie brach ab und schnitt eine Grimasse, »das leicht verdaulich ist.«

Lachend verschwand Grizzle in Richtung Küche. Eine Bewegung in einer dunklen Ecke ließ Katherine aufmerken – ein Dienstmädchen wischte eifrig Staub, wo es gar nichts staubzuwischen gab, mit einem Auge bei der Arbeit, mit dem anderen bei Katherine. Hatte sich etwa der gesamte Hausstand in Hörweite des erwarteten Ausbruchs versammelt?

Als Katherine wieder nach oben ging, lächelte sie in sich hinein. Das jahrelange Zusammenleben mit ihrem Vater hatte sie statt dessen zumindest eines gelehrt: Bei einem heftigen Streit gab es immer einen Verlierer, und noch hatte sie nicht genug Selbstvertrauen, um eine Auseinandersetzung herauszufordern. Wie oft hatte sie erlebt, daß John Pargyter sein Ziel mit Lächeln und sanften Vernunftgründen erreichte, stahlhart unter dem samtigen Äußeren, ohne daß auch nur ein Schuß abgefeuert wurde?

Sie hob ihre Röcke und lief leichtfüßig die Treppe hinauf.

Die Scheite im Kamin schwankten, flackerten auf und fielen in sich zusammen. Allmählich wurde es kühler im Zimmer, und die tropfenden Kerzen malten zuckende Schatten an die behangenen Wände.

Katherine gähnte.

Richard schlief. Seit wohl einer Stunde betrachtete sie ihn, sein Gesicht, die züngelnden Flammen, und dachte nach. Sie brachte es nicht über sich, ihn zu wecken. Es war ihr klar, wie sehr er sich bemüht hatte, ihr diesen Abend angenehm zu gestalten. Er war der vollendete Gesellschafter gewesen: aufmerksam und amüsant, mit beißendem, nadelspitzem Humor und leichtzüngigen Komplimenten. Offenbar hatte er seine Müdigkeit abgeschüttelt wie ein Wasservogel die Nässe von seinem Gefieder, doch seine knochige Blässe war nicht gewichen, und das Essen, das Griz ihnen vor einiger Zeit strahlend serviert hatte, hatte er kaum angerührt. Richard hatte für sein rücksichtsloses Verhalten tatsächlich keine weitere Erklärung oder Entschuldigung mehr abgegeben. Und doch hatte er mit diesem Abend voller Lachen und Geselligkeit vieles wiedergutgemacht. Und als sie sich schließlich ans Kaminfeuer gesetzt hatten und allmählich immer wieder kurzes Schweigen ihre Gespräche unterbrach, hatte die Stille durchaus nichts Peinliches.

Sie hatte zugesehen, wie er gegen den Schlaf ankämpfte. Hatte er in Gesellschaft dieses bildschönen Nicholas überhaupt Schlaf bekommen? Sie bezweifelte es.

Ihre Unterhaltung war angenehm dahingeplätschert, von einem Thema zum anderen; der neueste Hofklatsch, Musik und Poesie. Katherine mochte Gedichte, und sie hatte eine gute Stimme. Wie oft hatte sie dieses alte Raubtier, Thomas Walker, mit Vorlesen von seinen lüsternen Gedanken abgebracht und in den Schlaf gelullt? Sobald er die blassen, umränderten Augen schloß, war sie bis zum nächsten Mal sicher vor ihm gewesen. Auch diesmal hatte sie leise aus dem Gedächtnis ein paar Zeilen zitiert, jedoch mit weitaus freundlicheren

Absichten die feinen Züge ihres neuen Ehemannes betrachtet.

»Wie Merry Margaret
die Mittsommerblume
sanft wie ein Falke
oder Habicht im Turme …«

Richard hob den Kopf. »Noch ein Talent? Wahrhaftig, du erstaunst mich!«

»Ich mag Gedichte. Skeltons Damen habe ich immer beneidet. Einen Verehrer von solchem Talent zu haben, muß reizend sein – «

»Wenn auch ein bißchen allzu öffentlich? Aber sprich weiter, es ist eines meiner Lieblingsgedichte.«

»Mit Milde und Frohsinn
voll Lachen ohne Torheit«

Wie Schneeflocken trieben die Worte ihr in den Sinn und blieben sanft auf ihrer Zunge liegen. Seine Lider wurden schwer, und einmal zuckten seine Hände, als er sich aus dem Schlaf riß.

»So geduldig und still
und immer guten Willens
wie die blonde Isaphill …«

Sie meinte, daß er an dieser Stelle ganz leicht die Mundwinkel nach oben zog, aber als sie das nächste Mal hingesehen hatte, schlief er bereits fest.

Also betrachtete sie ihn eine Stunde lang, während das Feuer erstarb und die Kerzen niederbrannten, und mittlerweile bezweifelte sie, ob sie ihn würde wecken können, selbst wenn sie gewollt hätte. Sie überlegte, ob sie John Mason rufen sollte, verwarf den Gedanken aber sogleich wieder. Allein schon die Anwesenheit dieses Mannes vermittelte ihr das Gefühl, ein Eindringling zu sein.

Was nun?

Im Zimmer wurde es immer kühler. Katherine fröstelte leicht und rückte sich in ihrem Sessel zurecht. Sie wagte kaum, sich zu rühren, es war fast, als könne sie mit einer Bewegung einen Bann brechen oder eine kleine glückliche Verheißung zunichte machen, die fast in Reichweite wartete.

Behutsam trat sie schließlich doch neben Richard und berührte sanft seine Hand, die in ihrer Reglosigkeit seltsam verletzlich auf der Sessellehne lag. Seine Haut fühlte sich kalt an. Er rührte sich nicht, sondern atmete tief und gleichmäßig.

»Richard?« Sie schüttelte ihn leicht. »Richard!«

Er regte sich, brummte etwas und war wieder ruhig.

Wieder kam ihr John in den Sinn, aber sie biß die Zähne zusammen und schüttelte Richard kräftiger. In der abwehrenden Wendung seines Kopfes lag ein Bitten, das er im Wachsein nie geäußert hätte. Sie nahm seine Hände und zog ihn hoch. Immer noch schlafend, stand er auf den Füßen, wollte nicht aufwachen. Er war schlank und kaum größer als sie, aber dennoch von einigem Gewicht. Als sie schon glaubte, er würde fallen, legte er einen Arm um ihre Schultern und ließ sich von ihr ins Schlafzimmer schleppen.

Nachdem dieses erste Hindernis überwunden war, fiel es ihr vergleichsweise leicht, ihm Wams und Stiefel auszuziehen. Sie rollte ihn auf das breite Bett und deckte ihn gut zu. Flüchtig legte er die Finger um ihr Handgelenk, dann sank er wieder in tiefen Schlaf.

Sie zündete die Nachtkerze an und steckte sie in den hohen Wandständer auf ihrer Seite des Zimmers, während sie sich mit Häkchen und hartnäckig verknoteten Bändern abmühte.

Griz wollte sie in dieser Situation kaum lieber bei sich haben als John Mason ...

Sie zog ihr feines Wollnachthemd über, das sich kühl anfühlte. Ihre Kleider ließ sie auf dem Boden liegen. Sie band die neuen Bettvorhänge los und zog sie vor, eine dunkle Hülle für das Nest im Inneren. Dann schlüpfte sie schnell in die Laken, lag noch lange wach, starrte in die Finsternis und lauschte auf den gleichmäßigen Atem ihres Mannes.

In der tiefen Stille kurz vor Morgengrauen wachte sie wohl zum zwanzigsten Mal auf und wußte, daß auch er da war, still in der Dunkelheit, aber wach. Sie rührte sich nicht. Zwischen den Vorhängen war es warm, abgeschieden und friedlich. Bald würde das Haus erwachen und der Tag beginnen, doch im Augenblick waren sie beide beängstigend allein, in einer unbekannten, dunklen und fremden Welt.

Sie spürte, wie er sich bewegte und sich ihr zuwandte, und wider Willen verkrampfte sie sich. Das Bett war groß genug für sechs, und er hatte sie nicht angerührt. Sie wandte den Kopf. An dem dunkleren Schatten erkannte sie, daß er sich auf einen Ellbogen stützte und auf sie herabsah.

Es hatte keinen Sinn, so zu tun, als schliefe sie, denn er wußte, daß es nicht so war.

Eine Bewegung in der Dunkelheit, eine Fingerspitze strich über ihre Wange, ihre Lippen, nachdenklich, fragend. Sie rührte sich immer noch nicht, konnte es nicht. Der Finger erreichte ihren Hals, hielt eine Weile inne, streichelte sanft die Mulde unter ihrem Ohr. Verzweifelt und ohne Erfolg bemühte sie sich, ruhig zu atmen, nicht zurückzuweichen und zu zittern wie ein Kind. Beschwichtigend und zärtlich wanderte der Finger zurück zu ihrem Mund, zeichnete die Umrisse ihrer Lippen nach und wurde zur Hand, die ihr Gesicht zu seinem drehte.

»Nein«, stieß sie hervor, »bitte!«

Einen Augenblick lang blieb alles still; die Hand auf ihrem Gesicht war kräftig und fest, dann wurde der Schatten über ihr tiefer, und seine Lippen lagen auf ihren. Auf das plötzlich aufwallende Verlangen, das sie erfüllte, war sie nicht vorbereitet. Seine sanften Hände tasteten sich zu ihrer Brust vor, und sie spürte, wie sie sich ihm entgegenwölbte.

In einem Anflug panischer Angst drängte sich Katherine die Erinnerung an andere Hände, einen anderen Mund auf, erstickte ihre neu erwachte Begierde beinahe. Sie schluchzte trocken keuchend auf und spürte, wie sein Körper sich verkrampfte und seine zärtliche Hand reglos wurde. Einen gespannten Augenblick lang standen ihre Ablehnung und sein Stolz wie Klingen zwischen ihnen, bevor sie, kaum wissend, was sie tat, die Arme nach ihm ausstreckte, den dunklen Kopf zu sich herabzog und ihre Lippen öffnete.

Sein Körper war schlank, warm, ebenso erfahren wie seine Hände und kannte die Freuden der Zurückhaltung. Sanft zog er sie mit sich, beherrschte sein Nehmen, bis ihr leidenschaftliches Geben ihm entsprach. Noch nie zuvor hatte sie diesen Gleichklang der Leidenschaft erlebt, die ganze Welt schien davon durchdrungen. Die Empfindungen, die wie ein Blitz durch ihre Adern zuckten, waren neu, beängstigend, und obwohl sie noch vor wenigen Augenblicken nichts von ihrer Existenz geahnt hatte, schon unverzichtbar.

Hinterher lag sie zitternd und bar aller Gedanken da. Er beugte sich über sie, um den Vorhang beiseite zu schieben und das erste fahle Morgenlicht in ihre eingefriedete Welt zu lassen. Sie wandte den Kopf vom Licht ab. Lachend drehte er sie wieder um.

»Laß mich dich ansehen.« Sanft löste er ihre Finger von dem Bettlaken, das sie instinktiv über ihre Brust gezogen hatte, und schob es zurück. »Du bist schön.«

Sie schüttelte den Kopf, hochrot über ihre Nacktheit im zunehmenden Licht und dennoch frohlockend über den Blick seiner klaren, silbrigen Augen und die Stärke, die sein schlanker, muskulöser Körper ausstrahlte.

Beim zweiten Mal war er nicht so behutsam. Mit hartem Mund und festem Griff nahm er sie, und hinterher war es an ihr, zu lachen, als er mit vorgetäuschter Erschöpfung dalag und sie um ein Gedicht bat, das ihn wieder in den Schlaf lullen sollte.

Um sie herum erwachte das Haus zu Leben; Türenschlagen, Geklapper und eilige Schritte zeugten vom geschäftigen Treiben der Welt jenseits ihres Schlafzimmers. Plötzlich entdeckte Katherine ihre Kleider, die sie achtlos in einem Haufen auf dem Boden hatte liegen lassen, und ihr Nachthemd, das als verräterisches Gewirr aus Falten, Bändern und Stickerei neben dem Bett lag, einem unordentlichen Schlachtfeld, auf dem Richard nackt ausgestreckt und wie tot lag.

»O Gott!« stöhnte sie und griff verzweifelt nach dem zerknautschten Nachthemd. »Jeden Moment kommt das Mädchen und macht Feuer!«

Wie hätte sie wissen sollen, daß es solche Tage gab? Bislang hatte das Glück in kleinen Dingen gelegen, in privaten Momenten, die sie sich selten genug schwer erkämpft hatte. Und wenn solche Momente im geschäftigen, wohlgeordneten Haus ihres Vaters, wo jeder seinen Platz und seine Aufgabe hatte, schon schwer zu finden waren, so waren sie im einjährigen Gefängnis ihrer ersten Ehe überhaupt nicht vorgekommen. Noch nie zuvor hatte sie wirklich mit einem Menschen zusammensein wollen, bis auf jene traumhaften Monate mit Giles, die sein Verrat jedoch derart besudelt hatte, daß sie heute tunlichst jeden Gedanken daran mied.

Richard blieb. Das war die Quelle ihrer Zufriedenheit, und sie wußte es. Er zog sich nicht in sein Refugium im Westflügel zurück und suchte auch nicht die Gesellschaft seiner fordernden, verrufenen Freunde. Er spielte seine neue Rolle als Ehemann mit allen Anzeichen von Vergnügen, und falls irgendwo wie eine Krähe am heiteren Himmel die Warnung lauerte, daß es so nicht bleiben konnte, so schenkten sie ihr beide keine Beachtung.

Bei Ruhe und gutem Essen verlor Richard innerhalb von wenigen Tagen seinen erschöpften Gesichtsausdruck. Gemeinsam ritten sie über die Felder jenseits der Stadtmauern. Katherine saß im Sattel ihrer Black Jennett mit einer Leichtigkeit und Freude, die ihr noch andere Blicke einbrachten als die ihres Mannes. Gemeinsam machten sie Höflichkeitsbesuche – wenn auch oft unter säuerlichen Bemerkungen Richards, die sie kichern ließen wie ein Kind. Er begleitete sie zu ihrer Mutter und ihren Schwestern, nachdem er sich (wie sie später erfuhr) vorher vergewissert hatte, daß ihr Vater nicht zu Hause war; ob er das aber aus Gefälligkeit ihr gegenüber oder um seiner selbst willen getan hatte, fragte sie ihn nicht. Es machte ihr Freude, ihre gemeinsamen Tage zu planen und den Haushalt von Brecon House zu führen. Alles lief wie am Schnürchen, und was ihn betraf, so machte er einen durchweg zufriedenen Eindruck. Eine neue Zuversicht keimte in Katherine auf. Sie ging singend durchs Haus, und Griz lächelte, wenn sie es hörte.

Nachts lernte Katherine in der Abgeschiedenheit ihres Ehebettes mit all ihren Sinnen Dinge, die ihr bisher völlig fremd gewesen waren. Wie ihr Lehrmeister die Erfahrung gesammelt hatte, die er nun an sie weitergeben konnte, bedachte sie nicht, denn es spielte keine Rolle. Ihr genügte es, daß das Leben plötzlich eine geheime Würze besaß, von der sie zuvor nichts geahnt hatte.

In der Welt um sie her brodelte es vor Unruhe und Gerüchten. Königlicher Nachwuchs hatte sich immer noch nicht eingestellt, die Scheiterhaufen von Smithfield knisterten, flackerten, verströmten nach wie vor ihren Gestank und zeugten vom blinden Wüten der religiösen Eiferer. Man hatte eine neue

Verschwörung aufgedeckt, die Königin zu stürzen, diesmal mit Zentrum in Cambridge. Täglich kam es zu Verhaftungen, doch selbst das harte Durchgreifen konnte nicht verhindern, daß weiterhin unflätige Schmähschriften, beißende Spottverse und oft auch obszöne Zeichnungen in den Straßen von London auftauchten. Sie erschienen an Mauern und Hauseingängen, wurden abgerissen, nur um am nächsten Tag wieder dort zu hängen. Prinzgemahl Philip und seine Spanier konnten kaum Zweifel hegen an den Gefühlen der Engländer ihnen und ihren Versuchen gegenüber, England in den Krieg gegen Frankreich hineinzuziehen. Das nasse, stürmische Frühjahr hatte die Preise hochschnellen lassen und die Gemüter erhitzt, und die Sternkammer nahm Unschuldige und Schuldige gleichermaßen mit eiserner Hand in den Würgegriff.

Katherine schenkte alledem so wenig Beachtung wie möglich. Sie war schon länger daran gewöhnt, und was hatte es überhaupt mit ihr zu tun? Es tat ihr leid, daß die Königin auf eine Niederkunft wartete, die sich endlos hinzog. Ob ihr wohl je in den Sinn kam, daß es – wie mittlerweile allgemein angenommen wurde – möglicherweise gar kein Kind gab? fragte sich Katherine.

Auf diese Frage hatte Griz, die Klatsch anzog wie der Honig die Fliegen, eine Antwort.

»Es hat in ihrem Bauch nie ein Kind gegeben.« Griz, die sich immer leicht mitreißen ließ, machte sich mit der übrigen Bevölkerung mittlerweile über das langersehnte königliche Ereignis lustig. »Eine von seinen spanischen Kühen ist schwanger. Sie wollen es als Kind der Königin ausgeben –«

»Griz!«

Das Mädchen zuckte die Achseln. »Das sagen doch alle.«

»Und eine ganze Menge von denen, die das sagen, werden da enden, wo sie gar nichts mehr sagen. Du lieber Himmel, Griz, hüte deine Zunge!«

Doch trotz der Unzufriedenheit, die in den Straßen der

Hauptstadt brodelte, verliefen die Wochen nach Richards Rückkehr glücklich und ohne besondere private Ereignisse, bis man Katherine und Richard, die im Wohnzimmer des Ostflügels saßen, eines Nachmittags den Besuch von Monsieur François de Villeneuve meldete.

»Führen Sie ihn herauf«, sagte Katherine zu dem Diener. Sie war stolz, was sie aus diesem Zimmer gemacht hatte, und prahlte gern bei jeder Gelegenheit mit seiner Eleganz.

»Nein«, sagte Richard kurz und bündig. »Sagen Sie ihm, wir sind nicht zu Hause.«

Der junge Diener errötete.

»Tut mir leid, Sir, dem Gentleman wurde bereits gesagt, daß Sie da sind.«

»Es schert mich einen Dreck, was man dem Gentleman gesagt hat«, antwortete Richard freundlich. »Sagen Sie ihm, wir sind nicht da.«

Katherine sprang auf. »Nein! Richard, das können wir nicht machen! Das wäre äußerst unhöflich.« Er hob die Augenbrauen, und aus seinem Blick sprach ein kaltes Funkeln, das sie hätte Schwanken machen können, doch entschlossen fuhr sie fort: »Wenn es dir lieber ist, daß er nicht zu uns heraufkommt, können wir ihn ja unten empfangen. Wir – ich – schulde ihm zumindest einen höflichen Empfang in unserem Haus.«

Ihr Mann dachte für einen Augenblick über diese Infragestellung seiner Autorität nach, dann rutschte er mit einem beiläufigen Schulterzucken tiefer in seinen Sessel und wandte sich wieder dem Buch zu, das er gerade las.

»Ich persönlich bezweifle, daß du ihm überhaupt etwas schuldig bist«, meinte er und blätterte eine Seite um, »aber falls doch, so schlage ich vor, daß du dich dieser Schuld ein für allemal entledigst und es damit gut sein läßt. Verpflichtungen und unser französischer Freund sind Dinge, die ich nur ungern in einem Atemzug nenne.«

Katherine war sich bewußt, daß der Diener sich jedes Wort merkte, das sie sprachen.

»Gut, dann empfange ich ihn allein.« Als sie hinausging, konnte sie ihre Wut kaum zügeln.

Nach einer Viertelstunde kehrte sie zurück. Der Franzose hatte ihr das Gespräch erleichtert, indem er sich höflich weigerte, es merkwürdig zu finden, daß Katherine ihn allein und überaus förmlich in der hallenden, unpersönlichen Diele empfing. Die Erfrischung, die Katherine ihm anbot, lehnte er dankend ab. Er erklärte, er habe hereingeschaut, um den frisch Vermählten seine Aufwartung zu machen und ihnen alles Glück zu wünschen. Die Sorge in seiner Miene vermittelte Katherine das unbehagliche Gefühl, daß er seine Wünsche zuversichtlicher formulierte, als er empfand. Sie spürte deutlich eine schlecht verhohlene Unruhe. Mit einigem Nachdruck erkundigte er sich, wo Richard sei, und wirkte erleichtert, als er erfuhr, daß er schon seit geraumer Zeit zu Hause weilte. Richards Weigerung, ihn zu sehen, schien ihn weder zu überraschen noch zu ärgern. Die Herzlichkeit seines Blickes und der beruhigende Händedruck galten Katherine, und das wußten sie beide. Gegen ihren Willen wurde sie in eine Art nachsichtiger, verständnisvoller Verschwörung zweier Erwachsener gegen das verwöhnte Kind gezogen, das oben saß und schmollte. Ihr Gespräch verlief leicht und freundschaftlich, doch unter den höflichen Allgemeinheiten spürte Katherine die echte Sorge, die letzten Endes nur dazu beitrug, ihre Verärgerung über Richard zu vergrößern. Worum es bei dem Streit zwischen den beiden auch immer gegangen sein mochte, es war offensichtlich, daß der Franzose zumindest bereit war, es zu vergessen. Die Haltung ihres Mannes hatte etwas von kindlichem Trotz, den sie trotz de Villeneuves freundlicher Versicherungen peinlich fand. Sie war sich bewußt, daß die Unterschiede im äußeren Erscheinungsbild der beiden Männer diesen Eindruck noch verstärkten, denn de Villeneuves

Größe und ruhige Kraft standen in scharfem Gegensatz zu Richards zierlicher Gestalt und manchmal fast erstaunlicher Anmut. Vom Alter her mochten sie wohl zehn Jahre trennen, dachte Katherine, und dennoch umgab den Älteren etwas von väterlicher Nachsicht, das Richard sicher wütend machen würde. Wenn sie darüber nachdachte, war sie sogar froh, daß er im Wohnzimmer geblieben war.

»Und was hatte unser eleganter Freund zu sagen?« erkundigte sich Richard, der sich scheinbar nicht vom Fleck gerührt hatte, seit sie hinausgegangen war. »Hat er in letzter Zeit mal wieder eine Maid aus der Not gerettet?« Aus seinem Ton sprach nur harmlose Neugier, und offenbar erwartete er gar keine Antwort. »Paß auf deine Nadel auf. Du könntest dich damit gefährlich stechen.«

Sie legte die Stickerei beiseite, die sie gerade mit unnötiger Vehemenz attackiert hatte.

»Richard, ich weiß nicht, was du gegen Monsieur de Villeneuve hast, und ich möchte es auch gar nicht wissen. Aber könntest du dich nicht wenigstens bemühen, seine Freundschaft anzunehmen? Was auch immer früher passiert sein mag, ich bin sicher, er meint es inzwischen gut mit dir.« Fast hätten seine unmutig hochgezogenen Augenbrauen sie zum Schweigen gebracht, aber eben nur *fast*. Sie war nicht umsonst die Tochter ihres Vaters. »Könntest du ihm nicht bitte auf halbem Weg entgegenkommen?«

»Nein.«

Aus Richards Ton sprach eine Heftigkeit, die ihr eine Gänsehaut verschaffte, obwohl er weder die Stimme erhoben noch sich gerührt hatte. »Das ist keine Sache, in die sich eine Frau einmischen sollte, glaub mir, Katherine. Was zwischen diesem falschen Franzosen und mir steht, ist unversöhnlich, das weiß er so gut wie ich, ganz gleich, wie einleuchtend oder aus welchen Gründen er das Gegenteil behauptet. Freundschaft? Das Wort auf uns beide anzuwenden, hieße, es zu vergiften.«

»Aber – «

»Ich habe nein gesagt. Manche Dinge sind nicht zu verzeihen, und ich fürchte, Haß ist von allen Gefühlen das unvergänglichste. Liebe mag vergehen, und selbst Angst läßt sich überwinden. Aber Haß, der in Betrug wurzelt, bleibt. Glaub mir: Ich wünsche de Villeneuve nichts anderes als seinen langsamen Tod.« Sie beobachtete, wie er aufstand und zur Tür ging. »Du mußt dich aus Dingen heraushalten, die du nicht verstehst, Katherine«, meinte er nun sanfter, »um unser beider willen. Allzu vielen Menschen ist bereits Schmerz zugefügt worden. Ich habe schon lange gelernt, meine Kämpfe auf meine Weise auszutragen, und wenn du und ich Freunde bleiben sollen – «, in seinem Lächeln lag ein Anflug des ihm eigenen Humors, »dann mußt du dich damit abfinden. Ich halte dir keine ehelichen Predigten. Ich sage es nur noch einmal ganz deutlich: Halte dich aus dieser Sache heraus! Das alles hat nichts mit dir zu tun. Suche deine Möbel aus und plane deine Menüs. Du hast mein feierliches Ehrenwort, daß ich mich in solche Dinge nicht einmische.«

Noch bevor sie Einwände erheben konnte, hatte er die Tür leise hinter sich geschlossen. Nach einer Weile nahm sie ihre Stickerei wieder auf und stach die Nadel mit solcher Wucht durch den Stoff, daß ihr Finger blutete. Richards ungewöhnlich heftige Worte hatten die Erinnerung an de Villeneuves Sorge und Höflichkeit kaum abgeschwächt. Sie hatte das Gefühl, wie ein ungehorsames Kind behandelt worden zu sein, und das gefiel ihr ganz und gar nicht.

Drei Tage später wurde John Mason von einem Huftritt von Black Jennett getroffen, und danach sollte Katherines Leben nie wieder so sein wie vorher.

6

Der Tag ließ von Anfang an nichts Gutes ahnen, obwohl die Sonne schließlich doch noch an dem vom Regen klargewaschenen Himmel aufging. Richard stocherte gedankenverloren in den Eiern auf seinem Teller herum, mit einer finsteren Furche auf der Stirn. Katherine war noch im Bett. Sie saß bequem in den Kissen und betrachtete ihn.

»Stimmt etwas nicht, Richard?«

Er schreckte aus seinen Gedanken hoch und sah sie an. »Nein, nichts.«

»Bist du sicher? Du bist so still.«

Er antwortete nicht, sondern schob die unberührten Eier von sich.

»Stimmt etwas mit den Eiern nicht?«

Wider Willen lachte er. »Oh Kat, mit den Eiern ist alles in Ordnung und mit mir auch. Es ist nur ...« Er stand auf und schaute aus dem Fenster; seine Gestalt zeichnete sich unscharf gegen das Licht ab. »Ich muß für ein paar Tage fort.« Sorgsam richtete Katherine eine Rüsche an ihrem Ärmel. Als sich das Schweigen in die Länge zog, hing die Frage, die sie angestrengt vermeiden wollte, zwischen ihnen wie ein Schwert. Er drehte sich um. »Nur ein paar Tage. Das hoffe ich zumindest. Sicher bin ich mir nicht.«

»Wann brichst du auf?«

»Heute. Vielleicht erst morgen.«

Es gelang ihr nicht, es auf sich beruhen zu lassen. »Hast du geschäftlich zu tun?«

»Ja.« Er zog seine Stiefel an.

»Richard!« Er sah vorsichtig auf. Die Narbe an seinem Mund leuchtete hell im Morgenlicht. »Wohin gehst du?«

Er seufzte und richtete sich auf. »Katherine, ich glaube, mich zu erinnern, daß wir eine Abmachung hatten.«

»Eine Abmachung, zu der auch gehörte, daß du im Westflügel wohnst, soweit ich mich erinnere«, wandte sie vorsichtig ein.

Er lachte. »Touché!« Er setzte sich aufs Bett und nahm ihre Hände. »Ich muß nach Essex. Ich habe da einige geschäftliche Dinge zu regeln. Ich komme zurück, sobald ich kann. Reicht dir das?«

Dann hatte Griz also recht. Katherine war sich ihrer Sache jetzt sicher. »Nicht ganz. Haben deine Geschäfte etwas mit einem kleinen Herrenhaus namens Rothwell zu tun, das du bei Southchurch gekauft hast?«

Wenn sie ihn geschlagen hätte, wäre die Wirkung auch nicht heftiger ausgefallen.

»Wo zum Teufel hast du davon gehört?«

Sie starrte ihn an. »Wieso ist das so ein großes Geheimnis?« Wie hätte sie ihm angesichts seiner wütenden Miene von Grizzles fataler Neigung erzählen sollen, Gespräche zu belauschen, die nicht für ihre Ohren bestimmt waren? »Wir haben doch besprochen, daß wir ein Haus auf dem Land kaufen wollen. Es tut mir leid, wenn es eine Überraschung werden sollte, aber da das Geheimnis nun einmal gelüftet ist... kann ich nicht bitte mitkommen? Ich würde es so gern sehen!«

»Nein. Auf keinen Fall.« Sein scharfer Ton machte sie wütend. Vom Hof drang plötzlich Tumult zu ihnen herauf, Hufgeklapper und ein Schmerzensschrei. Richard trat ans Fenster. Katherine warf die Bettdecke zurück und stieg aus dem Bett.

»Warum nicht? Richard, warum nicht?«

Er sah aus dem Fenster und ließ durch nichts erkennen, daß er ihr zugehört hatte. »Verdammt! Ich glaube, John ist verletzt!«

»Richard!«

Er drehte sich ungestüm um. Sie wich zurück, fragte aber noch einmal: »Warum kann ich nicht mitkommen? Schließlich ist es – « Mein Geld. Aber sie hatte nicht die Frechheit, es auszusprechen.

Unbändiger Zorn sprühte aus seinem Blick und entstellte seinen verkniffenen Mund. »Katherine, ich will nichts mehr davon hören. Rothwell hat nichts mit dir zu tun. Vergiß, daß du den Namen je gehört hast. Gott steh dem Mann bei, dessen loses Mundwerk ihn ausgeplappert hat, falls ich ihn je finde. Ich sage es nochmal: Es geht dich nichts an. Wir hatten eine Vereinbarung. Wenn ich wieder in den Westflügel ziehen muß, damit du deinen Teil einhälst, werde ich es bestimmt tun. Das überlasse ich dir. John ist verletzt, ich muß jetzt gehen.«

»Richard!«

Aber er war schon fort.

Tränen der Wut rannen ihr über das Gesicht. Nichts mit ihr zu tun? Abgesehen von dem Geld, mit dem es gekauft war! Ein Ort, an dem er mit seinen Kumpanen zechen konnte, bestimmt, ein Versteck für den engelhaften, zügellosen Nicholas und seinesgleichen, ein Refugium für Zeiten, in denen das Eheleben schwer zu ertragen war. Seit sie durch Grizzles Getuschel von dem Herrenhaus in Essex gehört hatte, hatten sich für sie so viele kleine, alberne Träume darum gerankt, daß es ihr fast körperlich wehtat, sie nun zerschlagen zu sehen.

Sie trat ans Fenster. Im Hof lief Richard auf die Gruppe zu, die sich um John Mason geschart hatte. Dessen derbe Sprache dröhnte bis zu Katherine herauf. In der Nähe stand Black Jennett und warf den zierlichen Kopf hin und her, während der Stallknecht, der sie hielt, besorgt ihre kleinen, scharfen Hufe betrachtete. Es lag eine gewisse grausame Genugtuung in der Szene.

»Griz!«

Adrett, aber kreidebleich eilte Grizzle herein, öffnete schon den Mund, um etwas zu sagen, schloß ihn aber gleich wieder, als sie Katherine sah.

»Das grüne Samtkleid, Griz.« Was war fast so gut, wie etwas an die Wand zu schleudern? »Wir gehen nach Cheapside. Ich habe Lust, sehr viel Geld auszugeben.«

Überall herrschte reger Betrieb. Alle Leute genossen, daß endlich die Sonne schien. Griz grummelte vor sich hin und mühte sich mit den Paketen und Päckchen ab, den Ergebnissen eines ungezügelten Einkaufsrausches. Katherine achtete nicht auf sie. Ihr brummte immer noch der Schädel vor Wut. Mit eisernem Schweigen hatte sie von Griz zur Kenntnis genommen, daß John nicht schlimm verletzt war und nur ein paar Tage Ruhe brauchte. Dabei hatte sich Katherines gesamte Abneigung gegen diesen Mann gemeinsam mit ihrer gegenwärtigen Wut auf seinen Herrn zu dem innigen Wunsch verdichtet, daß Jennett ihm ein Bein gebrochen haben möge. Oder das Genick.

Hinter ihr brach eine Unruhe aus, die sie veranlaßte, sich umzudrehen. Griz kreischte wie ein Fischweib mit einem Lehrjungen, der in der Menge gegen sie gestolpert war. Grinsend und anerkennend stachelten die Umstehenden, die immer auf Unterhaltung aus waren, sie an. Katherine stöhnte. Wo um alles in der Welt hatte das Mädchen nur diese Sprache gelernt? Mit hochrotem Kopf krabbelte der Junge zwischen den heruntergefallenen Paketen umher und wurde mit scharfer Zunge getadelt, die bei den Soldaten Ihrer Majestät durchaus nicht fehl am Platz gewesen wäre. Katherine erkannte in ihm einen Jungen, der in einem Laden der Cheapside arbeitete.

»Hier.« Sie drückte ihm eine Münze in die Hand. »Hilf ihr, die Pakete nach Hause zu tragen. Sobald ihr da seid, bekommst du noch einen. Du sorgst dafür, Griz.« Der Junge beäugte Griz, deren blonder Kopf selbst mit Haube nicht bis an seine Schulter reichte, mit argwöhnischer Vorsicht. »Sei nicht albern. Sie beißt dich schon nicht.« Katherine gab ihm einen Stoß. Griz, die ohnehin schon entrüstet war, weil eine Lady ihre Einkäufe selbst erledigte, starrte sie an. »Ich komme nach. Ich bin noch nicht fertig.« Katherines Ton duldete keinen Widerspruch. Griz knickste, und die beiden verschwanden in der Menge.

Katherine blieb noch eine halbe Stunde in der Sonne, ging von einem Stand zu nächsten und kaufte als Versöhnungsgeschenk ein Paar Pantoffeln, die Griz zuvor bewundert hatte. Als sie ihr inneres Gleichgewicht wiedergefunden hatte, machte sie sich auf den Rückweg nach Brecon House.

Sie schlüpfte durch die Gartentür und freute sich, daß die Blumenbeete unter den fleißigen Händen eines ganzen Bataillons von Gärtnern endlich etwas von jener Ordnung und Schönheit erkennen ließen, die sie verheißen hatten. Hinter dem Haus war es ruhig, doch von der Vorderfront hörte sie gedämpft Geräusche von Männern und Pferden. Statt die Treppe zu ihrem Wohnzimmer zu betreten, lief sie die breitere Treppe hinauf, die zum Eheschlafzimmer mit Blick auf den Hof führte.

Richard saß reisefertig zu Pferd und hatte zwei Diener ohne Livree und ein fertig bepacktes Lastpferd bei sich, die mit ihm aufbrechen sollten. Ein kleiner, blonder Junge stand neben Richards Steigbügel und sah mit bleichem Gesicht zu ihm auf. Eine vage Erinnerung kam Katherine in den Sinn, war aber sofort wieder verschwunden. Hinter ihr ging die Tür auf, und Grizzles Röcke raschelten wie ein Luftwirbel durchs Zimmer.

»Mistreß Kat!«

»Warte.« Er brach also tatsächlich auf, ohne sich von ihr zu verabschieden.

Die kleine Kavalkade ritt klappernd durch das Tor auf die Straße. Richard trug keinen Hut und hielt sich kerzengerade. Er sah nicht ein einziges Mal auf.

»Mistreß Kat!«

Sie registrierte Grizzles Ton, den sie normalerweise Katastrophen vorbehielt: Schiffbrüchen, Hinrichtungen und ihren Auseinandersetzungen mit Dorcas Medwin.

»Was ist?« Das war's. Fort. Sie zwinkerte mit den Augen. Wie hatte sich alles so plötzlich ändern können? Warum war er so grausam unvernünftig?

»Entschuldige, Griz, was hast du gesagt?«

Aber Griz war schon mittendrin und nicht imstande, noch einmal von vorn anzufangen. »Dieser Master Nicholas. Der Hübsche. Der Freund des Herrn. Überall Blut, konnte kaum stehen –«

»Was?«

»Ich sage es Ihnen doch die ganze Zeit! Wir haben ihn auf dem Heimweg gesehen. Die Soldaten hatten ihn. Schlimm war er dran! Lachte aber noch. So wie er aussah, sind sie ziemlich grob mit ihm umgesprungen –«

»Der junge Mann, der am Abend der Hochzeit hier war?«

Griz nickte.

»Bist du sicher?«

»In London gibt es keinen zweiten, der so aussieht.«

»Verhaftet? Weiß der Herr davon?«

Griz zuckte die Achseln. Richard stand augenblicklich nicht sonderlich hoch in ihrer Gunst. Nicht nach dem Tanz, den Katherine heute morgen aufgeführt hatte. »Von mir weiß er es nicht. Ich bin noch nicht lange zurück.«

Ihr kam das safranfarbene Haar wieder vor Augen, unsicherer Gesang, Richards dunkler Kopf, der sich dicht zu dem blonden beugte. Weswegen verhaftet? Katherines Herz pochte unbehaglich.

»Vielleicht ist Essex im Augenblick doch der sicherste Ort für ihn«, meinte sie unsicher.

John Pargyter streckte seine wohlgeformten Beine in den Seidenhosen, hob den gut geschnittenen Kopf und betrachtete mit einer gewissen Anerkennung seine elegante Umgebung. Katherine saß ihm gegenüber, sie trug ein förmliches Lächeln wie angemalt im Gesicht. Mit Kennerblick musterte ihr Vater den Raum und wandte sich an die Schöpferin dieser Eleganz.

»So, die Ehe bekommt dir also, wie ich sehe.« Katherine verzichtete auf eine Antwort. Er lachte. »Ob du es zugibst oder nicht, Kind, man sieht es. Ein gewisses – Strahlen. Das erkenne ich an einer Frau.«

Sie fühlte sich keineswegs strahlend. Seit zwei Tagen hatte sie kein Wort von Richard gehört, seit zwei Nächten träumte sie von Soldaten und Blut. Griz hatte die Szene auf der Straße sehr anschaulich geschildert.

»Richard ist nicht zu Hause, wie ich höre?« Ihr Vater stand auf, ging ans Fenster und betrachtete den frühlingshaften Garten. »Es tut mir leid, daß ich ihn nicht angetroffen habe.«

»Er ist geschäftlich unterwegs«, sagte Katherine. Wenn es etwas gab, was John Pargyter schon wußte, so war es das; sonst wäre er nicht hier. Aus einer Eingebung heraus fügte sie hinzu: »Er hat ein Haus gekauft, glaube ich. In Essex.«

»In Essex, mhm?« Ihr Vater drehte sich um. »Da, wo alles angefangen hat. In der Nähe von Coggeshall?«

Das würde ihm so gefallen. Ein Landsitz, Lady Brecon, Gentlemen als Enkel und das alles vor der Haustür seiner Verwandten auf dem Lande. Hatte er sie noch nicht genug beeindruckt? Sie schüttelte den Kopf.

»Nein. An der Küste, glaube ich. Es heißt Rothwell, bei Southchurch.«

Das überraschte ihn. Er richtete sich auf und verengte die Augen. Diesen Blick kannte sie. »An der Küste?« Dann entspannte er sich und kicherte in sich hinein. »So, so. Seine alten Spielchen. Und das mit meinem Geld.« Je länger er darüber nachdachte, um so mehr erheiterte ihn der Gedanke offenbar. Sie sah, wie er den Kopf in den Nacken warf und lachte. Dann fügte er in merkwürdigem Ton hinzu: »Und du bist nicht bei ihm, Liebes? Immer die gleiche schlaue Kat. Saubere Hände und die Unterröcke hübsch über dem Dreck. Southchurch, was?«

»Ich weiß nicht, wovon du redest.«

»Natürlich nicht, Kind.«

»Ich meine es ernst, Vater.« Sie sah ihn wütend an. »Ich will wissen, wovon du sprichst.«

John Pargyter lehnte sich gegen den langen Eichentisch, dachte nach, wog ab und kam zu einer Entscheidung. Katherine stählte sich innerlich. Alles, was diesen Blick in seine Miene lockte, würde sie wahrscheinlich schmerzen.

Mit leiser Stimme sagte er: »Natürlich, wenn du sicher bist, daß du es so willst?« Er wartete noch eine Weile, ließ ihre Befürchtungen wirken und bot ihr den Ausweg der Feiglinge. Als er keine Antwort bekam, ging er zum Sessel, machte es sich bequem, legte die Hände mit den Juwelenringen spitz zusammen und betrachtete sie einen Moment lang schweigend. »Dein Mann ist ein Schmuggler. Es kann sein, daß er noch Schlimmeres ist, ich habe nicht weiter nachgeforscht, weil es nicht nötig war. Obwohl es über meinen Verstand geht, weshalb er es für nötig hält, sein ungesetzliches Treiben jetzt noch fortzusetzen ...«

Und Nicholas, sein Zechkumpan, verhaftet und blutüberströmt.

»Woher weißt du das?«

Er lachte. »Himmelherrgott, Katherine, manchmal frage ich mich wirklich, ob du mein eigen Fleisch und Blut bist! Wie erkennt eine Katze die andere? Aber mein Treiben ist ein bißchen weniger gefährlich als Richards. Er ist ein unbesonnener, aufsässiger junger Mann. Wie es aussieht, will er die Lektion nicht lernen, die ich ihm gern geben würde.«

»Du meinst, wie man sich die Hände nicht selbst schmutzig macht und das anderen überläßt?«

Ihre Offenheit ärgerte ihn anscheinend nicht. »Genau. Du weißt natürlich von den hohen Steuern, die wir auf ausgeführte Wolle zahlen müssen?«

Sie nickte. Allmählich wurde ihr manches klar. Die Küste von Essex war flach, sumpfig und einsam, und die nebelverhangene See bot ungehinderten Zugang nach Frankreich und Belgien – und die Strafen, wenn man ihn benutzte, waren gewaltig.

»So hast du Richard also kennengelernt? Er schmuggelte Wolle über den Kanal?«

Ihr Vater bewegte sich leicht, und das Gold und Silber, das er trug, funkelte abweisend.

»Seltsamerweise nicht. Meine erste Begegnung mit Richard Brecon kam ausgerechnet durch einen stehlenden Küchenjungen zustande. Seine Mutter arbeitet immer noch hier, glaube ich, als eine Art Haushälterin. Meadows, Meddle – oder so ähnlich?«

»Medwin, Dorcas Medwin.«

»Das ist sie. Medwin. An den Namen des Jungen erinnere ich mich nicht mehr. Rothaariger Teufel, verschlagen, wie sie nun mal sind.«

»Sim.« Warum zitterten ihre eiskalten Hände so? Sie verschlang sie fest hinter ihrem Rücken.

»Ein kleiner Dieb. Der große Thomas hat ihn auf frischer Tat unten in der Schmiede erwischt. Tom hatte den Burschen schon fast in Stücke gerissen, als ich dazukam und ihn aufhielt.«

Katherine kannte den großen Thomas Wainwright, einen Berg von einem Mann mit Muskeln wie Stahl, brutalem Gesicht und einem Temperament wie ein gereizter Bär.

»Was geschah dann?«

»Da ich nicht wollte, daß auf meinem Grund und Boden

gemordet wurde, habe ich den kleinen Bettler von Thomas getrennt und wollte ihn dem Gesetz übergeben. Stell dir vor, wie überrascht ich war, als dieser Gassenjunge den Namen Brecon vor mir schwenkte wie Merlins Zauberstab! Bat mich, Sir Richard zu holen. Es sei alles ein Irrtum, erklärte er, ich solle nur Sir Richard holen lassen, der werde es mir bestätigen.« John Pargyter beugte sich vor und streckte einen Finger aus. »Ich war gespannt. Ich konnte mir kaum eine Verbindung zwischen einem langfingrigen Küchenjungen und einer alten, wenn auch verarmten Familie denken – und doch meinte der Junge es allem Anschein nach ernst. Sonst hätte er noch eine Tracht Prügel riskiert, und das war ihm klar. Um meine Neugier zu befriedigen, tat ich also, worum er mich gebeten hatte.«

»Und Richard kam?«

»Wie ein Lämmchen mit sanften Worten und Überredungskünsten, ganz Samt und Seide und Freundlichkeit, und mit einem Beutel voll Silber für Tom. Ich habe ihm zugehört und war überzeugt. Ich habe eingewilligt, den Jungen zu behalten – ich wußte, daß er seine Lektion gelernt hatte und nicht mehr stehlen würde, jedenfalls nicht in meinem Haus.«

»Hat Richard erklärt, welches Interesse er an dem Jungen hat?« Wollte sie das wirklich wissen?

John Pargyter zuckte die Achseln. »Familiäre Verpflichtungen. Er fühle sich in gewisser Weise für den Jungen verantwortlich, da die Mutter Zeit seines Lebens ihm und vorher schon seinem Vater gedient habe und seine eigenen prekären Vermögensverhältnisse es ihm nicht erlaubten, ein so großes Haus zu führen, wie es möglich wäre. Die Gründe, die er anführte, warum er dem Jungen zu Hilfe kam, waren recht einleuchtend. Und so wurde der Vorfall vergeben und vergessen.«

Katherine kannte ihren Vater jedoch besser. »Aber nicht von dir.«

Er trat wieder ans Fenster; sein kostbares Gewand bauschte sich in teuren Falten um ihn herum.

»Ich habe ein paar Erkundigungen eingeholt. Etwas an Richard Brecon hatte mein Interesse geweckt.«

Das war das Geheimnis seines Erfolges: ein nachtwandlerisch sicheres »Interesse« an allem und jedem, der ihm von Nutzen sein könnte. »Und was hast du herausgefunden?«

»Daß alles nicht ganz so war, wie es schien. Reisen, unerklärliches Kommen und Gehen, seltsame Freunde und noch seltsamere Feinde. Ich bin auch nicht ganz ohne. Ich habe selbst meine Finger in ein paar Dingen. Ich habe Beziehungen und Gold, und ich hielt den Schlüssel zu den Geheimnissen in meiner Hand.«

»Sim.«

»Genau. Der gierige, diebische Sim. Es war nicht schwer, obwohl es mich mehr gekostet hat, als ich gedacht hätte und Tom ein- oder zweimal zulangen mußte.«

Plötzlich wurde ihr alles entsetzlich klar. Hatte sie wirklich geglaubt, daß man Richard mit Geld allein hätte kaufen können? Hatte sie ihren Vater schon vorher verachtet, so spürte sie nun ihre Abscheu wie eine körperliche Übelkeit. Doch ihr Ton war seinem ebenbürtig. Kein Fünkchen Wut bebte in ihrer Stimme.

»Und nachdem du herausgefunden hattest, daß Richard in gesetzeswidrigen Wollschmuggel verwickelt war, hast du –«, sie stockte – »eine Heirat arrangiert.«

»So ungefähr. Es gibt finstere Löcher, in denen nicht einmal ich gefangen sitzen möchte. Ich hatte gewisse ... nachteilige Belege. Ich machte deutlich, daß diese Belege aufgrund moralischer Bedenken den entsprechenden Behörden übergeben werden müßten – wie es meine Stellung als ehrenwerter Kaufmann gebietet. Allerdings schlug ich vor, daß man es unter Umständen innerhalb der Familie halten könne. Es dauerte seine Zeit, aber schließlich ließ er sich überzeugen. Außer ihm waren noch andere in die Sache verwickelt.« John betrachtete Katherines angespanntes, bleiches Gesicht und schüttelte den Kopf. »Komm schon, Kind, du kannst dich doch nicht beklagen. Willst du wirklich behaupten, es wäre dir lieber gewesen, wenn ich dich diesem saft- und kraftlosen Burschen überlassen hätte, den du dir selbst ausgesucht hast? Da hättest du auch gleich einen von meinen Wollsäcken heiraten können.« Er nahm seine Handschuhe vom Tisch, schlug sie fest in eine Handfläche und sah seine Tochter nachdenklich an. »Darf ich dir einen Rat geben? Wenn du überhaupt einen gewissen Einfluß hast, nutze ihn dazu, deinen Mann zu überzeugen, daß die Luft im Landesinnern von Essex wesentlich gesünder ist. Der Nebel und das launische Wetter an der Küste können fatale Folgen haben. Und welchen Grund sollte er schon haben, seine Gesundheit aufs Spiel zu setzen?« John legte die Hand an die Geldbörse an seinem Gürtel und ließ es darin klimpern. »Ich kann ihm jedes Heilmittel bieten, das er braucht. Ins Inland, Mädchen, weg von der verlockenden Küste. Man soll da hervorragend jagen können, glaube ich.«

Katherine wandte sich von ihm ab, noch bevor sie die Tür ins Schloß fallen hörte, und sah lange aus dem Fenster. Als sie beobachtete, wie ihr Vater vom Hof ritt, sah sie wieder Richard vor sich, wie er vor zwei Tagen durch dasselbe Tor geritten und ein Junge mit rotem Haar neben ihm hergelaufen war. Sie hatte ihn eigentlich erkannt. Sim. Es war das erste Mal seit dem Tag, als man John Roger auf dem Scheiterhaufen verbrannt hatte, daß sie ihn wiedergesehen hatte.

Sie drehte sich nicht um, als Griz auf ihr Klingeln hereineilte.

»Hol Dorcas Medwin. Ich möchte sie sprechen.«

Ihr Gespräch mit Dorcas war kein sonderlicher Erfolg und endete damit, daß Dorcas sich mühsam ein paar Tränen abrang und Katherine nicht viel klüger war als vorher, außer vielleicht über sich selbst.

Ja, gab Dorcas mürrisch zu, Sim sei ihr Sohn, geboren vor fünfzehn Jahren – und er sei alles, was sie auf der Welt habe. Ein guter Junge sei ihr Sim, das sagten alle, er habe seiner Mutter noch nie Sorgen bereitet...

Katherine war sich bewußt, daß sie in ihrem Ärger allzu heftig reagierte, als sie die Frau in scharfem Ton unterbrach.

»Mein Vater sagt seltsamerweise etwas völlig anderes.«

Die Frau verstummte. Eine Weile hielt sie Katherines Blick stand, dann wandte sie die Augen ab. »Davon weiß ich nichts, M'Lady.«

»Mein Vater sagt, Sim sei ein Dieb. Unser Schmied hat ihn auf frischer Tat erwischt.« Schweigen, durchbrochen nur von einem verstockten Schnauben. »Wie ich gehört habe, hat Sir Richard sich erheblich für Ihren Sohn eingesetzt?« *Laß die alten Geschichten ruhen,* sagte ihr eine innere Stimme. *Das ist fünfzehn Jahre her – was hat das mit dir zu tun?* Als sie den gleichen Gedanken in Dorcas Augen las, hatte sie fast Mitgefühl. Aus der sonst so gelassenen Miene der Frau sprachen Unmut und Angst, denn die Laune oder Mißgunst einer Herrin konnte eine Dienerin auf die Straße bringen und verhungern lassen. Sie zögerte. »Also?« sagte Katherine ungeduldig.

Dorcas hob eigensinnig und abwehrend die Schultern. »Ich weiß davon nichts«, wiederholte sie. Tränen liefen ihr über die Wangen, und ihr dichtes, ergrautes Haar, das früher einmal ebenso lebendig geschimmert haben mochte wie das ihres Sohnes, fiel ihr unordentlich ins Gesicht. »Ich denke schon, daß der Herr ihm geholfen haben könnte, ja. Ihm liegt sehr viel an Sim, dem Herrn.« Verstohlen warf sie durch ihre Tränen einen Blick auf Katherine und merkte, daß diese keineswegs so selbstsicher war, wie sie sich gab. »Aber von Stehlen weiß ich nichts. Mein Sim ist kein Dieb.«

»Wollen Sie damit sagen, daß mein Vater ein Lügner ist?« Die Ironie dieser Frage entging John Pargyters Tochter durchaus nicht.

Dorcas verschanzte sich weiter hinter ihren Tränen und schwor, sie verstehe kein Wort, sie wisse gar nicht, was die Herrin von ihr wolle – was durchaus nicht verwunderlich war, mußte Katherine zugeben, da sie sich selbst darüber nicht im klaren war.

»Na kommen Sie, Dorcas. Kein Mensch macht Ihnen Vorwürfe. Aber sagen Sie mir: Wo war Sim in den letzten Monaten? Wann ist er zurückgekommen? Und wo ist er jetzt?«

Dorcas sah sie ehrlich überrascht an. »Wieso? Woher soll ich das wissen?« Ihre Antwort war ihr ganz spontan über die Lippen gekommen. Als die Frau merkte, wie respektlos sie klang, errötete sie und stammelte: »Das heißt – also, wissen Sie, ich sehe den Jungen nur selten. Ich weiß wirklich nicht, wo er von einem Tag auf den anderen ist.«

»Und haben Sie ihn in letzter Zeit gesehen?«

»Nur als er neulich mal kam, und auch da nur ganz kurz. Aber das ist nichts Ungewöhnliches. Keine Nachricht für den Herrn. Er hatte keine Zeit für mich. Mein Sim ist Sir Richard sehr ergeben.« In ihren tränennassen Augen lag eine gewisse Herausforderung.

Seufzend gab Katherine auf. Was spielte es schon für eine Rolle, wer Sims Vater war? Das einzige, was sie herausfinden mußte, war, wo er sich jetzt aufhielt, und das wußte Dorcas scheinbar ebensowenig wie sie selbst. »Es ist gut, Dorcas, Sie können gehen.«

Lange noch saß Katherine da, starrte auf den Platz, an dem Dorcas gesessen hatte, und suchte aus der Erinnerung nach einer Ähnlichkeit zwischen den plumpen, verschwommenen Gesichtszügen der Frau und dem schmalen, knochigen Gesicht Sims. Sie fand keine. Das einzige, was sie erkannte, war der Schatten eines Schattens von Richard, wie ihr plötzlich klarwurde.

Offenbar war es ein Tag für unerwartete Besucher, und wenn

sie auch alles andere als froh gewesen war, ihren Vater zu sehen, so freute sie sich wider alle Vernunft, als man ihr am Spätnachmittag François de Villeneuve meldete. Da Richard nicht da war und keine Einwände erheben konnte, ließ sie den Franzosen nach oben in ihr Wohnzimmer führen und verspürte eine merkwürdige Erleichterung beim Anblick seiner hochaufragenden, eleganten Gestalt und dem Klang seiner Stimme.

Sie ließ ihm Wein und Gebäck bringen und unterhielt sich mit ihm über Belanglosigkeiten wie mit einem alten Freund. Er hatte ihr als Geschenk zarte, feine Spitze für Manschetten- und Kragenbesatz mitgebracht, die ebenso dezent war wie der Schenkende selbst.

Über ihre Einwände lächelte er und berührte leicht ihren Arm. »Bitte! Sie würden mir eine große Freude machen, wenn Sie sie annähmen. Es ist nur ein kleines Geschenk, und zudem aus meinem Heimatland. Das können Sie mir doch gewiß nicht abschlagen? Ich hätte es natürlich nicht heute gebracht, wenn ich Richards Abwesenheit geahnt hätte. Wenn es Ihnen lieber ist, komme ich noch einmal damit wieder, wenn er da ist. Ich nehme an, er bleibt nicht lange fort?« Die gemurmelte Antwort wartete er kaum ab. »Ich bitte Sie nur, mein Geschenk in aller Freundschaft anzunehmen. Allein ist es ein wertloses Stück Stoff.« Er nahm ihr die zarte Spitze aus der Hand und hielt sie ihr an den Hals. »Es braucht Ihre Schönheit, um ihm Leben einzuhauchen.«

Er sagte das völlig ernst und mit fast distanzierter Höflichkeit. Sie errötete und schüttelte ablehnend den Kopf. De Villeneuve hob die Hand mit der langen Narbe. »Aber Sie sind wirklich schön. Vielleicht nicht auf herkömmliche Weise. Ich habe nichts übrig für diese dicken, faden Schönheiten, die zur Zeit in Mode sind. Sie sind anders. Sie besitzen Klugheit, Leidenschaft –«, er stockte, und zum ersten Mal in ihrer Bekanntschaft spürte sie an ihm eine gewisse Verlegenheit. Eine Weile sahen sie sich in die Augen, dann senkte er den Blick auf die Spitze, die er noch immer in der Hand hielt. Er hob sie hoch wie Distelwolle und legte sie vor sie hin; das zarte Filigran schimmerte im rötlichen Abendlicht. »Bitte.«

Es blieb ihr nichts anderes übrig, als sie anzunehmen.

Bevor er ging, war Katherine mehr als einmal versucht, sich ihm anzuvertrauen, aber ihr gesunder Menschenverstand hielt sie zurück. Es war nicht ratsam, die Geschichte, die sie von John Pargyter gehört hatte, weiter zu verbreiten. De Villeneuve mochte über Richards heimliches Treiben bereits mehr wissen als sie – doch als ihr einfiel, wie Richard wohl reagieren mochte, falls er je erfahren sollte, daß sie mit dem Franzosen über ihn gesprochen hätte, beschloß sie, es lieber zu lassen. Dennoch sah sie de Villeneuve mit einem unwillkommenen Gefühl der Einsamkeit und Verlorenheit nach, als er, die Hand zum Abschied erhoben, durch das imposante Tor von Brecon House auf die belebte Straße ritt.

Sie konnte sich nicht gegen die Erinnerung wehren, daß Richard nicht einmal aufgesehen hatte, um nachzuschauen, ob sie ihm winkte.

Mit einem Seufzer kehrte sie in ihr hübsches Zimmer zurück und überließ sich ihren ungeordneten Gedanken. Seit ihr Vater gegangen war, war sie hin- und hergerissen.

Kümmere dich gar nicht darum. Misch dich nicht ein. Das hat er dir auch gesagt, bevor er abgereist ist.

Damals wußte er noch nicht und weiß es vielleicht jetzt noch nicht, daß sein Freund und Gefährte blutüberströmt auf der Straße verhaftet wurde.

Was ändert das? Er wird dir für Warnungen und Mahnungen nicht dankbar sein. Er ist ein erwachsener Mann, ein Fremder, trotz deines Eherings. Nichts hat sich geändert, nur dein eigenes Wissen.

Doch wie sehr hatte sich *das* verändert! Er hatte sie nicht des Geldes wegen geheiratet, sondern unter Zwang. Das war noch schlimmer. Es war viel schlimmer, als sie je gedacht hatte. Und glaubte er, *konnte* er glauben, daß sie es gewußt hatte?

Voller Unrast trommelte sie mit scharfen Fingernägeln auf die Tischplatte. Wenn sie Richard nur sehen, mit ihm sprechen könnte ... Aber nur einer im Haus wußte genau, wo er war: John Mason, der wutschnaubend im Westflügel im Bett lag und sein verletztes Bein und seine grobe Zunge pflegte.

Sie schüttelte den Kopf. Lieber würde sie Richard in seiner schlechtesten Laune gegenübertreten als John Mason. Sie beschloß, alles eine Weile auf sich beruhen zu lassen; mit der Zeit würde sich schon irgend etwas ergeben, ein Zeichen, was zu tun oder nicht zu tun war.

Sie hätte sich denken können, daß dieses Zeichen Sim Medwin sein würde.

7

Zwei Tage später war sie beim Aufwachen immer noch unentschlossen und ohne klare Vorstellung, was sie tun sollte. Es war noch sehr früh. Als sie durch die schweren Bettvorhänge schaute, ließen schrägfallende Sonnenstrahlen die Staubkörnchen in der kühlen Luft glitzern. Das Feuer war noch nicht angezündet.

Sie brauchte sich nicht lange zu fragen, was sie um diese Zeit geweckt haben mochte.

Zwei Stockwerke tiefer hörte sie Grizzles unverwechselbare Stimme in einem wütenden Ton, der Glas hätte in tausend Stücke zerspringen lassen. Katherine drehte sich um und zog die Decke über die Ohren, aber ein donnernder Krach ließ sie abermals auffahren. Das hörte sich ja an, als ob das ganze Haus einstürzen würde! Zornig schlug sie die warme Decke zurück und nahm ihren Morgenmantel.

»Griz? Griz!«

Die einzige Antwort war Gelächter und Gebalge und Grizzles wütendes Gezeter.

Katherine lief die Treppe hinunter und folgte dem Schlachtgetümmel. In dem kleinen Flur, der von der Küche in die anderen Räume führte, war der Teufel los, und mittendrin stand barfuß und im Nachthemd und mit wütender Miene Griz, umgeben von der Aureole ihres goldblonden Haares; manch ein Bursche hätte etliches Gold für einen solchen Anblick gegeben. In der Hand hielt sie einen schweren Zinnkrug, den sie offenbar gerade werfen wollte.

»Du Kröte! Ich hacke dir die Finger ab, wart's nur ab!« Doch als sie Katherine in der Tür stehen sah, hielt sie mitten in der Bewegung inne. Ihr Widersacher, kaum größer als Griz, zierlich und hager, krümmte sich vor Lachen, erstarrte aber auf der Stelle, als er ihrem Blick folgte. Das schmutzige, unansehnliche Stück Fell, das an seiner Hand baumelte, fiel zu Boden. Blicklose Augen starrten in die plötzliche Stille. Eine tote Maus. Ohne eigene Schuld war sie der Anlaß für diesen Aufruhr.

Katherine winkte lässig mit der Hand. »Simnel Medwin. Genau der junge Mann, den ich sehen wollte.«

Der Junge sah plötzlich so aus, als hätte er allen Grund, sich an jeden anderen Ort zu wünschen, aber da er zwischen Griz mit ihrem Zinnkrug und Katherine, die im Türdurchgang stand, gefangen war, hatte er keine Chance, zu entkommen.

»Tut mir leid wegen dem Krach, M'lady. War nur Spaß, verstehen Sie?« Durch seine Verlegenheit brachte er kaum einen Ton heraus. »Es war nicht bös gemeint, und ich wollte Sie nicht wecken. Ein kleines Geschenk, das war alles, ein kleines Geschenk für Griz.« Selbst in dieser mißlichen Lage konnte er der Versuchung nicht widerstehen, der Empfängerin dieses Geschenks einen Seitenblick zuzuwerfen. »John Mason wird mir das Fell über die Ohren ziehen, bestimmt«, meinte er treuherzig. »Der wartet doch nur auf eine Gelegenheit! Und ich soll eigentlich gar nicht in diesen Teil des Hauses kommen.«

Katherine spürte förmlich, wie bei ihm das dringende Verlangen wuchs, sich davonzumachen. Sie wußte, daß sie kaum eine Handhabe gegen ihn hatte, und wenn er sich entschließen sollte, wegzulaufen, würde sie wenig dagegen tun können. Also legte sie ihre gesamte Autorität in ihren Tonfall. »Nach oben. Sofort! Oder muß ich erst Diener rufen, damit sie dich hinaufbringen?«

Der zierliche Junge war sichtlich angespannt und nagte mit kleinen weißen Zähnen an seiner Unterlippe. Katherine hielt seinem Blick stand und sah, wie die Spannung in Schicksalsergebenheit umschlug. Sie trat beiseite und ließ den Jungen vorbei, dann folgte sie ihm nach oben.

Richard hatte ihn geschickt, das brachte sie fast sofort in

Erfahrung. »Um John Mason so schnell wie möglich nach Rothwell Manor zu holen. Wenn sein Bein wieder gesund genug ist.«

»Und, ist es?«

Er nickte. »John packt gerade, er will sofort aufbrechen, Bein hin oder her. Da könnten Sie John Mason beide Beine abhacken, er würde trotzdem einen Weg finden, zum Herrn zu kommen, wenn er ihn rufen läßt.« In seinem Ton lag ein schwer faßbares Gefühl. Neid? Wut?

»Und du gehst wieder mit ihm zurück?«

Sim nickte.

»Wie ist die Reise nach Rothwell? Wie sind die Straßen?«

Er zuckte die Achseln. »Das erste Stück kennen Sie selbst ja gut genug, M'Lady, ich bin oft mit Ihnen und Ihrem Vater da langgefahren, wenn es nach Coggeshall ging. Die Große Landstraße nach Essex.« Die Hauptschlagader, die den Lebenssaft in Form von Nahrungsmitteln und Handelswaren aus den östlichen Grafschaften und von den dortigen Küsten in das pulsierende Herz Londons brachte. Von Kindheit an kannte sie fast jeden Stallknecht zwischen hier und Coggeshall.

»Und dann?«

Sim sah sie mit aufkeimendem Mißtrauen an. »Also, M'Lady, die Straße zur Küste zweigt kurz hinter Burntwood ab. Das ist aber keine gute Straße«, fügte er besorgt hinzu, da er mehr Schwierigkeiten auf sich zukommen sah, als ihm lieb war. »Ein Regenschauer, und alles versinkt im Schlamm. Streckenweise auch ziemlich gefährlich, besonders in Küstennähe. In den Sümpfen wimmelt es nur so von Bettlern und Dieben.«

Katherine saugte nachdenklich an einem Finger. »Ein Ritt von fünf bis sechs Stunden, vielleicht.«

Der Junge wurde kreidebleich. »Sie können doch nicht –« Er brach ab, als ihm seine Unverfrorenheit bewußt wurde.

»Allerdings kann ich, wenn ich will. Sei ruhig.« Doch dieser Mahnung bedurfte es gar nicht mehr, da Sim es offenbar die Sprache verschlagen hatte. »Ich habe noch ein paar Fragen an dich – «

Vor der Tür entstand Unruhe: schwere Schritte, ein Schrei der Entrüstung und eine mürrische Stimme, die sie beide sofort erkannten. Mit einer Mischung aus Erleichterung und Angst schaute Sim zur Tür.

John Mason stand auf der Schwelle; neben seinem massigen Körper nahm sich die Tür geradezu zwergenhaft aus. Er mußte den Kopf einziehen, als er leicht hinkend ins Zimmer kam. Sein Blick, in dem nicht die geringste Spur von Servilität oder Befangenheit lag, wanderte von Katherine zu Sim und wieder zurück.

Katherine war froh über die Wut, die die Vermessenheit des Mannes in ihr aufwallen ließ. Sie war stärker als das Gefühl widerwilliger Unterlegenheit, das Richards ergebener Diener immer in ihr zu wecken vermochte.

»Was hat das zu bedeuten?«

»Ich habe gehört, daß der Junge hier ist, Mistreß, und Ärger macht. Ich bin gekommen, um ihn zu holen.« Seine lakonische Stimme war völlig ausdruckslos, und aus seinem Blick sprach lediglich halsstarrige Gleichgültigkeit.

»Wenn ich Sie gebraucht hätte, hätte ich Sie rufen lassen, John Mason.« Ihre Schärfe perlte völlig an ihm ab. Ungerührt und sehr selbstsicher stand er da.

»Der Herr hat nach mir geschickt«, sagte er schließlich. Sein Ton ließ erkennen, daß das Rechtfertigung genug für alles war. »Ich muß sofort aufbrechen, und Sim soll mitkommen, deshalb nehme ich den Jungen jetzt mit, wenn Sie erlauben. Wir haben einen langen Weg vor uns, und der Herr hat es nicht gern, wenn man ihn warten läßt.« Er legte seine riesige Hand um Sims schmächtigen Arm. Der Junge schreckte zurück, stöhnte unter dem festen Griff auf und starrte den

Mann mit einem Ausdruck an, der an Haß grenzte. Es blieb keine Gelegenheit, ihm noch mehr Auskünfte zu entlocken. Katherines Wut wuchs und kristallisierte sich zu fester Entschlossenheit.

»Sie sagen, daß Sie reisefertig sind?«

John Mason nickte.

»Ich fürchte, Sie müssen noch ein Weilchen warten. Ich habe vor, mit Ihnen zu reiten. Lassen Sie Black Jennett satteln, wir treffen uns in einer halben Stunde am Tor. Sie können jetzt gehen.«

Das ließ ihn zumindest auffahren. Er starrte sie an, als traue er seinen Ohren nicht.

»Der Herr hat nichts davon gesagt, Mylady. Ich glaube nicht –«

Schlagartig setzte sich bei Katherine das Pargyter-Temperament durch, und sie reagierte empört: »Es ist nicht Ihre Aufgabe, zu denken! Ich bin Herrin dieses Hauses, John Mason, ob es Ihnen gefällt oder nicht. Kümmern Sie sich um Black Jennett und erwarten Sie mich in einer halben Stunde am Haupttor. Falls Erklärungen für Sir Richard nötig sein sollten, gebe ich sie ihm selbst. Sie können gehen.«

Mit ungeheurer Genugtuung sah sie an seiner Miene, wie ihm widerstrebend klar wurde, daß mit Einwänden nichts zu gewinnen war. Er ging hinaus und zerrte den kreidebleichen Sim hinter sich her.

Immer noch zitternd vor Wut, nahm sie sich nicht die Zeit, nachzudenken oder es sich anders zu überlegen. Sie mußte herausfinden, was ihr Mann machte, und sie wollte es von keinem anderen als von ihm selbst hören; auch wollte sie die Nachricht über Nicholas' Verhaftung keinem anderen anvertrauen. Außerdem hatte sie noch einiges andere klarzustellen, aber daran wollte sie erst später denken. Zunächst ging es darum, dorthin zu gelangen. Dann mußte sie auf ihre eigenen Fähigkeiten vertrauen.

Griz war entsetzt, als sie von Katherines Vorhaben erfuhr,

aber Katherine brachte sie mit der Drohung, sie mitzunehmen, zum Schweigen. Es gab nichts, was Griz mehr verabscheute als Pferde.

»Sei nicht albern, Mädchen. Was soll mir schon passieren? Es ist nicht weiter als bis Coggeshall, wohin ich schon ein halbes Dutzend Mal geritten bin, und auch wenn John Mason mich am liebsten eigenhändig umbringen würde, glaube ich kaum, daß er zuließe, wenn es ein anderer täte. Hol mir meine schlichten braunen Reitkleider. Sie sind praktisch und unauffällig, und ich werde wieder Mistreß Pargyter sein, die ihre Cousinen auf dem Land besucht.« Plötzlich war Katherine erregt und zufrieden, daß sie nach den zermürbenden Tagen der Unentschlossenheit endlich eine Entscheidung gefällt hatte. Ungeduldig zappelte sie unter Grizzles kalten, ungeschickten Fingern und konnte kaum stillhalten, während das Mädchen ihr das dunkle Haar in dicken Strähnen aufsteckte.

Eine halbe Stunde später war sie fertig für die Reise und lief hinunter in den Hof, nur um festzustellen, daß John Mason und Sim bereits abgeritten waren.

Anfangs wollte sie es gar nicht glauben, aber der verständnislose Blick des Pförtners bestätigte ihr, daß John Mason ihre Anweisung einfach übergangen hatte und ohne sie aufgebrochen war. Hilflos ließ der Mann ihre Wut über sich ergehen, und die Stallknechte, die ihrer scharfen Zunge ausgesetzt waren, brauchten länger als gewöhnlich, um Black Jennett zu satteln.

»Wie lange? Wie lange sind sie schon fort?«

»Noch nicht lang, M'Lady.« Der Pförtner, der immer noch nicht wußte, was er falsch gemacht hatte, sah sich schon entlassen am Bettelstab.

Endlich war die Stute fertig und warf, als man sie zum Steigblock führte, in freudiger Erwartung eines Ausritts den Kopf hoch. Ein Stallbursche half Katherine in den Sattel; ihm stand es nicht zu, Einwände gegen die Tollkühnheit seiner Herrin zu erheben. Jennett tänzelte ebenso ungeduldig, wegzukommen, wie ihre Reiterin.

»Das Tor, Mann! Mach das Tor auf!« Wie weit mochten sie in einer halben Stunde gekommen sein? Sicher noch nicht sehr weit. Bis knapp vor die Tore der Stadt, wenn die Straßen so belebt waren, wie es um diese Zeit meist der Fall war. Wenn sie die beiden erst erwischte! John Mason würde bedauern, je geboren zu sein. Damit sollte selbst er nicht durchkommen. Der Pförtner starrte sie mit offenem Mund an, aber ihr kam gar nicht in den Sinn, daß der Anblick von Lady Brecon, die sich in der Morgendämmerung allein aufmachte, um einen Diener zu verfolgen, alles andere als üblich war.

»Das Tor!«

Ergeben in die unerschütterliche Überzeugung, daß alles, was er tun konnte, in irgend jemandes Augen falsch sein würde, öffnete der Mann die großen eisernen Torflügel und sah zu, wie Katherine in das frühmorgendliche Treiben auf der Straße hinausritt.

Sie ritt Richtung Bishopsgate und schlängelte sich ungeduldig zwischen den Frühaufstehern hindurch, die von ihrer Arbeit und ihren Geschäften mit dem Morgengrauen aus den Federn gelockt worden waren. Andere Menschen trieben sich auf den tristen Straßen herum, weil sie kein Bett für die Nacht gefunden hatten. Mit ihrem schnellen Ritt zog sie sich den Zorn einiger zerlumpter Männer, Frauen und Kinder zu, die in Hauseingängen kauerten, aber sie war zu schnell vorbei, um die Flüche zu hören oder gar zu verstehen, die man ihr nachrief. Jenseits des Stadttores hatte sie kaum einen Blick für die Felder, über die sie noch vor kurzem gemeinsam mit Richard geritten war. Unverwandt schaute sie auf den Weg, der vor ihr lag, und hielt Ausschau nach Sims rotem Schopf und John Masons massiger Erscheinung auf dem stahlgrauen Pferd.

Sobald sie die Stadt hinter sich gelassen hatte, kam sie leichter voran, da die Straße weniger verstopft war. Schafherden stieben verschreckt vor Jennetts Hufen auseinander. Mädchen mit Körben voll bäuerlicher Erzeugnisse gingen munter zum Markt in der Stadt, froh, daß sich in diesem stürmischen Frühjahr endlich einmal die Sonne zeigte. Katherine begegnete Händlern mit ihren Bediensteten und Karren voller Fisch von den üppigen Küsten Essex'. Langsam zockelnde Fuhrwerke mit stoischen, räudigen Mauleseln kamen ihr entgegen, Mönche in braunen Kutten und mit schmutzigen Füßen, die ihr Kruzifix als Zeichen der neuen Ordnung wieder offen zur Schau trugen. Es waren die üblichen Reisenden unterwegs, Hausierer und Tagelöhner, die ihre Waren oder Dienste anbieten wollten, Herden schnatternder, bösartig wirkender Gänse mit ihren Hirten, die den Weg nicht minder versperrten als sie. Wie durch ein Wunder wurde die Straße freigemacht, wenn gelegentlich ein vornehmer Herr auf einem edlen Pferd mit seiner Eskorte daherkam; hinter ihm schloß sich der Strom der Menschen und Tiere wie das Wasser eines Flusses hinter einem stattlichen Schiff. Das alles nahm Katherine wahr, ohne sich darum zu kümmern, doch von John Mason und seinem Begleiter war keine Spur zu sehen. Darüber machte sie sich jedoch keine besonderen Gedanken, da er nicht weit voraus sein konnte. Früher oder später mußten die beiden Halt machen, um den Pferden eine Rast zu gönnen, und dann würde sie sie einholen. Es war nur eine Frage der Zeit. An jedem Gasthof und jeder Schänke warf sie einen Blick auf die Pferde, die draußen angebunden waren und auf ihre Herren warteten; den großen Grauen konnte man einfach nicht übersehen.

Einige Dörfchen tauchten auf, ein paar verstreute Häuser, Hütten oder schmucke Cottages blieben zurück, als Jennett in stetigem Tempo Meile um Meile zurücklegte. Stratford, Ilford, Chadwell. Die ersten Zweifel machten sich nagend bemerkbar. Auf der vertrauten Landstraße nach Essex fühlte

Katherine sich wie zu Hause. Da sie Namen und Orte von Kindheit an kannte, war es ihr, als ritte sie durch die Straßen von London, doch bald würde ihr Weg von der Hauptstraße abzweigen und östlich durch eine ihr völlig unbekannte Gegend zur Küste führen. Bis jetzt war ihr noch nicht in den Sinn gekommen, daß sie die beiden bis dahin vielleicht noch nicht eingeholt haben könnte. Der Gedanke war alles andere als angenehm. Die Sonne stieg höher, doch von Westen ballten sich Wolken zusammen. Es würde doch wohl nicht wieder Regen geben?

Katherine trieb die Stute an. Vor ihr lag eine belebte Kreuzung, an der ein großes, behagliches Gasthaus und das vertraute Bild eines hochaufragenden Galgens standen. Sie wandte die Augen von den baumelnden Überresten ab, die am Galgenbaum hingen, und ritt über das Pflaster unter dem Schild des White Horse durch. Hier hatten sie bei früheren Reisen häufig Rast gemacht; Katherine hatte hier gute Freunde.

Joseph Standish, der Großknecht des Stalles, blickte sie ernst und voller Sorge an. Nein, er hatte die beiden, die sie suchte, nicht gesehen – und nach ihrer Beschreibung waren sie doch ein auffallendes Paar!

»Könnte es sein, daß sie hier zur Küste abgebogen sind?«

Er schüttelte stirnrunzeld den Kopf. »Nein, M'Lady, nicht, wenn sie nach Southchurch wollten. Dann würden sie noch ein Stück weiter reiten, bis hinter Burntwood.«

»Das stimmt. Das hat der Junge auch gesagt. Ist es noch weit?« Es gelang ihr nicht, ihre Sorge zu verhehlen.

»Weit genug, daß Sie nicht allein reiten sollten.« Sein Ton war väterlich streng. Die neue Würde ihres Titels konnte nichts daran ändern, daß er die junge Frau als hübsches Kind gewiegt und ihr einmal die Angst vor einem nervösen Pferd genommen und ihr gezeigt hatte, wie man das Tier mit Geschick beherrschte. Er hatte damit den Grundstein zu einer Fertigkeit gelegt, die ihr seither gut zustatten gekommen war.

»Ich muß«, antwortete sie mit einem verstockten Zug um den Mund, den er von früher nur allzugutkannte. »Ich kann nicht zurück.«

»Und was ist, wenn Sie sie nicht einholen?«

Diesen Gedanken schob sie beiseite. »Ich hole sie bestimmt ein. Ganz sicher, wenn ich mich beeile.«

Sie wandte sich zum Gehen. Jennett, die in einer Ecke des Hofes angebunden war und zufrieden trank, hob bei der Bewegung ihrer Herrin aufmerksam den Kopf.

Der Stallknecht legte eine Hand auf ihren Unterarm.

»Mir fallen hundert Gründe ein, weshalb Sie nicht weiterreiten sollten. Dieser Mason kennt die Gegend vermutlich, und wenn er es eilig hat, ist er vielleicht gar nicht auf der Straße geblieben. Sie können doch nicht ganz allein und ohne Schutz über Land jagen! Was fällt Ihnen ein? Lassen Sie sich von meinem Joey begleiten – er kann bis zur Abzweigung nach Osten bei Ihnen bleiben. Wenn Sie sie bis dahin nicht eingeholt haben, kommen Sie zurück, und Joey bringt Sie nach Hause.« Laut rief er: »Joey!«

»Sie sind wie ein ängstliches altes Weib, Joseph Standish.« Die Erleichterung, die sie bei dem Gedanken an Begleitung und Schutz verspürte, konnte sie nicht zugeben, aber ihr Strahlen war Dank genug. »Ich schicke ihn wohlbehalten zurück, sobald ich sie eingeholt habe.«

»Und wenn nicht, kommen Sie zurück und lassen sich von Joey nach London bringen!«

»Ach, das wird nicht nötig sein.« Ein großer junger Mann, der seinem Vater wie aus dem Gesicht geschnitten war, kam über den Hof. »Ich bin sicher, daß wir sie finden.«

Und so ritt sie in Begleitung eines kräftigen Beschützers vom Hof des White Horse. Als sie wieder auf die belebte Landstraße bogen, türmten sich die dunklen Wolken hinter ihnen bereits höher, und am Galgen schaukelte dessen Last in der ersten kühlen Bö.

8

Schon bald stellte sie fest, daß die Gesellschaft auch Nachteile mit sich brachte. Der junge Joey war ein linkischer Bursche, gutmütig, aber ohne den rauhen Charme seines Vaters. Er hielt sich ein paar Schritte hinter ihr und zockelte gemächlich dahin. Ein- oder zweimal blieb sie stehen, drehte sich um und wartete auf ihn. Er lächelte träge und freundlich, steigerte sein Tempo aber kein bißchen. Für ihn war dieser Ausritt eine unerwartete Abwechslung von der Plackerei auf dem Gasthof, und er hatte vor, sie in vollen Zügen auszukosten. Er sah sich in aller Ruhe um und vergaß gelegentlich sogar, seinem Pferd die nötige Aufmerksamkeit zu widmen, damit es weiterging. Einmal drehte Katherine sich im Sattel um und merkte, daß Joey ein ganzes Stück hinter ihr auf der Straße stand und gebannt zuschaute, wie eine Gruppe Männer sich bemühte, einen Karren aufzurichten, der in den Graben gekippt war. Sein Pferd fraß zufrieden das Gras am Straßenrand. Sie ritt zurück.

»Joey!« Er besaß zumindest den Anstand, verlegen dreinzuschauen. »Du weißt doch, daß ich es eilig habe. Wenn du nicht mithalten kannst, reitest du besser sofort zurück zu deinem Vater.« Der Junge wurde noch röter. Er murmelte eine Entschuldigung, spornte sein Pferd an und bemühte sich eine Weile, mit ihr Schritt zu halten. Doch es dauerte nicht lange, bis er wieder zurückfiel. Katherine war sich deutlich bewußt, wie die Zeit verging. Mit jeder Minute konnte John Mason sich weiter von ihr entfernen. Sie trieb Jennett an. Sollte Joey mithalten oder nicht, sie würde jedenfalls nicht länger herumtrödeln. Der Wind wehte ihr kalt ins Gesicht, und der Himmel zog sich immer bedrohlicher zu. Sie setzte ihre Kapuze auf und betete, daß der Regen ausbleiben möge.

Sie näherten sich einer kleinen Stadt, wo die Straße erneut verstopft war. Mit den ersten Regentropfen ritten sie auf den gepflasterten Marktplatz, auf dem sich Menschen und Tiere zusammendrängten. Es herrschte ein ohrenbetäubender Lärm und erstickender Gestank. Vieh aller Art tummelte sich in heillosem Durcheinander, während die Besitzer und Hirten brüllten und vergeblich Befehle schrien. Das Pflaster unter Jennetts Hufen versank zwei Zoll tief in einer Schlammschicht aus tierischen Exkrementen und faulendem Gemüse. Katherine zog die Zügel an. Der Markt war praktisch unpassierbar. Jennett tänzelte unsicher zur Seite, als eine Rinderherde so nah vorbeigetrieben wurde, daß Katherine die dünstende, stinkende Wärme der Leiber spürte. Soweit sie erkennen konnte, bestand die allgemein akzeptierte Art des Fortkommens schlicht darin, sich in der gewünschten Richtung durch das Gedränge zu pflügen und es den anderen zu überlassen, aus dem Weg zu gehen.

Joey lenkte sein Pferd, ein gefügiges altes Tier, das ebenso schwerfällig war wie sein Reiter, neben Katherine. Ein breiter Karren, vollgeladen mit Gemüse, kam von hinten näher. Er wurde von zwei kräftigen Männern geschoben; Jennett warf den Kopf hoch und schlängelte sich widerstrebend in den engen Zwischenraum.

»Platz da! Platz da! Ihr habt wohl den ganzen Tag Zeit?« Katherine war vollauf mit ihrem Pferd beschäftigt, und Joey saß einfach da und wartete auf Anweisungen. Er hätte ebensogut auf einem freien Feld stehen können. »Los, vorwärts!«

Mit Mühe brachte Katherine Jennett zum Stehen und lenkte sie in den Schutz eines Gemüsestandes. Ohne Rücksicht auf Rücken oder Beine schoben die beiden Männer den Karren auf den überfüllten Marktplatz. Katherine ritt Jennett in die Lücke, die hinter dem Fahrzeug entstand, und nutzte die Bahn, die es in die Menge brach, ohne sonderlich darauf zu achten, ob Joey folgen konnte.

Fast hatte sie den Markt überquert, als Jennett ausrutschte und zu stürzen drohte. Wie eine Katze kam sie wieder auf die Beine, aber Katherine rutschte aus dem Sattel und konnte sich nur mit Mühe an Jennetts Mähne festhalten. Die kleine Stute schnaubte, bäumte sich auf und hätte um Haaresbreite den Kahlkopf eines entrüsteten Passanten mit ihren Hufen getroffen. Der Mann fluchte lautstark und warf die Arme in die Luft, woraufhin Jennett erneut scheute. Katherine biß die Zähne zusammen und kämpfte sich wieder in den Sattel. Da ergriff eine kräftige Hand die Zügel, und eine ruhige, langsame Stimme sprach sanft und mahnend auf das Tier ein, als wären sie in den Ställen des White Horse. Wie ein Lamm ließ Jennett sich durch die Menge in eine vergleichsweise ruhige Seitenstraße führen.

»Vielen Dank, Joey.« Katherine stockte immer noch der Atem.

Er lächelte verlegen. »Davon versteh' ich was bei Pferden. Sie ist ein feines Tier, aber nervös. Ich konnte doch nicht zulassen, daß sie sich verletzt, oder? Sehen Sie, jetzt ist alles wieder in Ordnung.«

Jennett war bebend stehengeblieben, und Katherine tätschelte ihr sanft den seidigen Nacken. Nachdem die Aufregung vorüber war, drängte es sie, weiterzukommen. »Komm, wir haben keine Zeit, zu pausieren. Die Straße zur Küste kann nur noch ein paar Meilen entfernt sein.« Sie drehte sich um und sah sich suchend in der Menge um. »Wo sind die beiden bloß? Wir können sie doch nicht verpaßt haben. Na los jetzt. Verfluchter Regen!«

Nach einer weiteren Viertelstunde, die sie durch inzwischen strömenden Regen ritten, kamen sie endlich an die Abzweigung. Die Hauptstraße führte nach Norden in eine ihr bekannte Gegend, und ein schmaler, morastiger Weg, der schon Ähnlichkeit mit einem Fluß bekam, ging ostwärts zur Küste ab. Stetig triefte der Regen von Katherines Kapuze, als sie mit sinkendem Mut und gefolgt von einem völlig durchnäßten Joey in den Hof des einzigen Gasthauses an der Kreuzung bog, einer baufälligen, wenig einladenden Schänke, wo sie rasten und eine Erfrischung zu sich nehmen wollten.

»Aber mein Vater hat gesagt, Sie kommen mit mir zurück.«

Joey sah sie feierlich an. Sein nasses Haar klebte ihm am Kopf, und seine Augenbrauen waren in geradezu kindlicher Verwirrung zusammengezogen.

»Nein, nein.« Katherine brannte darauf, weiterzukommen. »Nur falls wir sie nicht einholen sollten, und das ist uns gelungen. Fast, jedenfalls. Der Wirt sagt, daß sie losgeritten sind, kurz nachdem es zu regnen angefangen hat. Sie sind nicht weit vor uns. Und wenigstens weiß ich jetzt sicher, daß ich auf dem richtigen Weg bin. Jetzt ist alles in Ordnung, du kannst ruhig zurückreiten.«

Joey schüttelte zweifelnd den Kopf. »Meinem Vater wird das aber gar nicht gefallen, wenn ich Sie allein lasse. Wahrscheinlich reißt er mich in Stücke.«

»Dann erzähl es ihm nicht«, meinte Katherine. Die Nachricht, daß sie den beiden so nah war, hatte sie angespornt, und sie kämpfte sich wieder in ihren nassen Mantel. »Hier.« Sie legte ein paar kleine Münzen auf den Tisch. »Das ist für deine Mühe. Wenn dein Vater fragt, sag ihm, wir haben John Mason gefunden.« Sie lächelte ihn so gewinnend an, wie sie konnte, und legte ihre schlanke, kalte Hand auf seine. »Danke für deine Hilfe, Joey. Ich weiß wirklich nicht, was ich ohne dich gemacht hätte.«

Der Junge errötete und senkte stumm den Kopf.

Katherine richtete sich auf. »Ich reite jetzt los.« Seinen besorgten Blick übersah sie geflissentlich. »Trink dein Ale aus, bevor du dich auf den Heimweg machst. Gute Reise.« Noch einmal lächelte sie ihn an und ging.

Joey mochte zwar langsam sein, aber er wußte, daß hier irgen detwas nicht stimmte. Bei dem Versuch, aufzustehen, brachte er Bank und Tisch zum Schwanken und verschüttete sein Bier. Katherine, schon an der Tür, hob zum Abschied eine Hand und war verschwunden. Joey zögerte kurz, ließ sich dann wieder auf die Bank fallen und überlegte, ob er für das Geld, das die Dame ihm dagelassen hatte, wohl noch ein paar Bier bekommen würde, bevor er sich auf den Heimweg machte.

Mittlerweile schüttete es wie aus Kübeln. Die beiden Männer hätten ein paar Schritte vor Katherine sein können, ohne daß sie es gemerkt hätte. Der sintflutartige Regen nahm ihr die Sicht, peitschte ihr entgegen und lief in reißenden Bächen in die Gräben am Straßenrand. So heftig würde es gewiß nicht lange regnen. Verbissen trieb Katherine Jennett weiter. Das Pferd war erschöpft und keineswegs erfreut darüber, so plötzlich aus einem trockenen Stall gerissen zu werden. Katherine spürte das Widerstreben des Tieres und verstand es nur zu gut. Nach Angaben des Wirtes hatte Sim im Gasthof das Pferd gewechselt, doch John Masons Grauer war noch frisch genug gewesen, den Weg fortzusetzen. Wieder fiel Jennett in Schritt, und diesmal machte Katherine keinerlei Versuch, sie anzutreiben. Sie kauerte sich in ihrem Mantel zusammen und bemühte sich, nicht auf die Kälte zu achten, die ihr bis auf die Knochen kroch. Da ihr keine Zeit geblieben war, etwas zu essen, hatte sie im Gasthof Brot und Käse gekauft. Sie aß nun, so gut es ging, während sie ungemütlich durch den Regen zokkelte.

Die Straße war leer, und Katherine ritt weite Strecken, ohne eine Menschenseele zu sehen. Dörfer gab es kaum und Häuser nur vereinzelt. Der Regen fegte Böen über das flache Land und hüllte alles in das trübe, bleierne Grau des Himmels. Verschwommen tauchten irgendwann im Regen zwei Gestalten auf, die verbissen durch den Morast stiefelten – zwei Männer in grober, triefnasser Kleidung, bis zur Hüfte schlammbespritzt. Als sie an ihnen vorbeiritt, sah einer unter seiner behelfsmäßigen Kopfbedeckung auf, und etwas in seinem bösartigen Blick ließ Katherine Black Jennett zu einem Trab anspornen. Sie spürte noch, wie der heiße Blick sich ihr in den Rücken bohrte, als sie schon längst wußte, daß sie im Regen nicht mehr zu sehen war.

Katherine war fest entschlossen, weiterzureiten, umzukehren kam für sie nicht in Frage. Dafür war sie schon zu weit gekommen. Der einzige Weg führte nach Osten, entweder zu einer Abrechnung mit John Mason oder allein nach Rothwell zu Richard. Sie hatte den Weg nach Southchurch erfragt, das noch etwa zwanzig Meilen entfernt lag. Dort wollte sie sich nach dem Herrenhaus erkundigen. Noch zwanzig Meilen. Jennett rutschte vor Müdigkeit im Schlamm aus, fing sich aber wieder. Katherine reckte ihre kalten, steifen Schultern unter dem Gewicht des durchnäßten Mantels.

In den nächsten zwei Stunden legte sie etwa die Hälfte der Strecke ohne weitere Zwischenfälle zurück. Ein Schafhirte heiterte sie mit seinem fröhlichen Lächeln und seiner Unbekümmertheit angesichts des schlechten Wetters ein Weilchen auf. Sie stieß auf eine weitere Gruppe vom Schlag jener Männer, die sie zuvor getroffen hatte, und noch eine ganze Zeitlang war sie rot bis an die Ohren von ihren schallenden, anzüglichen Grüßen, die sie nur zur Hälfte verstanden hatte. Die Cottages und Bauernhäuser, an denen sie vorbeikam, hatten die Läden gegen das schlechte Wetter geschlossen, und Katherine dachte wehmütig, die ganze Gegend sei so ausgestorben, daß man meinen könne, sie sei von der Pest heimgesucht. Als der Himmel endlich heller wurde und der Regen in ein Nieseln überging, wurde ihr allmählich voller Schrecken bewußt, daß das Widerstreben ihres Pferdes, schneller zu gehen, nicht nur an der Müdigkeit lag. Jennetts Bewegungen waren ruckartig, und sie hatte ihren sonst so sicheren Tritt verloren. Katherine stieg ab und betrachtete besorgt den Vorderlauf, den das Tier fast flehentlich hochhielt. Die schmutzige Fessel war geschwollen und heiß, und als Katherine sie berührte, zuckte Jennett zurück. Der Zwischenfall auf dem Marktplatz hatte ernstere Folgen gehabt, als sie angenommen hatte.

»Ruhig, Mädchen, ruhig.« Sie rieb dem Tier die Ohren, legte ihr Gesicht an das warme, nasse Fell und kämpfte gegen die Tränen an. Was nun? Sie sah sich um. Der Nachmittagshimmel lockerte auf, die Bewölkung war höher gestiegen und die Sicht besser. In beiden Richtungen herrschte auf der morastigen Straße gähnende Leere, und das einzige Lebenszeichen in der flachen, durchnäßten Landschaft waren ein paar Schafe. Soweit Katherine sehen konnte, gab es kein Haus und kein Dorf, und sie nahm an, daß der dunstig graue Streifen am Horizont die Flußmündung sein mußte. Noch einmal sah sie sich auf der Straße um, und ihr fielen die groben, skrupellosen Gesichter der Männer ein, die sie vor einer Weile überholt hatte.

Sie atmete tief durch. »Komm, Jenny. Es muß irgendwo ein Haus geben.«

Katherines teure, verzierte Lederstiefel waren nicht für lange Fußmärsche gemacht. Als sie sich durch den knöcheltiefen Schlamm kämpfte und ständig ausrutschte, kam sie sich vor wie in einem jener Alpträume, in denen man läuft und läuft und nirgendwo ankommt. Sie hörte ihren Vater über den unglaublich schlechten Zustand der englischen Straßen schimpfen und erinnerte sich vage an ein neues Gesetz, das die Ausbesserung und Erhaltung der Landstraßen erzwang. Noch nie zuvor hatte sie über die Notwendigkeit eines solchen Gesetzes nachgedacht. Nun wünschte sie von ganzem Herzen, daß man es schon zwanzig Jahre früher verabschiedet hätte. Verbissen trottete Katherine weiter und zog die humpelnde Black Jennett hinter sich her.

Als sie die Kuppe eines niedrigen Hügels erreichte, lag die Straße vor ihr ebenso leer wie hinter ihr. In der Nähe erhob sich eine weitere kleine Hügelkette – die Langdon Hills hatte der Wirt sie genannt –, die höchste Erhebung dieser flachen Gegend. Endlich hatte der Regen aufgehört, und zu ihrer Rechten schimmerte das weite Wasser in einem verirrten blassen Sonnenstrahl. Sie bemerkte es kaum. Mittlerweile war sie überzeugt, daß jede Chance, John Mason einzuholen, unwiderruflich dahin war, und ihr einziges Ziel war nun Rothwell Manor und Richard.

Katherine strengte ihre Augen an. Ein Stück weiter stieg aus einer nicht einsehbaren Senke an der Straße Rauch auf, eine stille Verheißung am aufklarenden Himmel.

Es erschien ihr wie eine Ewigkeit, bis sie das winzige, schäbige Bauernhaus erreicht hatte, das an einer niedrig gelegenen Stelle zwischen den Hügeln und der Themse lag. Ein bösartiges Bellen verkündete ihre Ankunft, und Katherine blieb unsicher an dem zerbrochenen Tor stehen, das auf den stinkenden Hof führte. Ein kräftiger Hund riß mit gefletschten Zähnen an seiner Kette und bellte wie rasend. Katherine betete, daß die Kette zuverlässiger sein möge, als sie aussah, obwohl sie es bezweifelte, wenn sie sich den Zustand des Gehöfts anschaute. Jennett wich nervös zurück und riß ihr dabei fast die Zügel aus der Hand. In der dunkelsten Ecke des Hofes bemerkte sie plötzlich eine Bewegung. Ein kleiner und ungemein schmutziger Junge stand da und sah sie an. Er balancierte wie ein Storch auf einem nackten Fuß, den anderen hatte er hinter das Knie gelegt. Zwischen seinen Zehen quoll Matsch durch. Zögernd lächelte Katherine ihn an. Der Ausdruck des Jungen änderte sich kein bißchen. Er starrte sie unter seinem verfilzten Haarschopf her an. Wieder sprang der Hund wütend in ihre Richtung, wurde aber von der Kette zurückgehalten und fast erstickt.

»Bully!« Katherine hatte gar nicht bemerkt, wie die Tür geöffnet wurde. Im Türrahmen stand eine Frau in einem schäbigen Kleid, das anscheinend für jemand genäht worden war, der doppelt so dick war wie sie. Ihre Stimme klang schrill, und ihr graumeliertes Haar war streng aus dem schmalen, übellaunigen Gesicht zurückgekämmt. »Bully! Meine Güte!« Dann bemerkte sie Katherine. »Was zum Teufel? *Bully*!« Der Hund legte sich immer noch knurrend hin. Argwöhnisch musterte die Frau Katherine von Kopf bis Fuß; ihrem müden Blick entging nichts. Jennett schnaubte, bewegte sich ungeduldig und hob ihren verletzten Fuß.

»Darf ich hereinkommen? Mein Pferd ist lahm, ich brauche Hilfe.«

Die Frau hob ruckartig den Kopf. »Bully tut Ihnen nichts.« Da Katherine annahm, daß sie mit einer freundlicheren Aufforderung nicht rechnen durfte, führte sie Jennett vorsichtig durch das Tor. »Ich bin auf dem Weg nach Southchurch und habe es eilig. Im Regen habe ich meine Begleiter verloren.« Sie hatte keine Lust, die wahre Geschichte zu erzählen; unter dem berechnenden, unfreundlichen Blick der Frau wünschte sie sich fast wieder zurück auf die menschenleere Straße. »Meine Stute braucht Ruhe und Pflege, und ich brauche ein anderes Pferd. Ich bin bereit, für beides zu zahlen.« Sie war froh, daß Griz daran gedacht hatte, ihr einen Geldbeutel mit Münzen in die Manteltasche zu stecken. Die praktische Griz!

Lange herrschte Schweigen. Das Kind ging zu seiner Mutter, klammerte sich mit einer Hand an ihren Rock, lutschte am schmutzigen Daumen der anderen und beobachtete Katherine aufmerksam. Die Frau preßte eine Weile lang die Lippen fest aufeinander, und Katherine fragte sich allmählich schon, ob sie ihr wohl die Tür vor der Nase zuschlagen würde. Als sie schließlich sprach, war ihr Ton nicht einladender als vorher.

»Sie kommen besser rein, Mistreß. Lassen Sie den Gaul da. Mein Junge kümmert sich drum, wenn er kommt.« Sie schob das kleine Kind grob von sich. »Geh, hol Tom und deinen Vater. Mach schnell!«

Das Kind schoß über den Hof davon, und Katherine folgte der Frau in einen dunklen Raum mit niedriger Decke. Als sie eintraten, flatterten einige Hühner gackernd vom Tisch und wurden halbherzig verscheucht. Das Zimmer war fensterlos bis auf einen schmalen Schlitz, der eisige Zugluft, aber kaum Helligkeit hereinließ. Es herrschte ein unglaubliches Durcheinander, und der Geruch nach Armut und unendlich vielen dürftigen Mahlzeiten lag in der Luft. Katherine schluckte und versuchte, den Atem anzuhalten. Eine derart trostlose, erniedrigende Verwahrlosung hatte sie noch nie erlebt. Die Frau zog einen grob gezimmerten, dreibeinigen Schemel vor und wischte mit einer Handbewegung den Unrat von der Sitzfläche.

»Setzen Sie sich. Sie sehen genauso müde aus wie der Gaul.« Katherine stellte fest, daß die Frau sich Mühe gab, gastfreundlich, vielleicht sogar nett zu sein. Sie lächelte matt und setzte sich. Der Schemel wackelte bedenklich unter ihr, und sie drohte auf den mit schmutzigen Binsen bedeckten Boden zu kippen. Haltsuchend griff sie nach dem schweren Tisch. Wie auch immer die Umstände sein mochten, es war doch zumindest eine Erleichterung, die Füße auszuruhen. Die Frau sagte nichts mehr, sondern stand da und sah ihren Gast in stumpfem Schweigen an, das auch Katherine nicht zu brechen versuchte. Der Gedanke an höfliche Konversation war einfach lachhaft.

Endlich wiesen platschende Schritte auf dem Hof darauf hin, daß die anderen Familienmitglieder gekommen waren. Katherine trat an die Tür. Zwei Männer, einer jünger, der andere in mittleren Jahren, betrachteten Black Jennett.

Es war nicht so schlimm, wie es hätte sein können, eigentlich nicht einmal so schlimm, wie der mürrische Empfang hätte vermuten lassen. Tom gefiel ihr, weil er sich auf der Stelle in Jennett verliebte. Nachdem er sich mit einiger Sachkenntnis das Bein angeschaut und Katherine versichert hatte, daß der Schaden nicht allzu groß war, führte er das Tier ruhig fort und redete die ganze Zeit auf es ein. Jennett knabberte an seinem Nacken und hinkte erbärmlich.

»Sie wird wieder gesund. Wenn Tom sagt, das Bein ist nicht schlimm verletzt, dann stimmt das auch. Tom kann gut mit Pferden umgehen.« Toms Vater sah sie unfreundlich an. »Und was machen wir jetzt mit Ihnen?«

»Ich will für den Rest meiner Reise ein anderes Pferd mieten oder kaufen. Ich lasse Jennett holen, wenn ihr Bein geheilt ist. Natürlich bezahle ich dafür.«

Der Mann schnaubte übellaunig. »Und was glauben Sie, wo Leute wie wir sowas wie ein Reitpferd herholen sollen, Mistreß? Das hier ist keine Poststation, wissen Sie.«

Sie bemühte sich, in ruhigem, freundlichem Ton zu antworten. »Vielleicht wissen Sie ja, wo ich hier in der Nähe ein Pferd herbekommen kann?«

Er schüttelte wenig hilfsbereit den Kopf. »Das nächste Dorf ist vier Meilen weg.« Der Mann musterte Katherine von oben bis unten. »Ich glaub' nicht, daß Sie die gern laufen würden.«

»Das stimmt allerdings.« Angesichts ihrer knappen Antwort hob er die Augenbrauen. Feines Getue, sagte seine Miene. *Paß auf, was du sagst, Lady, du bist hier nicht zu Hause.* »Aber ich werde laufen, wenn ich muß«, fügte sie hinzu, »denn ich will vor Einbruch der Dunkelheit in Southchurch ankommen.«

An der Tür sagte jemand: »Ich könnte Sie hinbringen.« Tom hob sich mit Schultern wie ein Bulle gegen das Licht ab. »Ich bring sie im Karren hin. Das ist langsam und nicht sehr bequem, aber wenn die junge Dame bereit ist, zu bezahlen –«

»Ja.« Katherine wandte sich ihrem unerwarteten Helfer dankbar zu.

Doch so ohne weiteres wollte der Ältere sich auf diese vernünftige Lösung nicht einlassen. »Du bist mit dem Schweinestall noch nicht fertig, und wie kommst du überhaupt darauf, daß du dich den Rest des Tages in der Gegend rumtreiben kannst?«

»Den Stall mache ich morgen. Bei dem Wetter hat's sowieso wenig Sinn. Wenn wir sofort losfahren, bin ich bis zur Dämmerung mit ihr in Southchurch.«

»Und kommst dann im Dunkeln nach Hause?« Die Stimme der Frau war harsch vor Sorge. »Nein.«

»Sei nicht dumm, Frau.« Ihr Mann sah Katherine berechnend an. »Wenn unser Tom immer noch nicht auf sich aufpassen kann, wird er's nie lernen. Und die Tagediebe, die er zwischen hier und Southchurch trifft, laden ihn wahrscheinlich eher zum Bier ein, als daß sie über ihn herfallen. Das sind doch seine dicksten Kumpel. Wieviel?«

Die Frage kam für Katherine so überraschend, daß sie zunächst nicht antwortete. »Wieviel?« wiederholte Toms Vater ungeduldig. »Wenn wir uns um den Gaul kümmern, und Tom Sie hinbringt, wohin Sie wollen?«

Sie zögerte nur kurz, dann leerte sie ihren kleinen Beutel auf den Tisch.

Sofort erkannte sie an dem Blick der Frau, daß sie einen Fehler gemacht hatte. Sie hätten es für die Hälfte getan. »Noch mal soviel, wenn Sie für Black Jennett sorgen, bis jemand sie in einer Woche holen kommt«, erklärte sie bestimmt.

»Abgemacht.« Der Ältere legte die Hand auf die Münzen. Ohne weiter auf seine Frau zu achten, grinste er seinen Sohn verschlagen an.

»Kümmer dich um die junge Lady, Thomas. Bring sie sicher nach Hause. Wir wollen doch nicht, daß ihr was passiert, oder?«

Sein unangenehmes Lachen folgte ihnen auf den Hof.

Tom hatte zwar angedeutet, daß die Fahrt nicht bequem sein würde, aber er hatte ihr nicht gesagt, daß der altersschwache Karren ihr die Zähne im Mund und die Knochen im Leib durcheinanderrütteln würde. Auf dem ersten Stück konnte sie sich kaum auf dem Sitz halten; ihr Begleiter grinste, zeigte sein elfenbeinfarbenes Gebiß in einem wettergebräunten Gesicht und wies sie an, sich festzuhalten. »Sie gewöhnen sich bald dran.«

Katherine bezweifelte es, sagte aber nichts. Sie war so dankbar, wieder unterwegs zu sein, daß sie ihm auch zugestimmt hätte, wenn er behauptet hätte, das Wasser in der Ferne sei Rheinwein und die Langdon Hills seien aus Honigkuchen.

Eine fahle Sonne schien durch dünne Wolken, war aber nicht stark genug, die durchweichte Straße zu trocknen. Immer wieder versank der Karren bis zu den Achsen im Schlamm, und jedesmal sprang Tom in den Morast, hob ihn heraus und spornte das alte Pferd an der Deichsel mit Rufen an. Und jedesmal wunderte Katherine sich, daß das uralte, wurmstichige Gefährt die Belastung aushielt. Tom war sichtlich stolz auf seine Stärke, und sie fragte sich, ob er nicht vielleicht mit Absicht über den morastigsten Teil der Straße fuhr, nur um die Gelegenheit zu haben, mit seinem Können anzugeben. Doch als sie abermals an den rüpelhaften Maulhelden vorbeikamen, die ihr zuvor solche Angst eingejagt hatten, war sie nur allzu froh über die breiten Schultern und die muskulösen Arme. Die Männer traten beiseite, um sie vorbeizulassen, und beäugten Tom vorsichtig. Sie nahmen den finsteren Blick zur Kenntnis, mit dem er sie bedachte, und sagten leise, was sie zu sagen hatten. Katherine dankte Gott und Grizzles Geldbörse, daß sie ihnen nicht allein und zu Fuß begegnete. Es kam ihr vor, als sei der Karren stundenlang weitergeholpert, bevor ihre Beklemmung endlich wich.

Sie schwiegen die meiste Zeit, denn zwei Menschen, die aus so unterschiedlichen Welten stammten, hatten sich nicht viel zu sagen. Und doch war das Schweigen nicht unangenehm. Einmal brach es Tom und sagte ohne Einleitung:

»Sie haben bestimmt Diener und so, schätze ich.«

Katherine nickte unsicher, weil sie nicht wußte, worauf er hinauswollte. »Ja.«

»Ist einer so stark wie ich?«

Sie lächelte. »Nein, keiner.«

Er neigte zum Zeichen seiner Zufriedenheit den Kopf und spornte das Pferd mit einem freundlichen Schnalzen an, das daraufhin seinen gemächlichen Paßgang leicht beschleunigte.

Im Laufe der Fahrt brach ein sanftgoldener, ruhiger Abend an, der nach den heftigen Regenfällen des Tages fast unglaublich erschien. Überall spiegelte sich das Licht im Wasser. Ihr Weg folgte der Küste des Meeresarms, der breit wie ein See im Osten lag. In der Ferne schimmerten Segel. Das war das Tor zur Londoner Themse, ein ebenso belebter Verkehrsweg wie die Straße.

Seevögel kreisten schreiend am weiten Himmel über ihnen, und die letzten Wolken färbten sich honiggelb, als die Sonne im Westen unterging. Sie kamen an Hadlegh vorbei, einem Dorf mit einer Burg, die mit ihren wuchtigen Türmen und Mauern auf einem Steilfelsen zwischen Meer und Dorf über die flache Küstenebene wachte. Sie sah aus wie ein alter Soldat, der nicht zugeben mochte, daß die blutgetränkten Zeiten des Kampfes vorüber waren. Auf dem Marschland rund um die Burg und am Ufer grasten Schafe, soweit das Auge reichte. Das Salz der See lag in der Luft, die Sonne wärmte die alten grauen Bruchsteinmauern der Burg, und Katherine dachte zum ersten Mal über ihr Reiseziel nach. Bis jetzt hatte sie vor allem John Mason und Sim einholen wollen, und seit das nicht mehr möglich war, wollte sie nur noch dafür sorgen, daß sie dieses übereilte Abenteuer heil überstand. Erst in diesem Augenblick, als sie den Blick über das schimmernde Wasser schweifen ließ und in ihrem Staunen über die Schönheit dieser seltsam wilden Gegend fast ihre unbequeme Lage vergaß, dachte sie allmählich an Rothwell. Es lag an der Küste, das hatte sie gehört, an derselben einsamen, schönen Küste, an der sie gerade entlangfuhr. Unter ihr lagen ein paar Inseln, so flach, daß sie kaum aus dem Wasser ragten, bestanden nur von ein paar Bäumen und einigen verstreut liegenden weißen Holzhütten. Sie kamen an einem verschachtelten, verwitterten und anheimelnden Haus vorbei, dessen Holzwände und Ziegeldach im goldenen Licht leuchteten. Ob Rothwell wohl so war wie dieses? Sie sehnte sich danach, endlich dort zu sein oder wenigstens irgendwo, wo es vertraute Stimmen und eine gewisse Behaglichkeit gab.

Rothwell war alt, das hatte Griz ihr erzählt, sogar baufällig. Nun ja, was machte das schon? Sie brauchte nur an Brecon House mit seinen schmutzigen, verrußten Wänden und den dunklen, tristen Zimmern zu denken und sich dann das elegante, wohnliche Haus mit den hellen Fenstern vorzustellen, das sie heute morgen verlassen hatte. Was sie in London geschafft hatte, konnte sie mit Phantasie und Geld auch in Essex bewerkstelligen. Sie war gekommen, um Richard Rothwell auszureden und war bereit gewesen, seine Wut über ihre Einmischung hinzunehmen, wenn auch nur die geringste Chance bestand, daß sie ihn von alten, gefährlichen Angewohnheiten abbringen konnte. Doch als sie nun diese Gegend sah und ihren seltsam wilden Reiz spürte, dachte sie anders darüber. Sie erinnerte sich, wie sie mit Richard über die Felder vor London geritten war und stellte sich vor, hier mit ihm zu reiten, in dieser endlosen Weite, wo Meer und Wind sie begleiteten und sie am Ende des Tages ein helles Kaminfeuer erwartete. »Die Sonne geht bald unter.« Toms Stimme war wie ein kalter Guß. »Dann wird es dunkel, und wir haben noch ein gutes Stück vor uns.«

Wie um seine Worte zu unterstreichen, verschwand die Sonne hinter einer Wolkenbank, die so niedrig am Horizont stand, daß es ein Stück Land hätte sein können. Vom Meer her wehte eine kühle Brise. Über dem Wasser war geisterhaft der Mond aufgegangen.

»Was glaubst du, wie lange wir noch brauchen?«

»Schwer zu sagen. Zwei Stunden bis Southchurch, vielleicht weniger. Wer weiß. Dann müssen wir noch das Herrenhaus finden.«

Bis dahin dürfte es ihr wohl den letzten Rest Fleisch von den Knochen gerüttelt haben. Und trotz ihrer Träume wußte Katherine, daß der Empfang am Ende der Reise wohl alles andere als herzlich ausfallen würde. Vergiß, daß du den Namen je gehört hast, hatte Richard über Rothwell gesagt. Nicht zum ersten Mal schob sie die Erinnerung an die zornsprühenden Augen beiseite, wandte sich den nächstliegenden Dingen zu und richtete sich darauf ein, die folgenden Stunden so gut zu ertragen, wie sie es nur vermochte.

9

Zu einer Zeit, zu der man normalerweise die Lampen anzündet, die Kaminfeuer durch die Fenster zu sehen sind, und alle, die noch auf der Straße weilen, sich von der Wärme und Behaglichkeit der anderen ausgeschlossen fühlen, zockelten sie endlich nach Southchurch hinein. Am ersten Gasthaus, an dem sie vorbeikamen, hielt Tom an und fragte nach Rothwell. Kurz darauf kam er wieder und schüttelte den Kopf.

»Das kennt da keiner.«

»Was machen wir jetzt?«

Er zuckte ungerührt und unbesorgt die Achseln. »Wir versuchen's woanders.«

Doch auch zwei weitere Nachforschungen brachten das gleiche entmutigende Ergebnis. Während der letzten Meilen hatte Katherine sich mit dem Gedanken abgefunden, daß ihr Eintreffen in Rothwell sie durchaus in persönliche Schwierigkeiten bringen konnte. Aber es war ihr nie in den Sinn gekommen, daß sie Richards Herrenhaus vielleicht gar nicht finden mochte.

»Es muß hier sein! Wirklich!«

Tom hörte die Verzweiflung in ihrer Stimme und beschwichtigte sie.

»Wir finden es schon, keine Sorge.«

Katherine spürte allmählich die Auswirkungen des anstrengenden Tages. Ihre Kleider waren immer noch feucht, und sie mußte die Zähne zusammenbeißen und sich an den Seiten des Karrens festhalten, um ihr Zittern zu unterdrücken. Sie hatte Kopfschmerzen, ihr Rücken war völlig wund und spröde wie Glas. Jede Bewegung des holpernden Karrens war eine Qual, und als Tom sprach, konnte sie ihm nicht antworten.

»Da vorn sind Lichter, vor uns und links. Sehen Sie?«

Katherine entdeckte zwei matt erleuchtete Fenster und einen Lichtstrahl, als eine Tür geöffnet und wieder geschlossen wurde. Es war eine Schänke, wie sie feststellten, als sie näherkamen. Diesmal blieb Tom wesentlich länger fort, zumindest kam es ihr so vor, während sie frierend im Wagen saß und halb einnickte. Als er endlich wiederkam, hatte er einen Mann bei sich, der Katherine mit offener, unverhohlener Neugier anstarrte. Er war dick und grob gekleidet, hatte ein rotes Gesicht und musterte Katherine lange genug, um sie aus der Fassung zu bringen.

»Sind Sie die –«, die Pause wirkte beleidigend, »Dame, die mit diesem Burschen unterwegs ist?« Seine Stimme war ebenso grob wie sein Äußeres und vom Bier schwer und undeutlich.

»Ja.« Katherine zügelte ihr Temperament und warf Tom einen Blick zu. Er hob die Schultern. Der Mann starrte Katherine immer noch an.

»Sind Sie sicher, daß Sie nach Rothwell wollen?«

»Allerdings. Geht Sie das etwas an?«

Schweigend dachte der Mann über diese Herausforderung nach. »Vielleicht, vielleicht auch nicht«, antwortete er schließlich triumphierend über seinen eigenen seltsamen Witz.

Tom schwang sich auf den Sitz neben Katherine und nahm die Zügel. »Er kennt Rothwell Manor, er und ein halbes Dutzend andere Männer da drin. Es ist ungefähr eine halbe Meile weiter an der Straße.«

Der Mann hatte sich nicht gerührt, sondern schaute Katherine mit einem erfreuten Grinsen an.

»Hübsch«, sagte er, »sehr hübsch. Sie werden da oben viel Erfolg haben.« Dann stolperte er wieder zu der erleuchteten Tür hinüber.

Katherine sah ihm verwundert nach, während Tom bereits das müde Pferd überredete, weiterzugehen.

»Besoffen«, sagte er knapp. Damit war der Zwischenfall für ihn erledigt.

Es war stockdunkel, als sie Rothwell erreichten, aber vielleicht war das die gnädigste Zeit für einen ersten Eindruck vom Herrenhaus. Die bröckelnden Mauern, die eingestürzten Dächer und abgesackten, schadhaften Türen, die im Schein der Laternen zu erkennen waren, hätten bei Tageslicht nur einen noch schlimmeren Eindruck gemacht.

»Das muß ein Irrtum sein«, meinte Katherine.

Tom schüttelte den Kopf. »Das ist es. Vier Männer haben mir den Weg erklärt, und alle gleich. Das ist es.«

Von dem ehemaligen Wassergraben der befestigten Anlage war nur noch eine modrige Pfütze mit jahrhundertealtem Schutt und Unrat übrig. Eine wenig vertrauenerweckende Brücke führte über das faulige Wasser, durch einen halb verfallenen Bogen und vorbei an den Überresten des Torhauses. Dahinter lag ein mit Schutt übersäter Hof, um den sich ein planloses Gewirr von Gebäuden in unterschiedlichen Stadien des Verfalls scharte. Dunkle Schatten bewegten sich hinter erleuchteten Fenstern, und rauhe Stimmen drangen streitend und singend nach draußen. Es klang sehr nach einer weiteren Schänke. Beißender Rauch lag in der Luft, der als Dunst im Licht der wenigen Laternen auf dem Hof zu erkennen war. Ihr spärliches Licht beschien auch ein großes, stahlgraues Pferd, das inmitten des Gerümpels auf dem Hof in der Nähe einer Tür angebunden war.

»Gott sei Dank! John Mason ist hier.« Katherine war fast schon aus dem Wagen gesprungen, als Tom sie mit einem kräftigen Griff am Arm zurückhielt.

»Warten Sie. Ich bringe Sie hinüber.« Ein Hund schlug an, scharf und gellend. Andere fielen ein.

»Das ist wirklich nicht nötig. Wenn John Mason hier ist, ist mein Mann auch da.« Katherine war in Wirklichkeit allerdings keineswegs so zuversichtlich, wie sie klang.

Tom schnalzte sanft mit der Zunge und lenkte das Pferd über die knarrende Brücke auf die Ruine des Torhauses zu. Sie hob sich dräuend gegen den Nachthimmel ab. Das Gefährt war bereits daran vorbei und ein gutes Stück in den holperig gepflasterten Hof vorgedrungen, als ein Mann unter dem Torbogen vortrat und ihm den Weg versperrte. Er hielt einen knurrenden Hund an der Leine.

»Halt!« Das Tier zerrte schnappend und geifernd vorwärts. »Was wollt ihr hier?«

In der Dunkelheit konnten sie wenig von ihm erkennen. Hinter ihm erschien ein weiterer Mann mit Hund.

»Ich suche Sir Richard Brecon. Ich bin ...«

Der Mann gab ihr keine Chance, den Satz zu beenden. »Ach ja? Sie und noch ein Dutzend von Ihrer Sorte, hab ich gehört. Sein Ruf spricht sich rum!« Sein Ton war amüsiert, aber nicht unfreundlich. Der Lärm aus dem Haus wurde vorübergehend lauter, als sich die Tür öffnete. Ein Mann stolperte rülpsend heraus und rannte fast gegen den Wagen.

»Was zum Teufel ist das denn?« Seine Stimme klang getrübt, zwar kultiviert, aber nicht ganz sicher.

Der Mann mit dem Hund sagte: »Eine Frau. Sie sucht den Captain.«

»Um diese Zeit? In der Nacht?« Er sah Katherine ins Gesicht und lachte unangenehm auf. »Was für eine Schande, daß er nicht da ist! Macht nichts, Süße, es sind genug von uns hier, du kannst dir also einen aussuchen. Komm runter und trink was.« Er streckte die Hand nach ihr aus.

»Lassen Sie sie in Ruhe«, sagte Tom gelassen.

»Wer sagt mir das?« Die Frage kam leise und drohend.

Katherine konnte ihr Zittern kaum beherrschen, aber ihre Stimme klang klar und scharf. »Ich bin Lady Brecon. Ich weiß, daß Sir Richard hier ist und John Mason ebenfalls.«

»Lady Brecon?« Der Mann mit dem Hund trat vor und musterte den schmutzigen, alterschwachen Karren und den alten Klepper. »Und das ist wohl eine von diesen neumodischen Kutschen, von denen ich so viel gehört habe! Bequem, was?«

Der Mann hinter ihm kicherte. In der Dunkelheit jenseits der Brücke waren plötzlich Pferde zu hören. Den Hunden sträubten sich die Nackenhaare. Wieder schwang die Tür auf, und zwei oder drei Gesichter tauchten auf.

»Jaimie? Jaimie! Was ist denn los da draußen?«

Jaimie ließ sich von Tom ablenken und winkte seine Freunde herbei. »Kommt, seht euch Ihre Ladyschaft an, Jungs! Sie ist gekommen, um mit uns zu trinken.« Er warf einen Blick auf Katherines unordentliches Haar und ihre schlammbespritzte Kleidung . »Sie sieht zwar nicht besonders aus, aber sie erzählt eine hübsche Geschichte.« Bei seinem stinkenden Atem drehte sich Katherine der Magen um.

Sie wich zurück. »Holt John Mason. Ich weiß, daß er hier ist. Er wird euch alles bestätigen.« In ihrem Ton lag aufkommende Panik.

Als Tom sich bewegte, knurrte der Hund.

»Nein, Bürschchen, bleib ruhig«, sagte der Wächter und ließ die Leine locker. »Bess hat etwas gegen Fremde.«

Gleich darauf sank er zu Boden. Seine Miene war dümmlich vor Überraschung. Die mörderischen Hufe des ersten Pferdes, das donnernd durch den Bogen ritt, hatten ihn getroffen. Der freigelassene Hund sprang Tom geifernd an, der unter der Wucht nach hinten stürzte. Das Pferd an der Deichsel bäumte sich auf, und Katherine wurde seitwärts in die Arme des Mannes geschleudert, den sie Jaimie genannt hatten. Sie hörte ihn fluchen, als der Wagen ihm über die Füße rollte.

Auf dem Hof brach die Hölle los. Männer und Tiere wirbelten in wildem Aufruhr durcheinander, Waffengeklirr und harsche, ungläubige Rufe überrumpelter Trinkkumpanen hallten durch die Nacht. Katherine versuchte, sich zu befreien, aber Jaimie packte sie grob am Haar und riß ihren Kopf nach hinten. Plötzlich hielt er ein scharfes Messer mit nadelspitzer Klinge in der Hand. Durch den stechenden Schmerz in ihrem Kopf hörte sie ihn sagen:

»Du Hexe! Was hast du da – « Mitten im Satz brach er mit einem überraschten Röcheln ab; warmes Blut rann ihm aus dem Mund, und als er fiel, war seine leblose Hand immer noch in ihrem Haar verfangen und riß sie mit zu Boden. Sie erstickte fast in dem warmen, klebrigen, grauenhaften Blut, das ihr über Gesicht, Kleider und Hände lief. Ein Schrei brach aus ihrer Kehle; der stürzende Mann quetschte sie gegen ein rollendes Wagenrad.

Plötzlich hörte sie immer wieder ihren Namen durch das wilde Getöse.

Wieder bewegte sich das Karrenrad, klemmte ihre Röcke unter sich ein, und nur der wuchtige Leichnam des Mannes, der dagegen gefallen war, verhinderte, daß es sie zermalmte.

»Richard! Richard, hilf mir!«

Doch die Hände, die sich durch das blutige Gemetzel zu ihr durchkämpften, gehörten nicht Richard – wie war sie nur darauf gekommen? Der Franzose packte blindwütig und ebenso rauh nach ihr wie der Angreifer von vorhin.

Immer mehr Männer strömten bewaffnet aus den Gebäuden auf den Hof, waren aber für einen tödlichen Augenblick nicht imstande, Freund und Feind zu unterscheiden. Viele wurden auf der Stelle niedergemetzelt, bevor sie auch nur wußten, worum und gegen wen es ging. In dem Gedränge hinterließ fast jeder Stoß blutige Wunden.

De Villeneuve schrie etwas ins Getümmel. Die Reiter scharten sich zusammen und boten allen, die sie eingekreist hatten, mit blanken Degen Schutz. De Villeneuve ergriff die Zügel eines freilaufenden Pferdes.

»Auf!«

Katherine konnte kaum stehen. Wie ein Sack Mehl wurde sie über den Sattel geworfen.

»Nimm sie!« Er warf die Zügel einer freien Hand zu, und mit einem Satz war das Pferd unter dem zerfallenden Bogen durch, über die Brücke und in Sicherheit, während hinter ihr die Geräusche des grauenhaften Gemetzels auf- und abschwollen.

Keuchend und zerzaust sammelten sie sich etwa zwei Meilen von Southchurch – der Franzose, seine Männer und Katherine. Aus den Gesichtern der Männer strahlte noch der Wagemut und Überlebenswille. Mit kühler, leidenschaftsloser Nüchternheit schätzte man den Schaden ab. Zwei Tote und zwei Schwerverletzte gab es in der Gruppe. Als Katherine in ihren blutleeren Gesichtern und starren Augen das Zeichen des Todes sah, wunderte sie sich über die Disziplin, die die Männer bis hierher im Sattel gehalten hatte. Sie hörte die ruhige Autorität in de Villeneuves Stimme und verstand.

»Niemand wurde zurückgelassen.« Es war eher eine Feststellung als eine Frage, und dennoch antwortete ein dünner Mann, dessen linker Arm schlaff und blutend herunterhing:

»Niemand außer den Toten.«

Keiner der Männer ringsum war unversehrt davongekommen. Selbst de Villeneuves Kleider waren blutverschmiert, obwohl nicht zu erkennen war, ob es sein eigenes Blut war oder das eines anderen. Sie selbst mußte wohl auch aussehen wie der Satan persönlich. Aber es scherte sie nicht. Die Ereignisse der vergangenen Stunde hatten sie in einen Zustand versetzt, in dem sie alles wie aus weiter Ferne wahrnahm. Von ferne wunderte sie sich über diese Frau, die ruhig und gefaßt zwischen Männern saß, die gerade von einem Blutbad kamen. Ein weiterer Mann war kaum eine Armeslänge von ihr entfernt gestorben, und wenn nicht er, so hätte sie ihr Leben gelassen, daran hegte sie keinen Zweifel. Erstaunt stellte sie fest, daß sie fast ohne zu zittern daran denken konnte. Sie hörte, wie der Franzose seine Anordnungen traf. Er lobte seine Männer, dankte ihnen höflich und gab einigen, deren Pferde noch am frischsten waren, knappe Anweisungen, worauf diese ihre Pferde kehrtmachen ließen und verschwanden.

Dann ritt de Villeneuve zu Katherine herüber.

»Sind Sie verletzt?« Er sprach leise, nur an sie gewandt, in nüchternem, besorgtem Ton.

Ihre Kopfhaut schmerzte noch von Jaimies grobem Griff, ihr rechter Knöchel, den sie sich verstaucht hatte, als sie vom Wagen geschleudert wurde, pochte stark und fühlte sich in ihrem Stiefel heiß und geschwollen an. Sie sah auf.

»Nein«, sagte sie. »Ich glaube nicht.«

Aus seinem Lächeln sprach Bewunderung. »Noch einen Augenblick, dann reiten wir los. Nicht weit von hier gibt es ein Gasthaus. Es ist eine armselige Herberge, fürchte ich, aber für den Augenblick dürfte sie genügen. Da der Wirt mich kennt, sind wir dort in Sicherheit, und es wird kein Gerede geben. Morgen sorge ich dafür, daß Sie mit so wenig Aufhebens wie möglich sicher nach Brecon House zurückgebracht werden.« Sein Ton war zwar immer noch ruhig, aber zugleich ernster, als sie ihn je gehört hatte, und strahlte etwas von jener Stärke aus, die auch sterbende Männer im Sattel hielt. »Danach aber nehme ich Ihnen das feierliche Versprechen ab, daß Sie nie wieder ein so tollkühnes Wagnis eingehen.«

»Wissen Sie, was mit Tom geschehen ist?«

»Tom?«

»Der Mann, der bei mir war. Er hat den Wagen gefahren. Der Hund ...« Sie konnte nicht weitersprechen.

De Villeneuves Miene war wie versteinert. »Es tut mir leid, aber ich fürchte, er hatte keine Chance. Die Helfer Ihres Mannes, ob die Tiere oder die Männer, haben ihm ohne Zweifel ein tödliches Ende bereitet.« In seiner Stimme lag tiefe, müde Verachtung für Richard und all sein Treiben.

Sie antwortete nicht. Vor ihr tat sich ein unendlicher Abgrund auf. »Das Tor!« hatte sie in heftiger Ungeduld einem

Mann zugerufen, dessen Blick sein Widerstreben verriet, der aber weder das Recht noch den Mut besaß, ihr den Gehorsam zu verweigern. »Mach das Tor auf!« Und Männer waren schreiend in den Trümmern des Hofes von Rothwell gestorben. War es ihre Schuld? Wie ein Stein legte sich eine schwere Last auf ihre Seele.

De Villeneuve schenkte ihrem Zusammenzucken keine Beachtung, vielmehr schien er selbst für einen Moment seine mühsame Selbstbeherrschung zu verlieren, denn er sagte in einer leisen Aufwallung von Wut: »Vielleicht ist es nur gut, daß Richard Brecon heute nacht nicht in seinem Unterschlupf war. Ich wäre womöglich nicht imstande gewesen, die Hände von seiner Kehle zu lassen. Ein Mann, der bewußt und willentlich Schönheit und Güte gegen Unrast und teuflischen Unflat eintauscht, und nicht die Finger davon lassen kann, verliert jegliches Recht auf Verständnis.«

Plötzlich erschien ihr die Nacht schwarz und kalt. »Es war nicht Richards Schuld«, erklärte sie, heftig zitternd. »Er war nicht da. Sonst wäre das bestimmt nicht passiert.«

Ihr Worte hingen wie eine Frage in der Luft, eine Frage, auf die es keine Antwort gab.

10

Wie der Franzose schon angedeutet hatte, war der Essex Crayer für jemanden, der Pargyter-Komfort gewohnt war, eine armselige Behausung, aber Katherine erschienen die winzigen, rauchigen Zimmer, die einfache Atmosphäre, das geschäftige Treiben und vor allem der Klang einer mitfühlenden weiblichen Stimme wie der Gipfel an Luxus.

Die gutmütige Wirtin schlug die Hand vor den Mund, als sie ihren völlig derangierten Gast sah. »Heilige Mutter Maria! Was um Himmels willen –«, sie bemerkte den strengen Blick ihres Mannes und zögerte, bevor sie weitersprach –, »sollen wir bloß mit diesem Kleid machen? Gar nichts, fürchte ich, einfach gar nichts. Kommen Sie herein, kommen Sie! Aus dem Weg, Walter, du meine Güte.« Sie legte der jungen Frau voll mütterlicher Fürsorge einen plumpen Arm um die Taille und winkte das Mannsvolk beiseite. »Sie kommen mit mir, meine Liebe. Wir werden schon etwas für Sie finden.«

Katherine ließ sich eine steile Stiege in eine kleine Zimmerflucht hinauf führen. Ein winziges Kämmerchen, in dem nur ein Tisch und ein Schemel standen, führte in zwei Schlafzimmer, in denen eine murrende Magd mit Bettlaken und Bettpfannen hantierte. Die Räume ließen erkennen, daß sie bis vor kurzem bewohnt und hastig geräumt worden waren.

»Beeil dich, Sarah, beeil dich! Gott, Mädchen, am Tag des Jüngsten Gerichts wirst du noch die letzte sein.« Die Frau stellte noch einen schmutzigen Teller auf das Bündel, das das Mädchen bereits trug. »Nimm das und bring es in die Küche. Sag deiner Mutter, Essen für den Monsieur und seinen Gast! Und mach schnell!«

Das Mädchen warf einen verstohlenen Blick auf Katherines zerrissenes, blutbeschmiertes Kleid und ging hinaus.

Katherine sah sich um. »Wie es aussieht, hatten Sie aber doch schon Gäste.«

Ihre Wirtin schnaubte unwirsch. »Gäste? Schweine! Am besten packt man sie in die Scheune, besseres sind sie gar nicht gewöhnt. Aber für den Monsieur müßte die Königin persönlich in die Scheune ziehen, wenn ich zu sagen hätte. Für ihn ist uns nichts zu gut in diesem Haus. Wir hätten ihm ja unser eigenes Zimmer gegeben, aber diese hier sind besser, und er hat ausdrücklich gesagt, zwei Zimmer.« Ihr Blick huschte zu Katherine hinüber und wieder fort. »So, und jetzt kommen Sie und ziehen Sie diese Lumpen aus. Ich hole Ihnen etwas anderes, obwohl es nicht ganz die Kleidung sein wird, die Sie gewöhnt sind, fürchte ich. Meine Schwester hatte etwa Ihre Größe, ich habe noch ein paar von ihren Sachen. Warten Sie, ich schau mal, was ich finden kann.«

Sie verschwand die Stiege hinunter. Katherine humpelte ans Fenster, starrte unendlich müde in die Dunkelheit und bemühte sich, nicht zu denken. Unten herrschte ein Kommen und Gehen, Stimmengewirr und reges Treiben. Ohne Hast ging de Villeneuve von einem der Männer zum anderen. Einige stiegen auf ihre Pferde und ritten davon, während andere hinter dem Gasthof verschwanden. Als sie sich vom Fenster abwandte, sah sie im Licht der schwankenden Laterne gerade noch, wie man unten eine grobe Trage aus der Tür trug; die formlose Gestalt, die unter einer rasch darübergeworfenen Decke lag, blutete. Die Männer, die sie trugen, gingen zu schnell und achtlos, als daß ihre Last noch hätte leben können.

Ihre Wirtin kam mit einem Bündel zurück, das wie ein mottenzerfressener Ballen Maulbeerwolle aussah. »Ziehen Sie das mal an!«

Das Kleid war gar nicht so schlecht, wie es zunächst ausgesehen hatte. Es paßte beinahe und war warm und bequem. Katherine warf ihre eigenen blutverschmierten Kleider auf den Boden.

»Verbrennen Sie sie«, meinte sie knapp, und die Frau nickte verständnisvoll. Dann machte sie ihr mit geschickten Händen kalte Umschläge um den geschwollenen Knöchel. Nichts gebrochen, lautete ihr Urteil, nur eine häßliche Verstauchung.

»So. Jetzt ruhen Sie sich ein bißchen aus. Sobald der Monsieur fertig ist, bekommen Sie eine schöne Brühe und auch Rindfleisch.«

Katherine hatte den Eindruck, wenn der Monsieur es verlangen sollte, würde diese kleine Frau sich auch hinlegen und mit einem Lächeln auf den Lippen sterben. Sie wunderte sich, wie ein Mann solche Hingabe erlangen konnte.

Kurze Zeit später servierte man ihnen in dem kleinen Vorraum das Essen. Für Katherine brachte man einen groben Stuhl, den Stolz des Hauses, herbei, während der Franzose sich auf den Schemel setzte. Das Essen war schlicht, aber appetitlich, und das Bier erschien ihrer Kehle wie Regen in der Wüste. Sie nahm den Becher, den er ihr anbot, und trank in tiefen Zügen. Er lächelte, schenkte nach und hob die Hand, um die Fragen abzuwehren, die Katherine auf der Zunge lagen, seit sie wieder denken konnte.

»Gleich. Essen und trinken Sie zuerst. Erholen Sie sich ein bißchen.«

»Ich bin schon einigermaßen erholt.« Ihre zitternde Hand strafte ihre Worte lügen. In ihrem Kopf wirbelte alles durcheinander. Wie war es zu diesem plötzlichen, grauenhaften Gemetzel gekommen? Welche Rechtfertigung gab es für die Klingen, die blank gezogen waren und ohne jede Vorwarnung oder Unterhandlung getötet hatten? Natürlich hatte es eine Bedrohung gegeben, doch wie groß war sie gewesen? Hätte es nicht sein können, daß diese ungehobelten Männer mit den harten Augen zugehört hätten? Ihre Stimme klang keineswegs nach einer Hure, und das hatte der Mann mit dem Hund auch bemerkt. Aber Jaimie und die anderen waren völlig betrunken gewesen. Wie hätte sie mit ihnen reden sollen? Warum war die Atmosphäre in Rothwell so sehr von rücksichtsloser Gewalt erfüllt gewesen? Und woher hatten ihre Retter so genau gewußt, wo sie zu finden war?

Sie sah von ihrem Teller auf und bemerkte, daß er sein Essen nicht angerührt hatte, sondern geduldig auf sie wartete und sie mit dunkler, beherrschter Miene ansah.

»Fragen Sie, was Sie fragen müssen. Es wird Zeit, denn Ihre Unwissenheit ist für Sie und andere zur Gefahr geworden.« Er lächelte wieder, und seine strengen Züge wurden milder. »Wenn Richard sich schon eine reiche Frau suchen mußte, hätte er sich eine langsamere und weniger geistvolle suchen sollen.« Er griff nach ihrem Becher, nahm ihn ihr sanft aus der Hand und schenkte aus dem Krug nach, der neben seinem Arm stand. Seinen eigenen Becher hatte er noch nicht angerührt.

Sie schüttelte den Kopf, aber er schob ihr beharrlich das Gebräu hinüber. »Nehmen Sie, Sie können es brauchen. Es wird Ihnen helfen, zu schlafen.«

Krampfhaft ergriff sie den Becher und trank. Sie konnte ihren furchtbaren Durst gar nicht stillen. »Wo ist er?« flüsterte sie schließlich. Überrascht stellte sie fest, daß das nicht die Frage war, die sie eigentlich hatte stellen wollen. »Warum war er nicht da? Wer waren diese Männer?« Sie brach ab. Es widerstrebte ihr, die Mittel und Beweggründe der Männer in Zweifel zu ziehen, die sie um einen so hohen Preis für sich selbst gerettet hatten. Aber de Villeneuve wartete gefaßt ab, was sie sagen wollte, und so brachte sie schließlich hervor: »War ein so brutales Vorgehen notwendig?«

»Bezweifeln Sie es?« Höflich senkte er seinen verletzten Blick.

»Hätten Sie nicht zuerst mit ihnen reden können?«

Behutsam fuhr der Franzose mit dem Finger am Rand seines Bechers entlang, die Spitze an seinem Ärmel war bemerkenswert weiß. Dann seufzte er schwer und schüttelte den Kopf. »Mistreß Katherine, treten Sie einem Wolf mit Vernunftgründen gegenüber? Sagen Sie zu einem wilden Hund: ›Ungezogener Bursche, sei still?‹ Diese Männer sind der Abschaum von England. Sie sind der Unrat, der Bodensatz der Gossen und Kloaken. Söldner, die für Geld und zum Vergnügen töten. Was glauben Sie, wie viele Männer ich bei mir hatte?«

Sie zuckte mit den Schultern. Ihr war es wie eine Armee vorgekommen.

»Ein Dutzend«, sagte er. »Nur zwölf. Gegen fünfzig oder mehr. Wollen Sie im Ernst sagen, daß wir unter solchen Umständen unseren Vorteil, unseren einzigen Vorteil hätten aufgeben sollen: die Überraschung? Dann hätten wir ebensogut unsere Waffen strecken und uns in den Schlamm knien können, um es ihnen einfacher zu machen.«

Die Bitterkeit seines Tons traf sie ins Herz. »Es tut mir leid, so habe ich es nicht gemeint.« Sie war so müde, daß sie nicht mehr denken konnte. Das Zimmer schwankte, das Kerzenlicht spiegelte sich flackernd in den Augen des Franzosen, und sie richtete den Blick starr auf diese glitzernden Lichtpünktchen und wünschte mit aller Kraft, die Welt möge stillstehen. »Ich habe ihnen noch gar nicht gedankt«, sagte sie.

Er schüttelte den Kopf. »Das ist nicht nötig. Was ich getan habe, würde ich ohne Zögern wieder tun. Das wissen Sie, glaube ich, auch. Katherine, es gibt Dinge, die Sie erfahren müssen, obwohl Sie es mir vielleicht nicht danken werden, wenn ich sie Ihnen erzähle. Ich möchte Ihnen um nichts in der Welt wehtun.« Plötzlich war sein Akzent stärker als sonst. Nach einigem Zögern fuhr er fort: »Sie sind Ihrem Mann zugeneigt. Vielleicht mehr, als Sie wissen oder bereit sind, zuzugeben. Wenn ich ihn in Mißkredit bringe, werden Sie mich vielleicht dafür hassen, aber diesmal geht es um die Wahrheit, und es ist ein Wagnis, das ich auf mich nehmen muß, um Ihretwillen. Was Richard betrifft, so bin ich mit ihm fertig. Wenn er in diesem Augenblick in jener Ecke sterben würde, ich würde keinen Finger rühren, um ihm zu helfen, es sei denn, wegen Ihnen. Er hat eine goldene Chance bekommen. Sie hätten seine Rettung sein können, wenn er es zugelassen hätte. Er selbst hat die Wahl getroffen. Da ich ihn nun einmal kenne, hätte ich allerdings ahnen sollen, daß er seine schlechten Gewohnheiten ebensowenig würde ändern können, wie er sich Flügel wachsen lassen und zur Sonne fliegen kann. Wie würde sich wohl ein verantwortungsloses, verblendetes Kind entscheiden, wenn es die Wahl hätte zwischen Tugend und Übermut?«

Sie starrte ihn an. »Sie sind hier«, sagte sie trotz lähmender Müdigkeit, »und er nicht. Der Mann, von dem Sie sprechen, ist nicht der, den ich kenne.«

»Sind Sie da sicher?«

Lange herrschte Stille, die sie mit der erneuten Frage brach: »Wo ist er?«

Er legte seine langen Finger aneinander. »In Frankreich, glaube ich. Haben Sie schon mal von den Killigrew-Brüdern gehört?«

Sie nickte. Welche Kaufmannsfamilie kannte sie nicht? Die Worte ihres Vaters fielen ihr wieder ein: »Es gibt finstere Löcher, in denen nicht einmal ich gefangen sein möchte.« Die Killigrews waren Piraten, skrupellos wie der Tod, und hatten einen Ruf, der die Kinder von den Straßen Londons bis zu den Gassen von Paris in Angst und Schrecken versetzte.

»Ihr Mann hat sich Ihnen angeschlossen.«

»Nein!« Scharf hallte der Ausruf bis an die rauchgeschwärzten Deckenbalken.

Der Franzose hob leicht die Schultern. »Sie haben gefragt«, sagte er harsch.

»Aber das ist unmöglich. Sie müssen sich irren. Richard würde doch nicht...« Sie brach hilflos ab. Woher sollte sie wissen, was ihr Mann tun und lassen würde?

De Villeneuve sagte mit leidenschaftsloser Deutlichkeit: »Lassen Sie es mich erklären. Manchmal ist es schwierig, selbst für einen Patrioten, die Handlungen eines Landsmanns zu rechtfertigen. Wie Sie wissen, stehe ich in enger Verbindung zum Botschafter meines Landes in England. Er ist ein persönlicher Freund von mir, und daher bin ich in der Lage, Dinge zu erfahren, die anderen nicht ohne weiteres zugänglich sind.« Man könnte ihn vermutlich hängen, wenn herauskäme, daß er diese Dinge ihr mitgeteilt hatte, wurde Katherine schlagartig klar. »Wie Sie wissen, ist das Verhältnis zwischen unseren beiden Ländern aufgrund der unglückseligen Heirat Ihrer Königin mit dem König von Spanien leider nicht das beste. Frankreich steht bereits mit dem Spanier im Krieg. Es droht die offensichtliche und bedauerliche Gefahr eines Krieges mit England.«

»Das Volk will das nicht.«

»Nein. Aber will das Volk denn etwa die Verbrennungen und Folterungen?«

Darauf hatte sie keine Antwort. »Und was hat das mit den Killigrew-Brüdern und Richard zu tun?«

»In einem eigennützigen Bemühen, die englische Regierung in Verlegenheit zu bringen, die Schiffe der englischen Königin zu beschäftigen und gleichzeitig Frankreichs eigene Schiffahrt und Handel in einem gewissen Maße zu schützen, hat meine Regierung den Killigrews und ihren verrufenen Kumpanen Hafen und Zuflucht angeboten. Sie ankern sicher und unbehelligt in Brest. Richards Verbindung mit ihnen war bislang unregelmäßig und wechselhaft, doch die Aussicht auf unbegrenzte Plünderung und sicheren Hafen hat ihn geblendet. Er befindet sich zur Zeit an Bord der *Sacrette,* glaube ich, und verhandelt mit Peter und Thomas Killigrew, ihnen die Männer zu verkaufen, die Sie in Rothwell gesehen haben.« Der Franzose konnte ein grimmiges Grinsen nicht unterdrücken. »Jedenfalls die, die noch übrig sind.«

»Sie verkaufen?«

»Wie würden Sie es sonst nennen? Er hat sie angeworben, in Rothwell versammelt, sie mit Bier versorgt, um sie betrunken zu halten, und jetzt verhandelt er mit den schlimmsten Halsabschneidern und Mördern, die unsere Gewässer je unsicher gemacht haben, über den Lohn für ihre Dienste und Waffen. Wie würden Sie das nennen?« fragte er noch einmal.

Katherine starrte ihn voller Pein an, die sie nicht verhehlen konnte. Und doch lauerte irgendwo ein Zweifel. Richards Gesicht, das spröde Funkeln seiner Augen, der sardonische Mund mit der Narbe: kühn und arrogant, ja. Aber war er wirklich einer derart unerhörten Verderbtheit fähig?

Der Franzose beobachtete ihr Ringen. Schließlich sagte er leise: »Nicht, Katherine. Sie schaden sich nur selbst, wenn Sie sich jetzt nicht der Wahrheit stellen. Ich liefere Ihnen den Beweis für das, was ich sage, indem ich mich völlig in Ihre Hände begebe. Wenn Sie mein Vertrauen mißbrauchen, ist mein Leben verwirkt.« Einen Augenblick lang suchte er nach Worten. »Sie fragen sich immer noch, wieso ich mir über Richards Rolle bei alledem so sicher sein kann und über die Berechtigung meines scheinbar vorschnellen Handelns heute abend. Ich mache keinen Hehl daraus, daß ich Franzose bin. Ich bin Patriot, und als solcher bin ich ein Feind von Philip dem Spanier, ganz gleich, mit wem er verheiratet ist. Er ist ein Mann von festen, erbitterten Absichten und unversöhnlichem Haß. Glauben Sie, er wird eher ruhen, als bis er seine von ihm besessene Frau in diesen Streit hineingezogen hat und unsere beiden Länder im Krieg stehen sieht? Und was hat England bei einer solchen Auseinandersetzung zu gewinnen? Die Erträge eines spanischen Sieges würden in spanische Taschen fließen, und die Inquisition wäre dann die höchste Autorität. Die Engländer würden die Kosten tragen und für eine Sache sterben, die nicht die ihre ist. Ihr Parlament weiß das und ist gegen Krieg. Ihre Königin nicht. Sie sieht und hört nur Philip.

In Frankreich gibt es derzeit viele gute, patriotische Engländer, die bereit sind, ihr Blut für ihr Land zu vergießen, die aber die Spanier ebenso verabscheuen wie wir und denen nur das Wohl ihre Landes am Herzen liegt. Weil sie Philip in England der Macht entheben wollen, sind sie als Verräter gebrandmarkt und verbannt.«

»Henry Dudley und seine Freunde, Anhänger von Wyatt«, sagte Katherine leise. Sie erinnerte sich, wie ihr Vater über die Entwicklungen in der Politik gesprochen hatte – er mischte überall mit.

Der Franzose sah sie überrascht an. »Ja. Und ich hoffe, Sie verzeihen mir, wenn ich Ihnen sage, daß ich eben mit diesen Männern in Verbindung stehe. Sie verstehen?«

Sein Leben lag tatsächlich in ihrer Hand. »Ich verstehe.«

»Von diesen Männern, die ebenfalls gewisse Beziehungen zu den Killigrews unterhalten – ich denke, in Kriegszeiten ist jede Waffe entschuldbar –, beziehe ich meine Kenntnisse über Richards Tun und Treiben. Er ist sehr bekannt. Glauben Sie mir jetzt?«

Sie gab keine Antwort.

»Gestern abend erfuhr ich von Richards eigennützigen Absichten. Mein erster Gedanke war, ihn auf seine eigene Weise zur Hölle fahren zu lassen. Dann dachte ich an Sie. Heute morgen sprach ich in Brecon House vor, um Sie zu warnen. Seien Sie froh, daß Griz genügend Vernunft besessen hat, mir zu sagen, wohin Sie geritten waren und unter welchen Umständen. Der Gedanke, daß Sie ahnungslos in Richards Rattennest in Rothwell reiten, ohne daß er auch nur da wäre, um sie zu beschützen, veranlaßte mich zu Maßnahmen, die ich lieber nicht ergriffen hätte. Aber mir blieb keine Wahl, da ich Sie nicht der Gefahr aussetzen konnte. Wenn Richard sich je zusammenreimt, was passiert ist, wird er ohne Zweifel versuchen, mich dafür zu töten.« Er sagte das so beiläufig, als sei es ohne große Bedeutung.

»Sagen Sie das nicht.« Katherine rieb sich die Stirn. Sie war völlig benommen. »Es gibt keinen Grund, warum er es je erfahren sollte, oder? Wenn die Männer, die Sie zurückgelassen haben, tatsächlich tot sind – « Plötzlich begriff sie, warum ihm das so wichtig gewesen war.

»Wer weiß? Er wird sicher versuchen, herauszufinden, wer ihn so schnell und hart geschlagen hat und vor allem, warum. Doch in der Gesellschaft, in der Richard sich bewegt, sind solche Zwischenfälle nichts Ungewöhnliches. Es wird noch andere Verdächtige außer mir geben, dessen bin ich mir sicher. Da wir daran im übrigen nichts ändern können, müssen wir einfach abwarten. Ich bedaure, daß ich Ihnen Dinge sagen mußte, die nicht zu wissen sicherer für Sie wäre. Aber es war notwendig, um Sie zu überzeugen.«

Katherine antwortete nichts. War sie überzeugt? Sie wußte es selbst nicht.

»Vergessen Sie es jetzt, wenn Sie können«, sagte er sanft. »Was geschehen ist, ist geschehen. Versuchen Sie, sich keine Sorgen zu machen. Ruhen Sie sich aus und kommen Sie wieder zu Kräften. Sie haben Mut, dazu beglückwünsche ich Sie.« Sie errötete unter seinem gleichmütigen Blick. »Trösten Sie sich mit dem Gedanken, daß die Welt nicht nur aus Barbaren besteht. Sie lassen sich überwinden.« Er hob seinen Becher an die Lippen. Sein Bild teilte sich, plötzlich sah sie ihn doppelt, dann schob es sich wieder ineinander. Sie zwinkerte und schaute auf seinen vollen Becher. Die Kerze auf dem Tisch blendete sie, und sie senkte die Lider.

Sie hörte, wie ihr Begleiter sanft fragte: »Fühlen Sie sich nicht wohl, Katherine?«

»Warum trinken Sie nicht?« fragte sie zurück. Ihre Stimme klang weit entfernt. Sie hob ihren Becher und betrachtete ihn unsicher: Er war schon wieder leer.

De Villeneuve stand neben ihr, bevor sie überhaupt bemerkt hatte, daß er sich bewegte.

»Armes Kind. Sie sind ja todmüde.« Er legte ihr schützend und stützend den Arm um die Schultern. Irgendwo jenseits dieses Armes war der Hof von Rothwell Manor blutüberströmt. Sie hörte auf, sich Gedanken darüber zu machen, was sein voller und ihr leerer Becher wohl zu bedeuten hatten. Jemand wimmerte. Dankbar lehnte sie sich in die starken Arme, die sie hielten. »Kommen Sie hier entlang. Ihr Bett ist im hinteren Zimmer, sicher und ungestört. Ich bin da, wenn Sie mich brauchen.« Sie durchquerten das Durchgangszimmer. Wieder rückte seine Stimme in weite Ferne, und alles um sie her erschien ihr ganz unwirklich. Sie schwebte in einer Leere, wo niemals Männer gestorben waren und keine Hunde knurrten und hochsprangen. Ihr Kopf sank an seine Schulter.

»Soll ich Mistreß Bilton holen? Brauchen Sie sie?«

Emsige Augen, emsige Finger, emsige Zunge. Diesen Gedanken konnte sie nicht ertragen. Mühsam hob sie den Kopf und öffnete die Augen. »Nein, nicht nötig, bemühen Sie sich nicht. Ich komme schon zurecht.«

Eine Nachtkerze stand auf dem hohen Ständer am Bett und erfüllte das unbekannte Zimmer mit zuckenden Schatten. Die Läden des kleinen Fensters waren geschlossen, und die einzige Tür führte in das Zimmer, durch das sie gerade gekommen waren. Keine sterbenden Männer, keine Hunde, kein Richard. Das Bett sah sauber und einladend aus, ihre Beine waren matt und kraftlos. »Ich komme zurecht«, wiederholte Katherine mit fast geschlossenen Augen und spürte, wie Lippen hauchzart ihre Wange streiften.

Er ließ sie allein in der Dunkelheit.

Sie zog das Kleid aus, das ihr nicht gehörte, und kroch ins Bett. Das Zimmer drehte sich in gefährlichen Kreisen um sie. Mattigkeit kroch ihr bis in die Knochen, und irgendwo, meilenweit hinter ihren Augen, wehrte sich etwas, der letzte Funke ihres Wesens, klar und unumwölkt gegen die matte Hilflosigkeit, den wirren Geist. Und war still.

Ein Wagen holperte unter vergißmeinnichtblauem Himmel dahin, die Luft war von goldenem Licht erfüllt, das die Augen blendete. Jemand war neben ihr. Etwas. Sie konnte sich nicht umdrehen, um es anzusehen. Weit entfernt heulte ein Hund, voller Bösartigkeit. »Hübsch«, sagte eine Stimme, »sehr hübsch. Sie werden da oben viel Erfolg haben.«

Katherine drehte sich unruhig um. War sie wach oder schlief sie?

Die Sonne glitzerte verheißungsvoll auf friedlichem Wasser, eine Burg hob sich gen Himmel, auf ihren Zinnen standen Soldaten, dräuende, gesichtslose Gestalten, gestählt für den Krieg. Etwas Wolfsähnliches beugte sich über sie.

Keine Burg, ein schwankender Raum. Keine Sonne, eine flackernde Kerze, und etwas war da, in den Schatten. Sie versuchte, sich zu bewegen, aber sie war gefesselt, an allen Gliedern, ohnmächtig.

Blut. »Richard«, stöhnte sie. Ihre Stimme ging unter in den Todesschreien. »Richard!«

»Wen ruft sie?« fragte die Stimme des Wolfes. »Wen? Wen?« fragten die Schatten.

Richard war nicht in dieser Welt der Alpträume. Nur ein Messer, spitz, böse und blutrünstig.

»Er hat sie verlassen«, sagte der Wolf mit grauenhaftem Mitleid und lachte. »Verlassen.«

Tränen rannen ihr durch die Haare auf ein schweißnasses Kissen.

Ein Hund knurrte, eine Kette wurde locker gelassen. »Nein!« rief sie. Pferde in der Ferne, und als Tom unter den Fängen des Todes zu Boden ging, hielt Richard eiskalt die Hand zurück, die ihn hätte retten können.

»Hundert Gründe«, sagte Joseph Standishs väterliche Stimme, »hundert Gründe, nicht hinzureiten. Joey wird Sie zurückbringen, wenn Sie wollen.« Wieder in Sicherheit, himmlischer Frieden für eine Weile, trommelnder Regen.

»Joey?«

Der große Mann, ihr Freund, nickte freundlich. »Rufen Sie ihn.«

»Joey!« Nichts. *»Joey!«*

Der Wolf in seiner Höhle heulte spöttisch. »Kein Joey. Jetzt nicht mehr. Haben Sie es nicht gewußt? Joey ist tot.«

»Nein«, sagte sie. Plötzlich hörte sie ganz deutlich ihre eigene Stimme, ihr Kopf war ein Zimmer ohne Fenster und Türen. »Joey ist nicht tot.« Die Sonne beschien das freundliche, träge lächelnde Gesicht des Jungen. Immer wieder warf er eine Münze.

»Aber ja.« Die Stimme war ganz nah und beiläufig. »Haben sie Ihnen das nicht gesagt? Tot, im Straßengraben.«

»Nein.« Sie weinte. »Richard, nein.« Ein Finger strich ihr über die Lippen, das Ohr, den Hals. »Du, endlich«, sagte sie, bevor sich das dunkle Wasser über ihr schloß.

Noch bevor sie die Augen aufschlug, noch bevor sie etwas dachte oder fühlte, wußte sie, daß irgend etwas nicht stimmte. Sie versuchte, wieder in die Finsternis zurückzugleiten, aus der das Licht, das jenseits ihrer Augenlider die Welt erhellte, sie geholt hatte. Sie fühlte sich sterbenskrank. Es gab keinen Körperteil, der nicht schmerzte: Alle Glieder waren wie zerschlagen, der Kopf raste vor Schmerz, ihr Mund war trocken und voll eines schlechten Geschmacks, und ihr Knöchel pochte.

Sie schlug die Augen auf, stöhnte und schloß sie wieder – und durch ihr körperliches Unbehagen wurde ihr plötzlich das Unglaubliche klar. Immer noch entsetzt, öffnete sie erneut die Augen.

Sie lag in dem großen Doppelbett in dem Zimmer, das an das ihre angrenzte. Am Fenster stand ein Mann mit nacktem Oberkörper, der ihr den Rücken kehrte. Seine Silhouette war unverkennbar: eine große, elegante Gestalt mit dunkler Haut und dunklem, wirrem Haar. Er trug lediglich eine tiefschwarze Kniehose. Neben ihr im Bett sprachen die zerknitterten Laken und verknautschten Kissen für sich. Sie selbst war nackt unter der Bettdecke.

Katherine bewegte sich. De Villeneuve drehte sich um. Sein Gesicht war abgespannt und bedrückt, seine Miene schwer zu deuten. Eine Weile lang sahen sie sich über eine Kluft beschämter Fassungslosigkeit hinweg schweigend an. Dann trat er näher, setzte sich auf die Bettkante und nahm ihre Hand. Als sie den Mund öffnete, legte er sanft einen Finger auf ihre Lippen.

»Fragen Sie nicht. Ich kann Ihnen keine Antwort geben.« Er wandte sich von ihr ab und barg das Gesicht in den Händen; zum ersten Mal erlebte sie, daß er die Fassung verlor. »Ganz aufrichtig, bei meiner Hoffnung auf den Himmel, ich kann Ihnen nicht sagen, wie es geschehen ist.«

»Wie bin ich hierhergekommen? Sagen Sie es mir.«

Er schüttelte den Kopf.

»Bitte.«

Er sah auf. Sein Gesicht war schmerzverzerrt.

»Bitte«, flehte sie noch einmal inständig. »Ich kann mich nicht erinnern.« Dunkelheit, Tod und entsetzliche Angst, daran erinnerte sie sich.

»Sie sind in mein Bett gekommen. Es war meine Schuld, Sie waren erschöpft und überreizt, und ich bin Ihr Freund. Zu wem hätten Sie sonst gehen sollen?« Lange schwieg er, bevor er weitersprach. »Gestern abend, als Sie fort waren, habe ich getrunken. Ich war müde, sehr sogar, und unglücklich. Ich dachte, wenn ich etwas trinke, kann ich schlafen. Das junge Mädchen hat das Bier gebracht.« Katherine erinnerte sich an ihr hübsches Gesicht und den Schalk in ihren Augen. »Schließlich bin ich eingeschlafen, und dann kam jemand, und ich nahm an ... Nicht im Traum hätte ich gedacht, daß Sie es wären.« Seine von Schweiß glänzende Haut war glatt wie

Satin, und an seinem ausgeprägten Unterkiefer zuckte ein Muskel.

»Wieso kann ich mich nicht erinnern?« Sie klang wie eine verlorene Seele. »Es tut mir leid.« Es war eine unendliche Demütigung, und obwohl sie den Blick nicht von ihm abwandte, glühte ihr Gesicht.

Er hielt tröstend ihre Hände, und seine Kraft strömte über ihre Finger bis ins Blut. »Es ist nichts geschehen, und es gibt nichts, wofür Sie sich schämen müßten. Glauben Sie mir.« Ihre Augen weiteten sich, aber er drückte ihre Hand schmerzlich fest, als wolle er ihr seine eigene Stärke aufnötigen. »Nichts. Keine Menschenseele weiß, was zwischen uns vorgefallen ist, und niemand soll es je erfahren, das schwöre ich. Und ich schwöre, daß ich Ihnen niemals in Worten oder Taten einen Vorfall in Erinnerung rufen werden, der aus Not und Kummer geboren war. Ich lasse Sie jetzt allein. Kommen Sie nach, sobald Sie können.«

Er nahm seine Kleider, die sorgsam gefaltet auf einem Schemel lagen. Seine Hand mit der Narbe lag bereits auf der Türklinke, als er sich noch einmal umdrehte. »Es steht mir nicht zu, Sie um Verzeihung zu bitten. Welches Recht habe ich, Sie um etwas zu bitten, was ich selbst mir nicht gewähren kann? Ich bitte Sie statt dessen um Ihre Freundschaft und Ihr Vertrauen. Ich werde alles in meiner Macht Stehende tun, um Ihnen in Zukunft zu helfen. Es wird keinen weiteren Verrat mehr geben.«

Als die Tür sich hinter ihm schloß, starrte Katherine ins Leere. Keinen weiteren Verrat mehr. Die Gedanken an die vergangene Nacht hüllte sie in einen Mantel angstvoller Finsternis und ließen sie erzittern. Manche Dinge sind unverzeihlich. Irgendwo funkelten helle, wasserklare Augen verächtlich auf – und verschwanden.

11

Die Rückreise nach London verlief ereignislos, bis sie das White Horse erreichten. Katherine hielt sich bemerkenswert gut, wenn man bedachte, daß jeder Schritt des geliehenen Pferdes ihr stählerne Nägel in den Schädel jagte. Auch ihr Magen war empfindlich, und sie weigerte sich beharrlich, etwas zu essen. Alle Kraft und Willensstärke, die ihr verblieben waren, richtete sie nur auf eines: sich mit Stolz und Selbstbeherrschung zu wappnen, um das Elend und die Angst nicht zu zeigen, die sie empfand. Den ganzen Tag verfolgten sie die Geister der vergangenen Nacht, die ironischerweise realer schienen als das Unfaßbare, was tatsächlich geschehen war, und nach und nach wuchs in ihr das dringende Verlangen zu beweisen, daß es tatsächlich Gespenster waren, Gespinste eines erschöpften Geistes. Der Franzose erhob keine Einwände, am White Horse Rast zu machen, damit sie sich erkundigen konnte, ob Joey wohlbehalten heimgekehrt war. »Tot«, hatte der Wolf gesagt. »Tot in einem Straßengraben.«

Ein Blick in Josephs gepeinigte Miene genügte.

»Was ist passiert?« Sie wußte es. Sie wußte es.

»Sie haben ihn im Regen neben der Straße gefunden, erschlagen. Ach, Mädchen, nicht! Es war nicht Ihre Schuld. Wie hätten Sie das wissen sollen?«

An seiner Schulter fing sie heftig an zu weinen und konnte gar nicht wieder aufhören.

Erst wesentlich später, allerdings lange bevor ihr gequältes »Warum?« beantwortet war, wunderte sie sich über das »Wo?«

Denn man hatte Joey nicht an der großen Landstraße nach Essex gefunden, die ihn zurück ins White Horse geführt hätte.

Man hatte seinen zerschundenen Leichnam an jener anderen Straße gefunden, an der Küstenstraße nach Rothwell.

Katherines Ankunft in Brecon House verlief mit größter Diskretion, peinlich genau bewerkstelligt von François de Villeneuve und Griz, unter Aufbietung all ihrer Vertuschungskünste. Noch ehe der Haushalt auch nur bemerkt hätte, daß etwas nicht in Ordnung war, war Katherine, die sich unvernünftigerweise allein aufgemacht hatte, um ihre Verwandten in Coggeshall zu besuchen, und sich unterwegs bei einem kleinen Unfall den Knöchel verstaucht hatte, bereits sicher in ihrem Bett verstaut und neugierigen Blicken entzogen. Und falls Fragen laut wurden, war Griz mit messerscharfer Zunge zur Stelle, um sie zum Schweigen zu bringen. Allzu gern nutzte Katherine den Schutz, den ihr diese Geschichte bot, um in Ruhe über alles nachzudenken. Nur die Alpträume blieben, doch sie lebte damit in dem Bewußtsein, daß sie einen geringen Preis zahlte, wo man ihr einen weitaus höheren hätte abverlangen können. So sehr sie sich auch bemühte, sie konnte den Gedanken an das Gemetzel von Rothwell nicht abschütteln. Wie man mit der Zunge in einem faulen Zahn stochert, so holte sie die schmerzliche Erinnerung immer wieder hervor und versuchte, im Sinnlosen einen Sinn zu finden und das nicht zu Rechtfertigende zu rechtfertigen.

Nichts fiel ihr ein, womit sie Richards Handlungsweise hätte entschuldigen können. Sie hatte die Geschichten über ihn abgetan, aber dann fiel ihr die wilde, gefährliche Hatz durch das Haus am Abend ihrer Hochzeit wieder ein. Schon damals hätte sie die Anzeichen tollkühnen Wagemuts erkennen müssen, die keine Rücksicht auf die mit seinem Handeln verbundenen Gefahren nahmen, weder für sich noch für andere. Nun schien es, als spiele er auf unverzeihliche Weise mit dem Leben – und nicht nur mit seinem eigenen –, und zwar aus keinem anderen Grund, als zu seinem eigenen Vergnügen. Gerechterweise mußte gesagt werden, daß es nicht Richards Schuld gewesen wäre, wenn sie in diesem Spiel ihr Leben eingebüßt hätte. Bei diesem Gedanken gelangte sie immer an eine Tür, die zu öffnen ihr am schwersten fiel, die Tür, hinter der ihre eigene Torheit lag. An die beängstigenden, zerstörerischen Ereignisse in der Nacht nach ihrer Rettung durch den Franzosen erinnerte sie sich anfangs nur bruchstückhaft, Nachklänge eines Alptraums, Spuren einer Demütigung, die zu tief saß, um daran zu rühren.

De Villeneuves Enthüllungen über Richard erschütterten sie nachhaltig, aber anders als über ihr eigenes Verhalten konnte sie darüber nachdenken, auch wenn ihre Überlegungen sie nur zu dem unangenehmen Schluß brachten, daß das, was sie erfahren hatte, wahr sein müsse. Im Licht dieser Enthüllungen fügte sich alles genauestens zusammen, ohne daß sie etwas daran hätte ändern können: die seltsame Lebensweise ihres Mannes, das unerklärliche Kommen und Gehen, die merkwürdige, bedrohliche Anspannung, die ihn unter Belastung erstarren ließ, seine anmaßende, arrogante Mißachtung jeder Meinung, die von seiner abwich – all das ließ den tödlichen Schatten immer stärker Gestalt annehmen. Seine tiefe nervliche Erschöpfung, als er an jenem Abend nach der Hochzeit wieder nach Brecon House gekommen war, erschien ihr nun in neuem Licht. Sie rief sich Nicholas in Erinnerung, und dabei stockte ihr das Blut in den Adern. Es mußte wohl einen finsteren Zusammenhang zwischen Richards fragwürdigem Treiben in Rothwell und jenem Mann geben, den man blutüberstömt durch die Straßen geschleift hatte.

Auch die Erwähnung von Henry Dudley, der in Frankreich im Exil lebte, hatte ihr einen großen Schrecken eingejagt. Verzweifelt versuchte sie, dem Wort »Verrat« auszuweichen, doch wo sie auch hinsah, es starrte sie beharrlich an.

Sie fragte die allwissende Griz über die Lage jenseits der Mauern von Brecon House aus. Die Verachtung ihrer Zofe für den Spanier und die »Frau des Spaniers« entsetzte Katherine. Die Königin sei verhext, erklärte Griz mit wissender Miene, ihren dicken Bauch habe sie vom Teufel.

»Das stimmt! Jeder weiß es. Warum ist es noch nicht gekommen? Es ist seit Monaten fällig. Ein Kind? Ein Wurf Hunde ist das!« Über Philip äußerte sie sich noch ungehaltener. »Er könnte der Herr der Welt sein, aber er ist nicht der König von England und wird es auch nie sein. Nichts auf Gottes Erde kann ihn dazu machen. Soll er doch gehen und gegen die Franzmänner kämpfen! Wär' für uns alle das beste, wenn sie sich gegenseitig in Stücke hacken, und *sie* gleich mit, die alte Schlampe, mitsamt ihren Pfaffen und ihren Rosenkränzen und den scheinheiligen, seelenrettenden Schlächtern.« Den letzten, unerwarteten Satz spie Griz so genüßlich aus, daß Katherine annahm, daß sie ihn aus einer jener gefährlichen Schmähschriften aufgeschnappt hatte, die in den letzten Wochen ganz London überschwemmten.

»Sie ist immer noch unsere Königin«, sagte sie streng. »Wirklich, Griz, du mußt lernen, deine Zunge zu hüten.«

Griz strahlte selbstbewußt. »Ach was! Wen kümmert's schon, was ich sage? Das sagen doch alle.«

Kein Wunder, daß die berüchtigten Diener der Sternkammer mit ihrer Macht, die alles überstieg, was recht und billig war und dem Anstand entsprach, in gefährlichen Nächten an die Türen klopften. War die verstockte, eigensinnige Mary bereits so weit von ihrem Volk entfernt, daß sie nicht wußte, was vorging? Oder verhärteten eigenes Unglück und schlechte Gesundheit womöglich ihre eiserne Entschlossenheit, die englische Seele zu reinigen? Und immer stand im Hintergrund jene schlanke, wissende Gestalt, die die Königin verfolgte, jener brillante, sprühende Geist, der sich ergeben vor der Schwester verneigte, in deren Händen die Kristallkugel ihres Lebens lag, die aber auch nicht ewig leben konnte. Was las die Königin von England in diesen verdeckten, klugen Augen und der ausweichenden Beredtheit eines Mädchens, dessen Existenz immer wie ein gespanntes Seil über einer Löwengrube hing?

An dem Tag, als Griz Elizabeth erwähnte, beschloß Katherine, dem politischen Getratsche ein Ende zu setzen.

Sobald ihr Knöchel wieder kräftig genug war, besuchte sie ihren Vater, dessen spöttische Verwunderung über ihr Kommen für ein demütigendes Gespräch sorgte. Doch sein unerschöpfliches Wissen über eine Welt, deren gefährlichste Herausforderungen er angenommen und zu seinem Vorteil gemeistert hatte, konnten für jemanden, der Aufklärung suchte, von unschätzbarem Wert sein.

Für einen Mann wie John Pargyter war es nichts Neues, daß die Franzosen den englischen Seeräubern einen Hafen boten und daß die Intrigen und Gegenintrigen, die an Marys Thron sägten, von Paris aus gefördert und angeheizt wurden.

Er lehnte sich in seinem Sessel zurück. »Das wird ein schöner Tag, an dem Henry Dudley und seinesgleichen die Oberhand über den alten Fuchs, Henri von Frankreich, gewinnen! Der würde noch den Teufel in die Tasche stecken und sich selbst gleich dazu. Was er mit einer Hand gibt, nimmt er mit der anderen, einfach so.« Er schnippte mit den Fingern. »Ich bin sicher, manchmal weiß er selbst nicht mehr, wo er eigentlich steht. Natürlich möchte er die spanische Allianz zugrunde richten, und er will nicht, daß England an Spaniens Seite in den Krieg eintritt. Aber was kommt dabei heraus, wenn er sich auf Gedeih und Verderb mit Dudley und seinen feuerschlukkenden Aufrührern zusammentut und einen Feldzug finanziert, um Mary und ihren spanischen Mann loszuwerden? Wer würde denn ihren Platz auf dem Thron von England einnehmen?« Er nickte, als er die Augen seiner Tochter begreifend aufleuchten sah. »Und welchen Glaubens mag diese junge Dame sein? Wissen wir's? Weiß Gott es? Weiß sie es selbst? Stell dir vor, in welche Lage Henri käme, wenn er den Sturz einer katholischen Königin betriebe und eine auf den Thron brächte, deren Haltung gegen Rom anders wäre als seine eigene? Wie würde er das vor seinem katholischen Gewissen verantworten wollen, wenn er denn eines hat? Er ist ein katholischer Monarch, genau wie Philip. Sie mögen ihre Zwistigkeiten haben und sich sogar hassen, aber darin sind sie sich einig. Ein starkes und womöglich protestantisches England könnte für ein zerstückeltes katholisches Europa das Verderben sein, und Henri weiß das. Also spielt er sein eigenes Spiel. Er unterstützt die nagenden Ratten und die Fliegen, die beißen und reizen, in dem Wissen, daß Maria sich auf ihrem Thron niemals sicher fühlen kann, solange ihre Feinde von Frankreich unterstützt werden. Solange ihre eigenen Schwierigkeiten ihre Aufmerksamkeit fesseln, rechnet er damit, daß sie weder Zeit noch Mittel hat, ihrem Mann zu helfen. Doch solange die Exilanten in Frankreich nicht mehr Männer und Geld zugewiesen bekommen, als ihr verschlagener Gastgeber zu geben bereit ist, können sie vorerst nichts weiter tun als nagen und knabbern. Und gute, redliche Kaufleute wie mich ausrauben.« Er hob empört eine Augenbraue, und Katherine wunderte sich, daß er nicht auf der Stelle tot umfiel. »Eine Armee ist eine teure Einrichtung, und soweit ich weiß, gibt es unter Dudleys Kumpanen bislang keinen, der Brot und Fisch vermehren könnte.«

»Und die Killigrew-Brüder?«

»Sind blutrünstige Piraten, jetzt, früher und auf ewig. Sie waren noch nie etwas anderes. Sie sind in ihrem Treiben nicht mehr von Patriotismus bestimmt als ich.« Er grinste. »Sie haben Edwards Schiffe genauso gern gekapert wie Marys und, bis vor kurzem, auch Henris. Wie alle erfolgreichen Sünder sind sie wetterwendisch. Nachdem sie früher alle gegen sich hatten, genießen sie jetzt mit einem Schlag sicheren Hafen, können ohne weiteres ihre Prisen verkaufen, besitzen einen gewissen Schutz, anders als je zuvor, und haben einen legitimen Grund, englische, niederländische und spanische Schiffe zu plündern. Was kümmert's sie, wenn man aus ihnen politischen Nutzen zieht? Das einzige, was sie tun müssen, ist, daran zu denken, daß sie die Franzosen in Ruhe lassen. Ich frage mich, ob ihnen das wohl gelingt, oder ob die alten Gewohnheiten sich als stärker erweisen werden. Ich glaube, es bestehen gewisse Verbindungen zwischen den Exilanten und den Herren der See. Sie haben einiges gemeinsam und tauschen manchmal Gefälligkeiten aus, da bin ich mir sicher. Dudley und sein Freund Carew sind sich nicht zu schade, auch selbst mal am Rad zu drehen, wie ich höre, wenn ihr Gastgeber sich besonders knauserig zeigt, und ihre Bäuche und Taschen leer sind.«

Katherine sah ihren Vater in ehrlicher Verwunderung an.

»Woher weißt du das alles?«

»Es ist kaum mehr, als allgemein bekannt ist. Dudley und seine Freunde – die respektableren auf jeden Fall – haben hier Verbindungen zu hohen Stellen. Selbst du hast sicher von dem Aufruhr im Parlament über das Gesetz gehört, ihnen ihr Land und Vermögen wegzunehmen? Exilanten mögen sie zwar sein, aber sie haben beträchtlichen Einfluß. Das ist kein Pöbel, keine unzufriedenen Niemande. Sie sind eine echte Gefahr. Warum interessiert dich das eigentlich?«

Die Frage kam so plötzlich, daß Katherine auffuhr. Er sah sie aus halb geschlossenen Augen aufmerksam an.

»Ich – ich wollte es nur wissen. Es gibt so viel Gerede.«

»Ja, ja.« Er beugte sich vor und zeigte mit spitzem Finger auf sie. »Und du hältst dich da raus, verstanden?« Sie sah, daß ihm plötzlich ein Gedanke kam. Er richtete sich auf. »Richard! Hat er etwa mit diesen Höllenhunden in Frankreich zu tun?«

»Nein. Natürlich nicht.« Sie wußte nicht zu sagen, ob er ihr glaubte.

Pargyter runzelte nachdenklich die Stirn, und sie kannte ihn gut genug, um zu ahnen, was in seinem Kopf vorging. Hatte er in seinen Ränkespielen einen Fehler gemacht? Sie vermutete, daß er sich das nicht würde eingestehen können. »Nein, natürlich nicht«, sagte er. »Ein unfreundlicher, verantwortungsloser junger Mann mag er ja sein, aber alles andere als dumm, denke ich. Die Strafe für Verrat ist ein besonders abscheulicher Tod. Hast du deine Mutter schon gesehen? Sie hat vor kurzem noch von dir gesprochen. Du gehst besser mal zu ihr, denn solange du bei mir bist, wird sie nicht herkommen.« Seine Stimme war müde vor Verachtung, und nicht zum ersten Mal fragte sich Katherine, was für ein Leben die beiden seit langem führen mochten, Seite an Seite und doch Welten voneinander entfernt. Dann fiel ihr jedoch der Zustand ihrer eigenen Ehe ein, und mit einem gequälten Lächeln machte sie sich auf die Suche nach ihrer Mutter.

Stück für Stück fügte sie aus dem Dunkel völliger Unwissenheit ein Mosaiksteinchen nach dem anderen zusammen. De Villeneuve war ein Freund des französischen Botschafters und stand nach eigenen Angaben in Verbindung zu dem verbannten Dudley und seinen Freunden. Konnte es sein, daß er ein Handlanger Frankreichs war? Sicher nicht. Aber mochten seine Verbindungen nicht die Grundlage für Richards feindselige Haltung gegenüber diesem Mann sein? Falls er davon wußte oder es vermutete? Doch andererseits, welches Recht hatte Richard in Anbetracht seines eigenen unerträglichen Verhaltens, andere zu richten oder zu verurteilen?

Wo war Richard jetzt?

Ihre Gedanken waren wie ein Garnknäuel ohne Anfang und Ende, und je mehr Katherine zog und zerrte, um so mehr verhedderte es sich.

Sie sah den Franzosen nicht wieder und war froh darüber, denn sie wußte, daß sie ihm noch nicht gegenübertreten konnte. Er hatte umsichtig dafür gesorgt, daß Black Jennett zurückgebracht wurde. Darüber hinaus war eine förmliche Erkundigung nach ihrer Gesundheit – die sie ebenso förmlich beantwortete – die einzige Verbindung, die in der Woche nach ihrer Rückkehr aus Rothwell bestand. Als sie erfuhr, daß Jennett wohlbehalten wieder da war, hatte sie überlegt, ob es wohl Nachrichten von Tom geben mochte. Doch dann fiel ihr ein, daß der Franzose es sie sicher hätte wissen lassen, wenn es gute Nachrichten gegeben hätte. Vor weiteren Überlegungen scheute sie zurück.

Katherines Magen war weiterhin recht empfindlich und ihre Gemütsverfassung aufgewühlt. Sie schlief viel, trotz der heftigen, unangenehmen Träume, und sie bemerkte, daß Griz sie besorgt ansah. Ihre Gefühle für Richard waren wie ein Pendel, auf dem sie hin und her schwenkte – eine Schaukel, die verhinderte, daß die Welt um sie her zur Ruhe kam. Sie wünschte ihn nach Hause, und sie wünschte ihn zur Hölle. Vor allem wünschte sie jedoch, sie hätte den verfluchten Namen Rothwell nie gehört. Zumindest darin hatte er recht gehabt. Die niederschmetternde Wahrheit bestand darin, daß sie aus diesem Gewirr der Unsicherheit und Zerrissenheit keinen Ausweg sah. Denn selbst wenn Richard am nächsten Tag wiederkäme, hätte sie ihm wohl kaum Fragen stellen können, ohne sich und, schlimmer noch, François de Villeneuve zu belasten. Und wenn sie an Richard in seinem glühenden Zorn dachte, war ihr klar, daß das ein noch weitaus schlimmeres Verhängnis bedeuten mochte als alles, was bislang geschehen war.

Doch als es schließlich soweit war, erwiesen sich, wie so oft, ihre Befürchtungen als unbegründet, und etwas wesentlich Schlimmeres, auf das sie in keiner Weise vorbereitet war, trat an ihre Stelle.

Zwei Tage später kam Richard nach Hause. Sein Leben stand auf Messers Schneide. Die stille Duldsamkeit, mit der er in der Halle wartete, die Erkenntnis, daß er nicht einmal die Treppe hinauffkam, ließen Böses ahnen.

Als Dorcas Katherine fast außer sich vor Sorge aus unruhigem Schlaf weckte, und sie zu ihm kam, war mehr Blut auf dem Boden, als ihr Mann noch im Körper haben konnte.

»Gib ihr am besten eine Ohrfeige.« Seine Stimme war kraftlos, aber mit einer restlichen Spur von Heiterkeit, obwohl nur aus seinen Augen noch ein Lebensfunke sprühte.

»Nichts würde mir mehr Vergnügen bereiten, aber ich warte lieber, bis du Zeit hast, es selbst zu tun. Du hast eine kräftigere Hand als ich. Und wenn du schon dabei bist, kannst du ihm auch eine geben.« Sie schluckte ihre Tränen hinunter und deutete mit dem Kopf auf John Mason, dessen starke, fürsorgliche Hände das einzige waren, was Richard aufrecht hielt. »Nach oben«, sagte sie zu dem Mann, den sie noch vor einer Weile lieber am Galgen gesehen hätte, als mit ihm zu sprechen. Mason war selbst völlig erschöpft, hatte eine Schnittwunde im Gesicht und war von Richards Blut überströmt.

»Wie denn bloß?« fragte Richard, trotz schmerzverzerrter Miene grinsend. »Witzig, nicht? Huckepack? Tut mir leid, ich blute auf deinen teuren Fußboden«, fügte er freundlich hinzu.

Katherine sah John Mason an. Tu ihm nicht noch mehr weh, er stirbt daran. »Sollen wir ihn hier unten lassen?«

Der Mann schüttelte müde den Kopf. »Besser nach oben, aber schnell.« Vom Dachboden und aus der Küche hörten sie eilige Schritte. Je weniger Leute ihn in dieser Verfassung sahen, desto besser.

»Da-da-da!« sagte Richard lächelnd, aber mit wütendem Blick. »Wie ein hilfloses Kind.« John Mason hob ihn auf. Noch mehr Blut, ein schwaches Tröpfeln auf der narbigen Lippe. Auf halber Treppe wurde er zur Erleichterung aller ohnmächtig. Dorcas schluchzte und hatte Blut vom Boden am Saum ihres schmuddeligen Nachthemds.

»Mein Gott, Frau, können Sie denn nichts anderes als weinen? Wischen Sie das Blut auf. Griz – dem Himmel sei Dank!«

Grizzle hatte Erfahrung mit Notfällen. Heißes Wasser mußte her, so reichlich und schnell wie möglich. Im Schlafzimmer hockte John Mason, völlig erschöpft von dem Versuch, das Bündel aus Haut und Knochen, das jetzt auf dem Bett lag, am Leben zu erhalten. Katherine schälte die verkrusteten Stoffschichten ab, die mit altem und frischem Blut auf dem rohen Fleisch klebten.

»Was ist passiert?«

Mason zögerte einen vielsagenden Augenblick lang. »Räuber. Wir sind überfallen worden.«

»Immer und überall passiert so etwas.« Sie wollte sich nicht mit ihm anlegen und ihm die salzverkrusteten Kleider als Beleg für seine Lüge vorhalten. Sollte er sie doch fürs erste für dumm halten. Die Feindschaft schwebte zwischen ihnen, aber wichtiger war im Moment ihr gemeinsames Ziel. »Griz, ruf Dorcas. Mason braucht auch Hilfe.«

»Mir geht es gut.«

»Sie sind verwundet, Mann. Griz –«

Lider mit dunklen Wimpern öffneten sich, gequälte Heiterkeit, allzu große Anstrengung. »Schikanier ihn nicht!« Er war zu schnell aufgewacht.

»Tu ich dir weh?«

Die unendliche Anstrengung eines Lächelns. »Soll ich nein sagen?«

Es blieb nichts anderes übrig, als weiterzumachen. Die durchsichtige Blässe seiner Haut entsetzte sie, vor Schmerz hatte er die blau unterlaufenen Augen geschlossen. Wieder schien er ihr zu entgleiten, rührte und regte sich nicht, als sie die Wunde freilegte. Es waren zwei, eine oben an der Schulter, eine tiefer – eine blanke Rippe, aus der er zu verbluten drohte.

»Er wollte nicht weg«, sagte John Mason, ohne zu merken, daß er laut sprach. »Nicht, bevor er sich um die anderen gekümmert hatte.«

»Ein braver Junge geht nie ins Bett, bevor er seine Spielsachen nicht ordentlich weggeräumt hat«, sagte eine erbitterte Stimme. Eingeschüchtert antwortete John Mason nichts mehr, sondern brummte nur noch über Dorcas linkische Hände.

Katherine arbeitete so schnell, wie sie es wagte, stets in dem Bewußtsein, daß sie gegen die Zeit ankämpfte. Mit flinken, sicheren Händen half Grizzle ihr und sprach ihr leise Mut zu. Einmal hielt Katherine erschrocken inne, weil sie das sichere Gefühl hatte, daß er nicht mehr atmete. Doch als er dann leise stöhnte, versuchte sie erneut fieberhaft, die Blutung zu stillen. »Leinen«, sagte sie zu Griz. »Viel Leinen. Rasch!«

Endlich, mitten in der Nacht, wurde es still im Zimmer. Katherine hatte ihr Bestes getan und konnte nur noch abwarten.

Sie richtete sich auf. »Ich sollte einen Wundarzt rufen.«

»Besser nicht.« Es war das erste Mal seit geraumer Zeit, daß John Mason etwas sagte. Er sah selbst aus wie der Tod, aber in seinem Ton lag widerwillige Anerkennung. »Sie haben getan, was zu tun war. Was sollte also ein Wundarzt hier? Ihn zur Ader lassen?«

»Sie gehen am besten auch zu Bett. Und ihr ebenfalls.« Katherine sah die Frauen an. »Ich bleibe bis zum Morgen bei ihm.«

Grizzles wirrer Haarschopf rahmte ihr Gesicht im Kerzenlicht golden ein. »Kommen Sie allein zurecht?«

»Ja. Ruh dich aus. Ich rufe dich, wenn – wenn ich dich brauche.« Es war nicht nötig, auszusprechen, was Griz' Unterstützung nötig machen könnte. »Kümmer dich um John. Er braucht etwas zu essen und Ruhe.«

Und als das Zimmer endlich leer war und Ruhe einkehrte, setzte sie sich hin und wachte.

Die Nacht war kalt und grabesstill. In der Welt jenseits des Kerzenlichts, das auf die schmächtige, reglose Gestalt auf dem Bett fiel, gab es keinen Laut, kein Licht und keine Regung. Er atmete kaum und rührte sich nicht, seine Haut war schweißnaß und sein Gesicht umschattet.

Sie sah ihn vor sich, wie damals beim ersten Mal, anmutig wie ein Tanzmeister, ein abweisendes Lachen in dem lebhaften Gesicht. Sie erinnerte sich an seinen stahlharten Körper im Dunkeln, der nun kraftlos in einer Welt des Schmerzes schwebte.

Stirb nicht. Du darfst nicht sterben.

Was für eine Rolle spielte jetzt noch Rothwell? Was für eine Rolle spielten Ehre, Ehrverlust oder Rechtfertigung? Ihr Mann war da und mußte gerettet werden.

Die Nacht zog sich dahin in endlosem Warten, stillem Gebet und Abmachungen mit Gott und dem Teufel oder mit jedweder Macht, die dem eiskalten, blutleeren Körper dieses Mannes Leben und Wärme einzuhauchen vermochte. *Ihres* Mannes, den sie so wenig kannte, und der nun dem Tod entgegenbebte.

Als das bleierne Licht der Morgendämmerung ins Zimmer drang und das wärmere Licht der Kerze dämpfte, wollte sie schier verzweifeln. Er lag nun schon so lange ohne Lebenszeichen oder Kampfeswillen da! Es schien, als ruhe er aus, nachdem er alle Kraft verbraucht habe, und warte auf seinen Meister. Katherine war starr vor Kälte und Anspannung, brannte darauf, etwas zu tun, und wußte doch, daß es nichts zu tun gab. Dann, in jenem seltsam leeren Schwebezustand zwischen Nacht und Tag hörte sie ein langgezogenes Stöhnen, sah eine fast unmerkliche Bewegung des dunklen, ermatteten Kopfes. Irgend etwas endete.

Sofort war sie an seiner Seite und legte ihre Hand fest auf seine.

»Richard!«

Als er die schweren Lider hob, sah sie das altbekannte Funkeln in seinen Augen. »Am besten erzählst du deinem Vater nicht, daß ich soviel Blut verloren habe«, sagte er klar und deutlich. »Sonst kommt er her und versucht, mir etwas zu verkaufen.« Er schlief wieder ein und atmete tief und regelmäßig wie ein unbekümmertes Kind.

Leise ging die Tür auf.

»Wie geht es ihm?« Mit einer dampfenden Tasse in der Hand stahl Griz sich beim ersten kräftigeren Morgenlicht ins Zimmer.

»So gut, wie er es verdient. Vermutlich sogar besser.« Da Katherines Erleichterung zu groß war, flüchtete sie sich in bissige Verärgerung. »Am liebsten würde ich ihn und John Mason zusammen in einen Sack packen und in die Themse werfen.«

»Das dürfte Ihnen schwerfallen«, entgegnete Griz leise und hob vielsagend die Augenbrauen. »John Mason ist fort.«

»Fort?«

Griz nickte. »Mitsamt seinen Schnittwunden, blauen Flekken und allem. Fort.«

Katherine stand auf. »Naja, wo er auch sein mag, ich hoffe er bleibt für immer da.«

»Unwahrscheinlich«, meinte Griz und betrachtete die schlafende Gestalt im Bett. »Äußerst unwahrscheinlich.«

Katherine pflegte Richard sorgsam, geduldig und in verbissenem Schweigen. Nicht ein einziges Mal gab sie ihm Anlaß zu der Vermutung, daß sie seine Geschichte von den Straßenräubern nicht glaubte. Und falls er sich wunderte, daß sie bereitwillig auf seine Bitte einging, kein Aufhebens von der Sache zu machen und die Behörden nicht einzuschalten, um Ärger zu vermeiden, so ließ er es nicht erkennen. Keiner von ihnen sprach darüber, daß sie sich in schlechtem Einvernehmen getrennt hatten. Fürs erste war es genug, daß Richard sich ausruhte, erholte und zu Kräften kam, und daß Katherine wußte, daß er in Sicherheit war und zumindest vorläufig seinem üblen Treiben nicht nachgehen konnte. Als die Lebensgefahr erst einmal gebannt war, empfand sie fast Dankbarkeit der Klinge gegenüber, die so wirkungsvoll erreicht hatte, was ihr nicht gelungen war.

Für einen Mann von derart rastlosen Gewohnheiten war Richard ein seltsam geduldiger Patient. Er schickte sich mit unbeirrbar guter Laune in seine Lage, ließ sich willig verbinden und füttern und ab und an sogar ausschimpfen, und nur das Funkeln seiner Augen kündigte spätere Vergeltung an. Falls sein unruhiger Geist sich über seine Schwäche und die fesselnden Bandagen ärgerte, so behielt er es für sich und nahm dankbar die Dienste an, die andere ihm leisteten.

Richard erholte sich stetig. Die Wunden verheilten sauber, und die Widerstandskraft seines ansonsten gesunden, gestählten Körpers kamen ihm gut zustatten. Als die Mattigkeit nachließ und der Lebenswille stärker wurde, paßte Katherine mit Adleraugen auf, daß er sich nicht zuviel zumutete oder sich allzu energisch antrieb. Doch er tat, was man ihm sagte, wenn er auch aus Mangel an anderer Beschäftigung seine scharfe Zunge wetzte, und machte weniger Schwierigkeiten, als man vermutet hätte, wenn man von Grizzles schamhaftem Erröten einmal absah.

Zu John Masons Verschwinden sagte er kaum etwas und schien sich keine allzu großen Sorgen zu machen.

»Er war auch verletzt«, meinte Katherine. »Wo kann er denn hin sein?«

»Es waren noch andere bei uns. Nachdem er mich versorgt wußte, ist er sicher losgezogen, um sich um sie zu kümmern. Er kommt wieder.« Er bedachte sie mit einem schiefen Grinsen. »Weißt du, wenn Griz nur das Essen bringt, füttert sie mich schon seit zwei Tagen nicht mehr.«

Barsch schob Katherine ihm den Teller auf den Schoß.

»Dann iß jetzt auch selbst«, sagte sie und schnitt eine Grimasse. »Glaubst du, ich habe nichts Besseres zu tun?«

Er packte ihren Arm, als sie aufstand, und hielt sie mit immer noch geschwächten Fingern am Handgelenk fest.

»Ich bin dir wirklich sehr dankbar. Ich glaube, ohne dich wäre ich gestorben.«

»Ja, das glaube ich auch.« Sie strich ihm mit einem Finger über das Gesicht. »Ich bin froh, daß du nicht gestorben bist.«

War jetzt der richtige Zeitpunkt? Und wenn ja, wie sollte sie es anfangen? Was sollte sie sagen? Trotz seiner kraftlosen Hand sprachen aus Blick und Mund nach wie vor die alte Überheblichkeit und Autorität.

»Iß«, sagte sie. »Griz hat es speziell für dich gekocht.« Damit war der Moment vorüber und sollte sich nicht wieder bieten.

Katherine war selbst erschöpft. In den letzten Wochen hatte sie abgenommen, und ihr Magen schien sich gar nicht wieder beruhigen zu wollen. Zweimal hatte sie sich übergeben müssen. Den Gedanken an das Namenlose, Undenkbare schob sie von sich, übersah, wie die Zeit verging und Griz sie besorgt beobachtete. Der Schlafmangel hatte sie reizbar gemacht, und sie weinte leicht. Als sie eines Tages ins Schlafzimmer kam und entdeckte, daß Richard wie ein Schatten seiner früheren anmutigen Gestalt aufgestanden war und wie ein neugeborenes Kalb auf unsicheren Beinen umherging, verlor sie die Beherrschung. Sie weinte und bemerkte dabei seinen überraschten und nachdenklichen Blick.

»Was denkst du dir eigentlich? Bei allen Verrückten! Wenn du sterben willst, hättest du das auch neulich schon machen können, dann hättest du uns viel Mühe erspart. Bring dich nur um, wenn du willst. Was sollte mir das schon ausmachen?«

Ungeachtet ihrer Einwände übte Richard jedoch von da an täglich und wurde von Tag zu Tag kräftiger. Sie beobachtete ihn angespannt, da sie wußte, daß jeder Schritt ihn weiter von ihr und der Sicherheit entfernte und einer Gefahr, die sie sich nicht einmal ausmalen konnte, näher brachte. Die wahren Umstände, unter denen er sich seine Verletzungen zugezogen hatte, kannte sie immer noch nicht und brauchte sie auch nicht zu wissen. Wenn sie an die Gewalt in Rothwell dachte, konnte sie es sich allerdings nur zu leicht vorstellen. Sie betete nur wenig überzeugt, daß er eine Lehre daraus gezogen haben und von jetzt an den Weg der Vernunft und Sicherheit einschlagen möge. Doch täglich schwand diese Hoffnung mehr dahin, wenn sie sah, wie er seine kämpferischen Kräfte wiedererlangte. Noch immer beugte er sich ihren Anweisungen, jetzt, da er ihrer Hilfe in Wirklichkeit kaum noch bedurfte, vielleicht sogar noch mehr. Die Verbände waren abgenommen, die frischen Narben sahen noch zart und verletzlich, aber gesund aus. Mit gelassener Geduld wartete er, da er seine eigene Schwäche kannte, und beherrschte eisern jedwedes drängende Verlangen nach Tätigkeit. Trotzdem spürte Katherine eine starke Spannung, die ihn zwar still, aber niemals ruhig sein ließ.

12

An dem Tag, als John Mason zurückkam, hatte Katherine morgens viele Stunden im Garten verbracht und die sommerliche Sonne genossen. Sie fand großes Gefallen an den gedeihenden Pflanzen, und die Männer, die in mühevoller Arbeit die Wildnis in geordnete Anmut verwandelten, schätzten und würdigten ihr Interesse.

Sie stand gerade mit ausgebreiteten Armen am Scheitelpunkt zweier breiter Wege, um eine Stelle für einen zu pflanzenden Baum anzuzeigen, als Griz mit geschürzten Röcken und atemlos vom Laufen zu ihr kam; etwas in ihrem Blick erregte sofort Katherines Aufmerksamkeit. Noch bevor das Mädchen die Herrin erreicht hatte, plapperte es drauflos wie ein Eichelhäher.

»Er ist wieder da! John Mason ist wieder da. Und er hat Ärger mitgebracht, der den Teufel persönlich glücklich machen würde!«

In den Rosensträuchern unterbrach eine emsige Hand ihre Arbeit, und mehrere Augenpaare richteten sich auf sie. Katherine drehte sich um und ging mit klopfendem Herzen den neu gepflasterten Weg entlang. »Welchen Ärger?«

»Ich weiß es nicht genau. Ich habe nur gehört, daß John Mason etwas von Rothwell sagte.« Griz litt mit ihr. Was sie nicht genau wußte, hatte sie sich längst zusammengereimt. Katherine schüttelte den Kopf und zwang sich zur Ruhe.

»Er hat nach Ihnen geschickt«, sagte die Zofe.

»Nach mir *geschickt*?«

Griz nickte. Anders konnte man es wohl nicht ausdrücken. Die Erinnerung an die kalte, frostige Stimme ließ sie immer noch zittern.

»Gut, Griz. Ich komme.«

Gefaßt und festen Schrittes ging sie ins Haus und die Treppe hinauf. In den oberen Räumen herrschte tiefe Stille, der Atem der Gefahr. Sie spürte sie, konnte sich aber nicht darauf vorbereiten.

Als sie die Schlafzimmertür öffnete, begegnete sie dem Blick von John Mason. Seine Miene war schwer zu deuten, aber sie sah kaum nach Mitleid aus, und dahinter lag ein unduldsamer Glanz. Messerscharfe Angst durchzuckte sie.

»Ah, Katherine.« Als sie Richards unerträglich höflichen Ton vernahm, sank ihr der Mut. »John bringt Neuigkeiten, die ich dir auch mitteilen möchte.«

Es wäre besser, auf der Stelle zu gehen, das war ihr klar. Sie dürfte ihn gar nicht erst anfangen lassen, nicht jetzt, da der Schmerz noch so frisch war, da er ihn noch nicht zu verbergen vermochte. Wenn er Zeit hatte, es zu verarbeiten, nachzudenken, dann würde seine Strafe vielleicht nicht so hart ausfallen.

Katherine trat ins Zimmer und schloß die Tür. Ihr Mann entfernte sich sofort ans andere Ende des Raumes. Ihr blieb nichts übrig, als abzuwarten. Als er schließlich sprach, war die Leichtigkeit seines Tons verletzend.

»John ist gerade aus Rothwell zurückgekommen. Du erinnerst dich doch an den Namen? Wie es scheint, hat er den Schlüssel zu einem Geheimnis gefunden, das einige äußerst unangenehme – um nicht zu sagen mörderische – Vorkommnisse dort betrifft. Und du glaubst es nicht! Wie im Garten Eden und dem armen unbedarften Troja hat dieser Schlüssel die Gestalt einer Frau.«

Es herrschte Schweigen. Er hob die Augenbrauen und zitierte leise:

»Was soll ich sagen
da der Glaube tot
und die Wahrheit

von dir geflohen ist?
Sollt Falschheit
mich wohl leiten?
Nein, nein, Mistreß!«

Hast du nichts dazu zu sagen, Frau?«

Seine Grausamkeit war berechnend und schlimmer als körperliche Gewalt. Das Zimmer schwankte, das Blut pochte in ihren Ohren und dämpfte die klare Stimme. Er sah sie unbarmherzig an.

»Fühlst du dich nicht wohl?«

Kein Versteckspiel mehr. »Ich bin in Hoffnung.«

»Sicher, das habe ich mir gedacht. Und hast du eine Ahnung, wer von uns beiden der Vater sein könnte?«

Katherine schloß die Augen. Nicht einmal in den finstersten Ecken ihres Herzens war sie darauf vorbereitet gewesen. Sie hörte seinen beherrschten Atem, und als er weitersprach, war seine Stimme ruhig und der Schmerz tief vergraben. »Kein Leugnen? Keine Tränen? Mein Dank und meinen Glückwunsch. Das hätte ich wohl kaum verhindern können. Wir hatten nicht viel gemein, als wir anfingen, nicht wahr? Leider hören wir offenbar mit noch weniger auf.«

Sie zwang sich, ihn anzusehen. Er stand immer noch da wie eine anmutige Statue.

»Es war nicht so, wie du jetzt glauben mußt.« Ihre Stimme bebte; der Schreck hatte ihren Kopf leergefegt wie ein unberührtes Blatt Papier.

»François de Villeneuve.« Er sprach den Namen leise aus, mit einem mörderischen Ton.

»Richard, bitte, laß es mich erklären.«

»Erklären? Was gibt es da zu erklären? Meine Männer wurden kaltblütig von einer Gruppe bewaffneter Männer unter Führung dieses verteufelten Franzosen niedergemetzelt und mit einer Frau als Lockvogel.«

»Lockvogel? Nein!«

Er überhörte ihren Einwurf. »Und nach dem Überfall verbrachte das glückliche Paar die Nacht gemeinsam in einem Gasthof namens Essex Crayer – nachdem es hoffentlich das Blut abgewaschen hatte. Willst du leugnen, daß *du* diese Frau warst?«

»Wenn du schon so viel weißt, dann weißt du auch, daß ich das nicht leugnen kann. Aber so, wie man es dir geschildert hat, stimmt die Geschichte nicht – so war es nicht! Ich war gekommen, um dich zu suchen, dich zu warnen, daß man deinen Freund Nicholas verhaftet hatte. Griz sagte, daß er verletzt wurde.«

»Er wurde tatsächlich verletzt«, sagte Richard ruhig, »aber schon lange vorher, an jenem Abend, an dem er herkam, um Hilfe zu suchen, und mich mit meiner neuen Frau im Bett – oder fast im Bett – vorfand.« Sein Lächeln schwand. »Damals wurde er verletzt. Hat dich seine gespielte Trunkenheit wirklich überzeugt? Das würde ihn freuen, denn er ist der geborene Schauspieler, trotz seiner aristokratischen Vorfahren. Ich habe ihn in jener Nacht in Sicherheit gebracht und bin bei ihm geblieben, bis ich glaubte, daß er selbst für sich sorgen konnte. Verhaftet, sagst du? Wer hat dir das erzählt? Dein mitteilsamer französischer Freund?«

»Griz hat es gesehen. Ich bin nach Rothwell geritten, um dich zu warnen. Ich dachte, du seist vielleicht in Gefahr. Er weiß es.« Katherine deutete auf John Mason, der schweigend dastand. »Ich habe ihm gesagt, er soll auf mich warten, aber er wollte nicht. Er und Sim sind ohne mich aufgebrochen, deshalb bin ich ihnen allein gefolgt. Ach, ich weiß, es klingt albern – sogar unwahrscheinlich –, aber damals habe ich nicht weiter nachgedacht, ich war so wütend! Ich wollte schon umkehren, aber dann sagte mir der Wirt in Burntwood, daß ich sie bald einholen müßte. Wenn sie gewartet hätten, wäre das alles nicht passiert.« Katherine war sich bewußt, wie kindisch das klang.

Richard sah John Mason an, dann wieder Katherine. »Und wie wurde aus dieser Mission des Erbarmens dann ein Blutbad?« fragte er ungläubig.

»Jennett lahmte, und ich mußte die Reise in einem Bauernkarren beenden. Als ich nach Rothwell kam, war es dunkel, und weder du warst da noch John.«

»Wir sind mit der Flut ausgelaufen. Der Franzose wußte das. Hat er es dir nicht gesagt?«

»Ich wiederhole es noch einmal: Da hatte ich ihn noch gar nicht getroffen. Bist du auf der Sacrette gesegelt?« Sie war inzwischen etwas gefaßter, und in dem Angriff lag zumindest ein Hauch von Verteidigung. Sie sah, daß der Stachel traf und erst am Panzer seiner mühsamen Selbstbeherrschung abprallte.

»Nein. Die Sacrette wartete vor der französischen Küste auf uns.«

Dann stimmte es also, was de Villeneuve ihr gesagt hatte. Oh trügerische Hoffnungen! »Deine Männer haben mir nicht geglaubt, als ich ihnen sagte, wer ich bin. Sie haben mich angegriffen.« Sie wußte, daß es eine Übertreibung war, aber sie fand sie gerechtfertigt. »Monsieur de Villeneuve kam gerade rechtzeitig.«

»Schon wieder? Wie passend für euch beide.« Eine arrogante Kopfbewegung. »Und dann?«

Mehr konnte sie nicht sagen. Hilflos stand sie da. Das Schweigen zog sich in die Länge, und die Glaubwürdigkeit hing am seidenen Faden. Katherine merkte, daß sie krampfhaft die Hände rang, und zwang sich, sie zu lösen.

»Wie hat er es herausgefunden?« Die Frage klang schuldbewußt, selbst in ihren eigenen Ohren, aber sie konnte sie nicht zurücknehmen.

»Sim hat es in Erfahrung gebracht. Er hat es mir gesagt«, erklärte John Mason.

»Sim – « Sie brach verwirrt ab.

Richard fragte ruhig: »Spielt das eine Rolle?«

Spielte das eine Rolle? Sie konnte seinem Blick nicht standhalten, geschweige denn, seinen Einwand entkräften. »Was hast du jetzt vor?«

»Ich? Was soll ich schon vorhaben? Etwas, das seit langem überfällig ist. Ach, keine Sorge.« Er hatte ihren kleinen, heftigen Aufschrei mißverstanden. »Früher oder später wäre es ohnehin dazu gekommen, das wissen wir beide schon seit langem.« Richard brach ab und fragte dann nachdenklich: »Was hat er dir erzählt, um dich zu einem solchen Verhalten zu bewegen? Die Geschichte von meinem üblen Treiben?« Schweigen. In bitterem Mitleid schüttelte er den Kopf. »Arme Katherine! Und dann zu erleben, daß ich derart verwundet zurückkomme. Er ist ein gewandter Redner, ganz zu schweigen von seiner vornehmen, väterlichen Art. Ich würde gegen Gold wetten, daß er die Geschichte gut erzählt hat. Wenn ich darüber nachdenke, wundere ich mich, daß du mich nicht trotz Blut und allem anderen auf die Straße geworfen hast. Nun, womöglich lösen wir dein Problem mit einem Streich, wer weiß. Wenn wir es schaffen, uns gegenseitig zu töten, kannst du deinem Kind wahrheitsgemäß sagen, daß sein Vater tot ist ... Es tut mir leid.« Er sagte das in einem Atemzug und noch fast, bevor sie seine Worte verstanden hatte. »Das war unverzeihlich. Ich verdanke dir mein Leben, und daran kann nichts, was geschehen ist, etwas ändern. Ich stehe in deiner Schuld und werde das nie vergessen. In der Öffentlichkeit wirst du von mir nie etwas anderes erfahren als die Behandlung, die einer geachteten Ehefrau und Mutter gebührt. Das Kind wird meinen Namen und den Titel tragen, den dein Vater sich so sehnlich für es wünscht. Vielleicht ist das dem armen Wurm ja ein gewisser Trost dafür, daß es einen solchen Erzeuger hat? Wer von uns es auch sein mag ... Natürlich ziehe ich wieder in den Westflügel. Das Haus gehört dir, aber wir halten uns fortan wohl besser voneinander fern.« Er ging an ihr vorbei. »Noch zwei Dinge: Du wirst nie wieder, unter keinen Umständen, mit François de Villeneuve Verbindung haben. Und du wirst dich auf jeden Fall und unter allen Umständen vollkommen aus meinen Angelegenheiten heraushalten, ganz gleich, welche Beweggründe du für eine Einmischung auch finden magst. Ist das klar?«

»Völlig.«

In die bittere Stille, die folgte, als er das Zimmer verlassen hatte, brummte John Mason: »Tut mir leid, Mylady, nach allem, was Sie für ihn getan haben, aber ich mußte es ihm sagen.« Sie rührte sich nicht. »Sie haben geglaubt, Sie wären in Burntwood knapp hinter uns gewesen?«

»Ja.«

Er schüttelte bedächtig den Kopf und schickte sich an, Richard zu folgen. »Nicht in Burntwood, Mylady. Kann nicht sein. Da sind wir gar nicht langgeritten. Ich hatte es eilig, deshalb haben wir die Abkürzung querfeldein genommen.« An der Tür blieb Mason stehen. »Es tut mir wirklich leid, aber er mußte es erfahren«, wiederholte er noch einmal

Noch lange, nachdem er das Zimmer verlassen hatte, stand sie reglos da, kalt und ohne Tränen.

13

Während des Sommers voller Aufruhr, während des Herbstes mit seinen schlechten Ernten und der drohenden Hungersnot, trug Katherine ihr Kind, das sie weder wollte noch liebte, mit matter Geduld. Die Welt hatte ihr offenbar nichts mehr zu bieten. Sie aß, was man vor sie hinstellte, schlief, wenn sie müde war, und nahm die Glückwünsche und Ratschläge ihrer Mutter höflich entgegen. Als ihr Vater ihr in seiner selbstsüchtigen, übermächtigen Freude anbot, ihr alles zu kaufen, was sie nur wolle, schüttelte sie den Kopf und lehnte dankend ab. Das einzige, was sie gewollt hätte, war für Geld nicht zu haben. Ihr Körper schien ihr nicht mehr zu gehören. Er gehörte dem Kind, das in ihr heranwuchs, und sie hatte nicht einmal genug Kraft, es auch nur zu hassen. Die Veränderungen ihres Körpers betrachtete sie wie eine Fremde, weder neugierig noch gespannt. Ein- oder zweimal kam ihr in den Sinn, daß das Kind tot geboren werden könnte – das kam nur allzu oft vor. Dicht darauf folgte der unausweichliche Gedanke, daß sie selbst bei der Geburt womöglich starb. Doch weder die eine noch die andere Perspektive machte ihr auch nur das geringste aus.

In der ganzen Zeit sah sie Richard allenfalls aus der Ferne, wenn er den Westflügel, in dem er nun wieder wohnte, betrat oder verließ.

Ende August saß Katherine eines Tages am offenen Fenster ihres Wohnzimmers. Auf ihrem Schoß lag eine Stickerei, die noch keinen Stich vorangekommen war, seit sie sie aufgenommen hatte, während Grizzles Nadel sich ebenso flink bewegte wie ihre Zunge. Sie erzählte genüßlich von der Rückkehr der Königin nach London am Tag zuvor. Trotz ihrer Unbeliebtheit hatte das Volk Marys Rückkehr als Beendigung der gefährlichen Spaltung begrüßt, die das Land und seine Regierung in den letzten Monaten geplagt hatte. Mittlerweile war allgemein akzeptiert worden, daß die Königin kein Kind bekommen würde – doch als Ausgleich für diese Enttäuschung gab es Gerüchte, daß Philip aus Abscheu über die Unfähigkeit seiner Frau, ihm einen Erben zu schenken, sich anschickte, das Land zu verlassen, um seinen erbitterten, entzweienden Krieg zu führen. Gott sei Dank, den sind wir los, sagten sich die Engländer und jubelten der Königin nur um so lauter zu, als sie durch die Straßen ihrer Hauptstadt fuhr.

Doch noch während die Jubelrufe durch die Stadt hallten, lenkte eine andere Gestalt die Aufmerksamkeit auf sich: Auf dem Fluß brachte ein bescheidenes Boot ein Mädchen nach London, dessen schäbige Kleidung in keiner Weise von ihrer majestätischen Erscheinung ablenkte und deren in der Augustsonne leuchtenden Rotschopf man überall entlang der befahrenen Wasserstraße erkannt hätte. Auch Elizabeth war nach London heimgekehrt, und nachdem Mary mit viel Aufhebens vorübergezogen war, fragten sich viele, warum man ihrer jüngeren Schwester – der letzten aus Henrys Brut und sicher einer besseren Erbin als jeder Sprößling Philips – die Teilnahme am öffentlichen Einzug verwehrt hatte. Warum sie gezwungen war, sich durch die Hintertür zu schleichen wie ein ungezogenes Küchenmädchen.

Katherine hörte mit halbem Ohr zu, den Kopf an den steinernen Mittelpfosten des offenen Fensters gelehnt. Der Garten prangte jetzt genau, wie sie es erhofft hatte, und sie wünschte sich unbestimmt, daß sie genügend Kraft oder Lust hätte, darin spazierenzugehen. Hartnäckig weigerte sie sich, zuzugeben, daß sie sich in den letzten Wochen besser fühlte, vor allem weniger erschöpft und müde. Die körperliche Mattigkeit kam ihrer Stimmung entgegen, und Katherine wollte sie gar nicht so gern verlieren. Im Garten zankten sich lautstark zwei Spatzen, wild wie die Kampfhähne. Der goldene

Nachmittag ließ eine Saite in ihrer Erinnerung anklingen: Plötzlich fühlte sie sich wieder an jenen Tag vor fast einem Jahr zurückversetzt, als sie noch im Haus ihres Vater lebte und er ihr eröffnete, daß sie Richard Brecon heiraten sollte. Fast gleichzeitig mit diesem Gedanken öffnete sich die Tür des Westflügels, und Richard trat mit einem Mann, den Katherine noch nie gesehen hatte, in die Sonne hinaus. Sie beobachtete, wie die beiden ohne Eile auf die Ecke des Hauses zugingen, wohl in Richtung der Ställe, vermutete sie. Offensichtlich hatte Richard sich völlig erholt, denn er bewegte sich mühelos und fließend wie eh und je. Über das Vogelgezwitscher hinweg war seine helle, melodische Stimme und das Lachen des anderen Mannes zu hören. Als sie kurz stehenblieben, wohl um den Garten zu bewundern, zeichneten die flachen Sonnenstrahlen seine schlanke Gestalt und den Fall seines Umhangs nach, der auf seinen geraden Schultern lag. Als Katherine ihn derart gesund und wohlauf sah, hätte sie ihn in einer flüchtigen Anwandlung von Wut auf der Stelle töten können. Hatte ihr Leben seines auch nur gestreift? Hatten die Ereignisse, die sie so erschütterten, überhaupt noch etwas anderes verletzt als seinen unerträglichen Stolz? Wie sie ihn darum beneidete, daß sein Körper wieder ganz ihm gehörte, beherrscht von Willenskraft und Geist, niemandem unterworfen außer ihm selbst und bereit, sich wieder bis an die Grenzen seiner Kraft zu beanspruchen! Während sie für die kommenden Monate an das ungeborene Kind gefesselt war... Richards Leben ging weiter auf seinem eigensinnigen Weg, doch *ihr* Weg war von anderen vorgezeichnet und ließ ihr keine Wahl. Mit dieser Aufwallung unverhältnismäßiger Wut – dem ersten starken Gefühl, das sie seit Wochen verspürte – regte sich endlich auch neues Leben in ihr. Warum sollten sie oder ihr Kind sterben?

Ihr Kind. Noch nie hatte sie es so empfunden.

Sie sah die beiden Männer um die Hausecke biegen. Keinen Blick hatte Richard auf ihre Fenster geworfen.

Katherine unterbrach Grizzle mitten im Satz.

»Und wenn es ein Mädchen wird? Das hätte ich gern! Wie sollen wir es nennen?«

Die unterschiedlichsten Gefühle spiegelten sich in Grizzles Miene wider, vor allem jedoch freudiges Staunen. Keine ihrer wackeren Bemühungen hatte auch nur das geringste Interesse an dem werdenden Kind zu wecken vermocht, und bis jetzt hatte sie es noch nicht gewagt, die Namensfrage anzuschneiden.

»Ach, egal. Es ist noch so viel Zeit.« Katherine stand auf, und ihre Handarbeit glitt unbemerkt zu Boden. »Komm, laß uns in den Garten gehen.«

Katherines Einstellung änderte sich jedoch nicht gänzlich über Nacht. Immer noch gab es Zeiten tiefer Niedergeschlagenheit, in denen sie sich wünschte, die Zeit zurückdrehen zu können bis zu jenem Augenblick, als sie losgestürmt war, um John Mason einzuholen. Doch allmählich, als sie sich körperlich und seelisch auf ihre Last eingestellt hatte, wurde sie ausgeglichener und machte sich sogar hin und wieder Gedanken über das Leben, das in ihr wuchs.

Der Herbst war grauenhaft, ebenso kalt und naß wie das Frühjahr. Schon jetzt wurden die Lebensmittel in der Stadt knapper, und die Lage drohte noch schlimmer zu werden. Die Preise stiegen immer höher. Für Katherine war das lediglich ärgerlich, aber für andere bedeutete es den Unterschied zwischen Überleben und Verhungern, zwischen lebenden oder sterbenden Kindern. Mitte September verbreitete sich das Gerücht, daß das Parlament beschlossen habe, Philip eine Zuwendung aus Steuergeldern zu senden, um ihn in seinem Kampf gegen die Franzosen zu unterstützen. Obwohl die Regierung dies bestritt, herrschte in London eine so ungute Stimmung, daß sämtliche Vergnügungsstätten geschlossen wurden, um zu verhindern, daß sie als geheime Orte für verschwörerische Versammlungen dienten. Wie üblich sammelte

Griz den Klatsch wie ein Vogel das Stroh und gab ihn gewürzt mit eigenen Beobachtungen an ihre Herrin weiter.

Im Oktober, als Katherines Schwangerschaft mehr und mehr zu sehen war und sie jenen merkwürdig wiegenden Gang aller Schwangeren annahm, wurden in Oxford die Bischöfe Ridley und Latimer auf dem Scheiterhaufen verbrannt. Zwei weitere beredte und ungebrochen mutige Märtyrer, die die Waagschale zuungunsten einer ebenso unbeugsamen Königin ausschlagen ließen! Katherine schauderte, als sie davon hörte, und dachte an die züngelnden Flammen in der Wintersonne und an den lauten Gesang eines Mannes.

Ein paar Tage zuvor hatte sie aus Paris einen vorsichtig formulierten, höflichen Brief von François de Villeneuve erhalten, der zwar wenig besagte, aber dennoch tröstliche Sorge bekundete. Sie wußte nicht, ob er von ihrer Schwangerschaft gehört hatte, und beantwortete den Brief nicht.

Mittlerweile hatte sie sich in ihr Schicksal ergeben. Das Kind erwies sich als äußerst lebendig, trat und strampelte und schlief offenbar nur, wenn sie wach war. Sie konnte es nicht mehr übersehen, aber auch nicht mehr wütend sein wie zuvor. Ihre mißliche Lage war vielleicht ihre eigene Schuld, vielleicht aber auch die ihres Vaters, Richards oder de Villeneuves – oder einer Mischung aus alledem. Die Schuld des Kindes war es jedenfalls nicht, und da es (wie sie annahm) wohl kaum einen liebevollen Vater haben würde, war es das mindeste, was sie tun konnte, ihm eine so liebevolle Mutter wie möglich zu sein.

Der November kam und ging, ein trister, stürmischer Monat, der schon auf das Weihnachtsfest und damit auf die peinlichste Verlegenheit hinführte, der Katherine sich seit ihrer Trennung von Richard gegenübersah. Er hatte dem Kind und ihr die Unterstützung durch seinen Namen versprochen, daher durfte ihre Entfremdung vor der Geburt nicht öffentlich bekannt werden. Ihre fortgeschrittene Schwangerschwaft schloß allzu öffentliche Weihnachtsfeierlichkeiten aus, aber irgendeine Regelung mußte sie treffen, und das konnte sie nicht, ohne vorher mit Richard gesprochen zu haben. Tagelang quälte sie sich, bevor sie ihm schließlich eine so förmliche Mitteilung schickte, wie man sie dem feindlichen Lager im Krieg zukommen läßt, und ihn um ein Treffen bat.

Er kam sofort, makellos in seinen Manieren, in Höflichkeit gehüllt, doch ohne die geringste Spur von Frohsinn. Es war ihre erste Begegnung seit jenem Tag, an dem John Mason aus Rothwell zurückgekehrt war, und sie verlief schwierig. Sie ging ihm behutsam und schwerfällig entgegen und mußte fremd auf jemanden wirken, der sie nur als schlanke, geschmeidige Frau kannte.

Er begrüßte sie ohne Lächeln. »Dir geht es gut, Katherine?« In seinen Augen funkelte etwas, doch es war so gut verborgen, daß sie es nicht zu deuten vermochte. Es hätte Schmerz sein können oder Mitleid oder Abscheu.

»Ja. Es tut mir leid, daß ich dich herbitten mußte. Die Anweisungen für Weihnachten gestalten sich schwierig.« Sie hätte nicht gedacht, daß ihre Stimme so gefaßt klingen würde.

»Du brauchst dich nicht zu entschuldigen. Ich hätte selbst daran denken sollen. Ich stehe dir für die Weihnachtsfeiertage zur Verfügung, zumindest in dem Maße, wie es jeder übliche Ehemann tut.« Zum ersten Mal lächelte er, wenn auch nur ganz leicht. »Ich schätze, du hast nichts allzu Ausgelassenes vor?«

»Meine Eltern haben vorgeschlagen, daß wir zu ihnen kommen. Das wäre praktischer, als hier etwas zu veranstalten.« Allein. Aber das sagte sie nicht.

»Das klingt sehr vernünftig. Ich kann zwar nicht die ganze Zeit da bleiben, aber ich werde mich bemühen, nicht allzu lange fort zu sein.«

»Danke. Hast du dich erholt?« Neben ihm fühlte sie sich ausladend wie eine Scheune und tausend Jahre alt.

»Wie du siehst.« Plötzlich war er auf der Hut. Hatte er wirklich geglaubt, sie würde es als Waffe gegen ihn verwenden, daß er ihr verpflichtet war? Katherine wich müde zurück. Sie waren in der großen Halle, und im Kamin brannte ein Feuer. Behutsam setzte sie sich auf einen spanischen Stuhl, ein unerhörter Luxus, bezahlt mit dem Geld ihres Vaters. Er rührte sich nicht.

»Hast du die notwendigen Vorkehrungen getroffen?«

Sie sah überrascht auf. »Für Weihnachten?«

»Für das Kind.« Sein Ton war ebenso ausdrucklos wie seine Miene.

»Sicher.« Jetzt wünschte sie ebenso dringend, daß er gehen möge, wie sie ihn vorher herbeigesehnt hatte. Weihnachten in seiner Gesellschaft lag dräuend vor ihr wie eine unüberwindliche Mauer. »Möchtest du ein Glas Wein?«

»Nein, danke. Ein Freund wartet auf mich.« Er neigte seinen makellos gepflegten dunklen Kopf. »Du teilst mir dann mit, welche endgültigen Verabredungen du für Weihnachten getroffen hast?«

»Ja.«

Sie hätte nicht zu sagen vermocht, ob er zögerte, bevor er ohne Abschiedsgruß ging und sie mit tränenverschleiertem Blick am Feuer zurückließ.

Im Haus ihres Vaters stand Katherine in diesem Jahr so hoch im Ansehen, daß Griz sich ein Lachen darüber nicht verkneifen konnte. Nichts war zu gut für die zukünftige Mutter eines vornehmen Enkels, und alles drehte sich nur um Katherines Wohlergehen und Zufriedenheit. Die Festlichkeiten waren auf sie abgestimmt und durften weder zu wild noch zu anstrengend sein. Der Lord of Misrule war ein ungelenkes Kind, das für diese Rolle völlig ungeeignet war und sich darin auch nicht wohl fühlte. Als Katherine bemerkte, daß sie Sim vermisse, sah ihr Vater sie scharf an. »Dein Mann hat ihn schon vor Monaten geholt, weißt du das nicht?«

Richard kam am Weihnachtsabend in Begleitung von John Mason und Sim ins Haus, und Katherine bemerkte, daß Sim in den vergangenen Monaten gereift war und seine Knochen unter der zarten Haut schärfer vortraten. Abgesehen von seiner Haarfarbe sah der Junge Richard überaus ähnlich, sogar bis hin zu jenem seltsamen Funkeln der Augen. Und nicht nur im Aussehen hatte Sim sich seit dem Tag, als er Griz mit einer toten Maus erschreckte, verändert. Er wirkte nicht mehr wie ein Kind und diente Richard mit einer Hingabe, die Katherine beunruhigend fand. Er wich seinem Herrn wenn eben möglich nicht von der Seite, hielt ihn ständig im Auge und ahnte mit untrügerischer Sicherheit jede seiner Bewegungen und jeden Wunsch voraus. Der Junge strahlte eine unterschwellige Spannung aus, die ihn Richard wirklich sehr ähnlich machte. Während Katherine ihn mit gemischten Gefühlen beobachtete, bemerkte sie zu ihrer eigenen Verwunderung, daß sie vor allem Mitleid mit dem Jungen empfand. Was stellte Richard nur mit ihm an, daß er so voller gespannter Unruhe war? Beim Gedanken an die verderbte, gefährliche Gesellschaft, in der der Junge sich sicher bewegte, legte sie schützend die Hand auf ihren gewölbten Leib. Richard hatte seinen Schatten; mochte er mit ihm tun, was er wollte, das ging sie nichts an. Doch ihr Kind sollte nicht verdorben werden.

Richard benahm sich während der gesamten Festtage umgänglich und unterhaltsam. Er bemühte sich mit großem Erfolg, charmant zu sein. Den jüngeren Mädchen war er ein ungestümer Bruder, ihre Mutter, die selbst nie einen Sohn zur Welt gebracht hatte, bekam in seiner Gegenwart leuchtende Augen, und Katherine gegenüber spielte er den aufmerksamen, wenn nicht gar liebenden Ehemann. Ihr Zustand machte ihm die Sache einfach, denn da es bis zur Niederkunft nur noch wenige Wochen waren, konnte keine Rede davon sein, daß sie ein Zimmer teilten. Alle fanden es durchaus natürlich, daß Katherine in einer solchen Zeit behaglich in der Nähe ihrer Mutter untergebracht war und ständig von Griz umsorgt wurde. Das einzige, was sie tun mußten, war in Gesellschaft Artigkeiten auszutauschen und aufzupassen, daß sie nicht miteinander allein blieben – was in einem Haus voller Menschen durchaus nicht schwierig war. Die Cousins und Cousinen aus Coggeshall kamen – darauf eingestellt, sich voller Ehrfurcht vor der Aristokratie zu verbeugen. Statt dessen waren sie sofort hingerissen von Richards Koketterien und seinem Hang zu derben Späßen. Es wunderte Katherine keineswegs, daß die Mädchen von seiner Anmut und blumigen Redeweise beeindruckt waren, während die Herren nicht darüber in Zweifel gelassen wurden, daß sich unter Samt und Seide eine harte Hand verbarg und die Bereitschaft, sie im Ernstfall zu benutzen.

Anfangs verstand Katherine nicht recht, warum Richard sich solche Mühe gab, und neigte dazu, an ein kindliches Bedürfnis zu glauben, sich in den Mittelpunkt der Gesellschaft zu rücken. Allmählich kam sie jedoch zu dem Schluß, daß er mit dieser Scharade seine Schuld ihr gegenüber abtrug. Er verdankte ihr sein Leben oder glaubte es zumindest. Er hatte ihr sein Wort gegeben, daß niemand Grund haben sollte, an seiner Vaterschaft des Kindes zu zweifeln, und dafür sorgte er auf seine eigene Weise. In seiner charmanten, sorglosen Art zog er sich die nachsichtig gehobenen Augenbrauen seines Publikums zu und verschaffte Katherine eine Mischung aus Neid und Mitgefühl, die sicher in ein »Ich-hab-es-ja-gewußt« umschlagen würde, sobald ihre Entfremdung irgendwann bekannt würde. Sims ständige, offenkundige Bemühungen um ihn verstärkten noch den Eindruck der unbekümmerten, wenn auch attraktiven Unmoral. Niemand würde Katherine, die für ein Kind zu sorgen hatte, Vorwürfe machen, wenn sie ihren Mann sich selbst überließe.

Nicht einen Augenblick lang gab sie sich der Selbsttäuschung hin, daß diese Bemühungen ihrem persönlichen Glück gelten könnten. So gut kannte sie ihn mittlerweile – ein gegebenes Versprechen mußte gehalten, eine Schuld voll bezahlt werden.

Als die Festtage sich dem Ende zuneigten, und die Gäste abreisten, wie immer beeindruckt von John Pargyters üppiger, reibungsloser Gastfreundschaft, stieg in Katherine allmählich die Angst vor der einsamen Rückkehr nach Brecon House auf. Ihre Leibesfülle machte sie unbeholfen in ihren Bewegungen, sie ermüdete leicht, und obwohl sie es niemandem gegenüber zugegeben hätte, ängstigte sie sich auch vor der Niederkunft. Während der Weihnachtstage war sie ihrer Mutter auf angenehme Weise näher gekommen, und als der Vorschlag kam, vernünftigerweise bis nach der Geburt des Kindes im Pargyter-Haus zu bleiben, nahm sie sofort an. Richards förmliche Zustimmung setzte sie voraus.

Sobald die Männer wieder ihren Geschäften nachgingen, sah sie sich in den Mittelpunkt einer Frauenwelt gerückt, die sie verhätschelte, sie mit Ratschlägen überschüttete und sie manchmal dazu trieb, sich zu fragen, ob sie wohl je wieder so gesund und selbständig sein würde wie früher. Am letzten Januartag, als eisiger Frost die Welt draußen fest im Griff hielt, war ihre Ungeduld mittlerweile stärker als jegliche Angst. So empfand sie nur Erleichterung, als mit atemberaubendem Schmerz die ersten Wehen einsetzten.

Es war keine schwere, aber eine anstrengende Geburt. Nachdem endlich die letzte, atemberaubende Preßwehe vorüber war, lag Katherine still da und spürte, wie sich die Erschöpfung in allen Fasern ihres angestrengten Körpers ausbreitete. Die drängenden Stimmen und Hände, die sie seit Stunden umgeben hatten, hielten inne. Katherine schlug die Augen auf, als ein zartes, wütendes Wimmern die Lungen des Neugeborenen füllte. Man legte ihr ein schreiendes, zerknittertes Bündel mit glattem, schwarzem Haar, das an seinem Kopf klebte, in den Arm.

»Ein Junge, mein kluges, gescheites Mädchen«, sagte ihre Mutter sanft. »Ein Junge«, bestätigte Griz vom anderen Ende des Bettes aus. »Ein hübscher Junge, und kräftig wie nur einer. Er sieht Ihnen schon jetzt ähnlich.«

Katherine betrachtete ihren Sohn. Seine Augen waren fest geschlossen, und sein Gesicht hatte hauptsächlich Ähnlichkeit mit einer Walnuß.

»Sei nicht albern, Griz«, antwortete sie lächelnd. »So hübsch könnte ich nie aussehen, nicht einmal wenn ich mir Mühe gäbe.«

Katherine erholte sich rasch und hatte zu ihrer eigenen Verwunderung unendlich viel Freude an ihrem Kind. Der Junge war gesund und kräftig, der Liebling des gesamten Haushalts und die Antwort auf sämtliche Gebete, die John Pargyter, wie jeder wußte, gesprochen hatte. Er überschüttete Katherine und den Jungen mit Geschenken und setzte dem Kind eine so hohe Summe aus, daß selbst Katherine erschrocken war. Der vernarrte Großvater grinste über ihre Überraschung.

»Das ist nur der Anfang«, sagte er und schaukelte das winzige Bündel Männlichkeit in seinen Armen. »Es wird noch viel mehr für ihn und seine Brüder geben.« Ihr Erröten übersah er. »Ach, das hätte ich fast vergessen: Ich habe neulich etwas auf dem Markt gefunden. Ich dachte, es könnte dir gefallen.« Da er seinen Enkel nicht loslassen wollte, schob er ihn auf einen Arm und kramte mit der freien Hand in seinen Taschen. In hohem Bogen flog kurz darauf ein winziger Gegenstand leuchtend und glitzernd durch die Luft und landete auf den Bettlaken. Es war ein Ring, der schlichteste und schönste, den sie je gesehen hatte: ein einzelner, funkelnder Smaragd, in Gold gefaßt, ein See aus grünem Licht, in Stein gefangen.

In einer Aufwallung von Zorn, der zu ihrer eigenen Verwunderung durch ein gewisses Verständnis gemildert wurde, sah sie ihn an. »Vater, ich hoffe, du verstehst, daß du ihn nicht kaufen kannst«, sagte sie.

Er setzte sich aufs Bett und reichte ihr das Kind. »Sein Blut bindet ihn schon jetzt, ob es dir gefällt oder nicht.«

Katherine beugte sich schützend über ihren Sohn. »Es gibt noch anderes außer Blut und Geld«, sagte sie, erstaunt über den Trotz in ihrer Stimme.

Die Tage vergingen. Katherine kam wieder zu Kräften und nahm ihr Kind mehr und mehr an. Unter Tränen und Einwänden überließ sie es der Amme, auf der Katherines Mutter und Griz eisern bestanden hatten. Es kam gar nicht in Frage, daß eine Lady ihr Kind selbst stillte. Schließlich gab Katherine wohl oder übel nach und begnügte sich damit, ihn zu halten, zu wiegen und auf eine Weise mit ihm zu sprechen, die sie noch vor wenigen Monaten äußerst seltsam gefunden hätte.

Eine Woche nach der Geburt wurde ihr während einem dieser innigen Zusammenkünfte mit ihrem Sohn Richard gemeldet.

Als Katherine mitten in einem albernen Satz abbrach und den Arm verkrampfte, begann das Kind zu schreien. Ihre Mutter richtete ihr mit flinker Hand Bettzeug, Rüschen und Haar und bemerkte den starren Blick ihrer Tochter gar nicht.

»So! Du siehst entzückend aus, Kat, einfach entzückend! Er kommt gleich. Ich frage mich, wo er die letzten Tage gesteckt hat. Ich hatte eigentlich schon früher mit ihm gerechnet.« Sie erwartete keine Antwort. Männer und ihr Verhalten waren ihr ein Buch mit sieben Siegeln, und Richards förmliche Glückwunschkarte hatte sie zufriedengestellt, während sie Katherine eine Gänsehaut verschaffte.

»Richard!« Die frischgebackene Großmutter eilte ihm entgegen. »Meinen Glückwunsch, mein Lieber! Ein Sohn und Erbe! Komm herein, komm herein, sie warten beide auf dich.«

Er stand gelassen in der Tür, mit einem unverhohlenen Lachen in den Augen und dem schiefen Grinsen um den Mund.

»Ich bin – ein paar Tage zu spät gekommen und bringe Gold, Weihrauch und Myrrhe. Und einen Namen.« Das winzige Zögern war verräterisch.

Katherine erstarrte voller Widerstreben. »Einen Namen?«

Ihre Mutter ging lächelnd zur Tür. Richard trat beiseite, verbeugte sich ruhig, schloß die Tür hinter ihr und lehnte sich dann dagegen, den Kopf nach hinten an die Holztäfelung gestützt. Noch nie hatte sie ihn so betrunken erlebt. Mit sicherem Schritt kam er schließlich durchs Zimmer und sah auf das schlafende Kind in ihrem Arm herab.

»Sein Name ist Thomas«, sagte er. »Er paßt besser, als du ahnen kannst.«

»Richard – «

»Thomas.« Sanft berührte er mit der Fingerspitze das glatte, dunkle Haar, durch das der rosige Schädel schimmerte. »In allem anderen gehört er dir, und ich werde mich nicht einmischen. In diesem Punkt bestimme ich, der Vater. Thomas. Du weißt, daß ich nach Recht und Gesetz darauf bestehen kann.«

»Ich weiß.« Seine Hand, die leicht auf dem winzigen Köpfchen lag, war ihr so nah, daß sie sich berührt hätten, wenn sie auch nur einen Finger gehoben hätte. Er zog die Hand ohne Hast wieder fort, trat ans Fußende des Bettes und legte nachlässig einen Arm um den kräftigen geschnitzten Bettpfosten.

»Die Mutterschaft bekommt dir«, meinte er ohne erkennbare Ironie. »Du bist schöner denn je. Behalte den Namen. Es ist wichtig.«

Sie hielt das mittlerweile schlafende Kind ruhig im Arm und betrachtete die reglose Gestalt am Fußende ihres Bettes. Noch nie hatte sie einen Menschen gesehen, der so einsam wirkte.

»Ich werde ihn mir merken«, sagte sie.

»Bleibst du hier?«

»Nein. Ich komme –«, ein winziges Zögern –, »Ende nächster Woche nach Hause. Mir geht es gut.« Das Kind in ihren Armen wimmerte im Schlaf. Sie bewegte sich leicht.

»Richard –«

Er sah sie unverwandt an. »Frag nicht, ich werde es dir nicht sagen. Sein Name ist Thomas.«

»Du hast getrunken.«

»Wie scharfsichtig von dir! Eine Geburt und ein Todesfall wollen gefeiert werden, oder nicht?«

Geh weg, ich will es gar nicht wissen. Laß mich und mein Kind in Frieden.

»Ein Todesfall? Wer ist gestorben?«

»Das willst du doch gar nicht wissen«, sagte er mit unheimlichem Scharfblick. »Und zu Recht. Ich überlasse dich jetzt wieder deiner Mutterschaft. Ich habe zwei wichtige Dinge zu regeln, und keines von beiden kann hier erledigt werden. Das erste ist, mich möglichst noch weiter zu betrinken, und das zweite ist, mit einem Schiff nach Frankreich zu segeln. Es kann eine Weile dauern, bis wir uns wiedersehen. Eigentlich wäre es besser, wenn das nie geschähe. Sobald ich zurückkomme und Zeit habe, meine Angelegenheiten zu regeln, verlasse ich Brecon House vermutlich. Dann bist du mich für immer los.«

Tausend Worte steckten ihr in der Kehle, doch keines, das sie aussprechen konnte. Schon einmal hatte sie ihn fast sterben sehen, doch damals hatte sie es wenigstens verstanden.

»Ist Nicholas tot?«

Warum fragte sie danach? Warum ließ sie ihn nicht gehen?

»Er ist gestorben, ja. Kurz nach seiner Verhaftung.« Er sprach ruhig und ohne Zögern. »Aber ich weiß, er würde mir verzeihen, daß dieses Gelage heute nicht ihm gilt, sondern einem noch sinnloseren Tod, der länger zurückliegt. Wegen Nicks Tod gibt es Besseres zu tun, als sich zu betrinken.«

»Sei vorsichtig!« entschlüpfte es ihr, bevor sie es verhindern konnte.

Er war bereits auf halbem Weg zur Tür und brach in ehrliches Gelächter aus.

»Was für eine Frau! Einen Sohn hast du zur Welt gebracht und willst die ganze Welt bemuttern! Der Himmel bewahre mich davor!«

Sie beugte sich über Thomas, der aufgewacht war und schrie. Deshalb sah sie ihn nicht hinausgehen.

14

Eine Woche später, als sich die Gerüchte über die Unzufriedenheit im Land und über einen Friedensschluß auf dem Kontinent mehrten, kehrte Katherine mit Thomas, seiner Amme Betsy, Griz und dem festen Entschluß nach Brecon House zurück, ein so alltägliches Leben zu führen, wie sie es ohne ihren Mann nur vermochte. Aus Selbstschutz schob sie den Gedanken an ihr letztes Gespräch mit Richard beiseite. Sie hatte sich nun um eigene Angelegenheiten zu kümmern. Sollte er doch, wie er es ja offensichtlich wünschte, seiner eigenen Wege gehen! Im Haus gab es viel zu tun, denn in den Monaten ihrer Schwangerschaft war es nur nachlässig geführt worden, und während ihrer Abwesenheit war kaum noch etwas geschehen. Da Katherine wieder völlig zu Kräften gekommen und nur zu glücklich war, eine Beschäftigung zu haben, schickte sie sich an, den Haushalt in Ordnung zu bringen. Um Richards Flügel kümmerte sie sich allerdings nicht. Sie besuchte Freunde, empfing ihre Gegenbesuche und nahm Artigkeiten über ihr Kind, ihr Haus und ihr Aussehen zur Kenntnis. Nicht viele besaßen die Frechheit, sich zu erkundigen, wo Richard sei, doch wenn diese Frage kam, antwortete sie ohne mit der Wimper zu zucken, er sei geschäftlich im Ausland und werde auch noch einige Zeit ausbleiben. Zu ihrem Amüsement bekam sie von einigen Herren manche Schmeicheleien – und manches weniger Schmeichelhafte – zu hören. Sie hätten es eigentlich besser wissen müssen – denn größtenteils waren sie verheiratet, und ihre Ehefrauen beäugten die Handküsse und verstohlenen Seitenblicke mit großer Wachsamkeit. Katherine nahm solche Aufmerksamkeiten in jener Haltung entgegen, die sie verdienten, und verspürte mehr als einmal das Bedürfnis, sich mit Griz über diese Vorkommnisse lustig zu machen.

Mit zwei Monaten war Thomas ein kräftiges Kind, das niemandem zur Last fiel – der Sonnenschein des Haushalts und die ganze Freude seiner Mutter. Sie wetteiferte mit Griz darum, ihn zu verwöhnen. Meist verbrachte sie nachmittags einige Stunden mit ihm in jenem Zimmer, das sie ihm und Betsy unmittelbar über ihrem Schlafzimmer auf der Vorderseite des Hauses eingerichtet hatte.

Von dort sah sie an einem kalten, regnerischen Märztag Richard heimkehren. Er ritt ohne jede Heimlichkeit in den Hof, begleitet von John Mason und Sim, schwang sich vom Pferd und warf einem bereitstehenden Knecht die Zügel zu. Taufrisch wirkte er, umgeben von der alten, überheblichen Autorität. Sim stand mit jener Ehrerbietung, die nur er Richard entgegenbrachte, neben seinem Herrn, kaum daß er auf den morastigen Boden gesprungen war.

Den ganzen Abend und den ganzen nächsten Tag über wartete sie, obwohl sie sich zugleich immer wieder das Gegenteil versicherte, doch Richard ließ nichts von sich hören. Männer kamen und gingen, einzeln oder zu mehreren. Was immer Richard zu tun haben mochte, er war vollauf beschäftigt und hatte offensichtlich keinerlei Interesse an ihr oder dem Kind, dem er gebieterisch einen Namen gegeben hatte. Mit einer Mischung aus Erleichterung und Enttäuschung hörte sie schließlich auf, nach ihm Ausschau zu halten.

Zwei Tage vergingen, Tage, die noch mehr als bisher von Gerüchten über Rebellion und Verhaftungen erfüllt waren. Hartnäckig verschloß sie die Ohren dagegen. Was ging sie das alles an?

Am Spätnachmittag des zweiten Tages saß sie allein in ihrem hübschen Wohnzimmer, ihren Stickrahmen unberührt auf dem Schoß. In heftigen Böen klatschte der Regen gegen die Fensterscheiben, und das Kaminfeuer malte goldene Bilder auf die Wandbehänge. Griz war gegangen, aber die Neuigkeiten, die sie atemlos erzählt hatte, ratterten immer noch durch Katherines Kopf wie Kiesel in einer Schüssel. Warum sollte sie sich Sorgen machen? Was unterschied diese Verschwörung von anderen? Warum um alles in der Welt setzte sich in ihrem Kopf die Überzeugung fest, daß diesmal Gefahr drohte? Man hatte eine Verschwörung aufgedeckt, hatte Griz erzählt, die gewagteste von allen bisherigen, und wie immer hatte sie ihre Wurzeln in Frankreich. Man hatte die Staatskasse – die Staatskasse! – um Gold und Silber im Wert von hundertausenden Pfund beraubt, die Beute auf ein Schiff geladen und war über den Fluß auf und davon gesegelt, bevor der Streich entdeckt und die Missetäter in Gravesend festgenommen werden konnten. Man stelle sich das nur vor! Wie die meisten Menschen in London konnte Griz sich nicht recht entscheiden, auf wessen Seite sie sich schlagen sollte. Das ganze Land war in Aufruhr, und ständig erfolgten Verhaftungen.

Katherine stand auf, ging ans Fenster und zog den schweren Vorhang beiseite. Jenseits des verregneten Gartens schimmerte schwach ein einzelnes Licht aus dem Westflügel, dorther, wo sie sich in ihrer Hochzeitsnacht in den Schlaf geweint hatte. Sie wußte nicht einmal, ob er da war. Was, wenn man ihn verhaftet hatte wie Nicholas?

Hinter ihr öffnete sich die Tür, und kalte Zugluft wehte durch die Vorhänge in ihrer Hand. Sie beobachtete noch ein Weilchen das Licht auf der anderen Seite des Gartens und wünschte sich mit aller Kraft, er möge ans Fenster kommen. Wenn er da war. Seufzend ließ sie den Vorhang los, drehte sich um und sah sich unvermittelt François de Villeneuve gegenüber.

Leise kam er ins Zimmer. Sie sah ihm bewegungslos entgegen und rührte sich auch nicht, als er ihre Hände ergriff. Ihr Gefühl sagte ihr, daß für eine förmliche Begrüßung keine Zeit blieb.

»Was ist passiert? Warum sind Sie hier?«

Er legte einen Finger auf die Lippen. »Es ist am besten, wenn niemand erfährt, daß ich hier bin. Ich bin durch den Garten gekommen. Auf demselben Weg kann ich wieder verschwinden.« Sein dunkler Umhang und sein weicher Hut waren naß, und in seinem Gesicht glänzten Regentropfen.

»Sagen Sie es mir«, forderte sie ihn auf.

Im Kamin verrutschte ein Holzscheit, und der Wind rüttelte an den Fenstern. Prüfend musterte er ihr Gesicht.

»Sagen Sie es mir!« wiederholte sie. »Richard ist in diesen Raub verwickelt, nicht wahr?« Sie hatte es gewußt, seit Griz ihr davon erzählt hatte.

Der Mann nickte. Er hielt immer noch ihre Hände fest; fast hatte sie vergessen, welche Stärke er ausstrahlte. »Er braucht rasch Hilfe, ob es ihm gefällt oder nicht.« Er lächelte freudlos. »Und ich glaube kaum, daß es ihm gefallen wird.«

»Wie können Sie ihm helfen? Und warum sollten Sie das tun?«

Ihre Stimme klang hart, selbst in ihren eigenen Ohren. Ihr Ton ließ ihn kurz stocken, dann gab er ihre Hände frei und sagte schlicht: »Wenn meine Hilfe nicht gebraucht wird – nicht willkommen ist... Wenn Sie eigene Pläne haben...« Er wandte sich zur Tür.

»Nein. Nein, es tut mir leid. Ich weiß nicht einmal, was passiert ist oder was passieren könnte...«

De Villeneuve sah sie an. »Man hat in die Staatskasse von England eingebrochen und sie ausgeraubt.«

»Wie?«

Er zuckte die Achseln. »Bestechung, Drohungen, wer weiß? Sie hatten anscheinend Schlüssel. Es war ein äußerst schlaues Unterfangen, aber es wurde verraten. Das gestohlene Gold und Silber wurde auf ein Boot verladen und sollte nach Frankreich gebracht werden. Doch man fing es in Gravesend ab. Man hat Namen erfahren und weitere wurden –«, er stockte –, »herausgebracht. Auch Richards.«

»Sind Sie sicher?«

»Wäre ich unter erheblichen Gefahren für mich selbst hier, wenn ich nicht sicher wäre?« Zum ersten Mal zeigte er Ungeduld. »Richard bleiben mit Glück noch drei oder vier Stunden. Ich habe gewisse Vorkehrungen getroffen. Da ich weiß, daß er niemals von mir Hilfe annehmen würde, bin ich zu Ihnen gekommen. Die Entscheidung liegt bei Ihnen. Werden Sie es ihm sagen?«

Der Wind flaute unvermittelt ab, und plötzlich war es ganz still im Zimmer. Von de Villeneuves Hut und Umhang tropfte Wasser in kleinen Rinnsalen auf den Boden.

Katherine fiel ein, mit welcher Schärfe ihr Mann von dem Franzosen gesprochen hatte. »Warum sollten Sie ihm helfen, obwohl er Sie so sehr haßt? Ich glaube, er würde sich lieber festnehmen lassen, als von Ihnen Hilfe anzunehmen.«

Das nahm er mit einer leichten Verneigung hin. »Und Sie können nicht glauben, daß ein kultivierter Mann damit die Schuld begleichen könnte, die zwischen uns besteht? Mich verlangt es nicht nach seinem Tod, Katherine, auch wenn ich weiß, daß er meinen fordert. Mein anderer Beweggrund ist Ihnen möglicherweise leichter verständlich: Ich tue das ganze nicht für Richard, sondern für Sie und für das Kind. Sehen Sie denn nicht, daß nicht nur Richard in Gefahr schwebt?«

Der Gedanke ließ sie erstarren. Das war ihr noch nicht in den Sinn gekommen.

»Richard weiß Dinge, die andere nur zu gern erfahren möchten. Und er ist ein bemerkenswert verstockter Mensch, wie wir beide wohl wissen. Glauben Sie, daß sie davor zurückschrecken würden, Sie und das Kind gegen ihn zu verwenden? Sie wissen, daß das nicht der Fall ist. Sie sind erst sicher, Katherine, wenn Richard außer Landes ist. Begreifen Sie das nicht? Ich habe dafür gesorgt, daß er zu seinen Freunden nach Frankreich gebracht wird. Heute abend um zehn Uhr liegt ein Boot am kleinen Dock in der Spice Street. Aber er muß pünktlich sein. Sie warten nicht. Es sind noch andere beteiligt, und die Gefahr ist groß. Wenn Richard fort ist, dürften das Geld Ihres Vaters und mein Einfluß ausreichen, um Sie und Ihren Sohn zu schützen. Wenn er bleibt, kann ich nichts mehr tun, und kein Geld der Welt wird ihn aus seinem letzten Spielchen loskaufen.« In seinem Ton lag ein Anflug von Abscheu. »Aber seien Sie sich über eines im klaren. Das ist Verrat. Er hat seinen tollkühnen Kopf in eine Schlinge gesteckt, die ihn das Leben – oder Schlimmeres – kostet, wenn wir ihm nicht helfen, ihr zu entkommen.«

»Er wird keine Hilfe annehmen. Ihre gewiß nicht und meine wahrscheinlich auch nicht. Er läßt sich nicht helfen, nicht einmal vom Allmächtigen selbst, wenn er sein Gesicht dadurch verliert. Ich weiß nicht, wie ich ihn überreden soll. Ihren Namen darf ich nicht einmal erwähnen.«

»Das weiß ich. Aber wenn Sie wollen, kann ich Ihnen sagen, wie Sie ihn überzeugen können. Trotz Richards schlechter Meinung von mir sind viele seiner Freunde auch die meinen. Ich kenne ihre Schliche, ihre Zeichen und Signale. Gehen Sie zu ihm und sagen Sie folgendes: Die Sonne geht im Westen auf. Erzählen Sie ihm, ein Mann sei ins Haus gekommen, um ihn zu warnen, er habe es sehr eilig gehabt, Ihnen die Nachricht zu übermitteln, und sei dann gegangen, um andere zu retten. Nennen Sie ihm den Treffpunkt um zehn Uhr am Ufer unten an der Spice Street. Sie müssen ihn überzeugen, Katherine, denn hier steht mehr auf dem Spiel als nur sein Leben. Und ich warne Sie, wenn er bleibt, helfe ich ihm nicht noch einmal. Ich mache Ihnen nichts vor. Das ist das letzte Mal. Soll er sein Leben und seine Talente sonstwo vergeuden. Aber ich werde nicht zusehen, wie er Sie in Gefahr bringt.«

Ein letzter Funke von Widerstand regte sich in ihr. »Sie sind nicht für mich verantwortlich.«

»Nein«, sagte er plötzlich wütend. »Das ist eigentlich Richards Sache. Und fühlen Sie sich derart sicher in diesem

Bewußtsein, daß Sie Freundschaft und Hilfe ablehnen können? Wenn es so ist – « Er drehte sich um, blieb aber stehen, als aus dem darüberliegenden Zimmer das Weinen eines Kindes zu hören war. Er hob den Kopf und lauschte.

Katherine rang die Hände, um ihr Zittern zu unterdrücken. »Ich werde ihm die Wahrheit sagen«, erklärte sie plötzlich, »ich werde ihm sagen, daß Sie gekommen sind, um ihn zu warnen, und daß Sie diese Vorkehrungen getroffen haben. Dann kann er selbst entscheiden.«

De Villeneuve drehte sich um und zuckte auf typisch gallische Weise die Achseln. »Nur los, wenn Sie ihn qualvoll sterben sehen wollen, wenn Sie zusehen wollen, wie Ihr Sohn im Gefängnis heranwächst – oder gar nicht.«

Katherine gab keine Antwort. Oben wimmerte Thomas.

»Die Zeit vergeht«, meinte er ruhig. »Die Chance ist bald vertan. Eine kleine Täuschung kann ihn retten, aber die Wahrheit nicht, wenn man seine Halsstarrigkeit kennt. Das müssen Sie entscheiden.« Er zog seine nassen Handschuhe aus dem Gürtel und streifte sie über. »Es ist gefährlich für mich, hier zu sein. Ich muß gehen.« Er zog sich den tropfenden Hut tiefer ins Gesicht und sagte: »Was werden Sie also tun?«

Sie antwortete immer noch nicht.

»Bleibt Ihnen eine Wahl?«

Sie schüttelte den Kopf.

»Gut.« Sein Ton war bestimmt. »Dann kommen Sie, es ist keine Zeit zu verlieren.« Als sie mit ihm zur Tür ging, legte er leicht eine behandschuhte Hand auf ihren Arm. »Falls Sie Hilfe oder sonst etwas brauchen, wenn er fort ist, denken Sie daran, daß ich zu Ihren Diensten stehe. Wissen Sie, wo ich wohne?« Sie nickte, aber er ließ sie nicht zu Wort kommen. »Denken Sie daran, ich bin da. Ich werde Anweisung geben, daß man sie jederzeit vorläßt. Gehen Sie zu der Seitentür in der White-Cat-Gasse. Von dort führt eine schmale Treppe direkt in meine Wohnung. So, kommen Sie, wir müssen los. Ich verschwinde, wie ich gekommen bin. Mein Pferd steht draußen auf der Straße. Erinnern Sie sich an die Botschaft?«

»Die Sonne geht im Westen auf«, sagte Katherine. »Ein Boot wartet um zehn Uhr am Ende der Spice Street.« Sie war inzwischen doch überzeugt. Was blieb ihr anderes übrig?

De Villeneuve nickte. »Gut. Genau richtig.«

Gemeinsam schlüpften sie in den Garten. Aus einem Fenster des Westflügels drang immer noch das schwache Licht.

»Und wenn er gar nicht da ist?« fragte sie durch Wind und Regen.

»Er ist da«, sagte der Franzose bestimmt und verschwand in der Dunkelheit.

Auf ihr beharrliches Klopfen öffnete Dorcas die Tür. Sie war so unordentlich zurechtgemacht wie immer und bemerkte erstaunt Katherines feuchte Kleider und ihr windzerzaustes Haar.

Katherine schob sich an ihr vorbei. Am anderen Ende der Halle ging eine Tür auf, und John Mason erschien. Mit einem Blick maß sie die Entfernung zwischen ihr und ihm und die Entfernung zwischen ihr und der Treppe. Durch das Innenfenster hinter der Galerie sah sie Licht. Falls Richard im Haus war, war er dort. Mit flinken Bewegungen raffte sie ihre Röcke und war schon halbwegs die Treppe hinauf, bevor die beiden sie aufhalten konnten.

»Richard!«

Nun wurde John Mason lebendig und lief beängstigend schnell hinter ihr her die Treppe hinauf. Sie flog den Flur entlang und geradewegs in Richards Arme, der aus der Tür des Vorzimmers trat. Beinahe hätte sie ihn umgerannt. Hinter ihr blieb John Mason schwer atmend stehen. In der Stille, die folgte, schob Richard sie behutsam und höflich von sich.

»Ist schon gut, John. Keine Gefahr, denke ich.« John drehte sich um und ging schweren Schrittes die Treppe wieder hinunter, während Katherine sich bemühte, ihr Keuchen zu beruhigen. »Komm herein.«

Er führte sie in das Zimmer mit den Büchern, an das sie sich so gut erinnerte. Er hatte wohl gerade gegessen, denn die Reste einer Mahlzeit standen auf dem Tisch, daneben lag ein aufgeschlagenes Buch. Sie atmete immer noch nicht wesentlich ruhiger, als sie nun heraussprudelte: »Ein Mann war da, Richard. Er sagte, sie haben deinen Namen, und du sollst verhaftet werden. Du mußt sofort verschwinden! Ach!« Sie brach ab. In ihrem Kopf herrschte verzweifelte Leere. »Was sollte ich noch sagen? Die Sonne ... geht im Westen auf.« Jetzt hatte sie seine volle Aufmerksamkeit. »Um Punkt zehn Uhr heute abend liegt ein Boot, das nach Frankreich fährt, unten an der Spice Street. Es wartet nicht. Ach, Richard, Richard, was hast du jetzt wieder angestellt?«

»Nichts wesentlich anderes als sonst auch.« Er trug nur Kniehosen und ein weiches, weißes Hemd, das am offenen Kragen leicht gerüscht war. »Wie sah dieser Schutzengel aus?«

Katherine starrte ihn an. »Wie er aussah? Also, es war dunkel, und er trug einen Umhang und einen Hut, deshalb habe ich ihn nicht richtig gesehen. Blond, glaube ich, und ziemlich groß war er.« Überzeugen Sie ihn, hatte der Franzose gesagt. Er wirkte alles andere als überzeugt. »Um Himmels willen, Richard, du verschwendest kostbare Zeit!«

Unten ging die Haustür auf, und aus der Halle drangen laute, derbe Stimmen. Schritte auf der Treppe.

»Herrgott, verschone mich«, sagte Richard leise.

John Mason erhob lautstark Einwendungen. Es gab einen dumpfen Schlag, und Richard stöhnte. Die Tür flog auf. Mehrere Männer drangen ein, sie hatten John Mason fest im Griff.

Katherine konnte nicht fassen, daß ihr Mann grinste. »Offenbar ist das der Abend der unerwarteten Besucher«, sagte er munter. »Um Himmels willen, John, steh doch still, sie schlagen dich sonst noch nieder! Matthew, du bist offenbar der Anführer dieser Gesandtschaft. Etwas zu trinken?«

Matthew, ein großer, muskulöser Mann in soldatischer Lederkleidung und bewaffnet wie eine ganze Hundertschaft, erwiderte das Grinsen und zeigte dabei eine Reihe schwarzer Zähne.

»Später, Captain, wenn's recht ist. Zuerst gibt's Geschäftliches zu erledigen.«

Das strahlende Lächeln wurde noch breiter. »Wie du willst. Ich bin froh, daß ihr nicht gekommen seid, um mich zu retten. Ich bin wirklich schon zur Genüge mit Rettern eingedeckt, bekannten und unbekannten. Es ist wohl besser, wenn die Dame geht, bevor wir zu unseren Geschäften kommen.«

»Nein.« Die Antwort duldete keine Widerrede. Ein dünner, dunkelhaariger Mann, an dessen Gürtel Messer blitzten, hatte sich an der Tür postiert. John Mason hatte seinen Widerstand aufgegeben, aber die Männer, die ihn zu beiden Seiten hielten, beäugten ihn argwöhnisch.

Matthew senkte den Kopf. »Sie sehen, wie die Dinge stehen, Captain. Nicht, daß wir Ihnen nicht trauen, das ist Ihnen bekannt. Sie haben uns schließlich fast alles beigebracht, was wir wissen, stimmt's, Jungs? Aber das, was wir *nicht* wissen, macht uns Sorgen. Ich hab' sie um genug Leute rumscharwenzeln sehen, um mich zu fragen, wohin die Lady wohl geht, wenn wir sie weglassen. Sie verstehen? Sie ist nicht in Gefahr. Im Augenblick ist niemand in Gefahr. Aber sie bleibt, und Billings bleibt da an der Tür, wenn Sie nichts dagegen haben.«

»Auch, wenn Sie was dagegen haben«, meinte Billings.

In der folgenden Stille nahm Richard seinen halbvollen Weinkelch vom Tisch, trank ihn aus und wog ihn in der Hand. Ein stämmiger rothaariger Mann grinste und kam näher. »Nur'n paar Fragen, Cap'n«, meinte er. »Wir haben da ein paar Sachen gehört, über die wir gar nicht glücklich sind.«

Richards Augen blickten kummervoll. »Samson, Samson! Wem hast du jetzt wieder zugehört? Du bist schlimmer als eine Milchmagd, läßt dich immer von dem betören, mit dem du zuletzt gesprochen hast. Auf die Weise kommt man zu Kindern, weißt du das? Wo bleibt dein Vertrauen?«

Der andere Mann lachte bellend, nahm aber die Hand nicht von seinem Degen und die Augen nicht von Richards Gesicht. »Oh, ich trau Ihnen schon, Cap'n, wirklich. Ihrer starken rechten Hand vertraue ich mit und ohne Degen, trotz Ihrem vornehmen Getue. Es gibt nicht viele Männer, denen ich blind in einen Kampf folgen würde. Wenn wir nachher verkracht sind, traue ich Ihnen zu, daß Sie mich von vorn packen und mir ins Gesicht spucken, aber an jeder dunklen Ecke würde ich vorbeigehen, ohne auch nur hinzugucken. Dadrin trau ich Ihnen. Aber Silber? Naja, das ist was anderes, oder? Wo bleibt das Vertrauen, wenn's um ein Vermögen geht?«

»Silber«, sagte Richard leichthin und hielt den Pokal plötzlich ganz still. »Soviel ich gehört habe, hat man das Silber in Gravesend abgefangen?«

»Ach.« Matthew stützte sich mit beiden Händen auf den Tisch und beugte sich vor. »Das sollen die Leute also glauben, was? Pech für Sie und Ihre Pläne, daß ein Kumpel von mir von der *Babette* entwischen konnte. Das meiste Silber haben sie gekriegt, und die *Babette* ist beschlagnahmt, mit Gold und Silber und allem. Aber da gab's ja wohl noch andere Absprachen, was, Cap'n? Zwei Kisten hat man vor der Verladung weggenommen und direkt nach Rothwell geschickt. Von dem, was in den beiden Kisten war, schulden Sie uns eine ganze Menge, und den Rest nehmen wir uns für die Ungelegenheiten, die Sie uns gemacht haben.« Der Mann an der Tür kicherte. »Ein feines Mundwerk haben Sie, daß Sie Leute überreden, umsonst für Sie zu arbeiten! Seit Monaten hören wir Ihnen mit leeren Taschen zu. Das Silber, das nach Rothwell unterwegs war, haben sie nicht gekriegt, die Soldaten jedenfalls nicht. Es ist verladen worden und dann verschwunden, und seitdem hat es keiner mehr gesehen. So, und da Sim wie immer mit der Nachricht losgezogen ist – was glauben Sie, wer wohl wissen kann, wo die Kisten sind?«

»Sim? Sim hatte die Nachricht?«

Matthew wich zurück. Sein Gesichtsausdruck war wütend geworden. »Schluß jetzt mit den Spielchen! Sie haben Ihren Wurf gemacht und verloren. Wir sind alle Diebe und Spieler und verstehen, daß Sie's versuchen. Aber treiben Sie es nicht zu weit. Das macht mich wütend.«

»Droh mir nicht, Matthew. So etwas merke ich mir. Willst du mir sagen, daß Sim für mich eine Nachricht über die beiden Truhen hatte, die nach Rothwell sollten?«

An der Tür wurde Billings unruhig. »Wir verschwenden nur Zeit. Warum knöpfen wir ihn uns nicht vor? Er weiß doch, wo die Kisten sind. Holen wir's aus ihm raus!«

Richard drehte sich zu ihm um. »Dich kenne ich nicht, oder?« Sein Blick besagte, daß er ihn beim nächsten Mal sicher wiedererkennen würde.

Matthew fauchte: »Captain, meine Männer haben keine Geduld mehr, wie Sie sehen. Sie haben lange genug gewartet. Sie lassen sich nicht reinlegen.«

Richard machte in heller Wut ein paar Schritte nach vorne und antwortete mit schneidender Schärfe: »Das sagt mir niemand, dem seine Zunge lieb ist, Matthew Landon. Das solltest du wissen.« Zu spät bemerkte er seinen Fehler und versuchte, mit dem Rücken wieder an das lodernde Feuer zu kommen. Doch Samson, ein Kämpfer, der manch eine Klemme überlebt hatte, war hinter ihn geschlüpft. Lange, wie es Katherine erschien, sagte keiner ein Wort. Allmählich konnte sie wieder klar denken und bereute bitter die Zeit, die sie verschwendet hatte, als sie mit François de Villeneuve sprach. Wäre sie sofort gekommen und hätte Richard überredet, gleich das Haus zu verlassen, wäre er jetzt wohl schon in Sicherheit.

François hatte recht gehabt, mehr als recht, und dabei waren das Schwierigkeiten, die nicht einmal er vorhergesehen hatte. Richard war nicht nur in den Raub verwickelt. Seine eigenen Komplizen verdächtigten ihn nun auch noch, er habe sie dabei übervorteilen wollen. Im Augenblick schien von diesen bedrohlichen Männern mit den harten Gesichtern eine wesentlich größere Gefahr auszugehen als von den finsteren Henkern, von denen der Franzose gesprochen hatte. Zwei Truhen mit Silber waren offenbar durchs Netz gegangen, als man die anderen abfing, und Sim war der Schlüssel zu ihrem Verbleib. Und zu wem würde Sim wohl sonst gehen, von wem würde er Anweisungen entgegennehmen, wenn nicht von Richard?

Richard seufzte. »Selbst auf die Gefahr hin, mißverstanden zu werden, frage ich noch einmal: Ihr sagt, Sim hatte eine Nachricht für mich über das Silber, das für Rothwell bestimmt war?«

»Ja. Mit Zeit und Ort. Jedenfalls, herzlichen Glückwunsch zu dem Kunststück, mit dem Sie das Boot durchgeschleust haben. Wenn mein Kumpel nicht schwimmen gelernt hätte, wären Sie damit vielleicht durchgekommen. Wir hätten geglaubt, daß man alles Silber gefaßt hat. Aber so ist das nun mal. Ich bin enttäuscht von Ihnen, Captain, wirklich. Ich hatte gedacht, sie wären ein Mann und würden sich nicht weigern, Ihre Niederlage zuzugeben. Und statt dessen den Harmlosen spielen. Nun los, kommen Sie, sagen Sie uns, wo das Geld ist! Lassen Sie es mich nicht aus Ihnen rausprügeln. Sie sind stark, aber so stark nun auch wieder nicht.«

Richard ließ seinen Blick auf Katherine schweifen und zwinkerte zur Tür. Ohne die Stimme zu erheben, sagte er dann ein so kränkendes Wort, daß Matthew ihn mit kräftiger Hand ins Gesicht geschlagen hatte, noch bevor es verklungen war. Sofort nahmen Samson und ein zweiter Mann Richard in dic Zange. Er versuchte gar nicht, sich zu bewegen, sondern verharrte geduldig zwischen seinen Bewachern. »Ich weiß nicht, wo das verdammte Silber ist«, sagte er leise.

Mit gieriger Miene trat Billings einen Schritt vor. John Mason versuchte wie ein Wilder, sich freizukämpfen, aber ohne Erfolg. Was konnte sie hier schon ausrichten?

»Gott, Matthew«, sagte Richard mit erhobenen Augenbrauen und einem Lachen in der Stimme, »es ist eine Schande, daß du so dumm bist.«

Diesmal trafen ihn zwei Schläge, und nur die stützenden Hände verhinderten, daß er zu Boden ging. Blut quoll aus seiner Wange. Katherine wich zurück an die Bücherregale und packte das schwerste Buch, das sie zu fassen bekam, ohne sich umzudrehen. Niemand achtete auf sie.

Billings fingerte mit einem Messer herum und rief: »Gebt's ihm, dem Schweinehund! Das wird ein Spaß. Der wird bald singen.« Er hatte sich inzwischen von der Tür entfernt.

Richard hob seinen zerschundenen Kopf. »Sieh zu, daß wir uns nicht noch einmal begegnen.«

Matthew packte in sein dichtes Haar und riß ihm den Kopf schmerzhaft nach hinten. »Sim hatte die Nachricht, und wir wissen alle, was der Junge Ihnen bedeutet. Er würde nie zu jemand anderem gehen. Ich verwette mein Leben, wenn wir suchen würden, würden wir ihn hier finden. Womöglich sogar unter Ihrem Bett.« Ein unangenehmer Unterton war in seine Stimme gekrochen. Richard stöhnte unter dem harten Griff. »Soviel Zeit können Sie gar nicht gehabt haben, seit der Junge zu Ihnen gekommen ist. Also los, Captain, sagen Sie uns, was Sie damit gemacht haben.« Plötzlich hatte er ein Messer in der Hand, das er dicht an Richards Kehle hielt. Genau im richtigen Augenblick schleuderte Katherine das Buch dem nächstbesten Mann, der zufällig Samson war, von hinten an den Kopf. Gleichzeitig wand Richard sich wie ein Aal, setzte wirkungsvoll sein rechtes Knie ein, befreite sich und warf den Pokal, den er immer noch in der Hand hielt, dem völlig verblüfften Matthew ins Gesicht.

»Raus«, sagte Richard ohne sonderlichen Nachdruck, und Katherine sprang zur Tür. Billings, der bereits auf Richard zusprang, konnte sie nicht aufhalten. Einer der Männer, die John Mason festhielten, griff nach ihr, als sie vorbeilief, bereute es aber sofort, da Mason nun seinen anderen Bewacher wie ein Bulle brüllend durch die Luft schleuderte und damit den ersten Mann zu Boden warf. Katherine hörte Richard lachen. Noch hatten sie ihn nicht gefangen. Weiß Gott, was sie mit ihm anstellen würden, wenn sie ihn bekamen, was in Kürze der Fall sein mochte. Sie mußte Hilfe holen. Schon hatte sie die Treppe erreicht. Hinter ihr schrie jemand. Sie stolperte, dachte schon, sie würde fallen, konnte sich aber gerade noch fangen. Unten in der Halle fegte sie mit solcher Wucht an Dorcas vorbei, daß die Frau zurücktaumelte. Schritte auf der Treppe zeigten, daß jemand ihr nachjagte. Vor der Tür war es stockfinster, es regnete und stürmte. Mit dem Gedanken an ein Gesicht und einen starken Arm stürzte sie blindlings hinaus.

15

Sie betrieben die Verfolgung nur halbherzig. Einer verängstigten Frau im Regen nachzujagen, brachte kein Gold und Silber ein. Kurze Zeit später erreichte sie keuchend, aber unversehrt die White-Cat-Gasse. Sie stürzte auf die kleine Tür zu und schlug mit den Fäusten dagegen. Als die Tür aufging, fiel sie fast einem livrierten Diener in die Arme, aus dessen Miene Verwunderung, Mißbilligung und schließlich Zorn sprach. Als sie versuchte, sich an ihm vorbeizudrängen, packte er sie unsanft am Arm.

»Oh nein! Was denken Sie sich? Wo wollen Sie eigentlich hin?«

Mühsam rang sie nach Atem. »Ich muß *sofort* Monsieur de Villeneuve sprechen. Mein Name ist Katherine Brecon.«

Der Mann ließ sie los. »Lady Katherine Brecon?«

»Ja. *Ja.* Bitte, ich muß ihn sprechen! Mein Gott, Mann, er hat gesagt, er würde Ihnen Bescheid sagen.«

»Oben.«

Sie lief die Treppe hinauf, gefolgt von dem Diener. Oben führte ein kurzer Flur zu einer kleinen Tür, unter der Licht durchschimmerte. Ohne nachzudenken, stürmte Katherine hinein.

Es war schwer zu sagen, wer erstaunter war, Katherine oder die Männer, die überrascht in ihren Bewegungen erstarrten.

François de Villeneuve stand an einem Tisch, auf dem Silber und venezianisches Glas funkelten. Doch zuerst bemerkte sie ihn kaum. Sie starrte vielmehr auf das Paar, das unmittelbar vor ihrem Eintritt auf einigen Fellen vor dem Kamin mit derben Spielen beschäftigt gewesen war. Sims Gesicht war alabasterfarben, seine Augen wirkten wie der Höllenschlund, als er sie erkannte und in ihrer Miene die ersten Anzeichen von

Begreifen sah. Über ihm kniete ein schlanker, dunkelhaariger Mann, der mit einer Hand seine nackte Haut berührte und mit der anderen in das wirre, rote Haar griff. Für einen Augenblick sah er Richard so ähnlich, daß Katherine schon fürchtete, den Verstand verloren zu haben. Dann fiel ihr ihre Hochzeitsnacht ein, die wilde Jagd durchs Haus und ein Mann in grausilberner Kleidung, der Richard zum Verwechseln ähnlich sah. Fassungslos starrte sie die beiden an. Hinter ihr schloß sich die Tür, und der Diener postierte sich davor. Der Mann am Feuer ließ Sims Haar los, richtete sich lächelnd auf, machte jedoch keinerlei Anstalten. sich zu bedecken. Er war Richard so ähnlich wie vergoldetes Holz dem purem Gold. Niemand hätte sie länger als einen Augenblick verwechseln können.

»Sim«, stieß Katherine schließlich gequält hervor. »Wie konntest du?« Immer noch begriff sie nicht ganz. Der Junge schloß die Augen und wandte das Gesicht ab – er war so bleich wie Richard in jener Nacht, als er zwischen Leben und Tod schwebte. Mit entsetzlicher Vertrautheit legte der nackte Fremde, der neben ihm saß, ihm einen Arm um die Schultern, streichelte ihn zärtlich und sah Katherine dabei herausfordernd an. Mit aufwallender Übelkeit wandte sie sich von dem verworfenen Ausdruck seiner Augen ab und drehte sich zu der schwarz gekleideten Gestalt um, die sie amüsiert, wenn nicht gar verächtlich ansah.

Halb wie von Sinnen ging Katherine wieder zur Tür.

»Nein, Mistreß Katherine, Sie wissen, daß wir Sie jetzt nicht gehen lassen können.« Der Franzose war schon hinter ihr. Sie spürte seine Hand unsanft, aber nur mit einer Androhung von Schmerz in ihrem Nacken. »Wir sind entdeckt, meine nützlichen Werkzeuge und ich. Schade. Sie waren mir nützlicher als Sie.« Er drehte sie zu sich um. »Warum sind Sie gekommen? Hat Richard den Köder nicht gefressen? Haben Sie selbst *darin* versagt? Tod durch Ertrinken geht sehr schnell und sauber, und eines Tages mag es ihm noch leid tun, daß er dieses leichte Ende verschmäht hat.«

Selbst wenn sie gewollt hätte, hätte sie kein Wort über die Lippen gebracht. Als der Griff in ihrem Nacken fester wurde, stöhnte sie auf. Der Mann, der bei Sim am Kamin hockte, knurrte beifällig.

»Antworten Sie.« In seinem Ton lag keine Drohung, nur in dem unnachgiebigen Druck seiner Hand. Sie dachte an Richard, der durch den Verrat eines rothaarigen Jungen verletzt und inzwischen vielleicht sogar schon tot war. Sie wünschte, ihr fiele das häßliche Wort ein, mit dem Richard Matthew bedacht hatte. Durch den Schmerz hindurch wurde ihr klar, daß sie ohnmächtig werden konnte, wenn sie nur intensiv genug daran dachte. Sie sah in die dunklen, klugen Augen auf und hielt den Atem an. Der Franzose lachte und ließ sie so plötzlich los, daß sie beinahe hinfiel. »Es spielt keine Rolle. Was auch geschieht, jetzt habe ich ihn. Schauen Sie nicht so entsetzt, Mylady. Denken Sie nach! Alles paßt wunderbar zusammen. Ich glaube nicht, daß Sie dumm sind, auch wenn Sie oft unbedacht handeln. Sim!« Die schmächtige, angespannte Gestalt auf dem Fell fuhr auf. »Bring unserem unerwarteten Gast ein Glas Wein. Ich denke, sie kann es brauchen.«

Der Junge raffte sich auf wie ein alter Mann. Katherine wandte den Blick nicht von dem Gesicht des Franzosen, als Sim mit einem schönen Glas zu ihr kam, das im Kerzenlicht funkelte und bis zum Rand mit Wein in der Farbe der Sonne gefüllt war. Ein Weilchen hielt sie das Glas in der ausgestreckten Hand, dann öffnete sie die Finger und ließ es zu Boden fallen, wo es unmittelbar vor de Villeneuves Fuß zersplitterte und seine Schuhe und die makellos saubere Samthose befleckte. Er schüttelte den Kopf mit dem Ausdruck liebevoller Nachsicht.

»Katherine, Katherine«, sagte er, und vor Angst sträubten

sich ihre Nackenhaare. »Seien Sie vorsichtig. Wenn ich den Eindruck habe, daß Richard Sie mit seiner eigenen Haltlosigkeit angesteckt haben könnte, sehe ich mich womöglich veranlaßt, Ihnen Manieren beizubringen.«

Der Mann am Feuer, der aussah wie Richard und dennoch anders, warf den Kopf in den Nacken und lachte.

Die Gefangenschaft, die durch den Luxus nur um so qualvoller war, und ihre erbitterte Wut auf ihre eigene Leichtgläubigkeit machten Katherine klar, wie sehr man sie getäuscht hatte.

In der ersten Nacht saß sie schlaflos und fast ohne sich zu regen in dem prunkvollen Schlafzimmer, in dem man sie eingeschlossen hatte, dachte über die Ereignisse des vergangenen Jahres nach.

Gegen jede Vernunft und Wahrscheinlichkeit hegte sie im Laufe der Stunden das dringende Verlangen nach Rache und Wiedergutmachung. Immer wieder wappnete sie sich entschlossen mit Zorn, denn das war der einzige Ausweg aus der Angst, die sonst ihren Untergang bedeutet hätte. Nur in ihrer Phantasie schlug sie den Kopf gegen die Wand und schrie; äußerlich saß sie still und wie versteinert da und baute Stein um Stein an einem Schutzwall, von dem sie hoffte, daß er nicht beim ersten Ansturm zusammenbrechen möge.

Es gab manches, was sie ganz oder zumindest teilweise verstand, doch sehr viel mehr, was sie nicht begriff. Das einzige, was sicher zu sein schien, war, daß sie Richard durch ihre Unwissenheit und Unbedachtsamkeit sehr geschadet hatte. Zweimal hatte sie fast seinen Tod herbeigeführt, hatte als Werkzeug für die gewaltsamen Tode in Rothwell gedient, auch wenn sie nicht die eigentliche Ursache war.

Die ganze Nacht hindurch setzte sie ihren Willen und ihre Kraft daran, die Wut zu schüren: Wut auf den Franzosen, auf Sim und auf sich selbst. Doch die Erinnerung an die Hand des Franzosen in ihrem Nacken und an seine ungerührte Stimme ließ ihr immer noch kalte Schauer den Rücken hinunterlaufen. Er hatte sie mit unverhohlenem Vergnügen angesehen, als die erste Fassungslosigkeit über den Anblick, der sich ihr bot, entsetztem Begreifen wich: Sim, der Bote, Vertraute und Schatten Richards, der einzige, der wußte, wo das Boot war, das das geraubte Gold und Silber nach Rothwell bringen sollte, Sim, nackt in den Armen eines Liebhabers, an den zu denken Katherine sich hartnäckig weigerte. Offensichtlich war es nicht der erste Verrat. Und, wie eine kalte Stimme in ihrem Inneren ihr sagte, war er auch nicht das *einzige* Werkzeug des Verrats. Welches Recht hatte sie, Sim zu verachten?

»Morgen werden Ihre Fragen beantwortet, das verspreche ich«, hatte de Villeneuve gesagt, als er sie recht förmlich die Treppe hinaufführte, »ich freue mich schon darauf.«

Nun sah Katherine zu, wie ein trüber Morgen graute, der genau ihrer Stimmung entsprach, und hegte verzweifelt das kleine Flämmchen ihres Mutes und Trotzes. Ob Richard es erfahren würde oder nicht, sie würde ihn nicht noch einmal enttäuschen.

In der schattigen Fensternische, die zwischen ihr und dem allmählich heller werdenden Himmel lag, spann eine Spinne emsig ihr verzwicktes Netz aus schimmernden, klebrigen Fäden. Katherine beobachtete, wie sie ihre schöne, tödliche Falle baute und sich schließlich in eine Ecke kauerte, um auf ein Opfer zu lauern. Aus einem Impuls, von dem Katherine wußte, daß er kindisch war, beugte sie sich vor und zerriß die hellen Fäden.

Als endlich der Schlüssel im Schloß gedreht wurde, rührte sie sich nicht. Jemand kam ins Zimmer, doch ohne hinzusehen, wußte sie, daß es nicht der Mann war, den sie fürchtete. Die Spinne ging zu dieser Stunde anderen Geschäften nach. Als Katherine den Duft heißer Brühe roch, lief ihr das Wasser im Mund zusammen, denn sie hatte seit mehr als zwölf Stunden nichts mehr gegessen. Ein Diener in makelloser grüner

Livree stand mit einem hübsch gedeckten Tablett vor ihr, auf dem saubere Tischwäsche, Essen und Wein angerichtet waren.

»Monsieur bedauert, daß Sie so lange warten mußten«, sagte er ausdruckslos. »Er ist sehr beschäftigt, wird aber heute abend mit Ihnen speisen. Er bittet Sie, es sich bequem zu machen. Das Feuer wird gleich angezündet, und frische Kleider finden Sie im Schrank. Monsieur fordert Sie auf, alles zu nehmen, was Sie brauchen.«

Sie antwortete nicht und sah ihn auch nicht an. Seine würdevolle Haltung ließ etwas nach. In der Nähe gab es keine Möglichkeit, das Tablett abzustellen, wenn sie es nicht nahm. Für eine Weile blieb er so stehen, dann ging er mit einer Bewegung, die einem Achselzucken nahe kam, zu einem Tischchen und stellte das Tablett ab.

»Nehmen Sie es fort.« Ihre Stimme klang seltsam, und sie räusperte sich. »Nehmen Sie es fort«, wiederholte sie. »Ich esse nichts, was von ihm kommt.«

Der Diener machte keinerlei Anstalten, das Tablett zu nehmen, sondern hob hochmütig die Augenbrauen. Boshaft sagte er: »Wiederholen Sie diese Worte noch einmal, wenn Sie wirklich hungrig sind.« Und damit ging er hinaus.

Einige Zeit später zündete ein junger Bursche das Feuer an, während der Diener, der das Tablett gebracht hatte, an der Tür stand und Wache hielt. Als das Feuer im Kamin knisterte, sagte er mit einer Kopfbewegung zu dem Jungen: »Hinaus.« Der Junge schlüpfte an ihm vorbei, und der Mann warf einen Blick auf das unberührte Essen. »Das wird ihm nicht gefallen«, meinte er. Dann war sie wieder allein.

Um ihre Beine zu strecken und ihr Blut in Bewegung zu bringen, ging sie ein wenig im Zimmer auf und ab. Noch selten hatte sie derart prunkvolle Räume gesehen. Jemand von vorzüglichem Geschmack hatte sehr viel Zeit, Phantasie und ein Vermögen auf Vorhänge, Wandbehänge, Möbel, Spiegel, goldene Kerzenständer und Wandlichte verwandt. Das Bett war ein besonderes Prunkstück, seine Vorhänge hätten dem Palast eines Königs Ehre gemacht: eine sonnenbeschienene Waldlichtung, bevölkert mit Phantasiegestalten, die so lebendig wirkten, als würden sie sich in der nächsten Sekunde bewegen. Das Fenster mit Blick in eine leere Gasse war vergittert. In einem kleinen Schrank fand sie, wie der Diener gesagt hatte, Kleider, die einer Königin würdig gewesen wären: Seide, Satin, märchenhafte Pelze, durchsichtige Nachtwäsche, Schals, Bänder und dazu eine kleine Schachtel voll glitzernder Edelsteine. Das konnte unmöglich der Besitz einer einzigen Frau sein. Die extravaganten Kleider hatten verschiedene Größen, unterschiedliche Stile und Farben. Offenbar entsprach dieser Vorrat den jeweiligen Bewohnerinnen des Schlafzimmers, und mit hoch erhobenem Haupt betrachtete Katherine ihr eigenes dunkles Wollkleid, das voller Flecken, am Saum eingerissen und zerknittert war. Nur einem konnte sie nicht widerstehen: Auf einem Tischchen lag ein schwerer silberner Handspiegel mit passender Haarbürste. Sie löste ihr Haar, das sowieso bereits unordentlich herunterhing, und bürstete es glatt über ihre Schultern nach hinten. Dann bezog sie wieder ihren Posten im Sessel am Kamin und wartete. Ihr war schon ein wenig schwindelig vom Hunger.

Er kam, bevor es völlig dunkel war, groß, finster, voller Autorität und völlig unbeeindruckt von ihrem Schweigen.

»Sie sind albern«, sagte er mit Blick auf das unberührte Essen. »Sie müssen ja halb verhungert sein. Kommen Sie, das Abendessen ist unten serviert.«

Sie rührte sich nicht und schwieg beharrlich.

Er gab sich sehr geduldig. »Katherine, Sie verstehen, glaube ich, Ihre Lage nicht ganz. Sie werden mich nicht um mein Vergnügen bringen, denken Sie das ja nicht. Kommen Sie jetzt, oder muß ich Sie tragen lassen? Meine Männer würden das nur zu gern tun. Allerdings wäre dies weder der leichteste noch der würdevollste Auftakt des Abends, und ich bin sicher, daß es Sims unangenehmem Gespielen, der sich für beiderlei Geschlecht erwärmt und eine unvernünftige Abneigung gegen Sie gefaßt hat, sehr viel Spaß machen würde. Gefällt Ihnen dieser Gedanke?« Schweigen. »Sehr gut.« Er wandte sich zur Tür.

Mit aller Würde, die sie aufzubringen vermochte, stand sie auf. Er betrachtete sie mißbilligend.

»Warum haben Sie sich nicht umgezogen? Hat man Ihnen nicht gesagt, daß andere Kleider bereitliegen?«

»Ich habe es vorgezogen, keinen Gebrauch von Ihrem Angebot zu machen.« Sie hob das Kinn. »Sicher brennen Ihre Männer schon darauf, auch dem abzuhelfen?«

»Führen Sie mich nicht in Versuchung. Kommen Sie.« Er trat beiseite, um ihr den Vortritt zu lassen. »Ich brauche Ihnen wohl nicht erst zu sagen, daß es keine Fluchtmöglichkeit gibt. Es gibt keine Tür und kein Fenster, die nicht verschlossen und bewacht sind. Es gibt auch keine Rettung, also seien Sie nicht so dumm, darauf zu hoffen. Ihre Lage kann so angenehm oder unangenehm sein, wie ich sie gestalte. Fordern Sie mich nicht zu sehr heraus, ich bin nämlich kein sonderlich geduldiger Mensch.«

An allen Türen und Treppen standen die reglosen einheitlich grün gekleideten Diener. Es war einfach, sich allein in einem Zimmer Widerstand auszumalen, aber wesentlich schwieriger, zittrige Beine zu beruhigen und die Treppe hinunterzugehen, ohne die Angst zu zeigen, die den ganzen Tag auf der Lauer gelegen hatte und ihr nun ans Herz griff.

Zu ihrer Erleichterung war unten nichts von Sim oder seinem Gefährten zu sehen. Ein kleiner Tisch war mit demselben glitzernden Kristall und Silber, das sie schon am Abend zuvor bemerkt hatte, für zwei Personen gedeckt. Überall herrschte der gleiche Luxus wie in ihrem Schlafzimmer. De Villeneuve paßte in seiner gewohnt prunkvollen schwarzen Kleidung ebensogut in die Umgebung wie ein Raubtier in den exotischen Dschungel.

Katherine setzte sich steif an den Tisch und wappnete sich gegen den verlockenden Duft des Essens. Solange sie von Dienern umgeben waren, herrschte Schweigen zwischen ihnen. Als de Villeneuve den Wein, der im Licht golden schimmerte, in ein Glas schenkte, klebte ihr vor Durst die Zunge am Gaumen. Er ließ den Anblick und den Geruch des Essens einige Zeit auf sie wirken, bevor er knapp befahl: »Essen Sie.« Die Diener hatten sich zurückgezogen. De Villeneuve nahm sein Kristallglas und trank.

Katherine biß die Zähne aufeinander und rang unter dem Tisch verzweifelt die Hände.

»Man sollte sich nie aus freien Stücken auf einen Kampf einlassen, den zu gewinnen man keinerlei Aussicht hat«, erklärte der Franzose sanft. »Richard würde Ihnen dasselbe raten, wenn er hier wäre. Das ist die oberste Regel. Nehmen Sie sich nichts Unmögliches vor, Katherine, denn Sie schaden nur sich selbst. Sie sind gar nicht imstande, dazusitzen, mir beim Essen und Trinken zuzusehen und selbst nichts zu sich nehmen. Kommen Sie, ich mache es Ihnen leichter. Ich habe Neuigkeiten von ihm.« Sie hob den Kopf und suchte in seiner ungerührten Miene nach Hinweisen. »Ich werde Sie Ihnen erst erzählen, wenn Sie gegessen haben. Kann Sie das nicht zu einem Bissen verlocken?« Sie starrte in das Licht der Kerze, die kaum zwei Fingerbreit neben einer vollen Schüssel stand. »Nachrichten von ihm«, wiederholte er, »aber nur, wenn Sie essen.«

Der stille Kampf in ihrem Inneren war verloren. Sie griff nach der Schüssel.

»So ist es besser. Und wenn Sie versichert sein wollen, daß es heute abend keine Streiche gibt, keine Alpträume und keinerlei Folgen wie bei unserem letzten gemeinsamen Essen, schauen Sie her!« Er griff mit der langgliedrigen Hand, auf der die Narbe prangte, nach ihrem Glas, nippte am Wein und hielt ihr dann das Glas hin. »Wie eine Kaiserin haben Sie heute einen eigenen Vorkoster.«

Sie sah ihn erstaunt an.

»Opium«, erklärte er, »der Freund und Zerstörer, der die Träume bringt. Dieses hübsche Glas ist nicht das einzige, was ich aus Venedig einführe.« Er rückte das Glas ins Licht, bis es funkelte. »Aber für heute abend haben Sie meine Versicherung, daß es nichts anderes als Wein enthält.«

»Opium? An dem Abend im Gasthof?«

Er nickte. »Bei den meisten Menschen ist die Wirkung wesentlich angenehmer als bei Ihnen. Ihr ohnehin schon aufgewühlter Geist hat das, was eine erfrischende und erholsame Erfahrung hätte sein sollen, in einen Alptraum verwandelt.«

Sie dachte für eine Weile nach, erkannte, was er getan hatte. »Aber ich wäre in jedem Fall in Ihrem Bett gelandet?« Es war eigentlich keine Frage.

»Es war eine zu günstige Gelegenheit für einen Schabernack, um sie sich entgehen zu lassen, das müssen Sie zugeben.«

Sie hing ihren eigenen Gedanken nach. »Sie waren im Zimmer, als ich schlief?«

»Ja.«

»Sie haben mit mir gesprochen?« Die Stimme des Wolfes.

»Ja.«

Sie kämpfte gegen den aufsteigenden Zorn an. »Sie haben mir gesagt, daß Joey tot ist.« Ihre Stimme war immer noch fest; sie wollte ihm so wenig Genugtuung wie möglich gönnen. »Tot in einem Graben, haben Sie gesagt. Und es stimmte. Tot. An der falschen Straße.« Sie hatten nicht die Abzweigung in Burntwood genommen, hatte John Mason gesagt, sie waren querfeldein geritten. »Sie wußten, daß er tot war, und Sie wußten, wo er lag. Nachdem ich ihn verlassen hatte, muß er irgendwie in Erfahrung gebracht haben, daß ich in Gefahr war. Er ist mir gefolgt, um mich zu warnen. Und Sie haben ihn getötet.«

»Nicht eigenhändig, natürlich, aber ja, ich war dafür verantwortlich. Meine Männer befanden sich vor Ihnen. Nachdem Sie mir soweit in die Hände gespielt und sich allein nach Rothwell aufgemacht hatten, wollte ich nicht das Wagnis eingehen, daß Sie umkehren. Es lag auf der Hand, daß Sie sich an dieser Abzweigung erkundigen würden, und der Mann war angewiesen, Ihnen die richtige Antwort zu geben. Der Bursche, den Sie in Burntwood zurückgelassen haben, vertrank das Geld, das Sie ihm gegeben hatten. Der Wirt, der seither für seine Dummheit sehr hat büßen müssen, kam mit ihm ins Gespräch. Als der Junge Ihnen folgte, mußten wir ihn aufhalten.«

»Warum? *Warum?*«

Er zuckte die Achseln. »Warum? Weil Richards Stellung in Rothwell zu stark wurde, und er in der Achtung Henry Dudleys und seiner Freunde zu sehr stieg. Er hatte es fast geschafft, das Mißtrauen auszuräumen, das ich mit so viel Zeit und Mühe gesät hatte. Beinahe vertrauten sie ihm. Ich mußte etwas unternehmen, um ihn in Mißkredit zu bringen. Ich hatte mit offenkundigem Widerstreben durchblicken lassen, daß er ein unzuverlässiger, unbeständiger Verbündeter ist, dessen Skrupellosigkeit und zweifelhafte Vergangenheit der Sache nur schaden könnten. Er hatte sich ihr zu meinem Verdruß angeschlossen. Der Angriff auf Rothwell sollte den Anschein erwecken, als ginge es dabei um die Begleichung einer alten Rechnung. Als Dudley Richard auf mein Drängen ins Gebet nahm, hatte Richard sein Wort gegeben, daß er keine persönlichen Zwecke verfolgen werde, solange er mit den Exilanten zusammenarbeitete. Ich machte ihn zum Lügner. Als Sim mir von Richards Reise nach Frankreich erzählte, schien mir das die günstigste Gelegenheit. Leider setzten sich ein paar meiner übereifrigen Helfer in den Kopf, den Plan noch einen Schritt weiter zu treiben, und griffen Richards Schiff auf dem Heimweg an. Es war ein Fehler, den ich niemals gemacht hätte, denn ich unterschätze weder ihn noch seine gut ausgebildeten Männer. Ihre Beteiligung war ein kleiner Nebenstreich, ein erfreulicher Einsatz in der Hoffnung, daß er sich irgendwann auszahlen möge. Der Angriff auf Rothwell wäre ohnehin erfolgt, ob mit oder ohne Sie. Sie waren nur ein Werkzeug von vielen ... ein eher persönlicher Schlag. Es hat mir nicht leid getan, daß er den Angriff meiner Männer überlebt hat. Ich hatte ihm früher einmal versprochen, daß er dafür –«, er hob die Hand mit der Narbe – »bezahlen würde, nicht mit Blut, das wäre leicht für ihn, sondern mit Tränen. Damals lachte er. Ich denke aber, daß er nicht mehr lachte, als John Mason aus Rothwell zurückkam und ihm von unserer Tändelei im Essex Crayter berichtete. Und er wird auch nicht lachen, wenn er eines Tages Sim vor Clement auf Knien liegen und um seine Zärtlichkeiten betteln sieht.«

Seine Gehässigkeit war unfaßbar.

»Warum hassen Sie sich so?«

Er kam um den Tisch herum zu ihr, legte einen Finger unter ihr Kinn und schob grob ihren Kopf nach hinten.

»Richard Brecon haßt mich, weil ich vor langer Zeit den Tod des einzigen Menschen verursacht habe, den er wohl je geliebt hat. Thomas. Den Namen kennen Sie ja sicher. Ach, sehen Sie? Damals war Richard zu jung und unerfahren, mich mit meinen Mitteln zu bekämpfen, und zerbrach beinahe bei dem Versuch. Ich machte den Fehler, ihn als ungefährlich abzutun, bemerkte später jedoch meinen Irrtum. Seitdem hat er mir manche Ungelegenheiten bereitet. Ich werde Richard vernichten, weil er meiner Macht getrotzt und es heil überstanden hat. Er ist im Laufe der Zeit raffinierter geworden. Ein hartnäckiger Mann, in seiner Feindschaft ebenso wie in seinem Stolz. Er kennt mich so, wie ich bin – das stört mich nicht, denn ich schäme mich nicht dafür –, aber in Anbetracht meiner Vorgehensweise kann ich es mir nicht leisten, jemanden zum Feind zu haben, der im Besitz von Kenntnissen ist, die er eines Tages möglicherweise beweisen kann. Für die Welt bin ich, wie Sie gesehen haben, weitgehend ein respektabler Mann von hervorragenden Beziehungen, Vermögen, Bildung, erlesenem Geschmack und diplomatischen Neigungen. Vor vielen Jahren entdeckte Richards Freund und Vormund, Thomas Campion, der in meinen Diensten stand, daß dem nicht so ist. Da er keine Vernunft annehmen wollte, hat er dafür gebüßt. In unseren nachfolgenden Händeln hat Richard mich, denke ich, so gut kennengelernt, wie ich mich selbst kenne.«

Der Franzose trat an den Kamin und schaute eine Weile in die Flammen, die sein Gesicht züngelnd erhellten. Schließlich sagte er seltsam sanft:

»In gewisser Weise ist es schade, wenn er stirbt. Es ist, als verlöre ich einen Teil von mir. Wir sind uns ähnlich, er und ich, obwohl er der letzte wäre, das zuzugeben. Wir hätten unschlagbare Verbündete sein können, aber Richard hat die unterschwelligen Freuden des Betrugs nie erkannt und hat zudem die seltsamste Verachtung für Geld – ein besonderer Fehler bei einem Glücksritter. Ich habe ihm oft angeboten, sich mit mir zusammenzutun und eine Art der Rache gegen eine andere einzutauschen. Wäre es nicht eine süße Rache für einen raffinierten Mann, sich an den Fähigkeiten und Talenten seines eingeschworenen Feindes zu bereichern? Ich hätte ihm zu einem Vermögen verholfen, und er hätte mit seinen unnachahmlichen Fähigkeiten das meine verteidigt. Armer Richard! Immer war er mir gegenüber im Nachteil. Ich besitze Einfluß und einen makellosen Ruf, und er hat keines von beidem. Nie hat er begriffen, daß beides käuflich ist, und daß er sich für den Tod von Thomas Campion viel leichter mit Gold an mir hätte rächen können als mit der Klinge, so gekonnt sie auch geführt wird.«

»Vielleicht wollte er es nicht verstehen«, sagte Katherine in plötzlicher Einsicht, »und vielleicht wurzelt Ihr Haß wesentlich tiefer, als Sie meinen oder zugeben wollen. Könnte es nicht sein, daß Sie in ihm Ihr eigenes unverdorbendes Wesen wiedererkennen? Würde das nicht seine Tränen wertvoller machen als sein Blut?« Er wandte sich vom Feuer ab. Es war dumm, ihn zu reizen, aber sie konnte es nicht lassen. »Sie wollen Richard nicht tot sehen, Sie wollen ihn gebrochen sehen, weil Sie es nicht ertragen können, daß er unversehrt ist, und daran würde auch sein Tod nichts ändern. Im Gegenteil. Aber Sie haben sich in ihm geirrt, nehme ich an, und vielleicht müssen Sie noch lange auf Ihre Genugtuung warten. Sie werden ihn weder durch mich noch durch Sim brechen. Dafür liegt ihm nicht genug an uns. Vielleicht ist er Ihnen tatsächlich noch ähnlicher, als Sie glauben. Wenn Sie ihn aufhalten wollen, werden Sie ihn am Ende doch töten müssen.« Sie stockte. »Hat meine Zunge mir nun die Chance verwirkt, die Neuigkeiten zu hören, die Sie mir versprochen haben? Was ist gestern abend geschehen? Wie geht es ihm?«

In de Villeneuves starkem, nachdenklichem Gesicht regte sich kaum ein Muskel.

»Übel zugerichtet, denke ich, aber nicht unheilbar. Was mehr ist, als man von einem der Männer sagen kann, die Matthew Landon mitgebracht hatte. Richard scheint eine besondere Abneigung gegen den Burschen gefaßt zu haben.«

»Billings«, sagte Katherine knapp.

»Ich kenne seinen Namen nicht. Ich weiß nur, daß er gestern abend von der Galerie in Brecon House gestoßen wurde und sich für den Verbleib der fehlenden Silbertruhen nicht weiter interessieren dürfte. Kurze Zeit später trafen andere seiner Männer aus Rothwell ein, die nicht so leicht bereit waren, an die Schuld ihres Captains zu glauben und sich schnell auf seine Seite schlugen. Richard nahm an, daß dort, wo Sim war, auch das Silber lag, überredete sie während des anschließenden Kriegsrats, die Suche nach dem Jungen aufzunehmen. Wie es schon einmal geschehen war. Damals lag mir daran, daß der Junge gefunden wurde. Diesmal werde ich sicher dafür sorgen, daß man ihn nicht entdeckt. Jedenfalls noch nicht. Sie erinnern sich natürlich an das letzte Mal?«

Gehorsam antwortete sie: »Bei unserer Hochzeit.« Sie hatte nicht umsonst die ganze Nacht nachgedacht.

»Ja. Als Sie unter heftigem Erröten von unserer ersten zufälligen Begegnung erzählten. Sie dürften bemerkt haben, daß Richard ein wenig abgelenkt war. Ich vermute, bis dahin war ihm gar nicht aufgefallen, daß Sim fehlte. Vorher hatte es zwischen ihnen einen recht heftigen Zusammenstoß gegeben. Gibt Sims Beziehung zu Clement Ihnen vielleicht einen Hinweis auf die Gründe? Armer Sim. Er ist durch und durch ein Brecon. Er ist in seinen Gefühlen nur wenigen verbunden, diesen jedoch heftig, und wer könnte bei einer solchen Mutter erwarten, daß er Charakterstärke besitzt? Als ich nach einer Waffe suchte, die ich gegen Richard einsetzen könnte, war Sim da, das Heft eines blanken Degens. Ich war ein oder zwei Jahre nicht in Europa gewesen, und bei meiner Rückkehr fand ich in Richard einen veränderten und, wie ich zugeben muß, gefährlicheren Mann vor. In fast jeder Hinsicht hatte er sich verändert, nur nicht in seinem Haß gegen mich. Die Spanier und ihre Inquisition haßt er allerdings ebenso wie mich, und er hatte sich weitgehend aus diesem Grund darauf eingelassen, Flüchtlinge, die an Wyatts Rebellion beteiligt waren, von England nach Frankreich zu schmuggeln – ein Unternehmen, für das er hervorragend geeignet war, da er sich in seinen wilderen Jugendzeiten, wie Ihr Vater herausgefunden hat, an Schmuggeleien anderer Art beteiligt hatte. Als ich zurückkehrte, hatte er sich bei den Exilanten einen gewissen Namen gemacht, obwohl er dummerweise reserviert geblieben war und keinen von ihnen wirklich seinen Freund nennen konnte. Er dehnte seine Tätigkeit auf alle aus, die seitens der Königin oder der Kirche in Gefahr waren, und baute einen Ring auf, der Söldner und Waffen nach Frankreich zu Dudley schmuggelte.«

»Die Männer in Rothwell.«

»Natürlich.«

»Und wo waren Sie zu dieser Zeit?« Wider Willen war sie interessiert.

Er setzte sich erneut ihr gegenüber an den Tisch und strich mit den Fingern über ein schimmerndes Glas. »Meine Geschäfte hatten mich in andere Gegenden geführt«, erklärte er. »Ins Mittelmeer, wo sie sich eine Zeitlang sehr zufriedenstellend entwickelten. Die Art der Türken entspricht meinem Wesen. Suleimans Reich ist voller Gegensätze: Klugheit und Sinnlichkeit, Liebe zu Schönheit und Bildung wie auch ein Hang zu erbarmungsloser Grausamkeit. Die Weltmacht liegt derzeit im östlichen Mittelmeer, was immer die Europäer auch denken mögen, und eine Macht ohne Grausamkeit gibt es nicht. Ich verstehe sie.« Für eine Weile verschleierte sich sein Blick. »Sie sind meine Brüder. Ich bewundere und beneide sie in mancher Hinsicht. Sie sind unverdorben, ihre Form der Knechtschaft ist durchdacht, ihre Frauen sind schön und in jeder Form von Lustbarkeit bewandert. Ihre Kunst spiegelt eine Sinnlichkeit wider, gegen die sich Europa ausnimmt wie ein Viehstall.«

Katherine hatte genug gehört. »Schade, daß Sie nicht dort geblieben sind. Was hat das alles mit Sim zu tun? Abgesehen von der Tatsache, daß Ihre kultivierten Freunde, wie ich gehört habe, seine Leidenschaft für den reizenden Clement vermutlich gutheißen würden. Warum sind Sie nach Europa zurückgekommen?«

»Meine Börse wurde unangenehm leicht. Ich kam des Geldes wegen zurück, warum sonst? Ich besaß nach wie vor Einfluß und Verbindungen, ich hatte schon früher mehrfach ein Vermögen verdient und kam wieder, um erneut meine Taschen zu füllen. Das Leben an jenen Gestaden des Mittelmeeres ist kostspielig. Wenn man mit seinen Gastgebern nicht Edelstein für Edelstein, Festmahl für Festmahl und Extravaganz für Extravaganz mithalten kann, ist die Freude geschmälert. Ich kehrte zurück nach Frankreich und stellte fest, daß das Land überlaufen war von kriegstreiberischen englischen Exilanten, die auf Umsturz sannen. Mit das erste, was ich entdeckte, war, daß die Exilanten beträchtliche Mengen Gold von der französischen Regierung bekamen. Plötzlich befiel mich ein unbändiges Verlangen, ihre Sache zu unterstützen, und so bot ich meine verschwiegenen und, da ich Verbindungen zum englischen wie auch zum französischen Hofe habe, höchstwillkommenen Dienste an. Früher oder später würde sich eine Chance ergeben, meinen Nutzen daraus zu ziehen, so dachte ich.«

»Und dann stellten Sie fest, daß Richard schon vor Ihnen da gewesen war? Das muß ein Schreck gewesen sein.«

»Das war es in der Tat. Unser erstes zufälliges Zusammentreffen gestaltete sich verheerend. Wie Sie wissen, hat Richard eine unverzeihlich scharfe Zunge. Zu seinem Unglück wählte er eine Situation, sie zu benutzen, die für mich wesentlich vorteilhafter war als für ihn. Er schuf sich keine Freunde. Ich dagegen, der Beleidigte, erhielt Mitgefühl und Unterstützung. Ich bot an, mich und meine Hilfe zum Wohle der Sache zurückzuziehen. Aber man bat mich, zu bleiben.«

»Selbstverständlich.«

De Villeneuve lächelte. »Selbstverständlich. Es mag Ihnen im Laufe unserer Bekanntschaft aufgefallen sein, daß ich ein gewisses Talent zur Schauspielerei habe? Aber ich beschloß auf der Stelle, daß so etwas nicht wieder vorkommen durfte. Ich trat noch einmal an Richard heran, in der Hoffnung, daß sein Sinn für Werte sich mit der Zeit verändert haben mochte. Als er dieses Entgegenkommen in einer Weise zurückwies, die nur darauf abzielte, die Feindschaft zwischen uns zu vertiefen, begann ich, mich zu verteidigen und ihn in Mißkredit zu bringen. Richard hatte fürs erste seine Lektion gelernt und würde es ohne Beweis nicht wagen, mir erneut die Stirn zu bieten. Ich beschloß, ihn zu vernichten, bevor er diesen Beweis finden konnte, und ihn derart schlecht zu machen, daß niemand ihm mehr glauben würde, selbst wenn Jesus Christus ihm persönlich zur Seite stünde. Mit Hilfe seines lächerlichen Stolzes, der es ihm, wie Sie ja wohl bemerkt haben dürften, unmöglich macht, sich zu verteidigen, gelang mir das recht gut.«

»Und Sim?«

»Er stand bereit, liebend und hassend, schwach im Fleisch wie auch im Geist. Er steckte bereits in Schwierigkeiten, weil sein Diebstahl Ihren Vater auf Richard aufmerksam gemacht hatte. Ich durchschaute Sim sofort, als ich ihn zum ersten Mal sah. Er bettelt um Gewalt, und hat doch zugleich entsetzliche Angst davor. Er ist gierig bis in sein räuberisches kleines Herz hinein. Ich habe ihm gegeben, wonach es ihn so dringend verlangte, die Gewalt und die Reichtümer. Für beides kam er gekrochen. Sparen Sie sich Ihr Mitleid – das einzige Mal, daß er versucht hat, auszubrechen, war der Tag, an dem Sie ihn gesehen haben, damals, als Sie ihm nach Smithfield gefolgt sind. Der Teufel sorgt für die seinen, wie man sagt, und selbst damit hat der Junge mir einen Dienst erwiesen, obwohl er später für seinen Ungehorsam büßen mußte. Ich traute meinen Augen oder meinem Glück nicht, als ich Sie sah.«

»Sie wußten, wer ich war?«

»Natürlich. Was weiß ich *nicht* über Richard? Ich fand es äußerst amüsant, zuzusehen, wie er in die Ehe gezwungen wurde. Natürlich konnte er Ihren Vater nicht zur Hölle schikken, wie er es sicher am liebsten getan hätte, da alle weiteren Nachforschungen etwas hätten ans Licht bringen können, was wesentlich schlimmer war als Schmuggelei. Von welcher Seite man es auch betrachten mag, Richard ist ein Verräter an seiner Königin und seinem Land, und wie gesagt, darauf steht kein schöner Tod. So nutzte ich die Gelegenheit, die sich mir so unverhofft bot, nicht nur Ihre Bekanntschaft zu machen, sondern Sie mir zu Dank zu verpflichten. Wie muß das an ihm genagt haben!«

Das mochte Katherine sich gar nicht vorstellen. »Und als Richard merkte, daß Sim verschwunden war, ließ er ihn suchen.«

»Und ich sorgte dafür, daß diese Suche Erfolg hatte. Sim wurde gefunden, gehörig bestraft und, mit einer glaubhaften Geschichte versehen, wieder an der Seite seines Herrn postiert.«

»Und seitdem hat er für Sie gearbeitet.«

»Ja. Richards Schatten. Mein Eigentum. Und Sie behaupten, daß ihm das nichts ausmacht. Glauben Sie das wirklich? Glauben Sie wirklich, daß er seine emsige Suche nach einem Mann, der ihm ähnlich genug sah, diesen kleinen Scherz in Ihrer Hochzeitsnacht durchzuführen, nicht bereuen wird? Es paßt zu Richard, sich vor einer öffentlichen Bettung zu drükken. Dachten Sie, diese Rücksicht habe Ihnen gegolten? Die Ironie der Geschichte gefällt mir – Richards Erfolg, Clement zu finden, bedeutete Sims endgültigen Zusammenbruch. Ich kannte Sims Neigungen und seine Gefühle für Richard. Ohne es zu wissen, fand Richard seinen eigenen Ersatz. Sobald ich ihn sah, wußte ich, welchem Zweck Clement dienen würde. Er ist für den Meistbietenden zu kaufen. Seitdem hat Sim mir jede Botschaft, jede Anweisung und jeden Gedanken, den Richard laut ausgesprochen hat, ja sogar jeden schlechten Traum sofort hinterbracht. Und zuletzt die Einzelheiten über die Schatztruhen, die nach Rothwell transportiert werden sollten. Und darin erkannte ich meine Chance.«

»Sie haben den Plan verraten?«

»Nein. Aber ich stehe mit demjenigen in Verbindung, der es getan hat, und ich habe dafür gesorgt, daß das Silber für Rothwell beiseite geschafft wurde, bevor man das andere Boot faßte. Hätten Sie Ihre Rolle gut gespielt und Richard überredet, zu verschwinden, wäre alles reibungslos verlaufen, und ich wäre wieder ein reicher Mann, ohne daß auch nur der geringste Verdacht auf mich fiele. Und für alle und jeden wäre klar, daß Richard, der am Grund des Kanals läge, den Staatsschatz gestohlen und damit entkommen wäre, um nie wieder etwas von sich hören zu lassen. Was sollte man von einem Mann von derart zweifelhaftem Ruf schon anderes erwarten? Nun liegen die Dinge etwas anders, aber ich kann nicht sagen, daß ich darüber sonderlich traurig wäre. Vielleicht ist es letzten Endes sogar besser so. Ich habe Sim und ich habe Sie, und Richard wird nun für mich arbeiten, ob er will oder nicht. Er wird für mich jene belügen und betrügen, die ihm vertrauen. Das ist eine große Genugtuung. Sie sollten etwas von dem Hammel versuchen, bitte.« Er deutete mit dem Messer auf das Fleisch. »Er ist köstlich. Mein Koch ist Franzose. Ich kann mich an das geschmacklose englische Essen einfach nicht gewöhnen. Haben Sie noch Fragen?«

Nur solche, die sie nicht stellen konnte. »Nein.«

»Aber ich habe jetzt ein paar Fragen an Sie. Eins verwirrt mich. Ich habe mir große Mühe gegeben, Sie Richard zu entfremden. Ich wollte John Pargyters Geld nicht gegen mich haben. Ich dachte, ich hätte Erfolg gehabt, vor allem nach der Geschichte mit Rothwell, und ich dachte sogar, daß Sie schließlich zu mir kommen würden. Wie hat Richard Sie wieder auf seine Seite gezogen?«

Plötzlich war Katherine sehr müde. »Richard hat mich während unserer recht sporadischen Bekanntschaft immer wieder aufgefordert, ihn in Ruhe zu lassen. Nur bei dieser einen Gelegenheit hatte er es nicht in der Hand. Er kam von dem Zusammenstoß mit Ihren Männern schwer verwundet nach Hause und war halb tot vom Blutverlust.« Sie sah keine Gefahr darin, ihm das zu sagen.

»Wie entwaffnend von ihm. Noch eine Frage.« Sein Ton hätte sie warnen müssen. »Wissen Sie genau, wer der Vater Ihres Kindes ist?«

Sie sah mit abwesendem Blick in die Kerzenflamme. »Ja.«

»Und weiß Richard es auch?«

Diesmal währte das Schweigen länger. »Nein.«

»Ich werde Sie nicht fragen, woher Sie es wissen.«

»Ich würde es Ihnen auch nicht sagen.«

Er schüttelte den Kopf. »Es spielt keine Rolle.« Er lehnte sich zurück. »Thomas«, sagte er nachdenklich. »Wen wollte Richard damit verletzen außer sich selbst?«

Sie spürte, wie eine Frage in ihr aufstieg, die sie eigentlich nicht stellen wollte.

»Was ist mit ihm geschehen?«

»Mit Thomas Campion? Dem Freund und Mentor, dem galanten, bewunderswerten, ehrenwerten Thomas, der einen Jungen praktisch aus der Gosse zog, in die die Exzesse seines Vaters ihn geworfen hatten, und ihn auf das Leben vorbereitete? Ich habe ihn an die Inquisition verraten, als er in Spanien für mich arbeitete. Man hat ihn verbrannt. Aber vorher hatte Richard noch mit leichtsinnigem Heldenmut versucht, ihn zu retten, und wurde dafür gebrandmarkt.«

Im Kamin loderte das Feuer. Katherine schob ihren Teller von sich. »Ich kann nichts mehr essen.«

Der Franzose betrachtete sie aufmerksam. »Tränen? Für einen Mann, den Sie gar nicht gekannt haben? Ach nein – für Richard natürlich.« Richard, der langsam auf ihr Wochenbett zutrat. *Sein Name ist Thomas.* De Villeneuve streichelte ihr quer über den Tisch mit dem Rücken seiner narbigen Hand sanft die Wange. »Sparen Sie sich die Tränen, Mylady«, sagte er. »Es ist noch nicht vorbei.«

Kurze Zeit später ließ er sie gehen. So müde, wie sie war, konnte ihre Gesellschaft ihm kaum Triumphe und schon gar keine Unterhaltung bieten.

»Wir brechen vor Morgengrauen auf«, erklärte er. »Man wird Sie wecken.«

Sie wollte nicht fragen, wohin er sie zu bringen gedachte,

und von sich aus sagte er es ihr nicht. Wieder begleitete er sie in ihr vergoldetes Gefängnis. Das Schlafzimmer war warm und hell erleuchtet, das Bett gemacht, die Decke einladend zurückgeschlagen, und am Feuer hingen Nachtgewänder zum Aufwärmen. Er lachte über ihren angespannten, abwehrenden Blick.

»Keine Sorge«, sagte er, als könne er mit demütigender Genauigkeit ihre Gedanken lesen. »Ich töte, ich verstümmele, ich steche Augen aus, wenn es meinen Zwecken dient, aber Vergewaltigung gehört nicht zu meinen Waffen. Das sollten Sie inzwischen wissen. Es ist kein Beweis von Männlichkeit, einer Frau Gewalt anzutun. Ganz im Gegenteil. Das, was nur von Wert ist, wenn es aus freien Stücken gegeben wird, verliert jeglichen Wert, wenn man es mit Gewalt nimmt. An dem Tag, an dem Sie sich mir aus freien Stücken anbieten –«, sie wandte sich abrupt von ihm ab, aber er drehte sie wieder zu sich um, »an dem Tag könnte ich es durchaus auf mich nehmen, Sie Dinge zu lehren, von denen Ihr anmutiger Ehemann nicht einmal träumt.«

»Und die Sie ohne Zweifel in den Harems Ihrer türkischen ›Brüder‹ gelernt haben?« Sie legte alle Verachtung, die sie aufzubringen vermochte, in ihren Ton.

»Das entspricht fast der Wahrheit. Doch warum Sie den Gedanken daran so verabscheuenswert finden, begreife ich nicht. Der Harem ist mein eigener. Nicht einmal im Traum würde ich daran denken, in den Harem eines anderen Mannes einzudringen. Denken Sie nicht, ich würde Sie einladen, ihm beizutreten; ich bin mir durchaus noch nicht sicher, ob Sie sich dafür eignen. Aber wenn Sie ehrlich sind, können Sie nicht abstreiten, daß Sie es genießen würden, in meinem Bett zu liegen.« Sie wich vor ihm zurück. »Schlafen Sie gut.«

Das hatte er schon einmal gesagt. Diesmal machte er keinerlei Versuche, sie zu küssen.

Mit einem letzten ernüchternden Lächeln ließ er sie allein.

16

Noch vor Morgengrauen schlichen sie fast ohne Sicht durch einen kalten Nebel die Flußmündung hinab zum Meer. Feuchte Tropfen hingen in ihrem Haar und legten sich wie ein Gespinst auf ihren schweren Umhang. Das Segel hing schlaff, und laut waren die Geräusche des Schiffes, das Knarren von Holz und das Klatschen von Wasser in der verhangenen Stille zu hören. An Bord des kleinen Handelsschiffes herrschte eine Spannung, die nicht nur vom Nebel und dem schmalen Fahrwasser herrührte. Alle sprachen mit gedämpfter Stimme und schauten angespannt über das dunkle, ansteigende Gewässer in einen wabernden, grauen Dunst.

Katherines Hände lagen kalt auf der Reling des Achterdecks. Sie fröstelte. De Villeneuve, der ein wenig abseits neben ihr stand, spürte ihr Zittern.

»Möchten Sie lieber in Ihre Kabine gehen? Da ist es wärmer und behaglicher.«

Sie schüttelte den Kopf. Nebelschleier verhüllten die Takelage, und das Deck war feucht und rutschig. Benommen sah sie ins Wasser, das der Schiffsrumpf weit unter ihr teilte. Bis zu dem Augenblick, als das Schiff ablegte, hatte sie an der Hoffnung festgehalten, daß etwas – oder jemand – ihre Abreise verhindern würde. De Villeneuve hatte sie im Auge behalten, als sie zurückblieb und das kleine Boot nicht betreten wollte, das sie zur *Dolphin* bringen sollte, die unauffällig zwischen den anderen Handelsschiffen auf dem Fluß vor Anker lag.

»Vergessen Sie es, Katherine. Er wird nicht kommen. Er ist viel zu beschäftigt, anderer Beute nachzujagen und jenen zu entkommen, die ihn jagen.« Sim, der bereits im Boot saß, wandte den Kopf. »Er hat keinen Grund, an der Nachricht zu zweifeln, daß Sie gesund und wohlbehalten im Haus Ihrer

Eltern sind. Ich fürchte, er wird keine Zeit haben, das nachzuprüfen, bevor wir unterwegs sind.«

Nun nagte sie an ihrer salzigen Lippe. Ja, er mochte durchaus glauben, daß sie ihn verlassen und sich selbst in Sicherheit gebracht hätte.

Für ihn wäre es besser, wenn es tatsächlich so gewesen wäre.

Sie befanden sich mittlerweile in der breiten Flußmündung, und der Nebel lichtete sich allmählich. Das Schiff krängte leicht unter ihren Füßen, als die Strömung und eine erste Brise es erfaßte. Sim, der ein paar Schritte von ihr entfernt mit jenem Gefährten zusammenstand, dessen Gegenwart Katherine Übelkeit verursachte, stolperte unversehens, doch der Franzose fing ihn mit langem Arm auf, bevor er fallen konnte. Als der Junge zurückwich, drehte de Villeneuve ihn langsam zu sich um. Katherine zuckte angesichts des entsetzlichen Ausdrucks in den Augen des Jungen zusammen: willfährig und angsterfüllt. Clement stand im verhangenen Licht hinter ihm, beobachtete und grinste. De Villeneuve betrachtete für eine Weile das schmale Gesicht prüfend. Sim, der dem Blick nicht standhalten, unter dem eisernen Griff aber auch nicht ausweichen konnte, schloß die Augen. Bei der Bewegung seiner langen, mädchenhaften Wimpern wandte Katherine sich abrupt ab.

»Ich habe Freunde«, sagte die Stimme mit dem Akzent leise, »die würden für dich ein Vermögen geben. Oder für einen wie dich.«

Der Junge atmete scharf ein. Wieder hob sich das Schiff, diesmal stärker, und über ihnen bauschten sich die Segel im Wind. Als de Villeneuve den Jungen losließ, klammerte Sim sich an die Reling wie ein Ertrinkender an einen Strohhalm und sank dann elend in sich zusammen. Clement legte ihm den Arm um die Schultern, und der Junge schmiegte sich an ihn.

»Sim!«

Erschrocken sah der Junge Katherine an. Zum ersten Mal seit jener gequälten, halb begreifenden Frage, als sie ihn mit Clement vor dem Feuer gesehen hatte, sprach sie ihn direkt an.

»Du tätest besser daran, sofort ein Ende zu machen, statt dich weiter der Macht dieser beiden auszuliefern. Ertrinken soll ein schneller und sauberer Tod sein«, sagte sie ausdruckslos. »Sie zerstören dich. Sie benutzen dich, um andere zu zerstören. Wie erträgst du das?« Sie konnte den Anblick der tränenverschwommenen Augen nicht aushalten. »Wenn ich eine Waffe hätte, würde ich dich selbst von deiner Qual befreien.«

De Villeneuve gab einen Laut von sich, der nach einem Lachen klang. In der Brise, die aufgekommen war, löste sich der Nebel immer mehr auf, und es wurde heller. Munter lief das kleine Schiff vor dem frischen Wind und schnitt durch das graue Wasser wie ein Messer.

»Starke Worte«, meinte der Franzose und hielt auf dem schwankenden Deck die Balance. »Wirklich starke Worte. Aber seien Sie nicht zu hart mit dem Jungen, Katherine, wir haben alle unsere kleinen Schwächen.«

Als der Himmel im vollen Morgenlicht erstrahlte, hatten sie die Mündung bereits weit hinter sich gelassen, und die letzten Nebelschleier waren verschwunden. Katherine, unbeeindruckt vom Heben und Senken des Schiffes, blieb an Deck; in der Enge der Kabine hätte sie es nicht ausgehalten. Der Schattenriß der englischen Küste verschwand hinter dem Horizont, und einen trüben Augenblick lang fragte sie sich, wann – oder ob – sie sie je wiedersehen mochte. Als sie sich von der schützenden Küste entfernten, frischte der Wind weiter auf, und das Schiff eilte vor einer stetigen Brise dahin. Katherine hatte bei ihrem Vater genug gelernt, um zu erkennen, daß die *Dolphin* ein hübsches kleines Schiff war, schnell, leicht zu handhaben und angemessen, wenn auch leicht bewaffnet. Sie fragte sich, welchem Zweck es wohl sonst dienen mochte, denn es war kein übliches Handelsschiff. Zu ihrer Erleichterung kümmerte sich niemand mehr sonderlich um sie. De Villeneuve kam und ging, kümmerte sich um seine Angelegenheiten, und Sim und sein Gefährte hatten sich ans andere Ende des Decks, außer Hörweite für sie, zurückgezogen. Sie sprach mit niemandem und ließ sich bewußt von den Bewegungen der *Dolphin* einlullen, bis sie in einem traumähnlichen Zustand war, in dem sie nicht mehr denken mußte und dadurch zumindest einen gewissen Schutz vor ihrem Elend hatte. Ein paar Stunden später rüttelte ein dringlicher Ruf vom Mastkorb sie auf.

Sie sah, wie de Villeneuve auf dem Zwischendeck unter ihr den Kopf hob. Wieder ein Ruf. Befehle erschallten, und ein neues Segel spannte sich über ihr im Wind des Ärmelkanals. Wie ein Vogel flog die *Dolphin* unter knarrenden Planken und Masten dahin. De Villeneuve lief leichtfüßig die Treppen zu Katherine hinauf und schaute in die Ferne.

Weit hinten zeichnete sich undeutlich ein Segel im grauen Morgenlicht ab: ein größeres Schiff, sehr schnell, das stetig aufholte. Katherine trat an die Reling und spürte plötzlich ein Kribbeln.

»Richard«, sagte sie bestimmt.

»Vermutlich.« De Villeneuve starrte auf das Schiff, das sie verfolgte.

»Vielleicht war Ihre Nachricht doch nicht so überzeugend?«

»Möglich. Wie es aussieht, werden wir es bald erfahren. Vielleicht erweisen Sie sich ja als noch besserer Köder, als ich dachte.« Der Kapitän der *Dolphin* trat zu ihnen.

»Die *Sacrette* der Killigrews! Sie kommt schnell näher. Sie hat genug Waffen an Bord, um uns von diesem Königreich ins nächste zu befördern.«

»Er wird sie nicht einsetzen.«

Katherine klammerte sich mit festem Griff an die Reling. »Ich hoffe doch. Ich hoffe, er schießt uns vom Wasser.«

»Derart unvernünftiger Heldenmut steht Ihnen nicht, Katherine. Sie möchten ebenso gern leben wie wir alle. Beten Sie, daß er weiß, daß Sie an Bord sind. Setzen Sie alle Segel, Kapitän, wir versuchen, ihr zu entkommen.«

Von einem Ende des Schiffes zum anderen ertönten Befehle. De Villeneuve richtete den Blick fest auf das Segel in der Ferne, das Katherine schon viel näher erschien. Sie klammerte sich an die Reling, während die *Dolphin* mit spritzender Gischt dahinraste und der Wind in der Takelage heulte. Doch die *Sacrette* kam stetig näher, ein Jäger auf See, der seine Beute witterte.

»Sie ist zu schnell«, sagte der Kapitän so ruhig, als segele er ein Vergnügungsboot auf der Themse. »Hoffe, Sie haben recht mit den Kanonen.«

De Villeneuve antwortete nicht. Auf den unteren Decks wurden bereits kleine Kanonen fertiggemacht, und erst jetzt begriff Katherine, in welcher Gefahr sich die *Sacrette* befand, wenn sie das Feuer nicht erwiderte. Das Kaperschiff hatte sie fast eingeholt. Es sauste übers Wasser, die Kanonen drohend ausgerichtet, die Decks voller Seeleute. Es war unmöglich, eine einzelne Gestalt zu erkennen. Das größere Schiff kreuzte das Kielwasser der *Dolphin*, hielt nach Steuerbord und blieb dabei etwas zurück. Wie ein wildes Tier hüpfte die *Dolphin* vor dem Wind, konnte ihren Vorsprung aber nicht halten. Langsam, aber sicher holte das hochaufragende Piratenschiff wieder auf und lag nun auf Parallelkurs; alle Augen auf der *Dolphin* richteten sich gespannt auf die schwarzen Löcher der Kanonen.

Eine Weile fuhren beide Schiffe weiter, ohne daß ein Schuß fiel. De Villeneuve atmete lang und tief aus.

Plötzlich kamen vom Hauptdeck der *Dolphin* scharfe Kommandos, gegen den Wind gerufen. Katherine fuhr zusammen, als mit beißendem Rauch und Flammen eine Salve abgefeuert wurde, aber die Breitseite geriet zu kurz, Wasser spritzte auf und wurde vom Wind zu Sprühnebel zerstäubt. Das andere Schiff beantwortete das Feuer nicht. Es setzte seinen Kurs neben der *Dolphin* fort, verlor nur etwas an Fahrt.

De Villeneuve schaute angespannt hinüber und fing dabei geübt die heftigen Bewegungen des Schiffes ab. Sim beugte sich gefährlich weit über die Reling und versuchte, die Gestalten an Deck der *Sacrette* zu erkennen. Seine Miene wirkte plötzlich lebhafter und begierig. Unter ihnen und um sie herum zischte die See; das Wetter wurde rauher, und zwischen den Wellenbergen tauchten tiefere Täler auf. Die *Dolphin* stampfte und tauchte unter krachenden Segeln.

»Was haben Sie vor?« klang Clements Stimme ängstlich durch den Wind.

Katherine sah de Villeneuve an. Mehr an sie als an Clement gewandt sagte er: »Sie versuchen, uns aufzubringen, statt zu versenken – das hätten sie schon längst mühelos tun können. Sie werden versuchen, uns zu rammen, schätze ich, um das Schiff zu entern und zu kapern. Bei ruhigerem Wetter hätten sie das wohl auch schaffen können. Aber bei dieser Witterung haben sie nicht mit dem Können von Kapitän Adams gerechnet.«

Wieder donnerte die Kanone der *Dolphin.* Diesmal lag das Ziel näher, aber die *Sacrett* manövrierte bereits. Das große Schiff krängte, legte sich in den Wind und kreuzte auf die Fahrtroute der *Dolphin* zu. Kapitän Adams brüllte Befehle. Drei Männer kämpften mit dem Ruder des Schiffes, und andere sprangen an die Taue. Immer näher kam das Piratenschiff, dessen Decks das kleinere Schiff hoch überragten. Die *Dolphin* schlingerte mit flatternden Segeln. Eine Weile rollte sie, gefangen in einem Wellental, dann hob sie sich wieder, und der Wind nahm sie vom anderen Gang. Die *Sacrette* holte erneut auf, ihr hoher, verzierter Bug spaltete das schäumende Wasser wie eine Axt. Ihre Umrisse verschwammen in Gischt. Sie kreuzte so dicht achtern, daß die *Dolphin* wie ein Korken in ihrem Kielwasser tanzte. Katherine umklammerte die von der Gischt rutschige Reling, dann spürte sie, wie ihr die Füße weggerissen wurden und sie mit einer Wucht auf das Deck schlug, die ihr den Atem raubte. Alles um sie her war nur noch wirres Getöse und spritzendes Wasser. Jemand packte sie am Handgelenk und ließ nicht mehr locker. Mit ihrer freien Hand bekam sie ein teeriges Tau zu fassen und hielt sich krampfhaft daran fest. Sie hörte Sim schreien und sah ihn über das geneigte Deck schliddern. Ein brüllender Mann wurde über die Reling geschleudert, stürzte in die wogende See und verschwand. Dann beruhigte sich alles wieder ein wenig. Immer noch umklammerte eine Hand sie mit stahlhartem Griff. Sie lehnte benommen den Kopf an das Tau und machte keinerlei Anstalten, sich zu befreien.

»Sie kommen, Käpt'n! Sie kommen zurück!«

Das nächste Zusammentreffen sah Katherine nicht deutlich. Wieder rollte und schlingerte die *Dolphin,* wieder ragte die *Sacrette* hoch über ihr auf, diesmal so nah, daß eine Kollision unvermeidlich schien. Sie hörte Sim wimmern. Er lehnte zusammengekauert und mit blutigem Haar am Treppengeländer.

Wieder spie die kleine *Dolphin* Feuer, floh vor der *Sacrette,* schwankte auf berghohen Wellen, bis sie unter kreischendem Protest der Planken und in schwindelerregender Geschwindigkeit ins Wellental tauchte. Es schien unmöglich, dies unbeschadet zu überstehen. Katherine kümmerte es nicht mehr. Als das Schiff erneut krängte, glitten ihre tauben Finger von dem Tau ab, und sie rutschte hilflos über das nasse Deck, bis de Villeneuve sie unsanft wieder zurückriß. Sie spürte die Kanonensalven der *Dolphin* durch die Schiffsplanken, aber den ungläubigen Jubel, der dem folgte, registrierte sie nicht sogleich.

»Wir haben sie aufgehalten!«

Kapitän Adams Stimme übertönte den Wind wie ein Peitschenhieb. Die *Dolphin* nahm ihren Kurs wieder auf, und als Katherine sich auf die Füße kämpfte, lag die *Sacrette* bereits ein gutes Stück achtern; der vollgetakelte Mast war zerschmettert, und das Segeltuch flatterte wie ein gebrochener Flügel im Wind. Sie war nicht allzu schlimm beschädigt, aber mit Sicherheit konnte sie kein Rennen mit der *Dolphin* mehr aufnehmen. Katherine strich ihr nasses Haar zurück und wünschte Kapitän Adams und sein seemännisches Können zur Hölle.

De Villeneuve betrachtete voller Abscheu sein völlig durchnäßtes, verschmutztes Wams.

»Nun«, meinte er nachdenklich, »Richard weiß also, daß Sie an Bord sind. Und da er uns so gezielt abgefangen hat, muß er sich wohl denken, daß wir auf dem Weg nach Calais sind. Gut. Ich würde Ihnen raten, unter Deck zu gehen und sich umzuziehen. Sie sind ganz durchnäßt, und der Wind ist kalt. Ist Sim schwer verletzt?« Mit den letzten Worten hatte er sich an Clement gewandt, der neben dem Jungen kniete. Dieser schüttelte den Kopf. »Kümmer dich um ihn.« De Villeneuve drehte sich um und schaute zur dümpelnden *Sacrette* hinüber. »Vielleicht ist es nur gut, daß wir uns endlich offen gegenübertreten«, meinte er mehr zu sich selbst als zu Katherine. »Richard hat gerade seine erste Lektion bekommen. Das Kommende wird ihn ein für allemal lehren, wer sein Meister ist. Er wird in Zukunft ein nützlicher Diener sein. Es wäre sicher Verschwendung, jemanden kurzerhand zu töten, der die Killigrews überreden konnte, ihr kostbares Schiff unter solchen Umständen aufs Spiel zu setzen. Er hat sich verraten«, sagte er voller Genugtuung. »Er hätte seine Kanonen einsetzen sollen.«

Darauf hatte Katherine keine Antwort. Es war schlicht die Wahrheit.

17

Calais war ein Ameisenhaufen, voller Handel und Betrug. Selbst nach zweihundert Jahren englischer Besatzung war die Stadt in ihrer Loyalität noch gespalten. Katherine war früher einmal mit ihrem Vater dort gewesen, daher kannte sie die geschäftigen Kais und die engen, stinkenden Gassen. Sie wußte auch von den baufälligen, notdürftig geflickten Verteidigungsanlagen und der schlechten Moral, die in der Garnison immer schon herrschte. Die Straßen waren voller englischer Soldaten, die gerade mit dem Earl of Pembroke aus England eingetroffen waren – ein neuer Besen, der dieses Nest voller Häretiker und möglicher Verräter aufkehren sollte. Doch unter der Oberfläche hatte sich nichts geändert: Die Garnison hatte nach wie vor viel zu wenig Soldaten, man war mit den Soldzahlungen im Rückstand, und wie immer wurde hinter verschlossenen Türen über Meuterei geredet.

Einen Monat zuvor hatte der Waffenstillstand von Vaucelles, ein unsicherer, nur mit Mühe eingehaltener Vertrag zwischen Spaniern und Franzosen, die Kämpfe in Frankreich fürs erste beendet. In Calais wimmelte es nur so von geheimen Spähern und Anhängern der französischen Regierung wie auch der englischen Exilanten, doch auch das war eigentlich schon immer so gewesen. Die Stadt war ein kleines, leckendes Pulverfaß, gefährlich angeheizt von ständigen Gerüchten über einen bevorstehenden Angriff der Franzosen. Doch wann hatte es solche Gerüchte nicht gegeben? Nach zweihundert Jahren vernahmen die Bürger von Calais sie mit Vorsicht und gingen weiter ihren Geschäften nach, wenn auch stets in Erwartung des Kanonendonners. Das eigentliche Wunder sei, wie sie mit gallischem Schulterzucken meinten, daß Calais nach einem Jahrhundert der Verschwörungen, der Meuterei und bröckelnder Verteidigungsanlagen nicht schon längst überrannt worden war.

De Villeneuve und seine Begleiter schlängelten sich, eskortiert von Dienern, die ebenso gekleidet waren wie jene in London, durch die belebten Straßen eines Stadtviertels, das Katherine nur wenig kannte. Die Gebäude zeugten von Wohlstand: Kaufmannshäuser mit Stufengiebeln erhoben sich drei oder vier Stockwerke hoch über die ruhigen, gepflasterten Straßen. Hier war es sauberer, und alles strahlte Wohlstand und Vorrechte aus. Hinter hohen Mauern lagen Gärten wie ruhige Weiher in einer Stadt, die nie mit sich im Frieden war.

Vor einem dieser großen Häuser hielten die Reisenden inne. Katherine, die, seit sie die *Dolphin* verlassen hatte von zwei kräftigen schweigenden Dienern eskortiert wurde, folgte de Villeneuve die Stufen hinauf und durch eine imposante Tür und blieb dann erstaunt über den unerwarteten Anblick, der sich ihr bot, stehen.

Der Franzose drehte sich lächelnd um, da er sich der Wirkung seines Hauses durchaus bewußt war.

Von einem Augenblick zum nächsten war sie in eine andere Welt gekommen.

Marmor schimmerte durch Seide und goldenes Gewebe, hoch über ihr spannte sich eine geschnitzte und bemalte Dekke, überall lagen Teppiche und Läufer auf dem gefliesten Boden, und in einem erlesenen vergoldeten Brunnen sprudelte Wasser. Katherine befand sich in einem levantinischen Palast voller Bögen und Kolonnaden, in einem duftenden Paradiesgarten innerhalb der bröckelnden Mauern von Calais. Über den Fliesenboden schwebte ein zierliches, überaus anmutiges Mädchen mit dunkler Haut und vollem Haar in der Farbe einer sternlosen Nacht auf sie zu. Geschmeidig wie ein junges Kätzchen war sie und ebenso zart, gekleidet in hauchdünne, edelsteinbesetzte Stoffe. An Hand- und Fußgelenken trug sie schmale Gold- und Silberreife, die bei jeder Bewegung klimperten. De Villeneuve reichte ihr eine Hand, die sie ergriff und mit einer anmutigen, unterwürfigen Geste an Stirn und Lippen führte. Wenn sie gerade aufgerichtet stand, reichte sie ihm nur bis gut eine Handbreit unter die Schultern.

»Sorah«, sagte er mit einer so sanften Stimme, wie Katherine sie noch nie von ihm gehört hatte, »das ist Katherine. Sie bleibt für eine Weile bei uns. Richte ihr ein Zimmer her.«

Das Mädchen neigte zur Begrüßung den Kopf, sagte aber nichts. Auch Katherine, die sich ihr gegenüber im Nachteil fühlte, schwieg und beantwortete das schüchterne, aber freundliche Lächeln nicht.

»Ich bin sicher, daß ihr beiden gut miteinander auskommen werdet«, meinte de Villeneuve und gab einem Diener, der reglos an der Tür stand, ein Zeichen.

Das Zimmer im zweiten Stock, in das man Katherine brachte, war weniger prunkvoll, als sie befürchtet hatte, und entsprach eher dem, was sie gewohnt war. Über den Rest des Hauses konnte sie das allerdings nicht sagen. Im ersten Stock, über der prunkvollen Halle, lag eine Zimmerflucht, die ebenso fremdländisch eingerichtet war wie die östliche Pracht im Erdgeschoß. Im größten dieser drei Räume standen Diwane mit riesigen Seidenkissen, an den Wänden hingen türkische Teppiche in leuchtenden Farben und mit Fransen und Troddeln, und es lag der gleiche würzige Duft in der Luft, der das ganze Haus erfüllte. Daneben befand sich ein Eßzimmer mit einem langen polierten Tisch, in dessen Platte sich der goldene Kandelaber spiegelte, der den Raum erhellte. Rundherum standen zierliche, geschnitzte Stühle, und auf einem langen, mit aufwendigem Schnitzwerk verzierten Schrank, der fast die gesamte Längswand einnahm, prangten Gold- und Silberwaren und noch mehr von jenem schönen venezianischen Kristall, das Katherine bereits in London gesehen hatte. An der gegenüberliegenden Wand befand sich ein riesiger Kamin mit einem wunderschön verzierten Sims und einer bis zur Decke reichenden Schürze, die ebenfalls reich verziert war.

Obwohl Katherine umgeben vom Wohlstand ihres Vater aufgewachsen war, dem jeder Luxus mittlerweile unverzichtbar war, hatte sie doch etwas ähnliches wie dieses Haus noch nie gesehen. Das höchste Wunderwerk entdeckte sie allerdings erst einige Zeit später: ein gefliestes Marmorbad, in das Sorah sie führte, nachdem sie ihr ihr Zimmer gezeigt hatte. Wie sehr das Mädchen sich über das Staunen der jungen englischen Frau amüsierte, verbarg es höflich. Ein stetiger Fluß warmen Wassers füllte eine rosenfarbene Badewanne und wurde mit duftenden Essenzen angereichert. Recht verlegen lehnte Katherine Sorahs freundliches Angebot ab, ihr zu helfen, und stieg in das warme Wasser. Über eine Stunde entspannte sie ihren zerschundenen Körper, hantierte mit Parfüms und Lotionen und wusch ihr salziges Haar. Lächelnd kam Sorah zurück und brachte ihr ein Gewand in warmen Kleerosa- und Brauntönen, das wesentlich bequemer aussah als ihre eigenen, mittlerweile schäbigen Kleider, die zudem recht beengend waren. So nahm sie es ohne Widerrede an. Erst später wurde ihr allmählich klar, daß sie sich damit in gewisser Weise hatte bestechen lassen. Doch da war es bereits zu spät. Als man sie ins Speisezimmer geleitete und sie das triumphierende Funkeln in François de Villeneuves Blick bemerkte, erkannte sie ihren unwillentlichen Verrat und bereute bitter ihr loses, duftendes Haar und das exotische Gewand.

»Jetzt brauche ich nur noch ein Sklavenhalsband und ein paar Schellen, dann können Sie mich nicht mehr von einer echten Sklavin unterscheiden«, meinte sie, um eine herausfordernde Haltung bemüht. Sie hörte am Klimpern der Silberreife und dem Rascheln von Seide, daß Sorah hinter ihr ins Zimmer gekommen war. Mit anmutiger Grazie trat das Mädchen zu de Villeneuve und grüßte ihn wie zuvor, indem sie seine Hand an Stirn und Lippen führte.

»Unterwürfigkeit ist bei einer Frau eine Qualität, die ebenso wünschenswert ist wie Schönheit«, sagte er. »Es entspricht der natürlichen Ordnung der Dinge, und die Anerkennung dessen zu verweigern, hieße unsere Natur verleugnen. Es gibt noch einiges zu lernen, Katherine. Lernen Sie, solange Sie es noch können.«

Für Katherine war es weder eine fröhliche noch eine behagliche Mahlzeit, trotz der erlesenen Speisen und des prunkvollen Rahmens, in dem sie serviert wurden. Zwei kleine Jungen mit Turban, die ebenso dunkelhäutig waren wie Sorah und in Seide und Satin in Pfauenfarben gekleidet, bedienten sie aufmerksam und ehrerbietig und lasen de Villeneuve jeden Wunsch von den Augen ab. Katherine aß wenig und sprach noch weniger, während ein Gang nach dem anderen serviert wurde. De Villeneuve erging sich in leichter Konversation, gelegentlich auf französisch, meist jedoch auf englisch, das Sorah mit einem Akzent sprach, der angenehm anzuhören war. De Villeneuve ignorierte Katherine und ihr hartnäckiges Schweigen völlig. Sorah versuchte ein- oder zweimal mit besorgter Miene, sie ins Gespräch zu ziehen, doch sie erhielt jedesmal eine Abfuhr.

»Laß sie, kleine Sorah«, sagte der Franzose und bedachte Katherine mit einem Blick, mit dem eine Katze die Maus ansieht, die den Kampf noch nicht ganz aufgegeben hat. »Sie ist ein Kind, und Kinder schmollen nun mal hin und wieder.«

Katherine hatte gerade genug Wein getrunken, um das nicht unwidersprochen hinzunehmen. Sie straffte ihren bereits schmerzlich geraden Rücken. »Sie wird gegen ihren Willen hier festgehalten und hat daher wohl sicher ein gewisses Recht, ihre Häscher nicht auch noch zu unterhalten.«

Darüber lachte er und lehnte sich zurück. »Ich glaube wirklich, Sie sehnen sich nach Verließ und Ketten! Würde es Ihnen die Sache erleichtern? Ist das alles wirklich so schwer hinzunehmen? Wäre es Ihnen tatsächlich lieber, Sie würden geschlagen und müßten hungern? Seien Sie doch ehrlich mit sich, Katherine! Warum weiterkämpfen, wenn der Kampf verloren ist? Sie können nichts tun, können niemandem helfen, der Ihre Hilfe ohnehin nicht annehmen würde. Sein Schicksal liegt nun in seiner Hand. Es gibt manche Annehmlichkeiten hier, Sie brauchen sich nur darauf einzulassen.«

»Auf Annehmlichkeiten kann ich verzichten. Überreife Früchte und aus der Art geschlagene Kinder sind nicht nach meinem Geschmack. Sie widern mich an. Ich bete, daß ich dabeisein darf, wenn Richard Sie irgendwann Stück für Stück auseinandernimmt.«

Der Mann hörte auf zu lachen. »Nun, Katherine, beten Sie lieber, daß Sie sein Ende nicht mitansehen müssen. Sie reizen mich zu Gewalt, und das ist nicht klug. Ich habe nach ihm geschickt. Er wird kommen – das hat er heute morgen mit seinen ungenutzten Kanonen bewiesen –, und er wird unbewaffnet und schutzlos sein. Allein. Ist Ihnen immer noch danach, mich zu reizen?« Sein gleichgültiger Ton machte seine Worte nur noch bedrohlicher.

»Sie haben mich Ihren Haß auf ihn nicht vergelten lassen«, sagte Katherine mit wachsender Furcht, »obwohl Sie es gekonnt hätten. Ich rechne nicht damit, daß Sie ihn nun für ein Fehlverhalten von mir bestrafen.« Sie zögerte, dann sagte sie wie eine Beschwörungsformel: »Sie können nicht sicher sein, daß er kommt.«

Ihr war klar, daß sie den fürchterlichen Fehler gemacht hatte, Zorn und Bitterkeit zu zeigen, wo sanfte Reden und Demut ein anderes Verhalten hätten bewirken können. Sie senkte den Kopf und suchte nach Worten, aber es fiel ihr nichts ein.

»›Bitte‹ und ›ich bitte Sie‹, das sind die Worte, nach denen Sie suchen«, meinte der Franzose hellsichtig. »Könnten Sie sie aussprechen, ohne daran zu ersticken?«

Der ungleiche Kampf war verloren. »Ja«, antwortete sie,

»wenn ich glauben würde, daß es etwas änderte. *Würde* es etwas ändern?«

Lange herrschte Schweigen.

»Ich möchte gerne in mein Zimmer«, sagte sie schließlich. »Bitte.«

»Wenn Sie es wünschen.«

Sie stand auf und ging zur Tür. Als sie die Hand schon auf der Klinke hatte, hielt er sie zurück.

»Katherine.«

Sie drehte sich zu den Gestalten an der schimmernden Tafel um, die in Kerzenlicht gehüllt war.

»Um wen haben Sie die meiste Angst?« fragte er. Sie verließ den Raum, begleitet von ihrem teilnahmslosen Wächter.

Sorah fand Katherine später im Dunkeln sitzend. Sie starrte trockenen Auges ins Leere. Leichtfüßig zündete das Mädchen die Kerzen an und entfachte das glimmende Feuer. Katherine schenkte ihr keine Beachtung. Schließlich kniete Sorah sich unbefangen neben sie und nahm ihre kalten Hände.

»Katherine, man kann ihm nicht trotzen«, sagte sie leise. »Sie tun nur sich selbst weh.«

»Was schlagen Sie vor?« fragte Katherine kühl. »Daß ich zu ihm krieche? Ist das nach seinem Geschmack? Vielleicht können Sie mich ja unterweisen? Hat er Sie deshalb geschickt?«

Sorah setzte sich auf die Fersen. »Er hat mich nicht geschickt.«

Katherine wandte sich ab. »Dann sollten Sie lieber gehen.«

Irgendwo unten im Haus ertönte ein kleiner Gong. Sorah stand auf.

»Kann ich Ihnen noch etwas bringen? Etwas, damit Sie es bequemer haben?« Es war nicht zu leugnen, daß sie es ehrlich meinte. Vorübergehend von sich selbst abgelenkt, betrachtete Katherine sie.

»Ich verstehe Sie nicht«, sagte sie schließlich.

Sorah lächelte. »Nein, sicher nicht. Aber ist das so wichtig? Können wir nicht Freundinnen sein?«

»Freundinnen?« Katherine wußte, wenn sie zu lachen begann, würden ihr die Tränen kommen. Sie schluckte. »Würden Sie mir helfen?«

»Glücklich zu sein, ja. Sich abzufinden und nicht gegen ihn zu kämpfen. Aber niemals, ihm zu schaden.«

Katherine wandte sich wieder von ihr ab. »Er schadet anderen, wo er nur kann und wann er will. Erwarten Sie nicht, daß ich mich zurückhalte, wenn sich je Gelegenheit bietet, ihn leiden zu machen. Er ist nicht mein Herr. Es ist besser, wenn Sie jetzt gehen. Ich nehme an, er wartet auf Sie.« Sie konnte nicht zulassen, daß Sorah ihre Tränen sah.

Als die Tür leise ins Schloß fiel, und Katherine einsamer zurückblieb, als sie es je zuvor in ihrem Leben gewesen war, atmete sie tief und zittrig durch. »Lieber Gott, mach, daß Richard nicht kommt. Mach, daß er nicht kommt«, betete sie inständig.

18

Aber er kam eher, als man ihn erwartet hatte, und sie und Sorah entdeckten ihn.

Hinter dem Haus lag ein gepflegter Hof, den man von den prunkvollen Räumen im ersten Stock aus sah. Er war mit Steinen in zarten Farben gepflastert und nach drei Seiten zum Schutz vor der rauhen Witterung von den Galerien des Hauses umgeben. Im Sommer plätscherten hier drei Brunnen, und Beete standen voller Blumen, doch um diese Jahreszeit waren die Brunnen verstummt, und nur die ersten grünen Spitzen zeigten sich am Boden. Die vierte Seite dieser rechteckigen Anlage war durch eine acht Fuß hohe Mauer abgeschlossen, die derzeit mit laublosem Wein bewachsen war und das Gewirr von Gebäuden verbarg, die zur Bewirtschaftung eines solchen Hauses gebraucht wurden: Ställe, Gesindehäuser und ein Backhaus. Katherine durfte zwar nicht nach draußen, verbrachte jedoch viel Zeit an den Fenstern, die zum Garten lagen. Die Geräusche, die von jenseits der Mauer zu ihr drangen, zeigten ihr zumindest, daß das alltägliche Leben weiterging: Dieses Wissen empfand sie als beruhigend. Sie stellte fest, daß Sorah oft in der friedlichen Stille des Hofes spazierenging – allem Anschein nach waren das ihre einzigen Ausflüge, denn ansonsten verließ sie das Haus nie. Sorah war offensichtlich ebenso eine Gefangene wie Katherine.

Nach zwei endlosen Tagen, die seit Katherines Ankunft in Calais vergangen waren, stand sie am frühen Nachmittag wieder einmal am Fenster und beobachtete Sorah. Sie beugte sich gerade zu einem Blumenbeet hinunter, und ihr pelzbesetzter Umhang streifte den Boden. Katherine sah, wie sie mit einer Hand über die frischen grünen Triebe strich, und sehnte sich plötzlich nach Hause, nach Sicherheit und danach, ihren Sohn im Arm zu halten. Sie seufzte und lehnte sich ans Fenster. Da erregte eine unerwartete Bewegung ihre Aufmerksamkeit. Aus dem Nichts war eine Gestalt über die Mauer vor dem Backhaus geschlüpft und beobachtete nun das kauernde Mädchen. Katherine hätte diese Bewegungen jederzeit und überall wiedererkannt. Sorah hatte ihn noch nicht gehört. Sie hatte den Kopf zur Seite geneigt, und Katherine vermutete, daß sie kleine Melodien mit diesen seltsamen Rhythmen vor sich hinsummte, wie sie es häufig tat. Katherine erkannte genau den Moment, als das Mädchen spürte, daß jemand da war: Seine Hand stockte mitten in der Bewegung, und es erstarrte. Katherine hielt den Atem an. Sorah richtete sich auf und drehte sich zu ihm um. Katherine war klar, daß sie nur zu rufen brauchte, und sofort würde der Hof nur so wimmeln von de Villeneuves Dienern.

Der Mann breitete seine leeren Hände vor sich aus. Die beiden Gestalten gingen aufeinander zu. Katherine ballte die Fäuste und hätte einen Tag ihres Lebens dafür hingegeben, zu hören, was die beiden miteinander sprachen. Sorah hob den Kopf, um dem Mann ins Gesicht zu sehen, und lächelte plötzlich, während Richard so entspannt, als befände er sich in seinem eigenen Garten, eine leichte, höfliche Verbeugung machte, Sorahs Finger ergriff und ihre Hand küßte. Dann zog er etwas aus seinem Gürtel und legte es ihr in die Hand.

Katherine traute ihren Augen nicht. Blumen? Was für ein Spiel trieb er diesmal? Mit ihrer ganzen Willenskraft wollte sie ihn zwingen, zu ihr hinaufzusehen, wagte aber nicht, ans Fenster zu klopfen, aus Angst, auch die Aufmerksamkeit anderer auf sich zu lenken. Sorah hob die Blumen an ihre Wange. Noch einmal beugte sich Richard flüchtig über ihre Hand und ging dann schnell zurück zur Mauer. Mit einem Satz schwang er sich hinauf, hob eine Hand zum Gruß und war verschwunden.

Sorah stand noch eine Weile reglos da, den Blumenstrauß

immer noch an ihr Gesicht gepreßt. Vielleicht lauschte sie ebenso wie Katherine auf den Schrei, der bedeuten würde, daß man ihn entdeckt hatte. Dann drehte sie sich um und verschwand unter der Galerie, die ins Haus führte.

Trotz ihrer brennenden Ungeduld mußte Katherine bis zum Abendessen auf eine Erklärung für diese seltsame Szene warten. Ein Blick in de Villeneuves Miene zeigte ihr, daß Richard sich mit dieser jüngsten Eskapade keine Gunst erworben hatte. Auf dem Tisch lag ein kleiner Strauß blasser Schlüsselblumen und eine fein säuberlich geschriebene Mitteilung.

»Wie es scheint, will Ihr Mann uns im Laufe des Abends mit seiner Gegenwart beehren.« De Villeneuve nahm die Blumen, betrachtete sie und warf sie wieder auf den Tisch. »Wie üblich hat er Zeit und Kraft verschwendet.«

»Ich weiß. Ich habe es gesehen.« Sie stockte. »Er hätte ihr etwas antun können.«

De Villeneuve sah mit kaltem Blick von den Blumen auf. »Darauf weist er selbst geflissentlich hin, falls ich es nicht begriffen haben sollte. Er meint, als Gegenleistung für seine galante Geste sollte ich Sie freilassen.«

Katherine schwieg.

»Nun?«

»Ich nehme an, er fand, es sei einen Versuch wert«, sagte sie vorsichtig.

»Nein.« Der Franzose befingerte die Schlüsselblumen und pflückte nacheinander die Blütenblätter ab. »Im Gegenteil, er wußte genau, daß es so nicht geht. So einfältig ist er nicht. Nein, entweder war es ein bewußter Versuch, mich herauszufordern – was ihn tatsächlich zum Narren stempeln würde –, oder ein Ausflug, um die Schutzvorrichtungen des Hauses zu erkunden.«

»Die erheblich zu wünschen übrig lassen«, konnte Katherine sich nicht verkneifen zu sagen.

»Richtig. Aber wie üblich hat er seinem Hang zur Übertreibung allzu sehr nachgegeben.« Er schnippte nach den verstreuten Blütenblättern. »Ich frage mich, ob er das Wagnis ebenso lohnend gefunden hätte, wenn Sorah ein zahnloses altes Weib gewesen wäre. Ich versichere Ihnen, es wird ihm nicht noch einmal gelingen, über diese Mauer zu kommen. Ich habe zusätzliche Wachen aufgestellt. Das Loch, das er entdeckt hat, ist sorgsam gestopft worden, und nicht einmal eine Maus könnte jetzt noch hindurchschlüpfen. Er hat mir also einen Dienst erwiesen.«

Sie warf einen Blick auf das Briefchen. »Er kommt heute abend?«

»Ja.«

»Darf ich ihn sehen?« Es gelang ihr nicht ganz, die Frage beiläufig klingen zu lassen.

De Villeneuve klopfte nachdenklich auf den Tisch. »Ich habe mich noch nicht entschieden.«

Sorah, die bislang geschwiegen hatte, machte eine leichte Bewegung, sagte aber immer noch nichts. Katherine wußte, daß sie nicht auf einer Zustimmung bestehen konnte, und stocherte in ihrem Essen herum.

»Ich nehme an, Ihnen ist aufgefallen, daß dies ein sehr altes Gebäude ist«, meinte de Villeneuve unvermittelt. »Früher war es ein Nonnenkloster. Ich habe es gekauft, weil es sich bestens für meine Umbaupläne eignete, die sich in einem gewöhnlichen Haus wesentlich schwieriger hätten verwirklichen lassen.«

Katherine wartete ab.

»Dieser Raum ist ein Teil der früheren Marienkapelle.« Er deutete auf eine Wand, die mit einer reich verzierten Holztäfelung versehen war. »Da oben war die Krankenstation. Mittlerweile haben die Räume eine fröhlichere Bestimmung gefunden. Sie gehören Sorah.«

»Ach«, meinte Sorah, die plötzlich begriff, worauf er hinaus wollte.

»Und?« fragte Katherine, die überhaupt nichts verstand.

»Das Kloster gehörte einem sehr strengen Orden an«, erklärte er. »Krankheit war keine Entschuldigung, die Gebetsstunden nicht einzuhalten. Zwischen der Krankenstation und der Kapelle gab es einige Guckfenster, damit die bettlägerigen Schwestern nicht auf ihre Dosis himmlischer Übungen verzichten mußten. Eins dieser Fensterchen existiert noch.«

»Und es würde Sie amüsieren, zu wissen, daß ich mich dahinter befinde, während Richard nichts davon ahnt?«

»Ja«, sagte er, »können Sie der Versuchung widerstehen?«

»Nein«, antwortete sie und haßte sich dafür.

»Ich erwarte natürlich, daß Sie sich zurückhaltend benehmen.«

»Das werde ich.«

»Sehr gut. Sorah führt Sie hin.« Er winkte ab, als man eine Platte mit gewürzten Früchten servierte, und stand auf. »Ich wünsche Ihnen eine angenehme Abendunterhaltung.«

Katherine saß in Sorahs extravaganten duftenden Räumen und wartete.

»Was halten Sie von ihm?« fragte sie.

Sorah, die bisher sehr still geblieben war, hob fragend die Augen.

»Wie fanden Sie Richard?«

Sorahs perlmuttfarbene Zähne schimmerten. »Er hat eine gewählte Sprache.«

»Das würden nicht alle von ihm behaupten.« Katherine spielte mit einer golden glänzenden Troddel. »Warum haben Sie nicht um Hilfe gerufen?«

»Ich hielt es nicht für nötig. Er hat mich nicht bedroht. Und was ich von ihm hielt – ich fand ihn sehr ... eindrucksvoll. Ist er so beunruhigend, wie er aussieht?«

»Wenn er beunruhigend aussieht, so ist er es auch«, meinte Katherine finster. »Es überrascht mich allerdings, daß er *Sie* beunruhigt hat.«

»Das habe ich nicht gesagt. Er war die Höflichkeit in Person. Die Gefahr, die ich sah, galt nicht mir, sondern ihm selbst.«

»Und haben Sie zu diesem Umstand eine Meinung?« fragte Katherine. »Vergeben Sie Monsieur de Villeneuve, was er tut? Er hält mich hier mit Gewalt gefangen, er ist im Begriff, Richard gegen seinen Willen zu zwingen, für ihn zu arbeiten, und er hat Freund und Feind gleichermaßen betrogen. Haben Sie dazu keine Meinung?«

Ohne Zögern antwortete Sorah: »Ich verzeihe nicht und ich verurteile nicht. Das steht mir nicht zu.« Unten aus dem Speisezimmer drang jetzt eine laute Stimme, dann ein scharfer, heftiger Schlag, gefolgt von einem Poltern.

Katherine lief an das Guckfenster, einem langen schmalen Schlitz in der Wand, durch den man den größten Teil des Eßzimmers unten überblicken konnte. Sim lag auf dem Boden. De Villeneuve hatte ihn offensichtlich wütend gegen die Wand geschleudert. Sim hob einen Arm schützend vor sein Gesicht, als der Franzose zu ihm kam und ihn am Kragen auf die Füße zog. Im Kerzenlicht glänzte sein Gesicht rosig golden; doch obwohl es tränenüberströmt war, wies es auch Spuren eines verängstigten Trotzes auf. Auf einer Wange leuchtete der Abdruck von de Villeneuves Hand. Der Mann schüttelte ihn wie ein Hund eine Ratte, bis seine Zähne klapperten.

»Bürschchen! Du glaubst, du hast eine Wahl?« Der Kopf des Jungen schnellte schmerzlich nach hinten, und als de Villeneuve ihn losließ, fiel er auf ein Knie. Noch bevor er aufstehen konnte, packte der Franzose ihn fest an der Schulter und hielt ihn unten. »Du wirst mich heute abend bedienen. Auf Knien wirst du mich bedienen, und wenn nicht, dann habe ich keine Verwendung mehr für dich. Du bist hier ersetzbar.« Seine Hand wanderte von der Schulter des Jungen hinauf in sein flammendrotes Haar und zerzauste es mit grausamer Zärtlichkeit. »Hat Clem dir genügend Schliche beigebracht, einem fetten Türken mit nachlassenden Kräften zu gefallen? Du würdest mir eine volle Börse einbringen, falls ich mich je entschließen sollte, das zu nutzen. So oder so wirst du mir von Nutzen sein, entweder in Form von Genugtuung oder in Form von Gold. Und das ist die einzige Wahl, die dir bleibt. Wofür entscheidest du dich?«

Der Junge murmelte etwas. De Villeneuve legte ihm einen Finger unter sein Kinn, hob das zerbrechliche, tränennasse Gesicht ins Licht und grinste über die unglaubliche Ähnlichkeit, die Übelkeit in Katherine aufsteigen ließ.

»Ich verstehe dich nicht.«

»Ich werde Ihnen dienen.«

»Auf Knien.«

Sim schluckte ein Schluchzen hinunter. »Ja.«

Sein Peiniger betrachtete ihn mit nüchterner Verachtung. »Halte dich daran, Kleiner. Die Türken warten auf dich.« Sim senkte den Kopf und schluchzte still in sich hinein.

In einer Aufwallung angsterfüllten Zorns wandte Katherine sich von dem Fensterchen ab.

»Was ist?« fragte Sorah.

»Anscheinend hat Monsieur de Villeneuve vor, heute abend jemanden zu foltern«, sagte Katherine in bemüht ausdrucklosem Ton. »Ich hoffe, Sie haben einen starken Magen. Wie es aussieht, wird viel Blut fließen.«

Richard ließ sich Zeit.

Die Kerzen in den Kandelabern waren bereits halb heruntergebrannt, das Feuer schon nachgelegt, und François de Villeneuve saß immer noch in seinen schweren, schwarzen Gewändern mit Gold- und Silberstickerei am Kopfende des polierten Tisches. Er nutzte die Zeit als Übung für Sim. Neben ihm auf dem Tisch stand ein kleiner Gong. Wann immer es nötig war, ließ er ihn ertönen, und dann kam Sim schweigend durch den Raum, schenkte das leere Weinglas nach und reichte es dem Franzosen auf einem Knie. Nach der ersten Stunde gab Katherine ihr Mitleid mit Sim auf und machte sich statt dessen Sorgen, wie oft er nachschenken mußte: zweimal, dreimal, viermal. Auch ohne Alkohol war der Franzose schon gefährlich genug.

Richard kam immer noch nicht.

De Villeneuve lehnte sich zurück, streckte die langen Beine aus und betrachtete brütend die Tür am anderen Ende des Raumes.

Als sie schließlich aufging und Richard eskortiert von zwei Wächtern hereinkam, die ihn weit überragten, rührte der Franzose sich nicht von der Stelle und änderte auch seine Miene nicht.

Richard war festlich gekleidet. Seine Eleganz übertraf sogar noch die dieser Umgebung. In burgunderrotem Samt, der in den Schlitzen mit cremefarbener Seide unterlegt und abgesetzt war, einen kurzen Umhang in denselben Farben modisch über eine Schulter drapiert und einen Hut mit weicher Feder in der Hand, stand er da und lächelte ruhig und freundlich. Sein Auftreten war ein einziger Affront, und Katherine sank der Mut.

De Villeneuve musterte ihn nachdenklich. Richard ließ den Blick mit allen Anzeichen von Zufriedenheit über sich ergehen.

»Ein Pfau hat nur seine Federn, um die Welt zu beeindrukken«, kam es schließlich scharf und mit deutlichem Akzent. »Nehmt ihm seinen Degen ab.«

Sobald einer der Wächter mit ausgestreckter Hand neben Richard trat, erfaßte dieser sie und schleuderte den Mann mit einer Drehung gegen seinen Kumpanen. Als die beiden ihr Gleichgewicht wiedergefunden hatten, funkelte Richards Degenspitze zwischen ihnen, züngelte wie ein Schlangenkopf zwischen ihnen hin und her. Er schüttelte traurig den Kopf.

»Wirklich, François. Besser können Sie es nicht?«

Die Männer schauten verstohlen von der drohenden Degenspitze zu de Villeneuves regloser Miene und wieder zurück. Richard hob die Augenbrauen. »Ihr könntet beide tot sein«, sagte er freundlich, dann drehte er mit einer flinken Bewegung die Waffe herum und reichte sie ihnen mit dem Heft zuerst. »Paßt auf, daß ihr euch nicht schneidet.«

Mit einem Brummen nahm einer der Wächter ihm den Degen ab.

»Durchsucht ihn.«

»Ist das nötig? Sie wissen, wie schmutzige Hände dem Samt schaden können, und dieser hat ein Vermögen gekostet.« Unvermittelt grinste Richard. »Obwohl natürlich nur wenig davon aus meiner eigenen Tasche stammte. Sucht nur.« Er hob beide Arme.

Die Wächter förderten keine weiteren Waffen zutage.

»Ich habe den Degen nur getragen, weil er zur Schnalle meines Hutes paßte«, erklärte Richard. »Würden Sie jetzt bitte Ihren Affen sagen, daß sie ihre Hände von mir lassen sollen? Sie machen mich nervös.«

Endlich richtete de Villeneuve sich auf und gab den Wächtern ein Zeichen, worauf sie von Richard abließen – aber in Reichweite stehenblieben, wie Katherine feststellte.

Eine Weile lang herrschte Schweigen.

»Sie können ebenso lästig sein wie eine Frau«, meinte der Franzose schließlich. Richard lächelte, gab aber keine Antwort. De Villeneuve hob seine kräftige, geschlossene Faust. Die flackernden Fackeln an der Wand warfen zuckende Schatten ins Zimmer. »Ich habe Sie in der Hand. Daran kann ihre gesamte gespielte Tapferkeit nichts ändern, und das wissen wir beide. Auch wenn Sie weiter auf Ihren Scharaden bestehen, Richard, denken Sie an die Bußen, die ich Ihnen abverlangen kann, wenn Sie mir trotzen.«

»Wenn ich daran nicht gedacht hätte, wäre ich vernünftigerweise nicht hier. Wo ist Katherine?«

De Villeneuve überhörte seine Frage. Er griff nach dem Weinglas, das vor ihm auf dem Tisch stand, leerte es und schlug den Gong an. Die Tür öffnete sich, doch Richard drehte sich nicht um. Katherine sah Sim zögernd auf die beiden Männer zugehen; er starrte den schwarzen Samtrücken an. Als der Junge, der in seiner Pagenkleidung noch zierlicher wirkte und dessen eine Gesichtshälfte dunkel unterlaufen war, an Richard vorbeiging, verlagerte dieser sein Gewicht leicht von einem Fuß auf den anderen. Sim sah ihn nicht mehr an. Er trat an den Tisch, schenkte den Wein ein, sank anmutig auf ein Knie und reichte de Villeneuve das Glas. De Villeneuve machte keinerlei Anstalten, es zu nehmen. In die Stille hinein knackte das Feuer. Niemand rührte sich. Der Junge begann zu zittern, wie an seinem ausgestreckten Arm deutlich zu erkennen war. Das Licht der Kerzen und des Feuers erhellte die starken, kantigen Züge des Franzosen und schimmerte auf dem silbernen und goldenen Zierrat seiner Kleidung. Er sah Richard an. Sim war bis an die Haarwurzeln errötet, und als der Mann vor ihm immer noch keine Anstalten machte, das dargebotene Glas zu nehmen, sank sein Arm ein wenig ab, und das Glas neigte sich leicht.

Richard brach das Schweigen unmittelbar, bevor der Junge zu schluchzen anfing. Seine erhobene Hand war gewissermaßen ein Eingeständnis seiner Niederlage.

»Kümmere dich nur um dich selbst, Sim. Um meinetwillen brauchst du nicht zu leiden. Jede Strafe, die angebracht sein könnte, ist durch deinen Anblick schon ausgeführt. Ich bin zu einem großen Teil schuld an deinem Leid. Das bedauere ich. Ich bin kein sonderlich rücksichtsvoller Mann. Ich habe nicht versucht, dich zu verstehen, und habe dich immer noch als Kind gesehen.«

Beim Klang seiner Stimme überkam den zitternden Jungen eine seltsame Ruhe. De Villeneuves Miene verhärtete sich vor Wut. Mit einer plötzlichen Armbewegung schlug er Sim seitlich zu Boden. Der Wein ergoß sich auf einen Teppich.

»Das ist keineswegs erstaunlich, wenn man sein Aussehen bedenkt«, sagte er und betrachtete Richard von Kopf bis Fuß mit beleidigendem Blick. »Aber die Bälger Ihres Vaters sind alle nicht für ihre Größe berühmt.«

»Stimmt.« Richard legte den Kopf etwas zur Seite. »Aber ich war immer der Ansicht, daß wir angesichts unserer anderen Vorzüge auf Muskelkraft durchaus verzichten könnten. Wenn Sie mich beleidigen wollen, müssen Sie sich schon mehr Mühe geben, François. Mein Vater steht über Ihren Beleidigungen, und meinen Bruder und mich –«, Sim hob den Kopf, aber Richard sah ihn nicht an. »Meinen Bruder und mich treffen Sie damit nicht. Steh auf, Sim.«

Der Junge schickte sich an, aufzustehen, aber de Villeneuve war schneller. Er sprang auf, drückte mit einem Fuß den schmächtigen Arm des Jungen zu Boden und sagte mit gespielter Sorge: »Wo denken Sie hin! Er könnte verletzt sein. Ich rufe jemanden, der ihm hilft. Clem!«

Sim setzte sich zur Wehr. »*Nein*!«

Die Tür am anderen Ende des Raumes ging auf, und leichte Schritte auf dem Fliesenboden zeigten Clements Kommen an. Als er versuchte, an Richard vorbeizuschlüpfen, packte dieser ihn fest und schleuderte ihn herum. Einen Augenblick lang starrte Richard in das verdorbene Gesicht, das seinem eigenen so merkwürdig ähnlich sah, und falls de Villeneuve schnell genug war, es zu bemerken, so durfte er triumphieren. Richard wich zurück, als habe er sich verbrannt. Sim hatte seine Gegenwehr aufgegeben und lag reglos am Boden, den Kopf in den Armen vergraben.

»Clement«, sagte der Franzose beiläufig, »nimm ihn.«

Clement ging zu Sim und hob ihn mit einer flinken Bewegung auf wie ein kleines Kind. Sim wehrte sich nicht. Mit einem lasterhaften Grinsen hob Clement den Jungen höher und küßte ihn auf den offenen Mund. Richards Gesicht war im flackernden Licht kreidebleich. Mit einer Kopfbewegung deutete de Villeneuve auf die Tür. Richard rührte sich nicht und zuckte mit keiner Wimper, als Clement, den fast besinnungslosen Jungen auf den Armen, an ihm vorbeiging und das Zimmer verließ. De Villeneuve begab sich wieder zu seinem Stuhl, setzte sich, stützte die Ellbogen auf den Tisch, faltete die Hände und betrachtete aufmerksam das Gesicht des Jüngeren.

»Es muß einen Grund geben, weshalb Sie Ihre beträchtlichen Kräfte und Ihren Erfindungsreichtum auf andere richten, obwohl Ihr meistgehaßter Widersacher persönlich in Ihrer Gewalt ist«, sagte Richard schließlich mit unverhohlener Überheblichkeit, die als einziges auf seine unterdrückte Wut hindeutete. »Ich bin gekommen, um über Gold und Silber und über Katherine zu sprechen. Also reden wir und kommen zu einem Ende, bevor ich mich versucht sehe, der Welt einen Gefallen zu tun und die Folgen in den Wind zu schlagen. Ich frage Sie noch einmal: Wo ist sie?«

»Glauben Sie, daß Sie in der Lage sind, Forderungen zu stellen?«

»Nein. Ich stehe Ihnen zur Verfügung, werde singen oder tanzen, ganz wie Sie wünschen. Aber zuerst will ich sie sehen. Jeder Esel will auch erst die Möhre sehen. Esel haben kein sonderliches Vertrauen in die Versprechungen eines Menschen, und wer wollte es ihnen verübeln?« Mit jedem Wort erlangte er zusehends seine Fassung wieder. »Ich kenne Ihre Gewohnheiten und Ihre Freunde gut genug, um zu wissen, daß die Gefahr, in der sie schwebt, nicht unbedingt ihrem Leben gilt. Ich möchte von ihr hören, daß sie sicher und wohlbehalten ist.«

»Und Ihr Bruder, der Bankert, der weder das eine noch das andere ist?«

Richard zuckte die Achseln. »Er ist ebensowenig mein Hüter wie ich der seine. Er hat seine Laster und ich habe meine. Wenn man bedenkt, wessen Blut in unseren Adern fließt, ist das wohl nicht erstaunlich. Hat er es gewußt?«

De Villeneuve betrachtete seine gepflegten Fingernägel. »Ich glaube, wie viele andere hier, hielt er sich für Ihren Sohn.«

»In diesem Fall wage ich, zu behaupten, daß der heutige Tag ihm trotz seiner derzeitigen Schwierigkeiten eine gewisse Erleichterung gebracht hat«, meinte Richard gleichmütig. »Ist der unterhaltsame Teil des Abends nun beendet? Ihre türkischen Freunde wären enttäuscht von Ihnen, François. Nach allem, was ich höre, sind ihre Messer wesentlich schärfer.«

Katherine stöhnte oben an ihrem Fenster auf. Warum? Warum tat er das nur?

»Ihre Überheblichkeit ist Ihre am wenigsten gewinnende Eigenschaft«, meinte der Franzose und stand auf. »Solange Sie in meinen Diensten stehen, werden Sie sie zügeln müssen. Diese … Unterhaltung, wie Sie es nennen, diente lediglich dazu, Ihnen zu zeigen, daß einer Ihres Blutes bereits weiß, wer sein Meister ist.«

Richard machte große Augen. »François, François, was sagen Sie da? Wollen Sie etwa andeuten, wenn ich meine Bosheit nicht aufgebe, werde ich in Clems liebevollem Schoß enden? Da sei Gott vor! Allerdings«, fügte er nachdenklich hinzu, »würde ich zu der reizenden jungen Dame, die ich heute nachmittag in Ihrem Hof traf, nicht nein sagen. Sie könnte mich schneller als andere gefügig machen.«

Einen Augenblick lang dachte Katherine, de Villeneuve würde ihn schlagen. Richard lächelte verbindlich. »Sagen Sie nur nicht, mein Humor sei auch nicht gewinnend! Herrje, François, Ihnen kann man es aber wirklich nur schwer recht machen. Wo ist Katherine?«

Katherine erkannte den Unterton in seiner Stimme. Richard würde sich nicht eher zufriedengeben, bis er den anderen aus der Fassung gebracht hatte. Gott steh ihm bei, falls es ihm diesmal gelänge.

Der Franzose sagte: »Ich bin überrascht, daß Sie sie unbedingt zu sehen wünschen.«

»Sie ist meine Frau«, antwortete Richard betont liebenswürdig. »Eheleute sehen sich gern gelegentlich.«

»Soviel ich gehört habe, gab es da eine kleine Entfremdung?«

Richard trat, beschattet von seinen Wächtern, an den Kamin. »Also, François, Sie setzen mich in Erstaunen! Sie haben auf Klatsch gehört. Zeigen Sie mir meine Frau wohlbehalten, und lassen Sie mich ein paar Worte mit ihr wechseln, dann gehe ich und hole Ihre unrechtmäßig erworbenen Gewinne aus dem Loch, aus dem Sie zuletzt gekrochen sind, wo immer es auch sein mag. Deshalb haben Sie mich doch wohl kommen lassen? Und danach muß sich jeder, wie ich annehme, selbst durchschlagen? Und den Letzten holt der Teufel?«

»Danach habe ich hoffentlich Zeit, mich um Ihre Erziehung zu kümmern«, meinte de Villeneuve barsch. »Glauben Sie ja nicht, daß irgendein Handel, den wir abschließen werden, Ihre Sicherheit zur Folge haben könnte.«

»Das habe ich nie geglaubt«, murmelte Richard und stieß nachdenklich mit der Stiefelspitze ein brennendes Scheit an.

De Villeneuve sah zum Guckfenster hinauf. »Katherine, sagen Sie den Wachen an der Tür, Sie sollen Sie herunterbringen.«

»Ach, wir haben Zuschauer!« Richard lächelte und folgte seinem Blick. Dann verbeugte er sich anmutig.

Als Katherine an Sorah vorbeieilte, hielt die junge Frau sie zurück. »Sorgen Sie dafür, daß er aufhört«, meinte sie leise.

Katherine schüttelte den Kopf. »Sie kennen ihn nicht. Ich bezweifle, daß er sich jetzt noch aufhalten läßt, selbst wenn man ihn fesselt und knebelt.«

Begleitet von ihren Wächtern lief sie die Treppe hinunter und ins Eßzimmer. Die Männer erwarteten sie. Richards Gesicht wurde vom Feuerschein erleuchtet. Das erinnerte sie an andere Zusammenkünfte mit ihm. Er machte keinerlei Anstalten, sich ihr zu nähern. Katherine blieb unmittelbar hinter der Tür stehen, und de Villeneuve beobachtete sie beide aufmerksam.

Richard musterte Katherine mit raschem Blick. Ihr weiches, eng anliegendes Kleid war smaragdgrün mit Silberfäden durchwirkt, die bei jeder Bewegung glitzerten. Ihr dunkles Haar lag wie eine Wolke um ihre Schultern und kräuselte sich sanft über ihrer Brust. Da sie nur allzugut wußte, wie man ihre Erscheinung auslegen konnte, hielt sie dem prüfenden Blick stand und dankte dem Himmel, daß sie den von Sorah angebotenen Schmuck abgelehnt hatte.

»Donnerwetter, eine Houri«, sagte Richard leise. »Weich wie ein Pfirsich und parfümiert wie die Hügel von Zypern. Bist du wohlauf?«

»Ja.«

»Man hat dir nichts getan?«

»Nein. Man hat mich gut behandelt.« Ihre Stimme klang zögernd, aber sie konnte schließlich nichts anderes sagen als die offenkundige Wahrheit.

»Das sehe ich.« Richard wandte sich an de Villeneuve. »Ich bin zufrieden. Wie lauten die Bedingungen?«

Der Franzose schüttelte den Kopf. »Richard, wo bleiben Ihre Manieren? Die Dame hat sich doch eben erst zu uns gesellt. Sie können Sie doch nicht gleich wieder fortschikken!«

Katherines böse Vorahnungen bestätigten sich. Sie sagte so bestimmt, wie ihre Angst es ihr erlaubte: »Die Dame nimmt daran keinen Anstoß. Ich würde lieber gehen.« Sie drehte sich um, wurde aber von de Villeneuve zurückgehalten, der im vertraulich neckenden Ton eines Liebhabers mahnte:

»Kommen Sie, Katherine, Sie dürfen ihn nicht auch noch in seinen kindisch schlechten Manieren unterstützen! Helfen Sie mir, ihn zu lehren, wie man sich in Gegenwart einer schönen

Frau benimmt. Ich habe Ihren Lieblingswein hier. Lassen Sie ihn mich nicht allein trinken.«

Sie starrte ihn an. »Hören Sie auf.«

Richard rührte sich nicht.

De Villeneuve, den das Kerzenlicht noch größer wirken ließ, trat zu ihr, legte ihr vertraulich den Arm um die Schultern und zog sie aus dem Schatten ins hellere Licht am Tisch. Mit festem Griff drehte er ihr Gesicht der reglosen Gestalt am Feuer zu. »Ist sie nicht eine Schönheit?« fragte er und legte ihr eine Hand aufs Haar. »Das muß ja wohl selbst der blindeste Ehemann zugeben, nicht wahr, Richard?« Die scheinbar zärtliche Hand faßte so fest in ihr dichtes Haar, daß ihre Kopfhaut schmerzte.

Richards Mund verzog sich zu einem sardonischen Grinsen. Er bestätigte geduldig: »Ja, das ist sie.«

»Schön«, wiederholte de Villeneuve in einem Ton, der einem Streicheln nahekam. Das Pendel war umgeschwungen. Kampf, sagten seine lächelnden Augen, reize ihn zur Gewalt. Und dann schau, was passiert. Katherine stand stocksteif da und spürte seine beunruhigende Stärke mit jeder Faser ihres Körpers.

»Lassen Sie mich gehen«, sagte sie ruhig, »bitte.«

Federleicht streifte seine Hand ihre Brust, die sich voll unter dem fließenden Gewand abzeichnete. Dann lachte er, ließ sie los und wandte sich dem Tisch zu, um nach der Karaffe Wein zu greifen.

»Er spielt dir etwas vor, Richard«, sagte Katherine unsicher.

»Natürlich«, antwortete er ernst.

»Glaub mir!« Sie legte alle Überzeugungskraft, die sie aufzubringen vermochte, in ihre Worte.

Richard sah sie nicht an. Er spielte wieder mit den brennenden Scheiten und hatte das Gesicht abgewandt.

De Villeneuve lächelte besorgt. »Habe ich Ihnen Kummer

bereitet? Das tut mit leid, meine Liebe. Ich habe nicht gewußt, daß es eine Rolle spielt ... Nach allem, was Sie mir gesagt haben, hatte ich angenommen, es sei Ihnen nicht wichtig, ob er es erfährt.«

Sie bebte. »Lassen Sie mich jetzt gehen. Sie und Richard haben über andere Dinge zu sprechen als über mich.«

»Es besteht kein Grund, warum Sie gehen sollten. Schließlich bleibt alles, was wir drei zu besprechen haben, sozusagen in der Familie.«

Sie traute ihren Ohren nicht. »Ich weiß nicht, was Sie meinen.«

»Thomas«, sagte er nach kurzem Überlegen. »Ich hätte diesen Namen nicht gewählt, glaube ich.«

Sie ging auf ihn zu, fast erleichtert über die Wut, die in ihr aufstieg. Richard drehte sich abrupt um. »Katherine!« rief er warnend.

Sie hörte ihn nicht einmal. »Sagen Sie das nicht!« Immer noch spürte sie seine Hände auf ihrem Körper und haßte ihn dafür.

»Pierre vielleicht«, meinte der Franzose nachdenklich, »oder Louis. Etwas weniger – Englisches wäre wohl angemessener gewesen, finde ich. Oder wenigstens Sir Francis Brecon, das klingt doch sehr gut, nicht wahr?«

Unbändige Wut rauschte in ihren Ohren. »Wissen Sie mit Sicherheit, wer der Vater Ihres Kindes ist?« hatte er sie gefragt. »Und weiß Richard es?« Und sie hatte es ihm gesagt. Sie konnte es nicht ertragen. Ohne nachzudenken, schlug sie in sein lachendes Gesicht, aber er war darauf vorbereitet. Er packte ihr Handgelenk und drehte ihr mit einem Ruck den Arm auf den Rücken. Mit der Kraft ihrer Wut setzte sie sich zur Wehr, trat ihn und grub ihre Zähne in seine Hand, während er versuchte, sie zu bändigen. Jetzt lachte er nicht mehr. Zwei seiner Männer sprangen zu Richard und warteten nur auf das erste Anzeichen einer Bewegung von ihm, während ein

Dritter de Villeneuve zu Hilfe eilte. Vom Kamin her erhellte plötzlich eine lodernde Flamme den Raum, als Richard das angebrannte Scheit, das er die ganze Zeit spielerisch mit dem Fuß gelockert hatte, aus dem Feuer zog und den Männern neben sich ins Gesicht schleuderte. Einer sprang noch rechtzeitig zurück, doch der andere rannte schreiend davon, die Hände auf die Augen gepreßt. Katherine wurde von de Villeneuve weggezerrt, und als sie sich ihrem neuen Gegner zuwandte, stürzte Richard gefolgt von einer Fahne aus Rauch und Feuer wie ein brennender Pfeil an ihr vorbei und ging flink und zielstrebig auf sein Ziel los. De Villeneuve sank unter dem Aufprall nieder, und die beiden Männer wälzten sich umgeben von züngelnden Flammen am Boden. Der Mann, der Katherine festhielt, erkannte, wo er gebraucht wurde, und versuchte, sie loszulassen, um seinem Herrn zu helfen, doch Katherine schlang beide Arme um seine Hüfte und hängte sich an ihn wie eine Klette. Der andere Mann beugte sich über die beiden am Boden, konnte jedoch in der Dunkelheit und dem Gemenge einen vom anderen nicht unterscheiden.

Dann wurden jenseits der Tür Schritte und Stimmen laut. Gleich darauf flog die Tür auf, und bewaffnete Männer drangen in den Raum. De Villeneuve schrie einmal gellend auf, dann wurde Richard an Armen, Haaren und Schultern quer durch den Raum geschleift und auf die Füße gestellt. Blut tropfte aus seinem Mund, und seine Kleider waren fleckig und zerrissen. Katherine, die inzwischen von zwei stämmigen Männern gehalten wurde, hörte de Villeneuves Stimme, die den Aufruhr übertönte, konnte das Französisch aber nicht verstehen. Während einige die Flammen austraten, versuchten jene, die Richard hielten, ihm sein zerrissenes Wams auszuziehen. Er wehrte sich wie ein Wilder mit Zähnen, Fingernägeln und Tritten. Wieder rief de Villeneuve etwas. Die beiden Männer, die Katherine hielten, eilten den anderen zu Hilfe, und schließlich überwältigten sie Richard, zogen ihn bis auf

Hemd und Kniehose aus. Sie schleiften ihn an den Kamin und stellten ihn mit ausgestreckten Armen, die jeweils von einem Mann gehalten wurden, davor, zerrten seine Beine ein Stück zurück, so daß sein Körper gebeugt über dem glimmenden Feuer stand.

De Villeneuve trat in der plötzlichen Stille aus dem Schatten. Seine Miene war wild. Ein schwarzer, blutiger Striemen am Kinn zeigte, wo Richard ihn mit dem brennenden Scheit gebrandmarkt hatte. Als Katherine sah, was er in der Hand hielt, stockte ihr der Atem.

Die Peitsche glitt auf den Boden, schlängelte sich auf den Fliesen, schwang zischend durch die Luft und sauste auf den schmalen Rücken im weißen Hemd nieder. Richards Kopf fuhr heftig nach oben. Nichts war zu hören, bis auf de Villeneuves keuchenden Atem. Wieder holte sein Arm aus, der zerrissene Ärmel seines Gewandes rutschte nach hinten und entblößte seine Muskeln.

Katherine trat vor.

Die Peitsche sauste zischend nieder, und auf dem Weiß des Hemdes zeichnete sich eine dunkelrote Linie ab.

»Nein! Nein!« Katherine packte die Hand, wurde jedoch ohne einen einzigen Blick weggeschleudert.

»Katherine, laß den Bastard«, sagte Richard.

Dafür mußte er hart büßen.

»Was soll er Ihnen als Krüppel nützen?« fragte Katherine zitternd.

Es war zu spät, das zischende Leder aufzuhalten, aber der Franzose stockte mitten in der Bewegung. Allmählich nahm sein Gesicht wieder eine normalere Färbung an, obwohl die immer noch blutende Brandwunde die grimmige Linie seines Kinns unterstrich. Eine verzweifelte Idee kam Katherine in den Sinn. Sie ließ die Peitsche nicht aus den Augen und sagte: »Seit er es so selbstsüchtig abgelehnt hat, sich für Sie ertränken zu lassen, haben Sie sich erhebliche Mühe gegeben, ihn zu zwingen, für Sie zu arbeiten. Dafür müssen Sie doch einen Grund haben.«

»Natürlich hatte er den«, kam es höhnisch von Richard. »Er dachte, es wäre mal eine nette Abwechslung, gegenüber all den Schwachköpfen.«

»Ich halte es für wahrscheinlicher, daß nur Richard an die – die Sache kommt, die Sie so unbedingt haben wollen. Tot wäre er endgültig keine Hilfe mehr. Lebend brauchen Sie ihn, und zwar unversehrt. Die Sache liegt an einem Ort, an den nur Richard gelangt, ohne Verdacht zu erregen.«

Die Wut war verraucht, und de Villeneuve atmete wieder langsamer und gleichmäßiger. Er wickelte die Peitsche um den Griff. Blut klebte an seinen Händen, und Katherine wandte den Blick ab, verzweifelt bemüht, das Zittern zu unterdrükken, das sie zu besiegen drohte.

Es verging eine geraume Weile, bis de Villeneuve zu den Männern, die Richard immer noch festhielten, sagte: »Laßt ihn los.«

Richard blieb noch einen Augenblick lang mit ausgebreiteten Armen vor dem Kamin stehen, den Kopf gesenkt, dann richtete er sich auf, stieß sich von der Wand ab und streckte vorsichtig seine Schultern. Sein Hemd war zerfetzt, und sein Haar klebte schweißnaß im Nacken.

»Das Silber ist in Rothwell, nicht wahr? Wo genau?« fragte er schließlich.

»In der alten Schmiede an der Ostseite des Grabens, im Keller versteckt.« De Villeneuve lehnte sich an den Tisch und tastete mit einem Finger vorsichtig seine Wunde ab.

»Rothwell«, wiederholte Richard. Lächelnd schweifte sein Blick zu Katherine hinüber. »Kluges Kind.«

Katherine, die es nicht ertrug, die schwankende, umschattete Gestalt am Kamin anzusehen, betrachtete den Franzosen.

»Wie haben Sie es gemacht?«

Er zuckte die Achseln. »Ganz einfach. Sim brachte mir die

Nachricht, die für Richard bestimmt war, und als das Boot mit dem Silber an der vereinbarten Stelle eintraf, erwarteten meine Männer es schon. Sie töteten die Mannschaft, brachten das Boot ins Marschland und warteten einen Zeitpunkt ab, an dem sie ohne Gefahr nach Rothwell gelangen konnten. Die Flußmündung und die Küste wimmelten nur so von königlichen Schiffen, deshalb konnte ich das Silber nicht gleich nach Frankreich bringen. Wo ließ sich das Gestohlene also sicherer verstecken als im Hause dessen, dem man es gestohlen hatte? Niemand würde darauf kommen, dort nachzuschauen. Als die ersten Meldungen über Raub und Betrug eintrafen, und die Männer von Rothwell – wie ich gehofft hatte – annahmen, daß Richard seine Chance ergriffen habe und mit dem Silber geflohen sei, nahmen sie Rothwell auseinander, fanden aber natürlich nichts. Sobald der Wirbel sich legte und die Suche sich in andere Richtungen erstreckte, gingen meine Männer im Schutz der Dunkelheit hin und versteckten die Truhen. Dort hatte man ja schon gesucht, und wer würde darauf kommen, noch einmal nachzusehen? Unterdessen hatte ich meine Pläne in London eingefädelt, und wenn Sie Ihre Rolle besser gespielt hätten –«, er sah Katherine mit erhobenen Augenbrauen an, »und Richard mit dem Boot gefahren wäre, wie ich es für ihn arrangiert hatte, hätte man ihn mitten im Ärmelkanal in aller Stille über Bord geworfen.«

»Und die schreckliche Meinung aller über mich hätte sich bestätigt«, beendete Richard den Satz munter, »und man hätte die Suche nach dem Silber aufgegeben.«

»Genau. Mein Ruf wäre unbeschadet geblieben, und niemand hätte auch nur den geringsten Verdacht geschöpft, daß ich in die Sache verwickelt gewesen sein könnte. Nach einer Weile hätten Ihre Männer Rothwell sicher verlassen, und ich hätte meine Schatzkammer wieder gefüllt.«

Richard hatte sich nicht gerührt. Er stand mit gespreizten Beinen da und ließ die Überreste seines zerfetzten burgunderfarbenen Umhangs von den Fingern baumeln. »Es ist fast eine Schande, einen so hübschen Plan zunichte gemacht zu haben«, meinte er. »Aber hüten Sie sich vor dunklen Gassen, Monsieur de Villeneuve. Sie sind nicht beliebt. Ihre übereilte Abreise hat Behauptungen Gewicht verliehen, die man bis vor kurzem noch für unglaublich hielt. Zumindest einige zählen mittlerweile drei und drei zusammen und machen daraus ein rundes halbes Dutzend.«

»Haben Sie jemandem von diesem Haus erzählt?«

Ein lebhafter Blick schweifte zu Katherine hinüber. »Natürlich nicht. Wieviel Zeit habe ich, um das Silber herzubringen?«

»Sagen wir, vier Tage.«

Kurzes Schweigen. »Sagen wir, das ist ziemlich wenig«, meinte Richard. Er strich sich mit der Hand durch sein feuchtes Haar. Mittlerweile bewegte er sich schon wieder müheloser.

»Unter den gegebenen Umständen bleibt Ihnen, fürchte ich, keine andere Wahl. Ich habe das dringende Verlangen nach einer Luftveränderung.«

»Und Katherine?«

»Sie wird freigelassen, sobald das Silber in meiner Hand ist.« Richard sah den Franzosen nachdenklich an. »Unter den gegebenen Umständen«, wiederholte de Villeneuve nachdrücklich.

»Wahrhaftig«, sagte Richard. »Es ist jammerschade, daß ich diese unvernünftige Abneigung habe, zusehen zu müssen, wie andere durch meine persönlichen Auseinandersetzungen Schaden nehmen. Das Leben wäre wesentlich einfacher, wenn es nicht so wäre. Ich habe Ihr Wort, daß sie frei ist, sobald ich mich und das Silber wohlbehalten in Ihre Hände gebe?«

»Das haben Sie.« Niemand im Raum wußte, wieviel dieses Wort wert war, doch solange zumindest die Chance bestand, daß er es halten würde, lag Katherines Sicherheit in Richards Hand.

»Und haben Sie Vorschläge, wie ich es schaffen soll, ein Vermögen in Silber, das offenbar die halbe Welt sucht, ausfindig zu machen, herzubringen und abzuliefern, ohne entdeckt zu werden?«

Der Franzose bot ihm Wein an. »Das ist Ihre Sache, aber ich habe vor, es Ihnen ein wenig einfacher zu machen. Drei meiner Männer werden Sie begleiten, sie gehörten zu denjenigen, die das Silber versteckt haben. Sie wissen genau, wo es ist, und sind zudem erfahrene Seeleute. Im Hafen wartet ein kleines Fischerboot auf Sie. Ich vertraue auf Ihren Einfallsreichtum, und Katherine tut es ebenso. Möchten Sie nicht?« Er hielt immer noch das Weinglas in der ausgestreckten Hand. Richard hatte sich nicht gerührt.

Katherine sagte: »Ich gebe es ihm.«

De Villeneuve schüttelte den Kopf. »Ich finde, er sollte es sich selbst holen.« Er sah Richard aufmerksam an.

Ohne lange zu zögern, durchquerte Richard das Zimmer, trat an die andere Seite des Tisches und nahm den Wein. »Auf – «, er zögerte, »abwesende Freunde.« Mit ruhiger Hand hob er das Glas und trank es aus. »Drei Männer«, sagte er. »Ist das alles? Was ist mit den anderen passiert? Ach Gott, sagen Sie es mir nicht.« Die freudlose Amüsiertheit seines Tons fand in seinen Augen keinen Widerhall. »Eine Reihe bedauerlicher Unfälle.«

»Eine Reihe tödlicher Unfälle«, sagte de Villeneuve. »Und alle von den Männern bewerkstelligt, die Sie begleiten werden. Sie lassen sich weder bestechen noch einschüchtern, da seien Sie sicher. Versuchen Sie es gar nicht erst. Sie haben ihre Anweisungen und sind vollkommen loyal. Es ist jedoch notwendig, daß Sie sie begleiten, da Sie der einzige sind, der ungefragt in Rothwell ein- und ausgehen kann. Dort nimmt man von jedem Mann, der mit Ihnen gesehen wird, an, daß er zu Ihren Leuten gehört. Sollten Sie irgendwelche Ränke versuchen, sind Sie der erste, der stirbt. Und Ihre Frau ist, wenn sie Glück hat, die nächste.« Er hob die Peitsche und strich Katherine mit dem fleckigen Leder über die Wange.

Behutsam schwang Richard die Reste seines Umhangs über die Schultern. »François, Sie beharren auf einer Angelegenheit, bis es wirklich langweilig wird. Das ist ein großer Fehler, und ich wäre Ihnen dankbar, wenn Sie ihn abstellen könnten. Was meinen Sie, sind meine Wachhunde bereit? So sehr ich Ihre Gesellschaft genossen habe, so ist es jetzt doch Zeit, mich loszureißen.«

»Sie warten auf Sie.«

»Dann wünsche ich Ihnen eine gute Nacht.« Richard wandte sich halb von ihnen ab, hielt dann aber inne und drehte sich noch einmal um. »Fast hätte ich es in der Aufregung vergessen. Ich habe eine Nachricht für meine Frau von ihrer Zofe. Darf ich Sie ihr übermitteln?«

De Villeneuve hob ungeduldig die Hand. »Sicher.«

Richard sagte mit deutlicher Betonung: »Griz hat mich gebeten, wenn ich dich sehe, dir zu sagen, daß du dir keine Sorgen um Thomas machen sollst. Der Junge ist gesund und munter. Und ich verbürge mich dafür, daß es stimmt.«

»Du hast ihn gesehen?« fragte sie matt.

»Ja. Der ungezogene Kerl hat geschrien, als er mich sah. Er hat Lungen, die einem Fischweib Ehre machen würden.«

Der Raum verschwamm um sie her, und sie nahm kaum wahr, wie er zur Tür ging. Doch sie hörte seine Stimme, als er auf die vertraut leichte Art seine ungebetenen Begleiter mit ein paar passenden Worten begrüßte. Dann waren sie fort.

In der Stille, die anschließend herrschte, beobachtete de Villeneuve sie. Er legte ihr leicht die Hand auf den Arm, ließ sie vom Handgelenk zum Ellbogen gleiten. Katherine besaß nicht die Kraft, weitere Prüfungen zu überstehen. »Bitte«, sagte sie ohne den geringsten Versuch, ihre Tränen zu verbergen, »darf ich jetzt gehen?«

Er nickte. Sie ging ruhig zur Tür, die Treppe hinauf und

fand sich nicht vor ihrer eigenen Zimmertür wieder, sondern vor Sorahs. Sie stieß sie auf und stellte fest, daß die junge Frau auf sie wartete. Katherine trat ein, sank auf dem Teppich auf die Knie und vergrub das Gesicht in den Händen.

Sorah kam zu ihr und nahm sie in die Arme.

François de Villeneuve saß im Eßzimmer und starrte in die Überreste des Feuers, eine Hand am schmerzenden Kinn. Hätte er den Ausdruck der rehbraunen Augen über dem gebeugten dunklen Kopf oben in dem Zimmer gesehen, er hätte ihm zu denken gegeben.

19

Katherines erster Fluchtversuch, geboren aus einer plötzlichen Eingebung und der Entdeckung, daß das Mädchen, das sich um ihr Zimmer kümmerte, ein bißchen Englisch sprach, schlug fehl.

Am Tag nach Richards Abreise wachte sie spät auf. Sie hatte eine furchtbare Nacht verbracht und keine Ruhe gefunden, bis das erste fahle Licht durch ihr Fenster drang. Stundenlang hatte sie in die Dunkelheit gestarrt und alptraumhaften Visionen von Gewalt nachgehangen: ein starkes, gebrandmarktes Gesicht, ein kräftiger Arm, der sich voller Haß hob uns senkte. Sie erinnerte sich an Richards schweißnassen Kopf in jenen ersten Momenten, nachdem seine Bestrafung ausgesetzt worden war, an seinen behutsamen Gang und die ruhige Hand, mit der er die Herausforderung und den Wein annahm, in Blick und Tonfall jene selbstzerstörerische Überheblichkeit, die den Gegner nur reizen konnte, noch härter zuzuschlagen. Und als sie es nicht länger vermeiden konnte, sah sie ihren eigenen zwiespältigen Gefühlen ins Auge und betete inbrünstig, daß Richard ihre unbeherrschbare Anfälligkeit für jene zärtlichen Hände und dieses Lächeln nicht bemerkt haben möge.

Was erhoffte der Franzose sich? Daß sie in sein Bett schlüpfen und um Richards Leben und Sicherheit betteln würde? Offen sah sie der Tatsache ins Gesicht, daß sie nichts Unehrenhafteres tun könnte – und daß es vermutlich auch das Nutzloseste wäre, wie sie mit schonungsloser Vernunft in ihrem Innern hinzufügte.

Hätte sie noch Tränen gehabt, wahrscheinlich hätte sie sie in diesem Augenblick vergossen. So aber hatte sie mit trockenen Augen auf das erste Morgengrauen gewartet, bevor sie endlich völlig erschöpft in einen unruhigen Schlaf fiel.

Als sie später aufwachte, machte ein Mädchen, das sie vorher schon gesehen, aber kaum wahrgenommen hatte, sich am Kamin zu schaffen und summte dabei vor sich hin. Durch die geschlossene Tür hörte sie geschäftiges Treiben.

Katherine setzte sich auf und fragte ohne nachzudenken: »Was ist los?«

Das Mädchen drehte sich um. Es war vielleicht vierzehn Jahre alt, hatte klare, freundliche Augen und einen fröhlichen Mund.

»Es tut mir leid«, sagte es in einem Englisch mit starkem Akzent. »Ich wollte Sie nicht wecken.« In Calais wuchsen sogar die Straßenjungen zweisprachig auf.

»Was ist das für ein Lärm?«

Das Mädchen zuckte die Achseln. »Das 'aus wird geschlossen. Alles wird...« Sie machte eine hilflose Handbewegung. »Ich weiß das Wort nicht.«

»Verpackt«, sagte Katherine. Natürlich. Eine Luftveränderung, hatte de Villeneuve gesagt. Er würde nicht abreisen und seine Schätze zurücklassen.

Das Mädchen wandte sich wieder seiner Arbeit zu. Katherine war mittlerweile völlig wach, und der Anblick des schäbigen, von anderen abgelegten Kleider und des schmächtigen, knochigen Rückens brachte sie auf eine Idee.

»Wie heißt du?«

Das Mädchen richtete sich auf und lächelte. »Annette.«

Katherine winkte sie zu sich. »Komm, Annette, schau her, was ich habe.« Sie zog den Ring, den ihr Vater ihr nach Thomas' Geburt geschenkt hatte, vom Finger. Ein schlanker, schmutziger Finger mit einem ungleichmäßig abgekauten Fingernagel berührte schüchtern den schimmernden Smaragd.

»Gefällt er dir? Hier, probier ihn an.« Katherine nahm das zierliche Handgelenk des Mädchens und steckte ihm den Ring an den Finger. »Weißt du, wieviel er wert ist?« fragte sie und verachtete sich dafür.

Das Mädchen schüttelte den Kopf und starrte den Edelstein an.

»Er ist ... ein neues Leben wert. Kleider, Essen, Freiheit. Bis mittags im Bett liegen. Das wäre er für dich wert.«

Annette schaute aufmerksam auf.

Katherine nahm den Ring von ihrem schmutzigen Finger und hielt ihn hoch.

»Kennst du die Rue d'Harcourt?«

»*Oui.*«

»Die Pargyter-Lagerhäuser? Sie sind alle auf einer Seite des Kais.«

»*Oui.*«

»Wenn du Monsieur Claude Raucine in den Lagerhäusern eine Nachricht von mir bringst, verspreche ich dir, daß du gut belohnt wirst. Und das ist nur der Anfang.« Der Ring funkelte im schwachen Morgenlicht. Annette konnte die Augen nicht von ihm wenden, wich aber dennoch ängstlich zurück. Katherine packte sie noch fester am Handgelenk. »Wenn du versprichst, die Nachricht zu überbringen, gebe ich dir den Ring sofort. Dann brauchst du keine Angst mehr zu haben. Du brauchst gar nicht wieder hierher zurückzukommen. Mein Vater würde dafür sorgen, daß dir niemand etwas tun kann.« Sie wußte, welches Wagnis sie einging, wenn sie Annette den Ring gab, aber sie sah keine andere Möglichkeit, das Mädchen zu überreden. »Ich möchte, daß du Monsieur Raucine sagst, daß Katherine – Katherine Pargyter – hier gefangengehalten wird ... nenn' ihm die Straße. Den Namen weißt du ja sicher. Sag ihm, er soll den englischen Behörden Bescheid geben und er soll sich *beeilen.* Tust du das?«

Das Mädchen zauderte noch. Die Versuchung lockte auf Katherines offener Hand. »Monsieur Raucine«, drängte Katherine. »Rue d'Harcourt.«

Das Mädchen streckte die Hand aus. »Ich sage es ihm.«

»Zeig ihm den Ring. Er wird ihn erkennen.« Katherine

drückte ihr den Smaragd in die Hand. Annette schaute ihn gierig an und ließ ihn in ihre Rocktasche gleiten. Als sie sich anschickte zu gehen, sagte Katherine scharf: »Warte.« Auf einer Truhe unter dem Fenster stand ein kleines, grob geschnitztes Kruzifix. Katherine deutete darauf. »Bring es her.«

Widerstrebend holte das Mädchen das Kreuz. Katherine hielt es vor ihre Augen. »Schwöre«, sagte sie. »Schwöre bei Gott, daß du tust, was du versprochen hast.«

Für eine Weile glaubte sie, das Mädchen würde sich weigern.

»Schwöre«, wiederholte sie. »Du hast meinen Ring in der Tasche. Ich brauche nur den Wächter zu rufen.«

Ganz langsam streckte das Mädchen seine schmutzige Hand aus und legte sie auf das Kruzifix. »Ich schwöre.«

Mit einem langen Seufzer lehnte Katherine sich in die Kissen zurück. »Jetzt geh, und beeil dich.«

Der Morgen zog sich endlos dahin. Niemand kam in ihre Nähe bis auf ein grimmig dreinschauendes Dienstmädchen, das ihr Essen brachte, ihr bemüht freundliches Lächeln übersah und ihre Fragen überhörte. Da Katherine nicht stillsitzen konnte, ging sie im Zimmer auf und ab: sechs Schritte vom Bett zum Fenster, sieben vom Fenster zum Tisch und fünf zurück zum Bett. Sie setzte sich kurz hin, fingerte nervös an den Fransen der Bettvorhänge, stand wieder auf und lief erneut hin und her. Von unten drangen immer noch die Geräusche emsiger Geschäftigkeit herauf. Ein- oder zweimal blieb sie an der Tür stehen, lauschte, konnte aber nichts im einzelnen ausmachen. Angenommen, Annette erreichte Monsieur Raucine mit ihrer Nachricht, was würde er wohl tun? Würde er dem Mädchen überhaupt glauben? Und wenn ja, würden die Behörden ihm glauben?

Wohl zum hundertsten Mal wanderte sie zum Fenster, das nach hinten hinaus lag. Das Wetter war trüb, und Nebelschwaden trieben über die Giebeldächer.

Als sich hinter ihr die Tür öffnete, wirbelte sie herum.

De Villeneuve stand im Zimmer. Er war elegant und makellos in europäischem Stil gekleidet, und in der kleinen schneeweißen Rüsche am Hals funkelte ein Diamant. Die Brandwunde an seinem Kinn hob sich roh von seiner dunklen Haut ab. Er schloß die Tür hinter sich und betrachtete die junge Frau am Fenster nachdenklich.

Katherine verschränkte die Hände fest hinter ihrem Rükken und wartete.

Ohne Hast trat er an den Tisch und warf etwas auf die Platte, das sich klirrend drehte und grüne Funken sprühte.

»Ich muß mich über Sie wundern, Katherine. Was wollten Sie damit erreichen?«

Eine bleierne Last legte sich auf ihre Schultern. Sie wehrte sich dagegen, so gut sie konnte, und gab keine Antwort.

»Also?«, drängte er brüsk. Als sie immer noch schwieg, wandte er sich wieder zur Tür.

Noch bevor er sie erreicht hatte, sagte sie scharf: »Bitte!« Er drehte sich um. »Annette trifft keine Schuld. Was haben Sie mit ihr gemacht?«

»Ist es nicht ein bißchen spät, an ihr Wohlergehen zu denken? Sie stellen meine Geduld auf eine harte Probe, Katherine. Ich hatte Sie für vernünftiger gehalten. Versuchen Sie nicht noch einmal, meine Untergebenen zu bestechen.«

Sie kehrte seiner Wut den Rücken und wandte sich wieder zum Fenster. Es herrschte Stille. Sie spürte, wie er dicht hinter sie trat, aber er machte keinerlei Versuch, sie zu berühren. Sie verharrte mit hochgezogenen Schultern und fest vor der Brust verschränkten Armen.

»Warum hören Sie nicht damit auf?« fragte er ruhig. »Der einfache Weg ist nicht immer der falsche – das glauben nur die Engländer. Das Leben kann sehr schön sein. Sie haben eine Fähigkeit, zu genießen, in sich, die noch gar nicht zur Blüte gekommen ist. Richard ist am Ende.« Katherine schüttelte verstockt den Kopf. »Finden Sie sich damit ab«, sagte er barsch. »Er ist am Ende. Und was machen Sie dann? Angenommen, ich sage Ihnen, daß Sie frei sind, sobald Richard mit dem Silber zurückkommt. Wohin gehen Sie? Zurück zu Ihrem Vater? Das glaube ich nicht. Wir wissen beide, wo Sie sein möchten, nicht wahr? Wo Sie hingehören?«

»Sie wissen gar nichts über mich. Gar nichts.«

Sie hörte, wie er zur Tür ging und sie öffnete. »Venedig wird Ihnen gefallen«, sagte er überzeugt.

»Fahren Sie zur Hölle«, erwiderte sie ausdruckslos.

Sein leises Lachen schien noch lange, nachdem er gegangen war, in der Luft zu hängen.

Obwohl ihr Fluchtversuch mißlungen war, war die Saat gesät und die Idee fest verwurzelt, und nichts beschäftigte sie mehr, als der Gedanke, zu entkommen. Vergeblich erkundete sie mehrmals das Zimmer nach anderen Möglichkeiten. Das Fenster konnte sie ausschließen, es lag drei Geschosse über einem Innenhof, der nirgendwohin führte. Ihre Suche brachte auch keinerlei Waffe oder sonst etwas zutage, das sie als solche hätte verwenden können. Als erstes mußte sie aus diesem Zimmer fortkommen.

Nachmittags kam Sorah zu ihr und zeigte sich besorgt über ihr abgespanntes Aussehen und die dunklen Schatten unter ihren Augen. Sie warf einen Blick auf das Essen, das unberührt auf dem Tisch stand.

»Sie müssen essen, Katherine, Sie werden sonst krank.«

Übertrieben ungeduldig und ärgerlich wandte Katherine sich von ihr ab und schlug mit der flachen Hand gegen den hölzernen Bettpfosten.

»Essen? Wie kann ich essen? Ich werde noch verrückt, wenn ich hier oben eingesperrt bleibe! Schauen Sie sich an, wie klein das Zimmer ist. Warum sperrt er mich nicht gleich in eine Kiste, nagelt sie zu, und alles hat ein Ende? Warum darf ich plötzlich nicht mehr in andere Zimmer? Dann könnte ich mir wenigstens die Beine vertreten! Um Himmels willen, das Haus ist schließlich voller Leute. Es sind seine Leute. Was könnte ich schon anstellen? Ich halte es hier nicht aus.« Nach den Ereignissen des vergangenen Abends und nach der unruhigen Nacht hatte sie tatsächlich das Gefühl, daß ihre Nerven bis zum Zerreißen angespannt waren. Mit Ingrimm dachte Katherine, daß es ein Leichtes wäre, einen hysterischen Anfall vorzutäuschen. Das Problem bestünde lediglich darin, ihn wieder zu beenden.

Sorah sah sie besorgt an. »Ich glaube nicht, daß man Sie hier zur Strafe einsperrt«, sagte sie. »Aber das Haus wird geschlossen. Wir bereiten alles für die Abreise vor und müssen packen.«

»Warum darf ich nicht helfen? Könnte ich nicht mit in Ihre Räume kommen und Ihnen helfen? Dieses Kindermädchen –«, sie deutete auf die Tür und den Wächter dahinter, »kann ebensogut Ihre Tür bewachen wie meine. Ach bitte, Sorah, fragen Sie ihn! Lassen Sie mich nicht allein hier oben.«

Sie wagte es gar nicht zu hoffen. Als Sorah gegangen war, legte sie sich aufs Bett und starrte auf das kunstvolle, verhaßte Muster des Baldachins. Nach einer Weile hörte sie Gemurmel und das Klappern des Schlüssels im Schloß, dann erschien Sorah strahlend im Zimmer.

»Kommen Sie!«

Katherine fiel fast aus dem Bett.

»Nur in meine Räume«, sagte Sorah fast entschuldigend. »Sie dürfen nicht im Haus herumlaufen, aber zumindest haben Sie ein wenig Gesellschaft und, falls Sie gern etwas tun möchten, können Sie helfen.« Sie lachte auf. »Ich habe so viele Dinge, und alles muß für die Reise verpackt werden.«

»Nach Venedig?«

»Vielleicht.«

Während sie durchs Haus gingen, in dem überall rege

Geschäftigkeit herrschte, sah Katherine sich aufmerksam um. Sorah drängte sie nicht zur Eile. An einer schmalen Stiege unweit von Sorahs Zimmertür blieb Katherine stehen und atmete tief durch. »Frische Luft«, sagte sie auf den fragenden Blick der jungen Frau. »Mir kommt es vor, als sei es Jahre her, daß ich frische Luft geschnappt habe!« Die merklich kühlere Luft wehte aus dem Flur von unten herauf. Katherine tat, als wolle sie noch einmal tief durchatmen, und beugte sich dabei über das niedrige Geländer. Unten eilten Diener beladen mit Umzugsgut hin und her.

Irgendwo stand eine Tür offen.

Nachdenklich folgte Katherine Sorah in ihre Gemächer. Die Wächter blieben vor der Tür.

Ein Anfang war gemacht.

Die meisten Wandbehänge waren bereits abgenommen und stapelten sich auf dem Bett und dem niedrigen Diwan. Viele der hübschen Dinge, die diese Räume zu den schönsten des Hauses gemacht hatten, standen auf dem Tisch: Statuen, silberne und goldene Platten, Bücher und Bilder, eine erlesene Kristallschale. Daneben warteten Packkisten voller Stroh. Teppiche lagen zusammengerollt neben der Tür.

»Sie packen das alles selbst?« fragte Katherine.

»Diese Dinge ja. Sie sind zu kostbar, um sie den Dienern zu überlassen. Sobald sie sicher in ihren Kisten verstaut sind, werden sie nach unten gebracht. Es macht Ihnen nichts aus, mir zu helfen?«

Lange arbeiteten sie schweigend nebeneinander, nur ab und an machten sie irgendeine freundschaftliche Bemerkung. Schließlich setzte Katherine sich auf ihre Fersen, strich sich das Haar aus dem Gesicht und lachte. »Also«, setzte sie an, eisern bemüht, ihr Herzklopfen zu unterdrücken, »eines meiner Probleme ist zumindest gelöst.«

Sorah sah auf. Katherine zuckte entschuldigend die Achseln.

»Seit gestern abend habe ich nichts essen können. Jetzt komme ich fast um vor Hunger«, sagte sie. »Würde es wohl sehr viele Umstände machen...« Sie zögerte und fuhr dann scheu fort: »Ach nein, es ist nicht so wichtig.«

»Natürlich ist es wichtig.« Sorah stand mit jener geschmeidigen Anmut auf, die all ihre Bewegungen kennzeichnete. »Sie werden etwas zu essen bekommen. Wie selbstsüchtig von mir, nicht daran zu denken.« Ihr Blick war klar, als sie hinzufügte: »Im ganzen Haus herrscht ein einziges Durcheinander, es wäre sinnlos, jemanden zu rufen. Ich gehe selbst.«

»Vielen Dank.« Sorah trat an die Tür, und Katherine hörte sie leise mit dem Wächter sprechen. Als ihre leichten Schritte sich entfernt hatten, nahm Katherine eine Kristallschale auf.

Das Poltern war laut genug, um den Bürgern von Calais den Eindruck zu vermitteln, ihre Stunde habe geschlagen. Ohne Zögern nahm sie die größte und schärfste Scherbe und zog sie über ihre linke Handfläche. Ihr Schmerzensschrei war nicht vorgetäuscht. Sie sah das Blut hervorquellen und verteilte es mit zusammengebissenen Zähnen über die ganze Hand und das Handgelenk.

Ein Mann rief eine scharfe Frage durch die Tür. Sie riß die Tür auf und lehnte sich kreidebleich, scheinbar einer Ohnmacht nahe, gegen den Türpfosten.

»Ich habe mich verletzt! Holen Sie Sorah. Schnell!« Blut sickerte durch ihre Finger, und hysterisch schrie sie: »Ich blute!« Katherine fing an zu schluchzen und wiegte ihren Körper hin und her. »Holen Sie Sorah«, wiederholte sie mit erschrokkenem, angsterfülltem Keuchen.

Verwirrt trat der Mann auf sie zu. Sie wich zurück.

»Rühren Sie mich nicht an. Nicht!« Mit weichen Knien glitt sie langsam zu Boden, schluchzte über ihrer blutenden Hand und achtete sorgsam darauf, daß er die genaue Stelle und die Größe der Verletzung nicht sehen konnte. Als er sich über sie beugte, unternahm sie einen letzten Versuch. Ihr blieb sicher nicht mehr viel Zeit. »Holen Sie Sorah«, stöhnte sie und vertraute darauf, daß man sie durch das Getümmel im Haus nicht hören würde. »Bitte, holen Sie Sorah!« Als sie sich halb von ihm abwandte, entdeckte er die kleine Blutlache auf dem Boden.

Katherine wagte nicht, noch einmal aufzuschauen, doch sie hörte, wie er loslief und nach Sorah rief. Sofort sprang sie auf, stürzte ins Zimmer, schlang sich mit klammen Fingern ein Seidentuch, das auf dem Bett lag, um die blutende Hand und nahm den größten Stapel zusammengefalteter Wandbehänge, den sie tragen konnte. Die muffig riechenden Stoffe hoch vor das Gesicht getürmt, verließ sie das Zimmer und ging auf die Treppe zu.

Die nächste Gefahr bestand darin, daß sie sich das Genick brach. Die Stufen waren sehr hoch, und sie konnte ihre Last nicht senken, um zu schauen, wo sie hintrat. Von unten hörte sie Schritte, Stimmen und gedämpftes Gelächter. Der Flur am Fuß der Treppe führte vom Haupthaus zu den Gesindeunterkünften. Er war gefliest, kalt und schlecht beleuchtet. Als sie ihn erreichte, hörte sie von oben die ersten verärgerten Ausrufe. Zwei Männer, die eine große Holzkiste trugen, gingen an ihr vorbei, ohne sie zu beachten. Katherine machte kehrt und folgte ihnen. Der Gang führte auf einen kleinen gepflasterten Hof, der auf drei Seiten von Gebäuden umgeben war. An der vierten Seite befand sich eine Mauer mit einem Bogentor.

Das Tor war geschlossen.

Die Männer mit der Kiste gingen quer über den Hof auf eine Tür an der anderen Seite zu. Sie tat, als folge sie ihnen, und hielt dabei das Tor im Blick. Hinter ihr war ein solcher Lärm ausgebrochen, daß die Männer stehenblieben und sich umsahen. Schwere Schritte kamen über die Fliesen des Ganges. Es gab keine Gelegenheit, sich zu verstecken. Sie konnte entweder stehenbleiben und sich wieder einfangen lassen oder es mit dem Tor versuchen. Vor den Augen der erstaunten

Männer ließ sie ihre Last fallen und rannte los. Zu ihrer Erleichterung schwang das Tor bei der ersten Berührung auf. Sie war draußen.

Katherine befand sich in einer engen, gepflasterten Gasse, die zwischen hohen Mauern seitlich am Haus vorbeiführte. Nach rechts weitete sie sich und führte auf die Hauptstraße und zur Front des Hauses; zur Linken blieb sie schmal und sehr dunkel und machte nur wenige Schritte vom Tor entfernt eine scharfe Kehre. Wenn sie ihrem ersten Impuls folgte und sich nach rechts Richtung Straße wandte, wäre sie sofort zu sehen, sobald das Tor aufginge. Mit einem stillen, angsterfüllten Gebet wandte sie sich deshalb nach links und floh um die Ecke. Kurze Zeit später hörte sie auch schon, wie das Tor aufsprang und Männer herausströmten.

Etwa fünfzig Schritt weiter entdeckte sie eine hohe, glatte Hausmauer.

Eine Sackgasse.

Die Geräusche ihrer Verfolger verloren sich in Richtung Straße. Obwohl sie wußte, daß es sinnlos war, lief sie bis an die Mauer und lehnte sich dagegen. Blut rann ihr den Arm entlang.

Bange Augenblicke vergingen. Ringsum herrschte Stille, nur ihr mühsames Atmen war zu hören. Allmählich wurde ihr klar, daß die Geräusche ihrer Verfolger sich entfernt hatten. Katherine preßte den Rücken an die Mauer und starrte angestrengt in die dämmrige Gasse. Langsam regte sich Hoffnung. Sie blieb, wo sie war, zitternd, bemüht, ihre Atmung unter Kontrolle zu bringen, und spürte allmählich den Schmerz in ihrer blutverklebten Hand.

Die Hoffnung wuchs.

Feuchte Schwaden trieben ihr ins Gesicht, und sie sah zu dem Fetzen trübgrauen Himmels hinauf. Es regnete, ein feiner Nieselregen.

Weitere Zeit verging. Was sollte sie tun? Wenn es ihr gelang, auf die Straße zu kommen, ohne aufgehalten zu werden, würde sie doch sicher, *ganz sicher*, auf Menschen treffen? Menschen, die selbst in einer solchen Stadt Fragen stellen würden, wenn man ein Mädchen schreiend durch die Straßen schleifte? Und sie würde schreien, o ja ...

Als sie sich von der Mauer abstieß, vernahm sie ein leises Geräusch. Sie machte einen vorsichtigen Schritt. Am offenen Ende der Sackgasse erschien ein Mann in der vertrauten dunklen Livree. Ein einzelner Mann! Der einzige, der daran dachte, auch in der anderen Richtung nach ihr zu suchen. Mehr brauchte es nicht für ihre Niederlage. Vorsichtig ging sie rückwärts. Als er die schlanke, zerzauste Gestalt entdeckte, die sich an die Mauer drückte, trat er in die Mitte der Gasse und breitete die Arme aus.

»Ici!« Katherine starrte den Mann an, der unaufhaltsam näherkam. »Ici!« rief er noch einmal. Seine Miene war hart und wachsam. Gott steh demjenigen bei, der sie noch einmal entwischen ließ! Soviel war klar, nach allem, was der Herr gesagt hatte, als man ihre Flucht entdeckte.

Schon bogen weitere Männer hinter ihm um die Ecke, blieben abrupt stehen und kamen dann langsam näher. Der erste trat ganz dicht an sie heran, nahm ihren Kopf in beide Hände und drückte sie mit seinem Leib an die Mauer. Sie wandte das Gesicht ab.

»Eh bien, ma petite«, sagte er leise. *»Quelle méchante! Monsieur, il n'est pas content ...«*

Monsieur war allerdings nicht zufrieden. Er wartete in der prachtvollen Halle auf sie, die nun voller Packkisten und anderer Umzugsgüter stand, und betrachtete mit kalter Abscheu ihre blutüberströmte Hand.

»Allmählich glaube ich, daß Sie und Richard mehr gemeinsam haben, als es auf den ersten Blick scheint«, sagte er in eisigem Ton. »Sie würden sich beide gut in einer Jahrmarktsbude auf dem Land ausnehmen. Die Bauernburschen wüßten Ihren Hang zur dramatischen Geste gewiß zu würdigen! Gut. Da Sie offenbar darauf bestehen, will ich Ihnen Folge leisten. Betrachten Sie sich von nun an als echte Gefangene. Es tut mir leid, daß ich weder Zelle noch Verließ habe, Sie davon zu überzeugen. Aber dies soll genügen: Sie werden niemanden mehr zu Gesicht bekommen. Noch ein einziges dummes Vorkommnis, und ich werde meine Männer anweisen, ständig bei Ihnen im Zimmer zu bleiben. Ich bin sicher, daß sie Schlange stehen würden, um diese Pflicht zu übernehmen.« Da ein Dutzend von ihnen sie soeben handgreiflich ins Haus zurückbefördert hatten, zweifelte Katherine nicht daran.

De Villeneuve entließ sie mit einer Handbewegung. Der Mann, der sie in der Gasse entdeckt hatte, packte sie grob am Arm, führte sie nach oben in ihr Zimmer und schlug die Tür hinter ihr zu. Sie sank erschöpft aufs Bett, versorgte ihre verwundete Hand und wußte, daß sie in arger Bedrängnis war.

20

De Villeneuve hielt sich an seine Drohung und sorgte dafür, daß sie in den nächsten drei langen Tagen niemanden zu Gesicht bekam. Ihre Tür wurde von zwei schweigsamen Männern bewacht, und eine Frau, die sie weder ansah noch mit ihr sprach, brachte ihr das Essen. Zweimal untersuchte ein Mann, von dem sie annahm, daß er Wundarzt war, ihre Hand, aber da sie recht gut verheilte, kam er nicht wieder. Sorah besuchte sie nicht, obwohl Katherine es die ganze Zeit hoffte.

Meist saß sie am Fenster und sehnte sich danach, jemanden, irgend jemanden zu sehen, der lebte und sich bewegte. Immer wieder sah sie in ihrer Phantasie Richard vor sich, wie er an jenem Tag neulich Sorah diesen albernen Blumenstrauß gebracht hatte. Prüfend betrachtete sie die Mauer und hoffte wider besseres Wissen auf ein Zeichen der Ablenkung oder Rettung, obwohl sie im tiefsten Inneren wußte, daß sie nicht damit rechnen konnte. Das schlimmste an diesen Tagen der Gefangenschaft war die Überzeugung, die wie ein rankendes, wucherndes Unkraut in ihrer Seele wuchs, daß Richard nicht zurückkommen würde – sei es mit oder ohne Silber. Er wußte jetzt, wo das Silber war, und wenn er den drei Wachhunden de Villeneuves entkommen konnte (und daran zweifelte Katherine keinen Augenblick), hatte er drei Möglichkeiten: Er konnte das Silber für sich behalten, was eine ungemein große Verlokkung für einen Mann sein mußte, der fast sein Leben lang praktisch ohne Vermögen gewesen war und dessen einzige Einkünfte im Augenblick aus dem Familienvermögen einer Frau stammten, die er gegen seinen Willen geheiratet hatte. Oder er konnte Dudley und den anderen Verbannten das Silber übergeben und sich so mit einem Schlag entlasten und ein für allemal die Zweifel ausräumen, die de Villeneuve unter seinen Freunden und Kameraden geschürt hatte. Schließlich konnte er sich freiwillig mitsamt dem Silber in die Hände eines Mannes begeben, der ihn haßte und ihm als Gegenleistung nichts weiter versprochen hatte als Katherines Sicherheit – und selbst daran mußte man zweifeln.

Je mehr sie darüber nachdachte, um so unwahrscheinlicher erschien es ihr, daß er zurückkehren würde.

Als der vierte Tag sich dem Abend zuneigte, gab sie sich vollends ihrer Niedergeschlagenheit hin. Das emsige Treiben im Haus war verstummt, und Stille war eingekehrt. Gespannte Erwartung lag in der Luft und drang selbst durch ihre verschlossenen Wände.

Was würde mit ihr geschehen, falls Richard nicht käme? Sie sah einer wenig verheißungsvollen Zukunft entgegen und wünschte sich von ganzem Herzen in jene Zeiten zurück, als der Verrat eines hübschen Burschen wichtig genug war, ihr das Herz zu brechen. Flüchtig fragte sie sich, wie es Giles und Alice wohl gehen mochte. Ob sie wohl gerade warm und behaglich an ihrem sicheren Kaminfeuer saßen und sich Sorgen um Geld machten oder über das garstige Wetter klagten?

Dunkle Schatten erfüllten das Zimmer, der einzige Farbtupfer kam vom Schein des Feuers. Irgendwo im Haus schlug eine Tür, und eine laute Stimme war zu hören.

Wie lange noch, bis de Villeneuve zugab, daß das Spiel verloren war? Bis er den Preis des Verlierers einforderte?

Sie kniete vor dem Feuer, fachte die glimmenden Scheite an und sah zu, wie die Funken im Kamin aufstoben. Lange saß sie so da, starrte in die Flammen und sah die Bilder vor ihrem inneren Auge klarer und deutlicher als die trübe, finstere Wirklichkeit des dunklen Zimmers um sie herum. Angst nagte an ihrer Seele. Wenn dem Franzosen sein Triumph versagt bliebe, wie mochte er seine Enttäuschung zu beschwichtigen suchen? Hatte er je damit gerechnet, daß Richard sein Versprechen hielt? War nicht vielleicht die Tatsache, daß er sie im Stich ließ, der eigentliche Triumph, den de Villeneuve anstrebte? Es gelang ihr einfach nicht, ihre verworrenen Gefühle und Ängste zu entwirren. Irgendwo in der hintersten Ecke ihres Kopfes entdeckte sie zu ihrer eigenen Überraschung sogar eine gewisse Freude, daß er nicht gekommen war, ein Gefühl, das ohne Zweifel mit der Erinnerung an den schweißnassen, gesenkten Kopf und das zerfetzte Hemd zusammenhing.

Schritte näherten sich ihrem Zimmer. Mit lautem Gepolter wurde die Tür aufgerissen, und einer von de Villeneuves Männern, der eine flackernde Fackel in der Hand hielt, zeichnete sich als Silhouette gegen die Dunkelheit ab. Katherine sah ihn ruhig an; eine Spur von Erleichterung durchfuhr sie, daß nun, was immer auch kommen mochte, zumindest die endlosen Stunden der Ungewißheit beendet waren.

Der Mann mit der Fackel sagte barsch zu ihrem Wächter: »*Menez-la lui.*«

Der Wächter wandte sich mit einer ruckartigen Kopfbewegung an Katherine: »*Allons.*«

Sie folgte ihm durch dunkle, leere Zimmer, deren kahle Wände ihre Schritte als Echo zurückwarfen. Fest verschlossene und verschnürte Kisten stapelten sich neben den Türen an den Wänden. Das einzige Licht außer dem von der Fackel ihres Begleiters kam von Wandleuchten, die in unregelmäßigen Abständen im ganzen Haus brannten. Die Kaminroste waren kalt und leer. Ein Wächter ging vor Katherine, zwei hinter ihr. Sie führten sie durch unbewohnte Räume, dunkle Treppen hinunter, kalte, spärlich beleuchtete Flure entlang, bis sie einen Lichtschimmer sah und Stimmen hörte, die immer lauter wurden. Sie gelangten oben an die steile Treppe, die in die riesige Eingangshalle hinunter führte. Dort blieb sie kurze Zeit unbemerkt im Schatten stehen.

Die Halle war inzwischen ebenso wie der Rest des Hauses

bar jeglichen Schmucks, obwohl Kerzen und Wandleuchten sie immer noch in hellem Licht erstrahlen ließen. Die große Haustür stand offen. De Villeneuve sah ungerührt zu, wie eine schwere Truhe mit einigen Mühen von der Straße die Stufen hinaufgetragen, durch die Tür in den Raum gebracht und neben einer zweiten abgestellt wurde; kantig und mit beeindruckenden Eisenbändern versehen standen sie auf den Marmorfliesen. Katherines Herz pochte unbehaglich schnell. Hastig suchte sie mit ihren Blicken alle Winkel der Halle ab, die durch die Stapel von Kisten und die Berge von Mobiliar, das auf den Abtransport wartete, recht unübersichtlich war. Doch ohne Erfolg: Richard war nicht zu sehen.

Der Mann hinter ihr stieß sie weiter, und leicht stolpernd ging sie die Treppe hinunter. De Villeneuve sah ihr entgegen. Aus seiner Miene sprach eine Bosheit, die alle bösen Vorahnungen der letzten Tage bestätigte, und sie wußte sofort, daß sie recht behalten hatte. Richard war nicht gekommen. Sie erreichte den Fuß der Treppe und bahnte sich einen Weg durch die Unordnung zu der Stelle, an der der Franzose vor den soeben eingetroffenen Truhen stand.

»Ein halbes Geschäft ist gar kein Geschäft«, sagte de Villeneuve. »Diese hier sind gerade gekommen. Wie es aussieht, hat Richard sich entschlossen, sein gegebenes Wort nicht zu halten.«

»Ich hatte nicht damit gerechnet, daß er es hält«, sagte Katherine standhaft.

»Nicht? Welcher Zynismus!«

»Eine Tochter meines Vaters kann nicht anders als Realistin zu sein. Zumindest dafür bin ich ihm dankbar. Doch wenn er selbst nicht kommt, warum schickt er dann die Truhen?« Sie stieß mit dem Fuß gegen die nächststehende Kiste.

»In dem schwachen Versuch, mich oder die Götter zu beschwichtigen oder vielleicht auch sein eigenes Gewissen hinsichtlich Ihrer süßen, gefährdeten Person zu beruhigen. Ohne

Zweifel hat er sie zuvor um soviel erleichtert, daß seine eigenen Taschen gut gefüllt sind. Richard liefert ein perfektes Beispiel für den Unterschied zwischen Maulheldentum und wahrem Mut. Da er weiß, daß er geschlagen ist, hat er das Feld geräumt und seine Geisel dem Feind ausgeliefert. Wenn Sie schon nicht von ihm enttäuscht sind – *ich* bin es.«

Katherine erwiderte spröde: »Sie werden mir verzeihen, wenn ich das bezweifle. Ich glaube vielmehr, daß er nichts hätte tun können, was Ihnen mehr gefallen hätte. Beantworten Sie mir eine Frage?«

»Wenn ich kann.«

»Was hätten Sie unter denselben Umständen getan?«

Er lachte laut. »Das wissen Sie so gut wie ich. Es gibt niemanden auf der Welt, für den ich mich opfern würde – darin sind er und ich uns gleich. Hundert Geiseln wären nicht ausschlaggebend für mein Handeln. Aber ich würde es auch gar nicht vorgeben. Richard schon. Sagen Sie mir nicht, daß Sie den Unterschied nicht erkennen.«

Für eine Weile herrschte Schweigen. »Ich erkenne ihn«, gab Katherine matt zu. »Wollen Sie nachsehen, wie hoch Ihre Gewinne sind?«

»Natürlich.« Er wandte sich scharf auf französisch an einen Mann, der neben der Haustür stand. In soldatischem Ton gab der Mann die Anweisungen seines Herrn weiter, und kurz darauf hatten alle Bediensteten die Halle verlassen, bis auf zwei, die an jeder der beiden geschlossenen Türen Wache hielten.

Katherine hob die Augenbrauen. »Man könnte meine, daß Sie Ihren eigenen Leuten nicht trauen.«

»Der Grund, weshalb ich bislang noch gesund und munter bin, meine Liebe, ist, daß ich niemandem traue. Besonders nicht, wenn es um Geld geht.« Er beugte sich über die Truhe. »Die meisten ahnen vermutlich, was hier drin ist. Es tatsächlich zu sehen, könnte allzu –«

Polternd fiel der schwere Deckel nach hinten, und in die tiefe Stille, die folgte, sagte Katherine, der ein unbändiges Lachen in der Kehle aufstieg: »Wie unglaublich unehrenhaft von ihm!«

Hastig wurde die zweite Truhe geöffnet: noch mehr Steine, ein paar Ziegel und Bruchstücke zerbrochener Degen, deren Hefte sorgsam in den Schutt gesteckt und deren zerbrochene Klingen in Form von drei kleinen Kreuzen angeordnet waren.

Katherine betrachtete die Degen. »Warum hat er – oh! Ihre Männer.«

De Villeneuve hob eines der schweren, zerbrochenen Hefte auf. »Alle hatten solche Degen, ja.« Seine Stimme war nicht wiederzuerkennen.

»Drei«, sagte sie unnötigerweise.

De Villeneuves Gesicht hob sich bleich von den Schatten ab; er war in einer rasenden Wut gefangen, die ihm den Atem zu nehmen schien. Katherine war hin und hergerissen zwischen irrsinniger Genugtuung und lähmender Angst und rührte sich nicht. Sie merkte, wie das Licht sich leicht veränderte.

De Villeneuve rang mühsam um Beherrschung. »Noch nie hat er etwas derart bereut, wie er das hier bereuen wird. Damit kommt er nicht davon.«

»Ich habe eher den Eindruck, daß ich schon längst davongekommen bin«, ertönte eine muntere Stimme aus der Dunkelheit oben auf der Treppe. In der Linken hielt Richard eine brennende Fackel, die er von der Wand genommen hatte, in der Rechten einen blanken Degen. »Übernehmt die Türen.«

Noch bevor er ausgesprochen hatte, schlüpften drei Gestalten in der auffallenden grünen Kleidung von de Villeneuves Dienerschaft aus ihren Verstecken zwischen den Packkisten hervor und töteten die Wachen an den Türen fast lautlos und ohne Kampf. Auf der anderen Seite des Raumes öffnete de Villeneuves Kapitän den Mund zu einem Schrei, doch noch bevor er Luft geholt hatte, schnitt ein Messer ihm die Kehle durch. Innerhalb weniger Augenblicke war alles vorüber, und die drei Männer hatten den Raum in ihrer Gewalt. Alle waren gekleidet wie die Diener des Hauses, doch Katherine erkannte sie: John Mason, Matthew Standon und jener Mann namens Samson, der an dem denkwürdigen Abend mit Matthew nach Brecon House gekommen war.

»Sie sollten aufpassen, wen Sie durch Ihre Haustür hereinlassen. Wir steigen nicht immer über Mauern. Der Nachteil von einheitlicher Kleidung ist, daß man sich die Gesichter nicht mehr anschaut, François. Obwohl ich zugeben muß, daß es doch ein wenig weit gegangen wäre, meins zu zeigen.« Er stellte einen Fuß eine Stufe höher, und die erhobene Fackel umgab seinen Kopf mit einem hellen Schein. »Und jetzt zum Geschäft«, sagte er mit einer gewissen Endgültigkeit in der Stimme. »Kommen Sie her, François.« Er hob den Degen. Die schlanke Klinge blitzte im flackernden Licht auf wie ein silbernes Band.

De Villeneuve stand wie versteinert da und starrte die Gestalt auf der Treppe fassungslos an.

»Lassen Sie sich nicht erst herschleifen«, riet Richard, »sonst könnte ich versucht sein, wirklich Rache zu nehmen. Sie haben Thomas die Beine gebrochen, bevor sie ihn verbrannt haben. Wußten Sie das? Was sie mit Nicholas angestellt haben, habe ich nicht erfahren können. Sicher nichts Angenehmes, denke ich.« Er hob die Klinge noch etwas höher, bis sie gerade ausgerichtet war. »Kommen Sie her«, wiederholte er.

De Villeneuve rührte sich immer noch nicht. Er stand sehr gerade da, die Hände locker an den Seiten. Soweit Katherine sehen konnte, war er nicht bewaffnet. Ein paar Schritt neben ihm stand Matthew, dessen Messer eben erst den Aufschrei des Kapitäns verhindert hatte. Er hielt die blutbeschmierte Waffe bereit, falls es auch nur das geringste Anzeichen von

Widerstand geben sollte; an seiner Seite hing zusätzlich noch ein Degen in der Scheide.

»Sie sind eine verderbte, niederträchtige Schande für die Menschheit«, sagte Richard freundlich. »Aber sagen Sie nicht, daß Sie auch noch ein Feigling sind.«

In der Stille, die folgte, funkelten de Villeneuves Augen plötzlich auf. Als Katherine seinem Blick folgte, entdeckte sie die Bewegung im tiefen Schatten hinter Richard unmittelbar, bevor er selbst sie spürte und flink mit gezückter Klinge herumwirbelte. Doch Sorah duckte sich unter dem Stichblatt durch und hielt ihm ein Messer an die Kehle, bevor er sich von der Überraschung erholt hatte.

De Villeneuve wollte vortreten, doch Matthew hielt ihn drohend in Schach.

»Töte ihn!« sagte der Franzose, »töte ihn!«

Richard hielt die Fackel mit ruhiger Hand. Sein Degen war nutzlos. Flackernd beschien das Licht sein Gesicht und Sorahs nachtschwarzen, gesenkten Kopf.

»Die Prinzessin der Primeln«, sagte Richard sanft und mit dem Anflug eines Lächelns. »Ist das der Dank für die Blumen?«

Ihre Antwort war unten kaum zu hören. »Ich möchte Ihnen nichts tun, aber ich will auch nicht, daß ihm etwas geschieht. Ich möchte ein Versprechen von Ihnen.«

Der vernarbte Mund verhärtete sich, und die Augen unter den gesenkten Lidern funkelten. »Nein.«

Unter der Messerklinge zeigte sich Blut. »Das ist unvernünftig. Ihr Leben gegen seins. Ihres und Katherines und das Ihrer Männer – werfen Sie das alles weg? Wenn ich Sie töte, könnten er und ich ebenfalls sterben, das ist mir klar. Aber Katherine und die anderen werden auch nicht entkommen. Das wissen Sie.« Sorah hielt inne und verlieh dem Messer stärkeren Druck. Sein Kopf fuhr zurück. »Ein Versprechen.«

Plötzlich tat sich etwas hinter der Tür. Jemand rüttelte an der Klinke und rief eine Frage. John Mason, der die Tür bewachte, sah fragend zu den Gestalten auf der Treppe hinauf. Jemand klopfte laut. De Villeneuve rief mit Blick auf Matthews blutiges Messer: »*Attendez un moment*!«

Wieder sagte Richard tonlos: »Nein.«

»Denken Sie ja nicht, ich würde Sie nicht töten, um ihn zu retten.«

»Das denke ich auch nicht.«

Sie sah ihn prüfend an. »Sie haben einen Sohn«, sagte sie. »Vaterlos und ohne Mutter zugleich? Was soll aus ihm werden? Die Welt ist hart, und Monsieur hat viele Freunde.«

Katherine schloß die Augen.

»Sie drängen mich ganz schön in die Ecke. Jemand hat Ihnen viel beigebracht.«

»Ich will nicht, daß ihm etwas geschieht. Versprechen Sie es. Nehmen Sie Katherine und Ihre Leute und gehen Sie. Ich werde nichts tun, um Sie aufzuhalten.«

Richard atmete tief und langsam durch. »Gut.«

Die Klinge an seiner Kehle sank herab. »Ich habe Ihr Wort?«

Ein winziges Zögern. »Ja.«

Sie trat zurück. Richard sagte laut: »Katherine, komm her.«

Langsam ging Katherine die Treppe hinauf. Eine fordernde Stimme rief erneut etwas durch die Tür. Als Matthew Richard einen besorgten Blick zuwarf, sprang de Villeneuve zur Seite und riß ihn mit sich. »*A moi! A moi*!«

Katherine erstarrte mitten im Schritt. Über ihr drehte sich Sorah verblüfft um und verlor den Halt. Katherine stand unmittelbar unter ihr. Richard ließ die Fackel fallen, um das stolpernde Mädchen aufzufangen, und einen Augenblick schwankten beide bedrohlich. An den Türen wurden kräftige Schläge laut. Matthew und de Villeneuve kämpften verbissen, und als Richard das Gleichgewicht wiederfand und Sorah an sich drückte, sah Katherine, wie John Mason und Samson sich von den Türen zurückzogen, die unter dem Ansturm nachzugeben drohten, und auf die Treppe zukamen. Ein rauher Schrei ertönte von den beiden kämpfenden Männern, dann richtete de Villeneuve sich blutbeschmiert auf, Matthews Degen in der Hand. Matthew rührte sich nicht. Gespenstisches Licht erhellte zuckend das Gesicht des Franzosen; Flammen züngelten seitlich an der Treppe hoch. Die Fackel war in eine Packkiste voller Stroh gefallen, das knisternd und funkensprühend aufloderte. De Villeneuve sprang mit einem Satz auf die Treppe zu und stieß auf die gezückten Degen von John und Samson. Wütend fuhr sein Degen dazwischen, und Samson schrie auf.

»*A moi*!« brüllte der Franzose wieder, als die Türen zersplitterten und unter dem Ansturm von draußen schließlich nachgaben.

Richard schob Sorah von sich und postierte sich oben an der Treppe. »Hier herauf, ihr beiden! Überlaßt ihn mir. John, nimm Katherine! Du weißt, was zu tun ist.«

Die Männer kamen gleichzeitig die Treppe herauf. Richard preßte sich gegen das Geländer und ließ sie vorbei zu Katherine und Sorah, die mittlerweile oben auf der Galerie standen, dann drehte er sich geschmeidig um, dem Franzosen entgegenzutreten. Er schwang seine Klinge wie blutiges Quecksilber im zuckenden Flammenschein.

John Mason packte Katherines Arm. »Kommen Sie!«

»Halt!« Sie wandte sich an Sorah. »Kommen Sie mit uns.«

»Nein.«

»Sie müssen! Er wird Sie töten, weil Sie Richard haben gehen lassen.«

»Kommen Sie schon!« John keuchte. Beißender, erstickender Rauch stieg ringsum auf. Auf der Treppe trafen sich die Klingen mit aufreibendem metallischem Geklirr und glitten voneinander ab. De Villeneuve war im Nachteil und wich zurück. Die Halle war voller schreiender Männer.

Sorah machte sich von Katherines Hand los. »Gehen Sie!«

Fortgezogen von John und gefolgt von Samson, der eine Blutspur hinterließ, stolperte sie Hals über Kopf durch leere Räume, eine Treppe hinauf, dann eine weitere.

»Wohin gehen wir?« Schon folgte ihnen der beißende Geruch des Feuers. »Wo ist Richard?«

»Richard ist unmittelbar hinter dir«, sagte eine vom Rauch belegte Stimme. Eine Tür schlug zu und wurde verriegelt. »Woran erinnert dich das? Die letzte Tür links, John! Los, hinein –«

Sie hörte Rufe hinter sich, ihre Verfolger und das Knacken der Flammen.

»François?« fragte sie.

»Er ist bedauerlicherweise immer noch unter uns.« Richard schlug die Tür zu und schob eine große Truhe davor. »Wenngleich er einigen Schaden genommen hat, wie ich zu meiner Freude sagen darf.« Sie befanden sich in einer winzigen, vollgestopften Kammer, die zu den Gesindequartieren gehörte. Auf dem Boden lagen mehrere Strohsäcke herum, und die Möbel waren hier nicht so sorgfältig verpackt. Samson lehnte sich gegen die Wand, von den Schmerzen seiner Wunde fast übermannt. John Mason stand am Fenster und hatte ein Bein bereits auf dem Sims.

»Ich gehe zuerst. Schickt sie als nächstes hinüber.«

Katherine starrte entsetzt auf das Fenster, unter dem ein schräges Ziegeldach in die enge Gasse hinausragte. Eine schmale, verkeilte Planke führte von diesem Dach über die Straße auf das gegenüberliegende Dach. John Mason hatte sie bereits zur Hälfte auf Knien und Händen überquert.

Richard grinste, seine weißen Zähne leuchteten in der Dunkelheit. »Würdest du es lieber mit der Haustür versuchen?«

»Seid ihr hier hereingekommen?«

Er nickte. »François hat seine Kräfte netterweise überwiegend auf den rückwärtigen Teil des Hauses konzentriert.«

»Wo du über die Mauer gestiegen bist?« Katherine bemühte sich, nicht auf die gepflasterte Straße hinunterzuschauen.

»Genau. Das Haus gegenüber steht leer – halb Calais steht leer. Dort gibt es eine praktische Hintertür.«

Sie hielt sich am Fenstersims fest und sagte: »Richard, ich kann nicht.«

Die enge Straßenschlucht war von einer rötlichen Glut erhellt. Jemand rief etwas.

»Es gibt keinen anderen Weg.« John Mason hatte die andere Seite erreicht und kletterte bereits linkisch durch ein Fenster.

Sie schüttelte den Kopf. »Ich falle bestimmt.«

»Wenn du hierbleibst, verbrennst du«, stellte Richard nüchtern fest. »Komm jetzt, zuerst die Füße aus dem Fenster, laß dich auf die Planke gleiten, wie John es gemacht hat, und setz dich mit gespreizten Beinen darauf. Du bist ganz schnell drüben.«

Sie sah hinunter. Ihr wurde flau im Magen, und in ihrem Kopf drehte sich alles.

»Katherine!« Richard packte sie hart an den Schultern und drehte sie zu sich um. »Matthew ist für dich gestorben, und Samson ist schwer verletzt.« Ihr Begleiter kauerte am Boden, über ihm war die Wand fleckig und verschmiert. »Bei Gott, ich kann mich doch nicht so in dir getäuscht haben! Ist es dir lieber, daß man uns erwischt oder wir bei lebendigem Leib verbrennen, als es zu versuchen?«

Allein schon bei dem Gedanken, die gefährliche Planke zu überqueren, wurde ihr übel. Er las es ihr an den Augen ab. »Ich komme mit dir«, sagte er freundlicher. Im Haus zersplitterte Holz, und unter der Tür drang beißender Rauch durch. »Wenn ich vorgehe, kommst du dann nach?«

Sie nickte. In diesem Augenblick wäre es ihr beinahe lieber gewesen, sich tausend Franzosen und einer Feuerwand zu stellen.

Leichtfüßig schwang Richard sich aus dem Fenster, balancierte wie eine Katze auf den Dachziegeln und glitt halb rutschend, halb kriechend auf die Planke. Dann stellte er sich mit einem Fuß auf das Brett, mit dem anderen aufs Dach und streckte die Hand aus. »Komm.«

Sie biß die Zähne zusammen, setzte sich auf die Fensterbank und schwang ihre Beine hinaus.

»So ist es gut. Setzt dich aufs Dach und rutsch herunter – es ist gar nicht so weit, wie es aussieht.« Seine Hand war nur ein kleines Stück von ihrer entfernt. Ihr kam es vor wie eine Meile. Sie schaute nach unten. »Nicht!« sagte Richard, aber zu spät. Wie versteinert hing sie halb im, halb außerhalb des Fensters. Unter ihnen liefen schreiende Menschen zusammen, angelockt vom Feuer, das am anderen Ende des Hauses in den unteren Stockwerken loderte. Niemand schaute nach oben. Eiskalter Schweiß tropfte von ihren Handflächen. John Mason rief drängend aus dem sicheren Fenster gegenüber. Katherine wurde schwindelig. Wie aus weiter Ferne hörte sie Richards beruhigende Stimme, konnte aber nicht verstehen, was er sagte. Ihr rauschten vor Angst die Ohren. Seine starke, ruhige Hand kam etwas näher.

»Schau mich an«, sagte er. »Mich. Das heißt, wenn du es ertragen kannst.« Er grinste. Wie ein Junge, der auf einer Gartenmauer stand. »Wie der Vater, so der Sohn. Was wirst du nur mit zwei von uns Burschen machen, die Augen haben wie ein Glas Wasser? Habe ich dir erzählt, daß ich ihn gesehen habe? Diesmal war er wach, der kleine Bursche.« Sie richtete den Blick unverwandt auf sein Gesicht und glitt von der Fensterbank auf das kleine Schrägdach, klammerte sich aber immer noch mit einer Hand fest. Sie fürchtete, daß sie niemals imstande wäre, loszulassen. »Es ist nur gut für ihn, daß er in allem anderen genauso entzückend ist wie seine Mutter«, sagte Richard und streckte die Hand gefährlich weit vor, »obwohl ich hoffe, daß er die Höhe besser verträgt.« Mit starker Hand packte er sie am Fußgelenk, beugte sich herüber und bekam ihre freie Hand zu fassen. Noch nie hatte sie soviel Angst gehabt. Seine Stimme hüllte sie ein, er holte kaum Luft zwischen den Sätzen. »Komisch, nicht wahr, wie ein einzelnes Merkmal von einer Generation an die nächste weitergegeben wird? Mein Vater hatte genau die gleichen Augen, der alte Teufel. Und sein Vater auch, glaube ich. Schau nicht nach unten. Du hast es mir nicht gesagt. Geschieht mir ganz recht, ich weiß. Ich habe dir auch nicht gerade Grund dazu gegeben, was? Ein bißchen weiter hier herüber, so ist's recht. Griz muß mehr Zutrauen zu meinen väterlichen Gefühlen gehabt haben als du. Sie hat ihn gepiekst und aufgeweckt. Griz hat mehr Vorzüge als ihren Strohkopf und ein hübsches Gesicht. Du wirst dieses Fenster loslassen müssen. Du kannst es nicht mitnehmen – es ist fest verankert.« Sie schloß kurz die Augen, als die Welt unerträglich zu schwanken begann. Ihr kam es vor, als lägen unendliche Weiten leeren Raumes vor ihr – und dann gab sie auf. Sie ließ los, rutschte steif und linkisch auf ihn zu und schlug sich schmerzlich den Ellbogen auf. Der Schnitt in ihrer Hand hatte sich wieder geöffnet, und ihre Hand war blutig. »Es ist nicht weit. Du könntest vermutlich hinüberspringen. Es ist wie eine Planke über einen Bach, das ist alles. Wenn Thomas größer ist, müssen wir ihm erzählen, was für Mühen wir auf uns genommen haben, um ihm seine Familie zu erhalten. Katherine, du mußt die Augen aufmachen«, sagte er bestimmt. »Nur schau nicht nach unten.« Sie kauerte auf den Dachziegeln am Anfang der Planke, ganz dicht an seinen Stiefeln, und seine Hände lagen fest auf ihren Schultern. »Du bist völlig sicher. Setz dich mit gespreizten Beinen auf das Brett. Paß auf deinen Rock auf. Hier –« Er schlang ihr den Rock um die Hüften und entblößte dabei ihre Beine. »Achte nicht auf John Mason. Schwing dich auf den Händen vorwärts. Ja, so ist es richtig. Ich bin hier, hinter dir. Schau auf John und rutsche auf ihn zu.«

Flammen schlugen aus den Fenstern zur Straße, und noch immer hatte niemand aus der lärmenden Menge die Gestalten bemerkt, die hoch oben in der Dunkelheit schwebten. Stück für Stück arbeitete sie sich vor. Das Brett gab federnd unter ihrem Gewicht nach, und sie klammerte sich fest. »Ich kann nicht!« Sie schwebte über dem Höllenschlund und war wie von Sinnen vor Angst.

»Du hast es gleich geschafft, Mädchen, du bist fast da.« Die Stimme war flehend. »Gib jetzt nicht auf.« John Mason war wieder aus dem Fenster geklettert. Er hockte ein paar Fuß von ihr entfernt auf den Dachziegeln des leerstehenden Hauses, klammerte sich mit einer Hand am offenen Fenster fest und streckte ihr die andere entgegen. »Noch ein kleines Stück.« Sein schwer gezeichnetes Gesicht war schweißnaß, doch er wirkte stark genug, sie über den klaffenden Abgrund zu tragen. Sie streckte die Hand nach ihm aus.

»Noch nicht!« sagte Richard scharf und packte von hinten ihr Kleid. »Noch ein kleines Stück weiter. Nur noch ein bißchen.«

Ihr kam es vor, als brauche sie eine Ewigkeit, diese ausgestreckte Hand zu erreichen, doch endlich fühlte sie das Schrägdach unter ihren Füßen, hatte den Abgrund überquert. Sie hatte keine Gewalt mehr über ihre zittrigen Beine. Gestützt von John, und Richards beruhigende Gegenwart hinter ihr, kniete sie sich zunächst hin und stand dann unsicher auf. Katherine warf sich schließlich fast durch das offene Fenster in einen leeren Raum, der schwach vom zuckenden Feuerschein des brennenden Hauses gegenüber erhellt wurde. John Mason folgte ihr. Er atmete schwer.

»Danke«, sagte sie. Er nickte nur.

Richard war noch draußen auf dem Dach. »Vorsicht, ihr beiden, nachher findet ihr noch Gefallen aneinander. Wo zur Hölle bleibt Samson?«

Die dunkle Fensteröffnung gegenüber war leer.

»Er ist schwer verletzt«, sagte John Mason.

Richard rief leise über den zunehmenden Tumult unten auf der Straße hinweg. Es kam keine Antwort, und am Fenster regte sich nichts.

»Ich gehe zurück.«

Katherine sprang ans Fenster. »Nein!«

Mit einem Fuß stand er schon auf der Planke. Für einen kurzen Augenblick blieb er still stehen, um sein Gleichgewicht zu finden, dann ging er behutsam über die schwankende Brücke zurück. Katherine sah mit pochendem Herzen zu; als sie an einem Fenster eine Bewegung entdeckte, rief sie fast gleichzeitig mit John eine Warnung aus. Das Fenster ein paar Schritte neben dem, auf das Richard zuging, wurde aufgerissen, und ein Mann schrie mit rauher Stimme etwas hinaus. Abgelenkt schwankte Richard mit weit ausgebreiteten Armen, konnte weder vor noch zurück und kämpfte darum, sich aufrecht zu halten.

Der Mann kletterte flink aus dem Fenster und stellte sich breitbeinig auf das Schrägdach. In der Hand hielt er einen gespannten Bogen und einen angelegten Pfeil.

»Jesus Christus«, stöhnte John Mason hinter Katherine.

Ganz ruhig richtete sich die Waffe auf die schwankende Gestalt auf der Planke. Hinter dem Bogenschützen bewegte sich plötzlich etwas am offenen Fenster. Im Feuerschein leuchtete Sims Haar wie eine lodernde Flamme. Geschmeidig wie eine Katze schwang sich der Junge aus dem Fenster und landete auf allen vieren. Der Bogenschütze fluchte und versuchte, nach ihm zu treten. Richard, der endlich sein Gleichgewicht wiedergefunden hatte, ging auf die Knie und umklammerte mit beiden Händen das Brett. Sim hatte seine Arme um die Beine des Schützen geschlungen; der Mann verlor das Gleichgewicht und warf die Arme in die Luft. Seine Waffe flog ihm aus der Hand und schlitterte das Dach hinunter.

Sim hielt ihn unerbittlich umklammert.

»Laß ihn, Sim!« rief Richard.

Die beiden Kämpfenden rutschten das Dach hinunter auf die Traufe zu.

»Laß los! Sim!« rief Richard.

Der Bogenschütze trat aus und kämpfte mit der Kraft der Verzweiflung. Sims zappelnde Füße fanden Halt auf den Dachziegeln, mit der ganzen Kraft seines schmächtigen Körpers stieß der Junge sich ab und schleuderte sich mitsamt seinem Widersacher über die Dachkante; als Knäuel aus Armen und Beinen schlugen sie unten aufs Pflaster. Der Schreckensschrei des Bogenschützen hallte durchdringend von den engen Mauern wider, bevor er plötzlich abriß. Sim gab keinen Laut von sich.

Richard kauerte mit gesenktem Kopf auf der Planke. Einen schrecklichen Augenblick lang dachte Katherine, er würde ebenfalls auf die Straße stürzen. Unten scharten sich schreiend Leute um die ausgebreiteten Körper, jemand deutete nach oben. Mit seltsam verkrüppelten Bewegungen begann Richard, sich Stück für Stück zurückzuarbeiten.

»Komm schon, Junge«, sagte John so leise, daß selbst Katherine es kaum hören konnte. »Ruhig jetzt. Ganz ruhig.« Es war wie ein Stoßgebet.

Auf der anderen Straßenseite hatte das Feuer sich mittlerweile tosend ausgebreitet, Flammen schlugen aus den Fenstern und hüllten die linkisch auf der Planke kauernde Gestalt in blutrotes Licht. Endlich erreichte er das sichere Dach, und John streckte ihm die Hand entgegen und zog ihn durchs Fenster. Richard blieb noch eine Weile dort stehen und starrte ausdruckslos hinunter auf die Straße, auf der es von Menschen wimmelte. Man schaffte bereits die Leichen von Sim und seinem Opfer fort.

»Ich fürchte, Samson muß allein für sich sorgen«, sagte er und drehte sich mit einer Miene um, die jede Bemerkung verbot. »Wir sehen besser zu, daß wir hier herauskommen, bevor

François' Höllenhunde uns einholen. Die *Sacrette* wartet, und wir haben nur noch eine halbe Stunde bis zum Gezeitenwechsel. Das schaffen wir gut.« Er hätte aus Eis sein können. Seine spröde Stimme war ebenso gefühllos wie seine Miene.

»Richard –«

»Weinen kannst du später«, sagte er barsch. »Jetzt haben wir keine Zeit. Das einzige, was das –«, er warf einen Blick zum Fenster, »rechtfertigen kann, ist unsere gelungene Flucht.«

Er führte sie durch das dunkle, leere Haus zu einer kleinen Tür, die auf eine Gasse parallel zu der Straße führte, auf der das Feuer tobte. Der Weg war frei. Immer im Schatten der Häuser schlichen sie wie Geister durch die Stadt zum Hafen; mit jedem Schritt entfernten sie sich weiter von der Gefahr, entdeckt zu werden. Nur einmal drehte Richard sich noch um und schaute in den glutroten Himmel hinter ihnen.

»Ich wünschte, ich könnte glauben, daß de Villeneuve mit dem Haus verbrennt.« Das war das einzige, was gesprochen wurde, bis sie die *Sacrette* im schimmernden Wasser des Hafens liegen sahen. Sie wiegte sich sanft mit der Dünung; ihre Lichter erschienen Katherine wie das Licht des Lebens. Ein kleines Boot wartete darauf, sie hinüberzubringen. Die leisen Stimmen, die Geräusche der Riemen, das Klatschen des Wassers, all das klang überlaut in der Stille der Nacht. Hilfreiche Hände streckten sich Katherine entgegen, und endlich stand sie auf dem schwankenden Deck.

Sie konnte es noch gar nicht fassen, daß sie in Sicherheit war.

Hinter ihnen stieg eine Rauchsäule mit stiebenden, tanzenden Funken in den Himmel auf.

21

Im Dunkeln standen sie beisammen. Der Wind blies ihnen kalt ins Gesicht, und über ihren Köpfen spannten sich die Segel. Die *Sacrette* krängte im Wind und glitt auf geisterhaften Schwingen wie ein Nachtvogel über das Wasser. Lange standen sie schweigend da, eng beieinander, ohne sich zu berühren, und wiegten sich mit den Bewegungen des Schiffes.

»Hättest du ihn getötet?«

Richard drehte sich im Dunkeln halb um. Katherine konnte sein Gesicht nicht richtig erkennen. »Ihn getötet?«

»Auf der Treppe. Hättest du ihn getötet?«

»Ja.«

Sie nickte. Das Wasser floß an den glatten Bordwänden der *Sacrette* entlang. »Was ist mit den Männern geschehen, mit denen er dich nach Rothwell geschickt hat?«

»Sie sind tot. François hat nicht damit gerechnet, daß meine Männer auf ganz eigene Weise an mich gebunden sind. Ich bilde sie so aus, daß wir einander gut kennen. Es gibt zwischen uns gewisse Befehle, die etwas anderes bedeuten, als es scheint. Das hat sich mehr als einmal als nützlich erwiesen. François' Wachhunde kannten die Signale nicht, und meine Männer sind nicht dumm.« Er lächelte. »Jedenfalls nicht alle.«

»Und das Silber?«

»Es ist auf dem Weg zu Henry Dudley. Ich habe wieder einen ehrenhaften Namen.«

Sie wollte es eigentlich nicht, aber die Frage rutschte ihr heraus.

»Wirst du jetzt aufhören? Rothwell und all das andere, was du gemacht hast – das ist alles so gefährlich.« Ihr Ton war flehend.

Einen Augenblick lang glaubte sie, er sei wütend. Dann spürte sie seinen Arm leicht auf ihren Schultern. Sein schlanker, fester Körper drängte sich warm durch seine Kleider, als er sie an sich zog.

»Nein, Katherine, ich höre nicht auf.« Er legte den Kopf leicht auf ihr feuchtes Haar. »Hast du das erwartet?«

»Nein.«

»Ich mache keine Versprechungen, die ich nicht halten kann«, sagte er in die spritzende Gischt. »Ich kann nur eins sagen: Von jetzt an werde ich vorsichtiger sein. Plötzlich erscheint mir mein Leben wertvoller denn je.«

Sie legte den Kopf an seine Schulter, schloß die Augen, spürte die schnelle Bewegung des Schiffes. Er küßte sie mit salzigen Lippen. »Thomas Killigrew war so nett, uns für die Nacht seine Kabine anzubieten«, murmelte er in ihr zerzaustes Haar. »Er meinte, du könntest eine ungestörte Nachtruhe vertragen?« Sie lachte über den fragenden Ton, der in seinen Worten lag.

Als sie schließlich unter Deck gingen, lief die *Sacrette* mit stetigem Wind der Heimat zu.

Econ & List

Dinah Dean
Seide und Stein
Roman
512 Seiten
TB 27526-7

England im 12. Jahrhundert: Für Lady Elys, Tochter einer normannischen Adelsfamilie, scheint das Leben vorherbestimmt: Nach dem Willen ihrer Mutter soll sie ins Kloster gehen. Doch Lady Elys rebelliert. Als sie von einer Wallfahrt zurückkehrt, lernt sie Aylwin von Winchester kennen, einen Steinmetz. Aylwin weiht sie in die Macht der Liebe ein – und Elys beschließt, ihren eigenen Weg zu finden. Ein wunderbares Epos über das Leben einer eigenwilligen Frau im Mittelalter.

Teresa Crane
Ein Garten in der Toskana
Roman
238 Seiten
TB 27528-3

Nach dem Tod ihrer Großmutter erbt die junge Engländerin Carrie Stowe eine Villa in der Toskana. Nach langer Zeit wieder in Italien, trifft sie ihren Cousin Leo, die geheime Liebe ihres Lebens. Carrie weiß, daß sie mit dem Feuer spielt, aber sie kann nicht anders, als sich auf ihren geheimnisvollen Cousin einzulassen. Eine große Liebesgeschichte, die sich mehr und mehr zum romantischen Thriller entwickelt.

Gillian Bradshaw
Der Leuchtturm von Alexandria
Roman
400 Seiten
TB 27530-5

Um einem machtgierigen Stadthalter zu entgehen, muß die schöne, heilkundige Charis fliehen. Als Mann verkleidet, gelangt sie nach Alexandria und avanciert ausgerechnet zum Militärarzt. Wegen ihrer besonderen Heilkunst wird sie verehrt – bis sie sich haltlos in einen Mann verliebt. Ein hinreißend erzählter Roman, der eine turbulente Epoche farbenprächtig ausgestaltet.

Sharan Newman
Das Geheimnis von Abaelard und Heloise
Roman
432 Seiten
TB 27532-1

Catherine LeVendeur, Schülerin im Konvent der sagenumwobenen Äbtissin Heloise, soll nach einem angeblich ketzerischen Manuskript suchen. Es könnte dem berühmten Pater Abaelard, Heloises Geliebten, gefährlich werden. Auf gefahrvollem Weg muß sie sich zur Bibliothek des Klosters St. Denis durchschlagen, da aber findet sie nur den Bildhauer Garnulf, einen treuen Freund aus Kindertagen, erschlagen im Klosterturm.

Christa-Maria Zimmermann
Die gekaufte Braut
Roman
528 Seiten
TB 27527-5

Die zwanzigjährige Susanna versucht, ihrem Schicksal auf ungewöhnliche Weise zu entgehen. Weil sie nach dem Tod ihrer Eltern bei ihrem überaus strengen Onkel leben soll, flieht sie nach London. Doch statt in einer ordentlichen Pension, landet sie in einem Bordell. Zum Glück trifft sie dort Lord Sinclair, der eine falsche Braut benötigt, um einen mysteriösen Mord aufzuklären … Ein spannender Roman über die Liebe und andere Mysterien im England des 19. Jahrhunderts.

Audrey Slaughter
Wie eine Rose im Wind
Roman
376 Seiten
TB 27533-X

Die lebenslustige Jill Mortimer scheint plötzlich vor dem Nichts zu stehen. Ihr Mann ist unerwartet gestorben. Ihm zuliebe hatte sie alles aufgegeben und war ins ländliche Dorset gezogen. Doch nun ist sie allein, und die Idylle droht sich in einen Alptraum zu verwandeln. Bis plötzlich eine seltsame Schauspieltruppe auftaucht und für Jill ein anderes, turbulentes Leben beginnt. Die empfindsame Reise einer Frau voller Irrungen und Wirrungen.